10|18
12, avenue d'Italie — Paris XIIIe

Du même auteur
dans la collection 10/18

EN CARAVANE, n° 2678
ELIZABETH ET SON JARDIN ALLEMAND, n° 2732
TOUS LES CHIENS DE MA VIE, n° 2778
L'ÉTÉ SOLITAIRE, n° 2827

Mr SKEFFINGTON

PAR

ELIZABETH VON ARNIM

Traduit de l'anglais
par Bernard DELVAILLE

10|18

« Domaine étranger »
dirigé par Jean-Claude Zylberstein

SALVY

Titre original :
Mr Skeffington

Tous droits réservés sur l'illustration de la couverture au profit des ayants droit de l'artiste qui n'ont pas pu être identifiés par l'éditeur.

© Salvy Éditeur, 1993
pour la traduction française
ISBN 2-264-02388-0

CHAPITRE I.

F ANNY avait épousé un certain Mr Skeffington et, pour des raisons qu'elle avait jugé impérieuses, elle en avait divorcé. Depuis, elle l'avait quasiment oublié. Mais soudain, à sa grande surprise, elle se mit à penser beaucoup à lui: par exemple, en fermant les yeux, elle le revoyait assis à la table du petit déjeuner, devant une assiette de haddock. D'ailleurs, elle sentait à chaque instant sa présence derrière chaque chose.

Mais, ce qui la troublait le plus, c'était l'absence de haddock. On n'en avait servi que pendant la brève période de leur mariage: Skeffington était homme de traditions, et aimait voir à sa table ce à quoi il avait toujours été habitué. Depuis qu'il avait quitté Charles Street, le plat à poisson, de belle argenterie, et chauffé par une résistance électrique, avait lui aussi disparu, non qu'il l'eût emporté – il était bien trop malheureux pour penser à ce genre de choses ! –, mais simplement parce que le petit déjeuner de Fanny, depuis ce temps-là, n'avait plus consisté qu'en un demi-pamplemousse.

Elle ne pouvait que s'inquiéter de voir avec une telle précision et son mari et le plat à poisson, sachant bien que ni l'un ni l'autre, en vérité, ne se trouvaient là. Elle pensa même consulter un médecin, mais n'ayant jamais été encline à ce genre de démarche, elle préféra attendre un peu. Après tout, elle savait fort bien qu'elle aurait bientôt cinquante ans et, à une étape aussi décisive, aussi cruciale de sa vie, quoi de plus naturel que de se retourner sur le passé, d'y fouiller et d'y retrouver, inévitablement, le souvenir de Mr Skeffington ?

Il avait joué dans sa vie un rôle essentiel, et elle ne pouvait oublier qu'il avait été la clef de voûte de sa réussite sociale. Grâce aux placements qu'il avait faits en sa faveur, car il était à la fois riche et généreux, elle était aujourd'hui à l'abri du besoin; et c'était grâce à ses infidélités – mais dans ce cas, pouvait-on dire "grâce" ? peu importe ! – qu'elle se trouvait libre.

Elle en avait savouré chaque instant – sauf lorsqu'à l'issue d'une affaire de cœur, tout lui semblait si douloureux, ou récemment, lorsqu'à peine remise d'une grave maladie, elle n'avait plus rien eu d'autre à faire, sinon réfléchir, et donc penser à lui. Peut-être y était-elle aussi entraînée par la douloureuse approche de cet anniversaire, le cinquantième, ou par la diphtérie dont elle venait d'être victime et qui l'avait affaiblie, ou encore par le fait que sa splendide chevelure s'était mise à tomber par poignées. Mais il fallait à présent envisager les choses sous un jour nouveau, et seul, dans ces moments difficiles, celui qui avait été son mari semblait pouvoir l'aider avec un empressement dont elle fut non seulement effrayée, mais, disons le mot: bouleversée.

Ces hallucinations ne s'étaient pourtant produites qu'au cours des tout derniers mois et, bien sûr, disparaîtraient dès qu'elle aurait recouvré ses forces. Mais, jusqu'à cette maladie, comme sa vie avait été sereine ! Vraiment. Une vie radieuse, pleine de choses plus amusantes et plus excitantes les unes que les autres, avec de prétendus amoureux – il y avait eu une époque où tout le monde s'était prétendu amoureux d'elle ! –, et tout cela parce que Mr Skeffington ne savait pas résister à ses jeunes dactylos.

Dieu ! que celles-ci l'avaient irritée, jusqu'à ce qu'elle se rendît compte qu'au fond elles lui ouvraient les portes de la liberté. Lorsqu'elle les vit sous leur véritable jour, à la fois comme de dernières cartouches et comme autant de portes qui s'ouvraient, elle cessa de s'en formaliser et se mit même à s'en réjouir – bien qu'en fait elle n'eût jamais pensé devoir en arriver là ! Non, bien sûr, elle n'aurait pas dû. Et pourtant, être séparée de Mr Skeffington n'avait posé aucun problème. Elle n'avait jamais aimé ce mariage. Elle en était désolée, mais c'était ainsi. En outre, il était juif, et elle ne l'était pas. Non que cela lui eût importé, car elle n'avait pas de préjugés; mais enfin, il avait l'air tellement juif !

Nombre de ses amies avaient épousé des Juifs, mais aucun n'en avait autant l'air que Job. (Job était le prénom de Mr Skeffington: un prénom qui, il fallait bien en convenir, ne pouvait qu'évoquer la pauvreté.) Après tout, il n'y pouvait rien. Il s'était montré vraiment très gentil. Elle aussi d'ailleurs. Elle avait été élevée comme il faut et avait pris au sérieux son serment de faire autant de bien qu'elle en recevrait. Mais le cœur n'y était pas. Épouser un homme d'une éducation aussi différente ne va pas sans de légères frictions. Elle avait dû se convertir et en avait été contrariée, bien qu'elle n'eût jamais été croyante. Ainsi, lorsqu'il lui offrit à plusieurs reprises l'occasion de se séparer honorablement de lui, et malgré l'outrage qu'elle en ressentit, elle finit par faire contre mauvaise fortune bon cœur.

Fanny savait bien que réagir ainsi aux infidélités de son mari n'était pas convenable, mais elle n'y pouvait rien. Elle savait parfaitement qu'elle aurait dû se montrer à chaque fois plus offensée, et plus malheureuse. Au contraire, les choses avaient pris une autre tournure. Elle avait été obligée de pardonner la première incartade, tellement avaient été grands le remords et la honte de Mr Skeffington; et la deuxième, bien que plus humiliante, ne l'avait pas autant affligée. À la troisième, elle était demeurée presque calme. La quatrième lui fit simplement se demander pourquoi tant de jeunes personnes s'intéressaient à lui, et elle pensa que c'était pour son argent. À la cinquième, elle décida de rendre visite à l'élue afin de s'enquérir sérieusement des raisons pour lesquelles Job était soudain devenu si inquiet et si renfermé. À la sixième, elle s'acheta de nouveaux chapeaux. Après la septième, elle partit.

Elle partit et ne revint pas. Et elle ne le revit plus jusqu'à leur rencontre devant le tribunal des divorces. Oui, depuis cette époque, elle ne l'avait plus jamais vu, sauf une fois, peu de temps après la conciliation, un jour où sa voiture – celle de Mr Skeffington, malgré tout, si l'on veut bien voir les choses en face – se trouva immobilisée au milieu d'un encombrement dans Pall Mall, au moment même où, se rendant à son club, il tentait de traverser la rue. Elle était assise, telle une poupée, si belle et si délicate dans le sombre décor de la voiture qu'on aurait souhaité avoir la permission de l'aimer, avec un immense chapeau datant de l'été 1914 sur ces cheveux dont il avait si souvent, en des jours plus heureux, passionnément caressé l'abondance; mais elle éprouvait déjà si peu d'intérêt pour lui qu'elle avait à peine tourné la tête. Comme c'était pénible, terriblement pénible à présent, avait dû penser Mr Skeffington, avec une passion à laquelle il n'avait pas complètement renoncé. Ne l'avait-il pas adorée, n'avait-il pas vécu pour elle seule, n'avait-il pas pensé qu'à elle – même s'il lui arrivait de faire la cour à l'une des jolies filles de son bureau ? Et, au bout du compte, que pouvaient bien représenter celles-ci pour un homme ? Rien, rien. Moins que rien, comparées à une femme charmante, exquise et, du moins l'avait-il espéré, à lui pour toujours.

Mais Fanny, entre ses cils, le vit qui hésitait. Il s'arrêta presque, et rougit. Pauvre Job, pensa-t-elle, il m'aime encore, j'en suis sûre. Et tandis que la voiture remontait St James's Street en direction de sa chère et grande maison – celle de Mr Skeffington, malgré tout, si l'on veut bien voir les choses en face –, elle songeait à l'aptitude qu'ont les hommes à pouvoir être amoureux de plusieurs femmes à la fois. Car elle était certaine qu'il y avait encore plusieurs femmes dans la vie de Job, à ce moment même où, rougissant, il hésitait à traverser. Elle l'avait compris, parfaitement bien compris: il ne pouvait vivre sans avoir plusieurs femmes à la fois. Une à la maison, une à son bureau, et une autre Dieu sait où. Peut-être à Brighton où il était toujours tellement heureux d'aller respirer un peu d'air marin, disait-il.

Il était presque arrêté sur le trottoir lorsqu'il l'aperçut. Il la regarda de ses yeux de chien battu, comme si elle avait été l'unique amour de sa vie. Et elle, qui ne pouvait penser qu'à une seule chose à la fois, se mit à songer à la patience, tout à fait angélique, qu'elle avait eue pour ses écarts.

Sept écarts, avant qu'elle commençât d'y voir plus clair. Elle aurait pu divorcer dès la seconde incartade et s'en serait tout à fait justifiée, même aux yeux de sa propre mère qui aimait que les femmes fussent fidèles à leur mari. Elle aurait ainsi pu commencer sa nouvelle vie délicieusement libre à vingt-trois ans, au lieu de vingt-huit. Elle aurait ainsi connu cinq années de liberté supplémentaire, et chacun y aurait vu comme une compensation aux infâmes traitements qu'elle avait subis, et à ses souffrances. Sa patience lui avait coûté cinq années de bonheur !

Et elle se demanda, en entrant dans le salon-bibliothèque plein de fleurs – il fallait voir la quantité de fleurs qu'elle recevait chaque jour en ce temps-là ! – et en y trouvant installé lord Conderley of Upswich, un admirateur plus âgé qu'elle (il lui paraissait vieux, mais en réalité il n'avait pas encore cinquante ans) et passionné, qui l'attendait pour l'emmener déjeuner, elle se demanda quelle autre femme aurait pu être un tel ange d'indulgence. Mais, en réalité, n'était-ce pas plutôt de l'indifférence ?

Bien sûr, pensait-elle, en honnête fille qui aime voir les choses en face, ce n'était pas là être un ange. Non, tout simplement, après la troisième incartade, elle était devenue indifférente.

Il y avait longtemps de cela. On ne l'aurait pas cru, mais il y avait bien longtemps. Elle avait alors vingt-huit ans, et elle en aurait bientôt cinquante.

Une génération s'était écoulée. En réalité, cela avait passé comme un éclair, depuis ce matin où elle avait aperçu Mr Skeffington sur le trottoir de Pall Mall. Et les œufs de vanneau que Conderley lui avait ensuite proposés pour le déjeuner au Berkeley – en les écalant, elle les avait trouvés durs, mais à point –, où étaient-ils à présent ? Ils étaient peut-être revenus à l'état végétal, fleurs ou prairies, herbe broutée par les moutons, à leur tour transformés en côtelettes, de nouveau servies au menu de Fanny ! C'était le cycle de la nature. À se retourner sur le passé, tout s'était dispersé, dissipé, afin de réapparaître sous une forme nouvelle. À coup sûr, la vie était une chose étrange, si brève et si lourde d'événements, même en quelques années, qui filèrent si vite, et à jamais. S'ils avaient eu des enfants, eux aussi seraient aujourd'hui dispersés, quoi qu'on veuille. Grandis. Mariés. Et elle serait grand-mère. Incroyable ce que les autres parviennent à faire de vous ! Songez donc, devenir grand-mère sans l'avoir voulu !

Mais... des petits-enfants ! Elle faisait tourner le mot sur sa langue, prudemment, comme pour en trouver le goût. Une femme peut, pendant des années, cacher qu'elle vient d'avoir cinquante ans à ceux qui consultent le Debrett, mais elle ne peut pas cacher ses petits-enfants, car ils finiront certainement par apparaître un jour ou l'autre. Il était tout aussi bien qu'il n'y en eût pas. Qui consentirait à avouer son âge ?

Et pourtant, n'auraient-ils pas rempli un vide ?

Ne surgissent-ils pas dans la vie au moment où, tels les cheveux, celle-ci commence à s'effriter ? Depuis l'horrible maladie de cet automne, accompagnée d'une fièvre de cheval de plusieurs jours, elle savait bien que ses cheveux n'étaient plus aussi beaux qu'avant, et elle ne cessait de s'en lamenter. Rien, depuis lors, n'était plus tout à fait comme avant. Elle était restée à la campagne plusieurs mois, afin de se remettre lentement et, à son retour, Londres et les Londoniens n'étaient plus les mêmes: ils étaient devenus si indifférents, si stupides. Et, pendant ce temps-là, une partie de ses amis en avait tout simplement profité pour mourir...

C'est dans son lit que Fanny – lady Frances – songeait à tout cela. Dehors, c'était un matin de février, glacial et brumeux, mais ici, dans sa chambre, tout était rose et chaud. Enveloppée dans une chemise de nuit rose – lorsqu'elle était jeune, toute sa literie était vert d'eau, et c'est curieux, se disait-elle, comme les lits de femmes, à partir d'un certain âge, tournent souvent au rose ! – sous les abat-jour roses qui l'entouraient, avec un splendide feu de bois qui baignait la chambre d'une lueur rose, elle mangeait, ou plutôt s'efforçait d'avaler son demi-pamplemousse.

Bien froid et bien acide, ce pamplemousse, pour un matin d'hiver; elle y renonça et éloigna le plateau. Son idée était de rester mince. Mais à supposer que vous restiez mince – et personne, depuis sa maladie, ne pouvait être plus mince qu'elle –, à quoi cela servait-il si vous perdiez vos cheveux ? On allait chez Antoine, bien sûr, et on en achetait d'autres, mais en acheter alors qu'on en avait eu une telle abondance il y a quelques mois encore, cela avait quelque chose de terrible. Et il est bien gênant d'avoir sur la tête des choses qui n'en font pas partie. Par exemple, ce pauvre Dwight, le dernier, et aussi le plus jeune de ses amoureux – depuis quelque temps ils étaient de plus en plus jeunes –, récemment débarqué de Harvard avec une bourse Rhodes, Dwight, qui l'adorait avec une impétuosité toute transatlantique, ne pourrait plus toucher ses cheveux avec vénération, comme elle avait l'habitude de le lui permettre quand il se montrait suffisamment amoureux et patient avec elle. Sinon, on pouvait s'attendre au pire, car le pire peut toujours survenir lorsqu'une femme a des adorateurs qui la voient s'effriter sans la moindre retenue.

L'ombre d'un petit rire nerveux, le son timide que fait la gaieté quand elle grince, monta à ses lèvres au fur et à mesure que ces images lui traversaient l'esprit. Car il s'agissait pour elle de choses très sérieuses. Ses admirateurs avaient joué dans sa vie un rôle essentiel, le plus important des rôles, en lui donnant couleur, charme et poésie. Comme tout sans eux eût été incolore ! Certes, elle avait aussi éprouvé une grande détresse lorsqu'au bout de quelque temps, ils lui reprochaient de les avoir simplement aguichés. Chaque fois que l'un d'eux en arrivait là, et c'était inévitable, elle était profondément surprise. Les avoir aguichés ? Loin de les avoir aguichés, c'étaient eux qui étaient venus à elle; et même avec fougue, alors qu'elle se contentait de rester assise, sans faire un geste.

Frileusement blottie – comme on aurait aimé être à sa place ! – dans sa grotte douillette et rose, elle songeait à ses admirateurs pour éviter de penser à Mr Skeffington. Dehors le brouillard était d'un jaune épais, et il faisait un froid piquant. Ici, elle était au chaud et on aurait pu l'envier. Et pourtant ! Certes, elle avait bien chaud et était aussi délicatement éclairée qu'une toile de maître, mais de là à être enviée ! Elle n'était qu'une boule de nerfs à vif, après une nuit blanche et particulièrement désagréable, que la déplaisante acidité du pamplemousse ne faisait rien pour apaiser. Peut-être, se disait-elle, en contemplant avec dégoût l'écorce et les pépins, par ce temps d'hiver, et encore mal remise de sa maladie, aurait-elle dû prendre quelque chose de chaud, de plus nourrissant, un peu de haddock par exemple...

Et soudain, à cette simple idée, il fut de nouveau là. Elle avait tant voulu s'en détourner et voici que, par la grâce d'un seul mot, il était là. Elle n'était déjà plus dans sa chambre, mais avec lui, en bas, dans la salle à manger, avec lui et son plat à poisson en argent; elle en face de lui avec le pot à café, exactement comme ils étaient jadis assis pendant ces petits déjeuners si assommants qu'elle avait connus dans les chères années de sa belle jeunesse. Il la regardait avec adoration, entre chaque bouchée, et disait, avec cette fierté débordante et possessive qu'elle trouvait souvent bien pénible: « Et comment va ma petite Fanny Wanny en ce beau matin ? » Même si le temps était affreux. Même s'il tombait des hallebardes. Même si, quelques heures plus tôt, au moment où il voulait la rejoindre dans sa chambre, elle lui avait violemment juré qu'à cause de toutes ses secrétaires et toutes ses sténos, elle ne serait jamais plus sa petite Fanny Wanny.

Lorsqu'il s'agissait des femmes, il était toujours d'un optimisme invincible et d'une grande tendresse.

Épuisée, elle se renfonça dans ses oreillers, ferma les yeux, et s'abandonna à la mélancolie. Elle avait passé une nuit horrible. Elle avait tout fait pour ne plus y penser, et c'était à présent le comble ! Sa femme de chambre pénétra dans la chambre sur la pointe des pieds, l'observa rapidement, et prit le plateau sans faire un bruit. Et voilà dans quel état nous sommes ce matin, pensa celle-ci. La femme de chambre s'appelait Manby.

Ne même pas pouvoir penser à du haddock, sans raison précise, tout simplement, sans qu'il soit là aussitôt ! se dit Fanny, les yeux bien clos, la tête enfoncée dans les oreillers, le visage aveuglément tourné vers le plafond.

Ne devrait-elle pas consulter un médecin ? Mais la première question qu'il lui poserait, c'était clair, porterait sur son âge – oh l'horrible expression ! –

et quand elle le lui aurait avoué, car on dit toujours la vérité aux médecins, il commencerait à insister. Job dépassait vraiment les bornes. Ce n'était pas une raison, parce qu'on était en février, le mois de leur mariage, pour qu'il commençât ainsi. Il y avait eu de nombreux mois de février depuis leur séparation, et pourtant il n'avait jamais été aussi présent à son esprit que depuis quelques jours. Relégué dans une sorte d'oubli, il était demeuré effacé et silencieux dans ce qu'il est convenu d'appeler le caractère irrévocable du passé. Mais à présent, il était là, à tout instant.

D'une façon ou d'une autre, il fallait y mettre un terme. Elle savait bien que ce n'était qu'un fruit de son imagination, mais c'était précisément ce qui rendait ses apparitions si épuisantes. Perdre la tête à cinquante ans, c'était une bien triste fin après une vie si glorieuse. Et ce n'était pas comme si elle ne s'était pas raisonnée, comme si elle n'avait pas tout fait pour être sensée et tenter de s'en détacher. Elle avait tout essayé, elle avait ordonné que la chaise de Job soit retirée de la salle à manger, elle avait même pris des bains froids. Elle avait pourtant vite constaté que tout cela était inutile. Les bains froids la faisaient frissonner pour le restant de la journée; quant à l'absence de chaise, ce n'était qu'une vue de l'esprit: cela n'empêchait nullement Fanny d'y voir assis Mr Skeffington. Les fantômes sont ainsi faits que rien ne peut les empêcher de s'asseoir sur un siège qui n'existe pas.

Il fallait prendre une décision. Cela ne pouvait durer davantage sans aboutir à une véritable dépression nerveuse. Après la nuit qu'elle venait de passer, et durant laquelle, afin de tout oublier, elle avait songé à Dwight – y compris à tous les cheveux qu'elle avait perdus pendant sa maladie – et à tout autre chose qu'à Skeffington, elle comprit qu'il lui fallait consulter, même si elle avait toujours détesté l'idée de se rendre chez un médecin. Car Mr Skeffington, toute cette nuit, avait été intolérablement présent. Il n'était peut-être qu'un fruit de l'imagination de Fanny, mais il faisait à celle-ci grand honneur, tellement il s'était révélé réel, vivant, présent. Jusque-là, il ne l'avait pas importunée dans la journée, il ne s'était pas assis devant elle durant les repas, ne l'avait pas suivie dans la bibliothèque, ni accompagnée au salon. Mais le soir précédent, ce soir du trentième anniversaire de leur mariage, lorsqu'elle était rentrée tard d'une réception où elle avait été invitée – et pas très bien disposée, car tout le monde avait été si assommant ! – elle l'avait vu là, dans le hall, et il avait pris sa main, ou du moins elle en avait eu l'impression, et il était monté avec elle exactement comme il avait l'habitude de le faire trente ans plus tôt, et il était resté dans sa chambre pendant qu'elle se déshabillait, et il avait insisté pour s'agenouiller devant elle et lui mettre ses pantoufles, et il avait même baisé ses pieds. Horrible ce fantôme qui vous baise les pieds ! Elle ouvrit les yeux dans un frisson d'horreur et se dressa sur son lit.

Elle contempla le feu qui rougeoyait, si rassurant. C'était un si beau feu ! Tout était si beau autour d'elle ! Aucune raison, vraiment, de se tourmenter. Il fallait tenir bon. Et si elle frissonnait, c'était simplement dû au pamplemousse.

Manby, capable de voir à travers les murs, savait que Fanny venait de s'éveiller; elle entra de nouveau sans faire de bruit, en se glissant par la porte entrebâillée, comme pour éviter les courants d'air. Elle apportait sur un plateau le courrier du matin.

« Mettrez-vous une robe grise ou une robe marron, ce matin, lady Frances ? Ou dois-je sortir la noire ? » demanda-t-elle.

Fanny ne répondit pas. Elle tourna la tête et regarda le plateau, les mains posées sur ses genoux. Plusieurs lettres, dont aucune ne semblait bien intéressante. Curieux comme, depuis son retour, les lettres et les messages téléphoniques semblaient dénués d'intérêt ! Qu'était-il arrivé aux gens ? Pas même une douce voix masculine au téléphone, à présent. Il y avait bien quelques appels, et quelques amies, mais les hommes, tout comme ses cheveux, semblaient avoir disparu. Elle n'aurait pas dû rester absente si longtemps. On perd vite vos traces. Dans la cohue de Londres, on vous oublie vite, à moins de supposer qu'elle seule, entre tous...

« Mettrez-vous une robe grise ou une robe marron, lady Frances ? Ou bien dois-je... »

Curieux, se disait Fanny, en tendant la main

pour prendre les lettres, le nombre de gens qui font leur apparition depuis quelque temps ! Des imbéciles, des indifférents. Indifférents, donc ennuyeux. La première fois qu'elle avait mis le pied dehors depuis son retour de la campagne, elle en avait été frappée. Il n'y avait plus à Londres que cette sorte de gens. Elle ne pouvait même pas imaginer d'où ils sortaient. Où qu'elle allât, elle ne trouvait qu'eux. Cela ne faisait plus aucun doute: Londres avait complètement changé. Les gens, même ses amis, semblaient avoir perdu leur forme. Il n'y avait plus personne d'intéressant, il s'en fallait de beaucoup. Certes, ils se montraient gentils avec elle, et veillaient aux courants d'air, à son bien-être, mais ils n'avaient pas grand-chose à lui dire et se contentaient de lui tapoter affectueusement la main: « Pauvre petite Fanny, il faut vous requinquer, n'est-ce pas ? Bouillon de bœuf, rien de tel ». Ils semblaient avoir vieilli, et pas de jeunes gens pour les remplacer; tout cela à cause de cette bousculade fébrile dans laquelle on vivait à présent – Dwight excepté, bien sûr. Mais il planchait, écrit ou oral, et préparait ses examens. Il n'avait même pas été capable de quitter une seule fois Oxford pour venir la voir. Sérieux, voilà ce qu'ils étaient tous devenus. Absorbés. Au lieu d'être ambitieux, ils étaient préoccupés. Au lieu de saisir chaque occasion de lui susurrer à l'oreille des choses amusantes – oh oui ! des choses vraiment saugrenues ! –, ils discutaient bruyamment de la situation européenne. La terre entière aurait pu les entendre. Et ce n'était pas l'idée qu'elle se faisait d'une conversation agréable que de pouvoir être entendue de la terre entière.

« Mettrez-vous une robe grise ou une robe... »

Bien sûr, la situation européenne était de nature à faire s'échauffer les esprits, mais de toute façon cela avait toujours été un sujet grave, et qui n'avait jamais le moins du monde empêché qu'on lui susurrât à l'oreille des choses amusantes ou saugrenues. Depuis combien de temps cela ne lui était-il pas arrivé ? La veille, à ce dîner assommant, il y avait une fille, un peu trop forte et rougeaude, la fille de la maison, qui faisait ses débuts en société, et l'homme plus âgé, assis à côté d'elle, lui avait murmuré quelque chose à l'oreille, et Fanny, baissant les yeux sur la table, s'en était aperçue et s'était demandé depuis combien de temps semblable chose ne lui était pas arrivée. La fille n'était même pas belle; mais elle était jeune et avait la peau fraîche, la peau fraîche que donne la jeunesse ! C'était tout ce que l'on recherchait, à présent ! s'était dit Fanny en se tournant de nouveau vers le maître de maison. Elle avait été un peu surprise, et désagréablement, du tour aigrelet qu'avait pris sa pensée. Car jamais, jusqu'alors, elle ne s'était montrée acariâtre.

« Mettrez-vous...

– Oh ! zut », répondit-elle, exaspérée à la fin par les perpétuelles interruptions de Manby, et elle ajouta aussitôt, prise de regret: « Pardonne-moi, Manby, je n'ai pas voulu me montrer de mauvaise humeur.

– C'est le temps », fit Manby calmement. « Le brouillard !

– Me trouves-tu plus acariâtre que d'habitude ? » demanda alors Fanny en la regardant avec inquiétude et en jetant sur le lit les lettres qu'elle tenait à la main.

Manby était depuis si longtemps à son service qu'elle avait connu toutes les époques, celle de la Vraiment Jeune et Exquise Fanny, puis celle de la Toujours Adorable Fanny, pour en arriver à aujourd'hui, où ses amis la déclaraient Merveilleuse. « Chérie, vous êtes vraiment merveil-leuse », voilà ce que disaient à présent ses amis, chaque fois qu'elle paraissait. Et elle n'aimait pas beaucoup cela.

« Je n'irais pas jusqu'à dire plus acariâtre, lady Frances », dit prudemment Manby.

C'était donc vrai. Elle était plus acariâtre qu'autrefois, sinon Manby n'aurait pas montré tant de prudence. Ah ! comme c'était lamentable de devenir "plus acariâtre" en vieillissant ! Quelqu'un qui allait avoir cinquante ans devrait le savoir ! À cet âge, on devrait avoir appris à se tenir et à ne pas s'emporter après les domestiques. La sérénité, et non pas la mauvaise humeur, voilà ce que les années devraient vous apporter: maturité, douceur et bouquet. On devrait pendre comme un abricot au soleil sur le mur attiédi de la vie, comme une prune mûre à point.

*"Grand âge, serein, et calme, et clair,
Charmant comme une nuit de Laponie..."*

Ainsi finirait-elle, lui avait prédit le pauvre Jim Conderley qui adorait faire des citations et trouvait toujours des tas de choses à citer. Il le lui avait prédit, un jour où elle s'était plainte de l'horreur de vieillir. C'était lui qui la nourrissait de ces œufs de vanneau qui valaient une fortune.

Certes, elle n'avait pas encore atteint le stade de la nuit de Laponie. Elle venait d'entrer dans le stade "Merveilleuse" et entendait bien y demeurer quelque temps. Aussi désagréable que ce fût d'être appelée Merveilleuse, avec tous les sous-entendus que cela comportait, ce l'était quand même moins que d'être une nuit de Laponie qui, pour sereine et calme, claire et charmante qu'elle pût être, devait certainement être bien froide. Qu'on me laisse à l'écart du froid le plus longtemps possible ! se dit-elle en frissonnant. À tout prendre, il lui fallait bien être reconnaissante à ses amis de répéter encore pour quelque temps, bien qu'avec un peu plus de vigueur chaque année bien sûr: « Chérie, vous êtes une pure merveille ! »

Une merveille ! Imaginez, pensa Fanny en se levant et en passant son bras dans la manche du peignoir, rose lui aussi, que Manby lui tendait, imaginez avoir remporté les prix de consolation que la vie vous offre. Elle alla jusqu'à sa coiffeuse et se contempla dans le miroir, le même qui avait jadis reflété triomphalement son éclatante jeunesse. Une merveille ! Merveilleuse ! Qu'est-ce que cela voulait dire, sinon: « Pour vôtre âge, ma chère... » ou « Malgré tout, ma pauvre chérie !... »

La semaine précédente, elle était allée à Eton pour y voir un de ses filleuls tout juste admis à Pop, et qui en était secrètement si fier qu'il aurait été probablement malade à l'idée de ne pouvoir en parler qu'à ses seuls condisciples et à personne d'autre. Lorsqu'elle fut de retour à Londres, l'après-midi était si beau et sans nuage, qu'elle était rentrée à pied en traversant Hyde Park.

Après tout, la distance n'était pas telle ! Elle avait eu mal aux pieds, mais moins que si elle avait marché sur le pavé. Il n'y avait rien là d'extraordinaire. Et les amis qui l'attendaient au salon, quand elle fit son apparition et leur annonça son exploit, firent d'une seule voix: « Mais, chérie, vraiment, vous êtes mer-veil-leuse ! »

Vraiment, les gens étaient devenus fatigants.

« Mettrez-vous...

— Oh ! pour l'amour de Dieu, laisse-moi seule ! » cria Fanny en se jetant dans son fauteuil. Sur quoi Manby, après un coup d'œil prudent, se retira sur la pointe des pieds, tout en se retournant de temps à autre. Puis elle pénétra dans la salle de bains et ouvrit les robinets de la baignoire.

Fanny eut honte d'elle-même, carrément honte, cette fois. Elle se contempla dans le miroir. Elle avait les yeux cernés avec — comment était-ce possible ? — des poches dues à cette insomnie dont ce malheureux Job était responsable. Elle s'étonna d'une humeur si maussade et se précipita vers la douce et dévouée Manby. Elle ne se souvenait pas d'avoir jamais agi ainsi auparavant, et après un court instant d'inquiétude quant à l'évolution de son caractère et s'être regardée une dernière fois dans le miroir, elle dit, d'une voix très douce, par la porte entr'ouverte de la salle de bains: « Pardonne-moi, Manby, j'ai les nerfs à fleur de peau, ce matin.

– Ce n'est rien, lady Frances », répondit Manby en brassant l'eau dans la baignoire. « Mettrez-vous votre...

– J'ai si mal dormi, j'ai à peine dormi », expliqua Fanny. « C'est sans doute cela qui me rend si odieuse.

– N'en parlez plus, lady Frances », dit Manby en émergeant de la salle de bains. L'atmosphère semblait plus sereine. « Mais je suis navrée que vous n'ayez pas dormi. Dois-je préparer de l'aspirine ? Et mettrez-vous votre robe grise ou ...

– C'est la faute de Mr Skeffington », dit Fanny, se retournant, et regardant Manby avec de grands yeux pitoyables.

– Mr Skeffington ? » dit à son tour celle-ci, s'arrêtant net. Elle en était saisie.

– Il devient si réel.

– Réel ? » fut tout ce que Manby parvint à balbutier. En effet le nom de Mr Skeffington n'avait pas été prononcé dans cette maison, excepté à l'office, depuis près d'un quart de siècle.

– Est-ce que Mr Skeffington ne va pas bien, Madame ? » demanda-t-elle nerveusement, pour dire quelque chose.

– Je ne sais pas, mais ce que je sais, c'est que moi je ne vais pas bien du tout », dit Fanny, « sinon je ne passerais pas mon temps à imaginer... »

Puis, regardant fixement Manby, elle rajusta ses cheveux d'un mouvement rapide et affolé, et, à leur consternation réciproque, elle se mit soudain à pleurer.

« Oh ! oh ! » soupira Fanny sans même cacher son visage, toujours tournée vers Manby, et continuant de relever ses cheveux. « Oh ! oh ! oh ! »

Sauf à l'issue d'une affaire de cœur, lorsque tout semble soudain si morne, si lamentable, et désespéré, elle ne pleurait jamais. Pourquoi aurait-elle pleuré du temps où elle était heureuse ? Heureuse, sauf dans les pires situations, elle l'avait toujours été, jusqu'à sa maladie et jusqu'à cette brusque réapparition de Mr Skeffington, et elle avait rendu tout le monde heureux autour d'elle. Étrangement, ces larmes lui étaient aussi douces qu'imprévues. Mais aujourd'hui, face à ce retour de Job du plus lointain d'un passé enseveli, cette horrible réapparition, qui l'empêchait de dormir et la rendait si laide et acariâtre, comment aurait-elle pu s'empêcher de pleurer ? Qu'y pouvait-elle ? Et lui, comment pouvait-on faire cesser sa présence ? C'est une situation sans issue que de tenter de faire disparaître quelqu'un qui n'est pas là.

Ces larmes les bouleversèrent toutes les deux. Ni l'une ni l'autre n'aurait pu croire possible une telle détresse. Manby, qui avait apporté un verre d'eau avec de l'aspirine et tisonné le feu, téléphona à l'office pour avoir du brandy et fit tout ce qu'un être humain peut faire. Elle était complètement désemparée. Devait-elle appeler un médecin ? finit-elle par se demander. Elle ne savait plus à quel saint se vouer.

« Non, non... j'irai... » sanglota Fanny. « Oui, j'irai, j'irai. Ce matin-même. Il me faut un spécialiste, seul un spécialiste peut quelque chose pour moi. Je vais m'habiller et y aller...

– Mettrez-vous votre robe grise ou votre...

– Oh, Manby, par pitié, ne me pose plus cette question », fit Fanny d'un ton implorant. Elle prit un mouchoir et frotta ses yeux gonflés. « Tout ça me rend malade, et je suis vraiment désolée, désolée...

– Alors, je vais préparer la noire... »

Jamais, devait dire Manby à miss Cartwright, la secrétaire, plus tard dans la matinée, après que sa pauvre maîtresse se fût suffisamment calmée pour pouvoir s'habiller et monter dans la voiture qui la conduirait chez le médecin à travers le brouillard, jamais je n'aurais pensé qu'elle se serait effondrée à ce point ! Comme par rechutes. Il en allait pourtant ainsi chaque fois que Manby faisait la moindre réflexion ! Et ce qui était le plus alarmant, c'est que tout cela semblait avoir un rapport – elle posa sa main sur sa bouche et regarda craintivement autour d'elle –, avant de dire d'une voix très basse: avec Mr Skeffington.

« Non ? » avait alors demandé, très bas elle aussi, miss Cartwright.

Elle écarquilla les yeux. Elle n'était dans la maison que depuis six semaines, mais cela suffit souvent à une secrétaire pour être au courant de bien des choses...

Manby secoua la tête. « C'est ui, mari. » Dans les moments d'intense émotion, elle ne parvenait plus à prononcer les "l".

Fanny se rendit tout d'abord dans Bond Street, chez madame Valèze, la célèbre esthéticienne. La voiture roulait très lentement à cause du brouillard, et Fanny serrait ses fourrures sur son nez et sur sa bouche pour ne pas suffoquer, disait-elle, mais en réalité pour se dissimuler. Elle ne pouvait décemment se montrer à personne, pas même aux passants, pas même à un médecin, jusqu'à ce que son visage soit redevenu présentable – encore moins à un médecin qui, en voyant ses yeux tuméfiés de larmes, l'aurait jugée dans un état de dépression encore plus avancé que ce n'était le cas. Cela l'aurait encore un peu plus abattue et Job aurait eu la part encore plus belle.

Entre les mains habiles d'Hélène, l'assistante principale de madame Valèze – même celle-ci, d'habitude si consciencieuse, ne s'était pas aventurée dans les rues par cette horrible matinée, et « que Milady l'ait osé, était un vivant reproche pour tous ceux qui étaient restés chez eux... » fit habilement remarquer Hélène –, elle connut une sorte de bien-être, très confortablement allongée, sa tête douloureuse entourée de bandelettes glacées, et sur les paupières une petite compresse froide qui en calmait la brûlure et lui semblait un baume. On passa et repassa divers onguents sur les parties un peu flasques de son visage; on la tapota avec des crèmes; on s'attarda particulièrement sous son menton. Et les derniers mots qu'elle entendit avant de se laisser aller au sommeil – car elle finit par s'endormir, épuisée – furent ceux d'Hélène suggérant un traitement spécial pour le cou, un traitement fort nécessaire, et sa dernière pensée fut pour s'imaginer en être arrivée au stade où ce traitement était devenu indispensable. Puis elle s'endormit, calmée par les massages, et ne se réveilla que lorsque Hélène, d'une voix triomphante, lui proposa de se regarder dans la glace.

Certes, elle était à présent plus présentable et les traînées de larmes dont Hélène avait tenté de supputer la cause avaient disparu. Oh ! elle ressemblait étrangement à toutes les femmes qui fréquentent les salons de beauté ! Leurs visages, après un traitement, se ressemblent tous.

Bon, du moins n'aurait-elle plus l'air d'une épave, pensa-t-elle. Et elle se sentit si délassée, après ces quelques instants de sommeil, qu'elle se demanda s'il était bien utile de se rendre ensuite chez le neurologue. Ne vaudrait-il pas mieux attendre un petit peu, ne serait-ce qu'un jour ou deux, et voir comment les choses tourneraient ? Elle n'avait vraiment aucune envie d'y aller car il était si difficile de s'en défaire, une fois qu'on avait commencé !

La voiture stationna devant la porte de sir Stilton Byles. Elle mit quelques minutes avant de se décider à en sortir, et se frotta les sourcils en hésitant – ces sourcils pour la louange desquels lord Conderley avait l'habitude de fouiller dans ses souvenirs littéraires, des poètes élizabéthains à H. G. Wells !

Le chauffeur attendait patiemment, guettant un signe.

Puis elle en prit son parti et se drapa un peu plus dans ses fourrures avant de se décider à sauter le pas. Oh ! à présent que je suis devant sa porte, je ferais tout aussi bien d'aller voir ce vieux bonhomme.

Sir Stilton Byles, éminent spécialiste des troubles nerveux et des maladies féminines, n'était pas du tout un vieux bonhomme. Fanny aurait dû le savoir si elle avait seulement prêté davantage attention aux conversations de ses amies lorsqu'elles s'entretenaient de leurs maux. Certes, ce n'était plus un jeune homme, mais pas encore un vieillard. C'était un homme de trente-huit ans, au franc-parler, incapable de suivre un malade de près, dépourvu de la moindre disposition à la compassion ou à la sympathie. Pourquoi perdrait-il son temps à avoir pitié de toutes ces femmes oisives qui venaient avec tant de complaisance l'entretenir de leurs troubles ? Et pourquoi aurait-il simulé ? Son métier était de les soigner, ou du moins de le leur faire croire. Chaque jour, ses consultations terminées, il ouvrait grand la fenêtre de son cabinet pour en chasser les parfums trop lourds et s'écriait: « Mon Dieu ! Ces femmes ! »

Les amies de Fanny, qui avaient leurs nerfs et étaient de celles qu'au XVIIIème siècle on appelait belles dames, trouvaient ses manières très revigorantes. Après les façons doucereuses des médecins de famille, sir Stilton était infiniment plus tonifiant. Elles aimaient consulter chez lui. Et en sortant, elles se sentaient ragaillardies et prêtes à tout. Au bout de vingt minutes d'un véritable match avec sir Stilton, elles se sentaient aussi remontées à bloc qu'un boxeur. C'était divin, avouaient-elles, de ne pas avoir besoin de pleurnicher et de se faire remettre à sa place – après un moment passé en sa compagnie, leur langage prenait une tonalité virile. Elles se confiaient l'une à l'autre qu'il serait probablement un amant merveilleux et se demandaient s'il y avait une lady Byles. Sinon, on pourrait peut-être l'inviter à dîner ! Elles affluaient chez lui par centaines. Son cabinet en était tout parfumé, il appelait cela "empesté". « Oh ! mon Dieu ! » grommelait-il lorsqu'une femme un peu trop parfumée faisait son entrée.

Mais ses patientes lui avaient apporté la fortune et cela valait bien la peine de supporter leur parfum et leur sottise. À trente-huit ans, il était devenu la coqueluche de la bonne société. Récemment, même des membres de la famille royale l'avaient trouvé efficace. Deux fois dans la même semaine, il avait été appelé auprès des princesses royales. Et lorsqu'elle se fût enfin décidée à consulter un médecin, Fanny avait naturellement choisi celui chez qui tout le monde allait... Elle s'y était rendue sans avoir pris de rendez-vous, sachant par expérience que c'était inutile car, aussi encombré que fût un salon d'attente, même arrivée la dernière, elle passait la première.

Pourtant, la personne habillée en infirmière – mais qui n'en était pas une – qui ouvrit la porte, fut surprise, ne l'ayant jamais vue auparavant. Quelle méconnaissance désinvolte des bonnes manières avait pu amener cette femme jusqu'ici ? Quoi ? Pas de rendez-vous ? Le carnet de sir Stilton était complet pour des jours, voire des semaines. « Impossible », dit-elle avec morgue, « il n'en est pas question.

– Vous voulez ma mort ? » lui demanda Fanny, avec ce sourire qui pendant des années avait été un enchantement pour tous, et demeurait toujours charmeur.

– Oh ! » fit l'infirmière, qui, contrairement à son patron, se laissait attendrir. « Souhaitons que ce ne soit pas si grave que cela !

– Remettez-lui ceci », ajouta Fanny, la suivant dans le hall tout en griffonnant quelques mots sur une carte de visite.

"Je suis un cas urgent" avait-elle écrit. Fille de duc, ex-femme très aisée d'un homme excessivement riche, amie de financiers puissants: sir Stilton, qui connaissait la pairie sur le bout des doigts, ne pouvait la faire attendre, fût-ce cinq minutes.

« Soit, je ne vois aucune urgence », lui dit-il en prenant son pouls. Il jeta une seconde fois un regard sur la carte qu'elle avait griffonnée.

– Oh ! mais en êtes-vous bien sûr ? » et elle se mit à lui parler de Mr Skeffington.

Dix minutes plus tard, elle se retrouva dans le hall, les joues empourprées, les yeux brillants, la tête haute.

« Appelez ma voiture, s'il vous plaît », ordonnat-elle, d'un ton tout différent de celui avec lequel elle s'était si gracieusement adressé à l'infirmière lors de son arrivée.

Il a encore réussi son coup, pensa celle-ci fièrement, se pressant d'ouvrir la porte. Elle ne put se retenir de lui dire: « Il est merveilleux, n'est-ce pas ?

– C'est la huitième merveille du monde », fut toute la réponse que lui fit Fanny en se retournant vivement vers elle. Une réponse qui paraissait quasiment furieuse, ce qui était impensable, bien sûr.

Elle était en effet ulcérée et ses yeux brillaient non pas de cette reconnaisance qu'éprouvaient toutes ses amies à l'issue d'une visite chez sir Stilton, mais de rage. Elle n'avait jamais été aussi hors d'elle depuis la découverte de la première incartade de Mr Skeffington. Quel homme odieux ! Ses amies, qui se pressaient chez lui, n'étaient qu'une bande de masochistes !

« Vous n'auriez pas dû le quitter. » Voilà tout ce qu'il avait trouvé à dire ! « Après vingt-deux ans ! » Elle venait pourtant de lui décrire la conduite de Mr Skeffington.

« M'attacher à lui ? Comment ? Alors qu'il...

– Quel âge avez-vous ? » l'interrompit-il brutalement. Lorsqu'elle lui eût dit la vérité – elle aurait parfaitement pu mentir ! –, il ajouta: « Vous m'étonnez ! »

Elle se sentit piquée au vif. Car à bien la regarder on eût dit que ce qui surprenait sir Stilton ne fût pas, comme elle avait pu le croire, qu'elle fût aussi âgée, mais aussi jeune. Elle en fut offusquée.

« C'est que je n'ai pas fermé l'œil de la nuit », expliqua-t-elle brusquement, comme pour dissimuler ses pensées.

– Vous savez combien il est important, pour une femme de votre âge, d'avoir des nuits calmes ?

– Comme pour tout le monde, j'imagine », fit-elle avec arrogance.

– En effet, si vous ne voulez pas avoir l'air d'un épouvantail ! »

Un épouvantail ! Voulait-il suggérer qu'elle en était un ? Elle, Fanny Skeffington, toujours belle. Et pendant cinq glorieuses années, la plus belle partout ! Elle ? Alors que les visages des inconnus croisés dans la rue étaient éblouis à son passage ! Elle, la superbe et charmante petite Fanny, comme disait souvent le pauvre Jim Conderley en la regardant tendrement, en se livrant à sa manie des citations. Et personne n'aurait jamais osé faire de si belles citations à un épouvantail !

Oui, il y avait longtemps déjà que Jim avait dit cela. Et après tout, quand elle y songeait – soyons honnêtes –, les gens qui la croisaient dans la rue semblaient depuis peu la regarder avec plus d'étonnement que d'admiration. Mais de toute façon, Dwight, pas plus tard que l'automne dernier, avant sa maladie, lui avait déclaré ne pouvoir vivre sans elle et être prêt à tout plaquer pour venir auprès d'elle, et être son concierge ou son domestique, simplement pour avoir le droit de la voir de temps à autre, car elle était, disait-il, ce qu'il y avait de plus beau en ce bas-monde. Les jeunes gens ne disent pas de telles choses à un épouvantail ! Depuis, elle l'avait peu vu, car elle était presque aussitôt tombée malade. Depuis son retour, il était pourtant venu à Londres et avait dîné avec elle; une seule fois, certes, se souvenait-elle, car il prétendait que ses examens le retenaient à Oxford. Mais au fait, et elle venait à en douter après les remarques glaciales de sir Stilton; étaient-ce vraiment à cause de ses examens ?

Sans même le voir, elle était là. Devant sir Stilton et son regard glacial. En moins de six mois, il n'était tout de même pas possible, cela la rassurait, de tranformer la plus belle femme de ce bas-monde en un épouvantail. Et pourtant elle en doutait: et si c'était possible ?

Sir Stilton, insidieusement, continuait son discours : « À présent que le temps de vos amours est passé », disait-il. Cette fois, ce fut elle qui l'interrompit brusquement, trop blessée pour respecter les bienséances. « Mais enfin », demanda-t-elle, toute rouge et en levant son menton, mouvement qui fixa aussitôt l'œil glacé de sir Stilton sur ce menton qu'Hélène avait tout particulièrement soigné, « mais enfin, je vous demande un peu, comment savez-vous que ce temps est passé ? Comment savez-vous si je n'ai pas, en ce moment même, un amant contrairement à ce que vous dites ? » Après tout, elle n'avait qu'à lever le petit doigt et Dwight prendrait aussitôt le train pour Londres, examens ou non. Et pourtant – l'œil inquisiteur de sir Stilton ne la quittait pas –, était-elle certaine que Dwight prendrait le train ?

« Oh ! ma pauvre amie ! » fut tout ce que sir Stilton trouva à dire.

Il y eut alors un silence durant lequel ils se toisèrent, lui parfaitement rasé, le sourire narquois, et joignant ses doigts aux ongles nets; elle trop piquée au vif pour prononcer un mot.

Comme il y a dans le monde des hommes vulgaires, pensa-t-elle. Mais heureusement, grâce à Dieu, il y en a d'autres qui ont un regard tout différent, qui sont capables d'adorer quelqu'un et jurent qu'ils ne pourraient pas vivre loin de l'être aimé ! Du moins, c'est ce qu'ils juraient encore l'automne dernier, et l'automne dernier c'était hier, n'est-ce pas ?

Outragée, elle regardait cet horrible Byles qui se permettait de la prendre en pitié. Ses doutes augmentaient et s'insinuaient au plus profond de son cœur, comme le brouillard glacé, dehors. Supposons – après tout, rien ne m'en empêche, se dit-elle, en essayant de retrouver son calme –, supposons que cet homme a raison et que je ne suis qu'une pauvre femme qui se berce d'illusions. Et si tout ce qui lui avait rendu la vie si belle et si généreuse allait bientôt s'achever ? Si tout peut-être était déjà fini ? Et puis après ? Qu'y pouvait une femme ? Comment pourrait-elle mener dans ce monde étrange cette seconde partie de sa vie, qui s'approchait, qui allait bientôt commencer, à son cinquantième anniversaire ? Que pouvait une femme sans enfant, c'était son cas, sans talent et sans passion particulière, mis à part ses amis et la beauté qui lui avaient toujours facilité la vie, une femme qui, de surcroît et pour la plus valable des raisons, avait dû se débarrasser de son mari ? On lui disait toujours qu'elle était si aimable, et d'un si bon naturel ! C'était bien facile – comment aurait-il pu en être autrement ? – quand on avait tout pour soi ! Sa bonté était à l'image de son bonheur; et ce qu'elle aurait voulu savoir à présent, c'était si, au fil des années inconnues qui s'ouvraient devant elle, au-delà de la cinquantaine, chacune plus hostile et plus froide que la précédente, et la dépouillant davantage encore de ses charmes, si, au fil de ces années, elle serait toujours aussi charmante, et généreuse, et insouciante, et tout ça. Elle se souvenait de ses réflexions à propos de la fille à ce dîner de la veille, l'adolescente à la peau fraîche. Ce n'était pas du tout gentil. Et combien de temps encore demeurerait-elle celle qu'ils trouvaient "exquise", quand personne ne serait plus là pour s'en soucier ? Et ce qui serait plus terrible encore, ce serait de continuer de lever en souriant ce petit doigt qui faisait accourir tout le monde à ses pieds et que personne n'accourût plus.

Ses yeux s'assombrirent et il y passa un sentiment désagréable: la peur. Elle ne voyait plus sir Stilton. Tout ce qu'elle vit, en ces quelques instants d'effroi, ce fut une vieille femme de plus en plus abandonnée, mangeant de plus en plus, jusqu'à s'en rendre malade, et s'en prenant alors à sa servante.

Une voix se fit entendre, venant des ténèbres qui avaient pendant quelques secondes dissimulé sir Stilton à ses yeux, une voix qui sembla répondre à ses pensées: « Mais c'est à ce moment que les maris entrent en scène et qu'il devient maladroit de ne pas savoir les conserver ! Les amants, vous le savez sûrement, car vous étiez jadis une jolie femme et en avez probablement eu plusieurs... »

Jadis, il avait dit jadis. Ce mot la rendit une fois encore insensible à sa présence. Jadis.

Il demeurait vrai qu'il y a moins de six mois, Dwight... Quoi, se dit-elle, soudain frappée par une pensée douloureuse, comme je m'attache à

Dwight ! Cet enfant ! Comme s'il était mon seul espoir. Ce pauvre petit enfant...

« Les amants », reprit sir Stilton, « ainsi que vous devez vous en souvenir, finissent toujours par vous peser sur l'estomac. »

En reprenant conscience de sa présence, elle fixa sur lui un regard glacé. Quelle expression ! Quelle façon de décrire ces dénouements, tristes certes, mais qui ont leur charme, et sont toujours anoblis par une véritable détresse, ces dénouements encore si vifs dans son souvenir: avec le pauvre Adam Stacy, le prédécesseur de Dwight, c'était terminé depuis moins d'un an; et elle se souvenait de chaque mot de la rupture, et aucun qui ne fût à son honneur. La rupture avec celui d'avant, Perry Lanks – ou avec son prédécesseur ? elle ne s'en souvenait plus très bien –, devenu un homme célèbre, et qui s'était montré moins aimable, car c'était un homme de loi, et il voulait des faits.

« Oh ! Perry, en amour les faits n'existent pas ! » lui avait-elle dit, refusant toute contrainte de sa part. Après quoi, il avait suggéré, exactement comme s'il voulait lui faire subir un interrogatoire, qu'elle devenait quasiment cinglée.

« Ma chère, il y a toujours des faits », avait-il répondu d'un air las et patient.

Cependant, il n'y avait rien de vraiment tragique dans cette séparation, malgré sa conviction – et elle espérait n'en rien laisser voir – que lorsqu'un amant commence à paraître las et patient, c'est que c'est déjà fini. Quant aux autres, jusqu'à ce jour, elle n'avait eu pour eux qu'affection et tendresse.

Mais il y avait cet homme, ce Byles, dont chaque mot lui était comme une claque au visage, et qui comparait ses chers et tendres amants à des maux d'estomac.

« Je ne parviens pas à comprendre... » fit-elle.

– Pourquoi vos amies viennent me voir ? » conclut-il à sa place, achevant sa pensée.

– Exactement. Combien... » ajouta-t-elle, cherchant ses gants et son sac.

– Mais je n'ai pas encore mérité mes honoraires. Asseyez-vous. »

En effet, elle s'était levée, elle paraissait plus grande que lui.

« Merci, non », fit-elle en ouvrant son sac. « Combien ?... »

– Bien, restez debout, mais écoutez-moi.

– Je ne veux rien entendre. Combien ?...

– Écoutez-moi, je vous prie. Ne perdons pas notre temps », fit-il d'un ton tranchant. « La seule personne, en fin de compte, qui puisse être utile à une femme dont le parcours a été long...

– C'est bien ça ? » Elle l'interrompit et posa les billets sur la table, bien décidée à ne pas en entendre davantage.

« La seule personne au monde, je vous le répète, qui puisse encore s'attacher à une femme, qui puisse se tourmenter pour elle », poursuivit-il en repoussant les billets, « c'est son mari. Il n'y peut rien, le pauvre diable ! C'est ainsi, et tout ce que vous pouvez faire de raisonnable, c'est de vous mettre en rapport avec Skeffington le plus rapidement possible. C'est un bon conseil », dit-il, frappant la table avec un coupe-papier, « vous m'en serez reconnaissante jusqu'à la fin de vos jours, je vous l'assure. »

Il posa le coupe-papier et se leva. Il était plus petit qu'elle. C'était un homme épais, aux jambes courtes, et elle continuait de le dominer. Skeffington, en effet, pensait-elle en le regardant – elle avait encore un nez ravissant ! –, sans, pour rien au monde, le traiter de Skeffington le Juste. Comme s'ils étaient simplement amis !

« Pourquoi ne pas l'appeler Job, et qu'on en finisse », suggéra-t-elle froidement – du moins espérait-elle se montrer glaciale !

Pourtant, rien ne semblait pouvoir glacer sir Stilton. « Certainement », dit-il. « Ravi, j'aime les Juifs. Mettez vous en rapport avec Job. Vraiment, je veux dire. Il ne s'agit pas de s'imaginer qu'il est là quand il n'y est pas. Embrassez-le ! S'il vous hante, il est à vous ! La seule façon... vous feriez mieux de m'écouter », coupa-t-il car elle avait déjà tourné le dos et se dirigeait vers la porte, « la seule façon, disais-je, de se débarrasser des rêves et des illusions, c'est de se colleter physiquement avec eux. Comment pouvez-vous penser que puissent se terminer des affaires de cœur, si ce n'est par des contacts physiques ? Refaites connaissance avec Job. Voyez-le souvent. Invitez-le à dîner. Bref, violez-le, carrément ! »

Elle se retourna et le regarda, la main sur la poignée de la porte. « Je venais chercher de l'aide », dit-elle, « et tout ce que j'ai eu...

— Des insultes. Voilà ce que vous alliez dire. De votre point de vue, ce n'est pas faux. Vous ne pouvez accepter la vérité toute crue. Aucune femme ne peut. Mais je vous aurais bien aidée, si vous consentiez à accepter cette vérité ! Je vous ai donné le meilleur conseil possible. Suivez-le, et vous serez guérie. Un moment, je vous prie... » Il poursuivit, en levant la main. « Invitez ce malheureux à dîner, et vous verrez que dès qu'il sera près de vous en chair et en os, il cessera de l'être en esprit. Et aussi », fit-il rapidement, car elle ouvrait la porte, « si quelqu'un d'autre se met à vous tourmenter, qui ne fut pas votre mari, et si vous vous mettez à l'imaginer près de vous alors qu'il n'y est pas — ce qui peut arriver, prenez garde ! —, eh bien, invitez-le aussi à dîner. »

« Invitez-les tous », finit-il par dire, avec une légère grimace. « Invitez-les et jaugez-les. Ils vous jaugeront aussi, et vous verrez bien... »

Mais elle était déjà partie. Elle tira la porte derrière elle avec une telle violence que la femme vêtue comme une infirmière se précipita dans le hall. Le visage écarlate et les yeux brillants de rage, Fanny demanda sa voiture.

« Il est merveilleux, n'est-ce pas ? » fit l'infirmière, avec fierté.

— Oh ! c'est une merveille ! » s'écria Fanny en

traversant le hall à une vitesse telle que l'infirmière eut de la peine à la suivre.

Sir Stilton attendit dans son cabinet la patiente suivante. Il alla jusqu'à la fenêtre, qu'il ouvrit.

CHAPITRE II.

Au-delà du brouillard noir et épais qui stagnait au-dessus de Harley Street, d'où venait Fanny, comme de Charles Street qu'elle avait quittée quelques instants auparavant, et de la gare de Paddington, où elle se rendait à présent, c'était, hors de Londres, une belle journée d'hiver, lumineuse et glaciale, avec un ciel d'un bleu délicat sur lequel se découpaient les branches dénudées des arbres, qui formaient un gracieux entrelacs. Les alouettes frissonnaient en faisant leurs trilles. Dans les petites rues, dont les bordures d'herbes emmêlées ressemblaient à des rubans de gelée blanche, les cochers menaient leurs chevaux en sifflant gaiement. Les ménagères chantaient en battant les tapis contre les montants des portes. Tout cela étincelait tellement, et l'endroit semblait si féerique, que personne, dès qu'on avait quitté Londres, ne semblait plus de mauvaise humeur.

Fanny, qui se sentait étouffer en ville, imaginait le bonheur que ce serait d'être à quelques kilomètres de là, et de pouvoir, au soleil, en dépit de tout, essayer de retrouver un peu de calme. En quittant Harley Street, elle avait même pris le volant jusqu'à Paddington, décidée à y prendre le premier train, quelle que soit sa direction, pourvu que cela lui permît de changer d'air. Respirer, et penser. Mieux encore: respirer et ne penser à rien. Surtout respirer !

Il lui était tout à fait impossible de retourner chez elle sans s'être un peu reprise. Elle se sentait trop nerveuse pour pouvoir rencontrer qui que ce soit, pour supporter le visage vraiment trop banal de miss Cartwright ou subir l'interrogatoire inquiet de Manby. Elle dirait à miss Cartwright d'annuler ses rendez-vous de la journée et s'adonnerait à la solitude, assise au calme. Ainsi, elle pourrait retrouver tout son entrain.

Elle l'avait bien perdu. Pour la première fois de sa vie, elle venait de se trouver face à un homme vulgaire qui lui avait asséné en pleine figure des choses qu'elle n'aurait jamais imaginé que l'on pût penser à son propos et elle méritait bien une petite récréation. Récréation. Furieuse comme elle l'était, elle ne pouvait s'empêcher de sourire à ce mot. Même aux pires moments de détresse, ou de colère, elle était capable de rire d'elle-même – ce qui inspirait la tendresse, disaient ses amis. Mais, tout en l'admettant, ses amies, qui la trouvaient charmante, prétendaient que, si elle était capable de rire d'une petite anicroche amoureuse, elle rirait peut-être moins si celle-ci prenait de plus amples proportions. Elle était ennuyée, depuis quelque temps, de voir diminuer sa capacité de se tenir à l'écart, de se contrôler et de s'amuser de tout. Elle prenait au sérieux tout ce qui pouvait lui arriver. Elle manquait de cran. Était-ce vraiment une sérieuse détérioration de son caractère ? Ajoutez à cela cette manière de s'en prendre aux domestiques, et cette propension à trouver immédiatement des mots aigre doux pour décrire la jeunesse !

La faute de Job, bien sûr. Tout était de sa faute. Mais elle le laisserait à Londres, loin derrière elle. Aujourd'hui, elle avait décidé de l'oublier et de passer la journée à la campagne, n'adressant la parole à âme qui vive, refusant de se laisser aborder par qui que ce soit, libérée de tout et de tous. Elle éprouva une sorte de désir pour la pureté du froid, les choses solitaires, telles les primevères, la mousse et les petits taillis sans feuillage – elle souhaita qu'on ne fût pas le sept février, car alors elle aurait pu s'asseoir dans les sous-bois qui sentent bon la terre, l'humidité, et faire tranquillement un beau bouquet de primevères toutes fraîches !

Les trains avaient du retard à cause du brouillard, et le premier à partir, qui quitterait la gare quarante minutes plus tard que prévu, allait à Oxford. Oxford ferait très bien l'affaire, se dit Fanny en achetant son billet. Certes, il n'y aurait pas de taillis solitaires, mais elle pourrait se reposer dans le silence des vieux jardins. En outre, elle n'avait conservé d'Oxford que des souvenirs heureux: elle n'y était jamais allée avec Job. Et il n'y viendrait pas, il n'avait jamais été dans de tels endroits, car il avait fait toutes ses études dans des cours privés – il suffisait de consulter le *Who's who* pour le savoir. Byles n'y serait pas non plus, car la seule impression que Fanny devait en garder était son manque total de civilité. Mais Dwight, oui. Dwight serait là; elle en avait toujours conservé un agréable souvenir et peut-être même qu'au terme de cette longue journée solitaire, quand la nuit tomberait, elle pourrait aller jusqu'à sa chambre et lui demander quelques *muffins* – à condition, bien entendu, qu'elle se sente mieux.

Elle n'était toutefois pas absolument certaine d'y aller. À la manière dont Byles avait dit: « Oh ! ma pauvre amie ! », elle se dit qu'elle devrait peut-être attendre avant d'aller le voir, ou plutôt avant de lui permettre de la voir. Il avait de sa perfection, elle ne l'ignorait pas, les idées les plus poétiques et les plus romantiques, et s'il la voyait sous un jour défavorable, peut-être penserait-il qu'elle resterait toujours ainsi, et alors...

Un peu confuse, elle tenta de se ressaisir. Ce garçon ! Comme s'il fallait attacher de l'importance à ce qu'il pouvait penser ! Non, elle n'irait pas le voir... Il n'avait qu'à venir à Charles Street ! Était-elle si vieille qu'un étudiant d'Oxford puisse avoir à ses yeux quelque intérêt ? La prochaine fois, si elle n'y prenait garde, c'est à Eton qu'elle irait chercher ses admirateurs, et ces mots se glissèrent dans son esprit: "Pour le meilleur et pour le pire, dans la richesse et la pauvreté".

Comme il était agréable, et reposant, et rassurant de se remémorer ces paroles, pensa-t-elle tristement.

Mais c'est aux maris que celles-ci faisaient allusion ! Ce sont les maris qui doivent rester auprès de vous, pour le meilleur et pour le pire, dans la richesse et la pauvreté. Les amants, eux, n'y sont pas obligés, et n'y songent même pas; particulièrement les jeunes amants. Lorsqu'ils tombent amoureux pour la première fois, ils exigent tellement de l'objet aimé que tâcher de les satisfaire vous épuise vite, et vous met dans un état qui finit par les faire fuir.

Non point qu'elle n'ait jamais été confrontée à une telle situation – oh ! un tout petit peu sans doute, lorsque Dwight était venu la voir pour la première fois depuis sa maladie et qu'il l'avait regardée avec des yeux si tristes. Elle avait cru voir dans son regard une sympathie profondément amoureuse. Et voici qu'elle n'en était plus tout à fait sûre. Lui aussi aurait bien pu lui dire: "Oh ! ma pauvre amie !"

En faisant les cent pas sur le quai de Paddington, lieu de tant de départs heureux, car Conderley, dans ce qu'elle appelait à présent l'ère Conderley, tout comme les géologues parlent de l'âge reptilien, avait été gentilhomme de la Cour, et lorsque sa charge l'obligeait à se rendre à Windsor, elle l'accompagnait parfois et passait l'après-midi en sa compagnie, ne rentrant à Londres que pour le dîner, les bras chargés de fleurs et les yeux rayonnants de bonheur – car, qu'on le veuille ou non, il n'y a rien de tel qu'un amant pour rendre une femme rayonnante de bonheur. Faisant donc les cent pas sur le quai du souvenir, par cette matinée sombre et brumeuse, elle ressemblait, au milieu des autres voyageurs, à un oiseau de paradis égaré dans une volée de moineaux. Vraiment frappant ! Sa robe noire, comme disait Manby de la plus discrète de sa garde-robe, n'avait plus du tout l'air discrète auprès des vêtements de ces pauvres gens. Évidemment, étant donné la maison de couture d'où elle venait, elle avait beaucoup de chic, tout comme son petit chapeau, noir lui-aussi, un peu penché sur l'œil. Ce chapeau, tout humble, mais provocant aux yeux des pauvres femmes qui arpentaient le quai, était tout uni, avec seulement une plume rouge qui en dépassait gaiement et l'éclairait, et ses yeux, loin de sourire, brillaient encore de sa récente querelle avec sir Stilton et ses joues restaient tout empourprées de colère... Aussi ne passait-elle pas inaperçue et un petit groupe de femmes harassées, penchées sur leurs ballots et leurs enfants, la regardaient, mi-envieuses, mi-indignées.

« Il y en a qui se font entretenir », décidèrentelles; et la plus fatiguée fit remarquer à sa voisine qu'il y aurait beaucoup à dire sur ce genre de métier !

« Taisez-vous, Mrs Tombs ! » lui reprocha sa voisine.

« Hello, Fanny ! » cria dans son dos une charmante voix masculine, alors que le train se formait. « Que diable faites-vous dehors par un brouillard pareil ? » Et comme elle se retournait, à la fois surprise et contrariée, car elle n'avait envie de voir personne, elle entendit: « Vous semblez très en forme, ce matin. De nouveau vous-même, hein ? »

Il ne lui en fallut pas davantage pour se sentir mieux. Enfin ! après des semaines et des semaines, c'était de nouveau le ton familier de l'admiration ! Cela la réchauffa comme une gorgée de vin vieux. Cela la remonta comme un fortifiant. Plus que tout médicament ou que tout conseil de médecin, la voix et le regard de son cousin lui prouvaient qu'elle était toujours adorable. Au diable les anniversaires, au diable Byles, au diable Job ! se dit-elle, en rendant son sourire à ce regard qui s'attachait avec tant de vraie générosité sur le moindre détail de sa silhouette.

« Je sors d'un salon de beauté et du cabinet d'un médecin », dit-elle. « Si je n'étais pas en forme dans ces conditions, quand le serais-je ?

– Un médecin, Fanny ? Ma chère enfant ! » fit Pontyfridd en lui prenant le bras et en marchant auprès d'elle à la recherche d'un compartiment

libre. Pontyfridd était son cousin et avait été son premier amour quand elle était encore à l'école; ils étaient toujours restés les meilleurs amis du monde. « Par pitié ! ne vous mettez pas à fréquenter les médecins ! Vous avez suffisamment pris de médicaments, tous ces mois-ci, quand vous étiez à la campagne ! Oubliez tout cela et donnez-vous du bon temps ! Nigg – c'était sa femme – est tout le temps fourrée chez ce bonhomme, ce type, dans Harley Street ! Styles, ou un nom comme ça ?
— Byles », dit Fanny.
— C'est ça. Byles. Mon Dieu, quel nom ! Vous le connaissez ?
— Et comment ! » fit-elle gaiement. Soudain, Byles et ses propos odieux étaient devenus quantité négligeable. Elle était bien là, elle était bien elle-même, avec sa vigueur retrouvée, et comme elle se sentait à l'aise et rassurée après cet horrible moment passé chez Byles ! « Et voilà », ajouta-t-elle en souriant à Pontyfridd qui paraissait encore plus imposant dans son manteau doublé de fourrure, « je vais passer une journée à la campagne pour essayer de l'oublier.
— Merveilleux, chérie. Vous viendrez avec moi et nous ne penserons plus à lui. Attendez qu'il envoie ses honoraires ! Vous verrez ! Il ferait croire à ma pauvre petite Nigg qu'elle a plus de maux que ne pourrait en contenir son pauvre petit corps ! Je vais à Windsor. Je dois voir les Travaux Publics pour des restaurations au château. Nous déjeunerons ensemble et vous me direz ce qui

s'est passé dans votre petite tête pour vous décider à aller voir encore un médecin. Oui, chérie, vous déjeunez avec moi aujourd'hui », fit-il alors qu'elle allait ouvrir la bouche. « Quoi, il y a des années que nous n'avons fait une petite balade ensemble. »

Il l'aida à monter dans le wagon. « Tiens, les voilà ! » grommela Mrs Tombs en poussant du coude sa voisine. « Dans un wagon de première, alors que vous et moi, simplement parce que nous sommes des gens honnêtes, nous sommes en troisième, serrés comme des z'harengs.

– Taisez-vous, Mrs Tombs », la rembarra sa voisine, « taisez-vous, Mrs Tombs. »

Celle-ci, au contraire, refusa de se taire et se mit à commenter la qualité du plaid que le voyageur posait soigneusement sur les genoux de la voyageuse. « Regardez cette couverture », fit-elle à sa voisine embarrassée. « C'est de la fourrure, et de la vraie. Est-ce que vous et moi nous nous enveloppons dans de la fourrure comme ça ? Tu parles, mais c'est que nous sommes des femmes honnêtes, nous. Je vous le dis bien, ma p'tite ! il n'y a rien à gagner à être honnête.

– À présent, fermez-là ! » fit l'autre, choquée.

– Bon, je m'arrête. Je l'ai toujours bouclée, et que je la ferme ou pas, cela ne sert à rien, pas plus que d'être honnête. Et si on pouvait voir dans leur estomac, je parierais qu'ils sont pleins de bacon grillé. Ni vous ni moi nous n'avons du bacon dans l'estomac, et vous voulez que je vous dise pourquoi ?

– Non, je n'y tiens pas », fit sa compagne en la repoussant.

– Que vous le vouliez ou non, vous m'écouterez ! » insista Mrs Tombs. « C'est parce que nous sommes des femmes honnêtes, et cela n'enrichit pas. Ah ! j'en ai assez, et je laisserais bien tout tomber pour filer avec le premier venu qui me donnerait un bon breakfast bien chaud.

– Vous êtes une pécheresse et je vais prier pour vous. » Ce fut tout ce que sa voisine, outrée, trouva à répondre, en essayant encore de la tirer en arrière.

« George chéri... » commença Fanny. Elle prenait bien soin de ne pas regarder par la fenêtre, et bien qu'elle n'entendît pas clairement ce que disaient les deux femmes, elle soupçonnait bien qu'il s'agissait d'elle et de son cousin. « Pensez-vous que cette pauvre femme soit ?... Pensez-vous qu'elle a pu ?...

– Je l'espère bien ! » répondit Pontyfridd. Aussi rapide à voir qu'à écouter, il n'avait pas perdu un mot. « Pauvre fille ! » ajouta-t-il. « N'importe qui en aurait envie par cette horrible matinée ! Mais je dois dire que cela me paraît un peu tôt. » Et, dans une impulsion soudaine – il était connu dans la famille pour ses impulsions soudaines –, il ouvrit la portière, sauta sur le quai, se dirigea vers les deux femmes qui eurent l'air complètement affolées, et, tapotant d'un geste rassurant sur l'épaule de Mrs Tombs, lui dit:

« Vous allez rater le train, si vous restez là à

papoter. Allez au wagon-restaurant et commandez-vous un bon repas chaud ! Vous êtes mes invitées. Je préviens le serveur. Dépêchez-vous, et demandez beaucoup de bacon avec le poulet », ajouta-t-il en faisant un clin d'œil à la "pauvre petite" qui, ainsi qu'elle devait le dire par la suite, se serait volontiers laissé aller à pécher, et il poussait doucement Mrs Tombs, tandis que la "pauvre petite", au contraire, la tirait vers l'arrière du train.

« Regagnez vos places ! » cria le chef de train, longeant les wagons, son drapeau vert à la main.

« Une minute ! » demanda Pontyfridd. « Laissez ces dames aller jusqu'au wagon-restaurant. » Puis il regagna le compartiment, claqua la portière, arrangea le plaid sur les genoux de Fanny, et lui demanda si elle avait entendu leurs propos.

« Non », répondit-elle, « mais je pense que c'était grossier. Que disaient-elles ?

– Je vous le dirai au déjeuner », fit Pontyfridd en riant. Il se renfonça dans un coin de la banquette.

Mais à présent, il ne riait plus, et répéta: « Pauvre âme ! » Il se pencha à nouveau vers elle et lui demanda: « Fanny, vous êtes-vous jamais haïe ? » Et lorsqu'en souriant à une question aussi inattendue, et se sentant redevenir la femme adorable et désirable qu'elle était, elle répondit: « Non, aurais-je dû ? », il la regarda pensivement pendant un instant, lui tendit son étui à cigarettes et dit simplement: « Eh oui ! comme il en faut du temps pour être adulte, n'est-ce pas ? »

Fanny n'avait aucune idée de ce qu'il avait voulu dire; mais comme cela ne paraissait pas très engageant, elle décida de ne poser aucune question. Et puis elle décelait sur son visage une expression bizarre comme si, pour un peu, il allait se mettre à parler de la situation en Europe... C'était une expression sérieuse, un peu songeuse.

Elle-même était sensée; tout au moins, elle s'en était longtemps piquée et n'ignorait pas que les hommes, parfois, peuvent être sérieux. Laissons-les être sérieux dans leurs affaires, qu'ils soient ministres, évêques ou parlementaires, et ne gâchons pas les précieux instants où ils se trouvent seuls avec une jolie femme ! Chaque chose en son temps. La Bible elle-même dit qu'il y a un temps pour tout. Quant à l'expression "jolie femme", elle savait fort bien que c'était un euphémisme. Elle avait toujours été merveilleusement exquise et était absolument incapable de se rappeler une seule fois où, à son entrée dans une pièce, il ne se fît pas un brusque silence comme si chacun retenait sa respiration.

Jusqu'à ces derniers temps, elle avait toujours été très sûre d'elle-même, et à présent, devant Pontyfridd qui paraissait sous l'emprise de son charme, elle se sentait aussi sûre d'elle que jamais, oubliant ses soucis et ses doutes. Quant à sir Stilton, avec son grotesque "Oh ! ma pauvre amie", c'était comme s'il n'avait jamais existé ! Il était bien dommage que George, d'habitude toujours de bonne humeur et presque guilleret dans des occasions comme celles-ci, pût soudain se révéler si sérieux ! C'étaient sans doute ces deux ivrogneusses qui l'avaient troublé. Quel poète le pauvre Jim Conderley avait-il donc l'habitude de citer, qui prétendait ne pouvoir être réellement heureux lorsqu'il pensait au jour de sa mort ou à une femme atteinte d'un cancer ? C'était quelque chose comme ça. Elle ne pouvait se souvenir des termes exacts. Comme si être malheureux pouvait servir à quelque chose ! George était ainsi. Dès qu'il voyait un pauvre ou quelqu'un qui avait froid, sa bonne humeur retombait. Si Fanny n'avait pas été là, il aurait probablement donné sa pelisse à ces deux femmes. Quoiqu'il en soit, il leur avait offert un repas, comme elle s'en rendit compte lorsque le serveur apparut pour demander si tout allait bien.

« Vous êtes terriblement gentil, George », dit-elle quand l'homme s'en fut allé; et elle posa affectueusement sa main sur son genou. « J'aurais souhaité y avoir pensé. Mais je pense toujours aux choses trop tard, je veux dire aux choses de ce genre.

— Mon trésor, vous auriez été tellement intimidante, si vous aviez tenté de faire quoi que ce soit, que ces pauvres femmes se seraient enfuies comme des lièvres. » Soudain, en la regardant avec attention, il ajouta: « Froid ? »

Qu'a-t-il encore vu ? se demanda-t-elle en relevant brusquement son col.

Depuis un moment, le train était sorti du noir brouillard de Londres et roulait dans une sorte de crachin blanc. Une violente et désagréable clarté, dont il était difficile de s'abriter, emplissait le wagon et ne laissait à Fanny d'autre recours que de s'enfouir dans le col de son manteau. La colère que Byles avait suscitée en elle était retombée et ses yeux étaient moins brillants. Puis, il y avait eu ces femmes, et George pensait sûrement à elles, plutôt qu'à elle-même. Cela le rendait sérieux et la préoccupait. Elle avait beau essayer de sourire, son sourire diminuait peu à peu devant la violence de la lumière et, après West Drayton, elle ne sourit plus du tout, car il la regardait avec un air étrange. Il lui demanda si elle avait froid.

Cela signifiait qu'elle devait avoir l'air pincée. Très désagréable d'avoir l'air pincé ! Les ailes du nez, et tout ça !

« Oh ! non ! pas le moins du monde », répondit-elle vivement, un peu plus engoncée dans son col.

« N'avez-vous pas pris froid, Fanny ? » lui demanda-t-il de nouveau en se penchant et en arrangeant le col de son manteau pour mieux entourer sa gorge.

Ainsi donc, les yeux de George avaient aperçu cette partie de son visage qu'Hélène avait assuré nécessiter beaucoup de soins. Aussitôt, elle décida de ne déjeuner avec lui sous aucun prétexte. Vraiment, être assise en face de lui, devant une horrible glace sans tain dans laquelle elle pourrait se voir dégrafer son manteau !

Après l'avoir installée de façon à ce qu'elle eût bien chaud, il donna une petite tape quasi maternelle sur son manteau de fourrure.

« Vous n'auriez pas dû sortir par un temps pareil ! Il fait beaucoup trop froid pour une petite bonne femme comme vous. » En tirant une petite flasque et un gobelet de sa poche, il ajouta: « Ah ! voilà ! j'ai un peu de cognac, vous allez en prendre, cela vous réchauffera. »

« Ai-je vraiment l'air si frigorifiée ? » dit Fanny d'une voix tremblante.

– Pas frigorifiée, chérie. Vous ne pouvez être qu'adorable – c'était déjà mieux, pensa-t-elle –, mais un peu fatiguée », et il essaya de ne pas renverser de cognac.

Fatiguée. Et puis quoi ? Les yeux cernés, et tout. Comme elle détestait s'entendre dire qu'elle paraissait fatiguée ! Elle en avait horreur, car elle savait fort bien ce que cela signifiait, quand on lui disait, même avec sympathie: « Fanny chérie, comme vous avez l'air fatiguée ! Ne pensez-vous pas que vous devriez aller vous reposer ? »

« À Paddington, vous m'avez dit que j'étais... » Elle s'interrompit.

– Oui, à Paddington, en effet. On n'y voyait goutte et tout le monde – il sourit en lui tendant le gobelet – peut faire illusion quand il fait si sombre. »

Le cognac se renversa. Le train avait-il eu un cahot trop fort, ou bien tenait-elle le gobelet maladroitement, ou les deux ? Bref, le cognac se renversa.

« Ça n'est pas gentil », fit-elle, en repoussant le verre et en s'enfonçant dans son coin. C'était elle, à présent, qui entourait sa gorge du mieux qu'elle pouvait avec son col. « Non ! ne m'en reversez pas ! De toute façon, vous descendez bientôt. George, c'est la première chose désagréable que vous m'ayez jamais dite.

– Chérie, je préférerais mourir plutôt que de toucher à un seul de vos si précieux cheveux – les avait-il également remarqués et s'était-il rendu compte combien ils étaient peu fournis ? –, mais nous savons tous, n'est-ce pas, que vous avez été très malade et que vous n'êtes pas encore aussi résistante que vous le serez bientôt. Juste ciel ! voici Slough. Venez, la correspondance attend. »

Fanny ne voulut pas descendre. Non, elle irait à Oxford. Non, elle n'acceptait pas son invitation à déjeuner. Elle avait décidé d'aller à Oxford et s'en tiendrait là. « Vous allez rater votre train », lança-t-elle. Il était sur le quai et essayait encore de la convaincre.

« Ma chère Fanny, ne soyez pas contrariante. Regardez comme le soleil brille. Et pourquoi Dieu iriez-vous à Oxford perdre votre temps avec des étudiants ? »

Perdre son temps ! Voulait-il insinuer que même les étudiants, à présent ?... Elle le regarda, effrayée. Rien ne pourrait la faire céder. Il pouvait partir. Alors que son train quittait la gare et amorçait la courbe qui conduit à Windsor, et que le sien poursuivait sa route vers Oxford, elle se sentit de nouveau fatiguée, abattue.

Puis, elle se ressaisit. « Je deviens trop méfiante et trop susceptible », dit-elle à haute voix... Puis elle s'avoua que ce dont elle avait surtout besoin, c'était d'un bon repas. La première chose qu'elle ferait en arrivant, ce serait de se mettre à la recherche d'un restaurant où déjeuner.

Évitant les grand hôtels, elle en découvrit un modeste, dans une petite rue à l'écart, où elle déjeuna seule, avec pour toute compagnie une vieille dame assise dans un coin sombre, et servie par un vieux maître d'hôtel. Il y avait dans la pièce un grand feu clair et un vaisselier avec des soupières vides, en ruolz, et d'énormes cloches qui ne recouvraient rien. Elle trouva la nourriture bien meilleure que ce qu'on aurait pu lui servir chez elle.

Pourquoi Mrs Denton ne m'en fait-elle jamais ? se demanda-t-elle, en dégustant un plat qu'elle ignorait et trouva excellent.

Par le maître d'hôtel, quelque peu surpris de sa question, elle apprit que c'était une sorte de pâté en croûte avec des légumes, qu'on lui dit, étonné des éloges qu'elle en faisait, être du chou. Du chou frisé de Milan, précisa le maître d'hôtel. Du chou frisé de Milan, répéta Fanny, essayant de s'en souvenir afin de demander à Mrs Denton si elle connaissait cela.

Après le pâté en croûte, on lui servit une tarte

aux pommes avec de la crème, qui ne se révéla pas être aussi bonne. Il fallait vraiment avoir faim, pensa-t-elle, pour manger cette sorte de carton-pâte. Le café, lui, était chaud et pas mauvais du tout et, pour le boire, elle avança sa chaise près du feu. Elle alluma une cigarette et, n'ayant plus faim, se sentit satisfaite, après les diverses émotions de la nuit et de la matinée, d'être ainsi assise, se chauffant les genoux à un feu étranger, à Oxford, dans un état voisin de la sérénité.

C'est cette viande, conclut-elle. Je sais que Edward aurait dit que j'ai trop "bâfré", ou quelque horrible mot de ce genre. Edward avait succédé, dans sa vie, à lord Conderley et avait fait avec lui un violent contraste, comme l'âge des mammifères après celui des reptiles. Elle le reconnaissait volontiers, ses réactions étaient un peu en veilleuse, alourdies par le pâté en croûte, d'où sa somnolence. C'était bien agréable. Surtout ne pas oublier de demander à Mrs Denton si elle sait comment cela se prépare. Elle pourrait essayer quand Job commencerait de la tourmenter. Et, tout en contemplant le feu dans la cheminée, ses pensées allèrent vers Edward, alors dans la force de l'âge.

Cher Edward. Quels éclats de rire ça avait été ! Tellement insolent envers tout le monde et avec tout ce que Conderley lui avait appris à respecter ! Il n'ouvrait jamais un livre. Il prétendait que la poésie lui donnait des brûlures d'estomac. Et une fois, au début de leur liaison, alors qu'elle se trouvait encore dans l'ambiance Conderley et avait dit quelque chose à propos de Wordsworth, il avait traité celui-ci de "Face de lune". Cette réflexion, tout à fait irrespectueuse, l'avait fort amusée. Étrange la vertu du changement ! Cher Edward ! Il était si charmant, à Ascot, avec son haut-de-forme gris. Bien sûr, tout cela avait fini dans les larmes – pas le haut-de-forme, bien sûr, encore qu'elle se demandât comment pouvaient bien finir les hauts-de-forme gris ! –, mais leur bonheur à tout deux. Ses larmes à lui aussi, cette fois. De tous, Edward avait été le seul véritablement capable de pleurer. Puis, elle s'était éprise de Perry – c'était celui qui finissait par être las et patient – et la seule chose décente qu'elle avait pu faire avait été de se séparer d'Edward. Elle espérait que tout avait continué d'aller bien pour lui. Même aujourd'hui encore, elle le souhaitait ardemment ! Il avait été si beau garçon ! Oui, cela lui ferait de la peine d'apprendre qu'il avait peut-être engraissé et, dans ces îles des tropiques où il avait été nommé gouverneur ou quelque chose dans ce genre, qu'il s'adonnait au whisky !

Plongée dans ses souvenirs, elle fumait tranquillement. Mais la vieille dame, toujours assise dans son coin sombre, l'observait avec hostilité. Toutes les vieilles dames appartenant à cette classe sociale qui est l'épine dorsale de l'Angleterre, et tous les ecclésiastiques aussi, qui ignoraient qui elle était, avaient peu à peu pris l'habitude de considérer Fanny avec suspicion. Son visage fatigué attirait les regards. Les femmes réellement bien, prétendaient ecclésiastiques et vieilles dames, ne doivent jamais attirer les regards par leur aspect fatigué, voire flapi; ne surtout pas être trop flapie ! Toute femme vraiment honnête peut certes, petit à petit, se faner. C'est tout. De plus en plus faibles et effacées, elles deviennent comme des mères.

Tout de même, à cinquante ans, Fanny ne ressemblait à la mère de qui que ce soit, mais elle était devenue cette sorte de femme dont les ecclésiastiques instinctivement se détournent, changeant de compartiment plutôt que de se trouver assis en face d'elle et qui, s'ils la croisent dans la rue, font semblant de porter leur regard sur l'objet le plus proche. Si, lors d'une réunion publique, elle se trouvait assise sur l'estrade à côté de quelques évêques, que son nom fût inscrit sur la liste des membres de soutien et qu'en la lisant ils pussent apprendre qui elle était, leur confiance et leur admiration, alors, ne connaissaient soudain plus de bornes.

« La très belle lady Frances Skeffington, que ses amis appellent Fanny, était là. Vous savez bien, la fille du duc de St Bildads, le malheureux qui s'est ruiné pour avoir à payer trois fois en cinq ans des droits de succession ! » disaient-ils à leur femme sur le chemin du retour. « L'archevêque semblait prendre un grand plaisir à l'avoir assise à côté de lui.

– N'est-elle pas divorcée, ou quelque chose comme ça ?

– Ma chère, gardons-nous de juger. »

Or, elle ne se trouvait pas dans une réunion publique. Il n'y avait aucune liste de membres, de soutien ou non, et la vieille dame se fiait surtout aux apparences qui, dans cette salle à manger, étaient toutes contre Fanny. Elle entendit une voix venant du coin sombre et qui disait très nettement: « La fumée me gêne ».

Cela la fit tressaillir. Elle se retourna aussitôt. « Je suis désolée », dit-elle en jetant sa cigarette dans l'âtre.

« Si vous m'aviez demandé si cela me dérangeait, je vous aurais répondu que oui », dit la vieille dame en pliant sa serviette et en la glissant dans un rond en os. « Mais comme vous ne me l'avez pas demandé, il me faut tout de même vous dire que cela me gêne. Cela me gêne même beaucoup.

– J'en suis désolée », répéta Fanny.

Puis il y eut un silence durant lequel la vieille dame, de son coin, jeta un regard hostile et inquisiteur sur le petit chapeau noir. En effet, Fanny qui lui prêtait à présent attention, et trouvait grossier de rester le dos tourné, avait fait pivoter sa chaise. La vieille dame regardait aussi la courbe que faisait la petite plume rouge, la courbe d'un nez qu'elle ignorait avoir été admiré et une boucle d'oreille faite d'une seule pierre, qu'elle jugea en toc.

On peut excuser une jolie fille d'être une jolie

fille, pensa-t-elle, car elle n'y est pour rien, mais une femme d'un certain âge ne peut que se reprocher de paraître plus ou moins belle grâce à des artifices qui devraient lui paraître honteux. Fanny, à présent, aurait dû en rougir. Fardée et pomponnée ainsi, en voilà une qui est sûrement venue ici pour essayer de "lever" quelque garçon innocent.

Et elle remercia le ciel de n'avoir pas elle-même quelque innocent garçon, ni ce qui doit ou devrait précéder la naissance d'innocents garçons: un mari. Car les maris aussi, elle le savait bien, peuvent se laisser prendre dans les rets des femelles.

Peut-être va-t-elle s'en aller, se dit Fanny, qui avait vu la serviette glisser dans le rond et en avait déduit que cette vieille dame devait avoir pris pension à l'hôtel.

Elle mourait d'envie d'une cigarette, puis de sortir au soleil avant que cette belle journée d'hiver ne sombre dans le crépuscule. Mais comme la vieille dame ne bronchait pas, elle se leva, lui sourit vaguement par-dessus son épaule et, ne recevant en retour aucun signe de vie, sortit dans la ruelle.

En face se trouvait une porte sur laquelle était écrit: "Fumeurs". Elle ouvrait sur un petit salon, avec un beau feu dans la cheminée. Elle entra, approcha un siège confortable et alluma une cigarette. Elle n'était pas installée depuis cinq minutes que la vieille dame entra et resta debout à la regarder.

« Est-ce que je vous prive aussi de feu ? » demanda Fanny, après un moment de silence, en tirant sa chaise de côté. « Oh, et... » ajouta-t-elle en se tournant vers elle en souriant, « ma cigarette vous dérange-t-elle aussi ?

— Certainement », répliqua sèchement la vieille dame.

— Mais, il est écrit sur la porte que...

— Vous me demandez si cela me dérange, et je vous réponds.

— Dans ce cas, alors... »

Et la cigarette fut aussitôt jetée dans l'âtre.

La vieille dame se tenait debout au milieu de la pièce, appuyée sur sa canne. « Si je ne l'ai pas dit cent fois à la direction, je ne l'ai pas dit une seule », dit-elle, irritée, « la pancarte sur la porte doit être remplacée par: "Privé". Vous êtes dans mon salon.

— J'en suis tout à fait navrée », dit Fanny en se levant précipitamment. « Vous pensez bien qu'il m'était impossible de le deviner.

— Dois-je ajouter que j'ai l'usage exclusif de cette pièce tant que je suis la seule pensionnaire de cet hôtel ? Les clients de passage n'y sont pas admis. Je pense que vous êtes de passage.

— Soit. Mais j'ai le droit de prendre une chambre pour une nuit et d'être admise dans ce salon, non ? » demanda Fanny.

— Certainement, si vous avez de l'argent à jeter par les fenêtres. » La vieille dame toisait Fanny en ayant l'air de se demander d'ailleurs d'où pourrait bien venir cet argent. « C'est bien cher payer le plaisir d'une cigarette.

– Je pourrai en fumer plusieurs pour le même prix !

– Eh bien ! Je vais regagner ma chambre. Oh ! j'y suis habituée ! Il y a tellement de gens bizarres qui viennent à Oxford pendant le trimestre, et tous veulent venir fumer ici. Les gens de l'hôtel ne sont pas aimables et ne font rien pour les en empêcher. Quelquefois, c'est tout juste si je ne devrais pas céder ! Mais comme je passe ici la plus grande partie de l'année, je suppose qu'ils tiennent à ma clientèle. Il y a une troupe théâtrale à demeure, et toute leur bande désagréable. Ils s'installent ici, ils font du vacarme et la direction de l'hôtel ne fait rien. Moi, je n'aime pas le cinéma, mais on devrait bien en ouvrir dans les villes universitaires. Ces créatures grotesques, ces soi-disant "stars" sont fixées sur l'écran et ne peuvent en sortir à la fin de la séance. Au moins, elles ne déambulent pas dans la ville, gênantes et provocantes ! »

Durant cette diatribe, Fanny s'était lentement dirigée vers la porte. Elle sentait qu'on allait la retenir par le revers de son manteau. La pauvre femme n'avait, de toute évidence, personne à qui parler et elle bouillait d'envie de dire tout ce qu'elle avait sur le cœur. Si elle avait été vraiment sympathique et gentille, Fanny serait restée et l'aurait écoutée, mais c'était au-dessus de ses forces, tant était irrépressible son besoin de prendre l'air. Elle avait toujours eu les importuns en horreur. Il y en avait un, terrible, dans un poème que Jim lisait toujours à voix haute, et qui parlait sans cesse, s'accrochant comme un cauchemar aux basques du malheureux sur lequel il avait jeté son dévolu, et qui n'avait de cesse d'avoir débité tout son soûl. Cette vieille femme avait avec lui des signes de parenté indéniables. C'était tout le contraire d'une nuit de Laponie ! Chez elle, rien de calme ni de serein, et surtout rien d'aimable ! Cette image de la vieillesse n'était pas très juste. Le poète qui avait écrit cela devait être très jeune et peu familier des vieilles personnes. Celle qui se trouvait devant elle était malheureusement plus proche de la réalité. Un jour, serait-elle ainsi ? Si vieille que tous ceux qui auraient encore pu l'aimer seraient morts, traînant ainsi d'hôtel en hôtel parce que ses servantes, elles aussi, seraient mortes, et qu'elle n'aimerait pas en engager de nouvelles ? Ou pis encore, se trouvant entre les griffes d'une dame de compagnie qui, lorsqu'elle serait de mauvaise humeur, en profiterait pour la maltraiter ? Noble et adorable petite Fanny, que la vie avait entourée de guirlandes de fleurs, et dont le corps tout entier – bizarre comme les citations de Conderley tombaient juste ! – serait un jour drapé de guirlandes de soie. Finirait-elle ainsi ? – c'était toujours la citation.

La vieille dame, qui avait compris ce que l'avenir réservait à Fanny, s'installa dans le fauteuil qui, de toute évidence, était celui qu'elle préférait et que – une malchance de plus ! – Fanny avait choisi. Elle s'y effondra. Pourquoi ne part-elle pas ? pensait-elle. J'aimerais bien faire la sieste.

Malgré la crainte d'être retenue par le revers de son manteau, Fanny hésita. Elle imaginait sans peine, si elle partait, ce qui se passerait derrière la porte refermée: le silence de cette pièce d'hôtel crasseuse, vide, mis à part ce personnage solitaire assis près du feu et qui, pendant des semaines, des mois, plusieurs années peut-être, resterait là, dans ce même silence, exception faite des brèves apparitions de la troupe de comédiens et de quelque accrochage, sans doute mordant, avec la direction de l'hôtel. Et Fanny pensa qu'un jour, elle serait assise ainsi, après une dispute avec sa dame de compagnie, et elle se demanda, car le meilleur d'elle-même prenait toujours le dessus, si elle ne devrait pas rester avec cette pauvre femme et l'écouter. C'est ce qu'aurait fait George. Il fallait voir comme il avait été aimable avec ces femmes, à Paddington. Il leur avait même tapoté sur l'épaule.

Mais le meilleur d'elle-même n'était pas encore suffisamment développé. « Comme il faut du temps pour être adulte ! » avait dit George dans le train, frappé par quelque chose qu'il ne distinguait pas très bien en elle, et qui n'avait pas eu le dessus depuis bien longtemps. Dans la rue, le soleil brillait avec trop d'éclat et le salon, orienté au nord, avec ses vieux meubles fatigués, ressemblait trop à un tombeau. Certes, il était vrai qu'elle pourrait, un jour, se retrouver ainsi, assise toute seule, mais en attendant...

En attendant, elle s'enfuit. J'aurai tout le temps d'y penser ! se dit-elle en ouvrant la porte. Et après un rapide signe d'adieu, elle s'engagea dans la ruelle.

Sur quoi, la vieille dame dit: « Dieu merci ! » et s'installa confortablement dans son fauteuil, où elle s'assoupit aussitôt.

Comme il faisait beau dehors, et le calme glacé de cet après-midi d'hiver !

Fanny se tint un moment au bord du trottoir, aspirant à pleins poumons l'air clair, pur et froid, secouant ses vêtements de ce qu'elle ressentait comme l'odeur de la mort. Ici, dans les rues, il n'y avait que la jeunesse – vivante, énergique, folle, merveilleuse jeunesse avec ses alternances de bonheurs et de déchirements du cœur. Autant elle avait laissé dans le vieux salon comme une odeur de mort, autant il y avait ici comme une odeur de lait frais. Comme ils seraient surpris, ces jeunes gens, se dit-elle, amusée, si je leur disais qu'ils me font penser à du lait frais ! C'était pourtant ainsi. Des seaux remplis à ras bord de lait frais et mousseux, partout. Partout des jeunes gens en groupes, aux beaux cheveux épais – elle était particulièrement sensible à la belle épaisseur de leur chevelure –, aux visages éclatants et rougis par le froid.

C'est merveilleux, se disait-elle. Elle oubliait

Byles et George, et Job, et levait son visage pour l'offrir au soleil. Vraiment, elle était heureuse d'être venue !

Quelques seaux de lait frais qui passaient sur le trottoir – en elle-même, elle leur demanda pardon, elle voulait dire quelques jeunes gens – la regardèrent un moment, timidement, cachant aussitôt sous le voile de leurs bonnes manières leur admiration et leur intérêt. C'était certainement de l'intérêt, et elle espérait aussi que ce fût de l'admiration, mais elle ne pouvait pas en être tout à fait sûre, éblouie par la trop forte clarté du soleil. C'était si bon, après tout, d'être admirée par ces charmants garçons, tellement bon que, pour sa propre satisfaction, elle décida qu'ils l'admiraient, dût-ce être faux.

Son intention avait tout d'abord été de se promener dans le jardin de St John's College, mais c'était un peu loin et elle avait mis tellement de temps à digérer le pâté en croûte et à écouter la vieille dame que, d'ici une heure, le soleil commencerait de décliner et les portails de se refermer. Elle préféra le jardin de New College, car elle se trouvait à quelques minutes seulement de la petite rue sinueuse qui mène à l'entrée principale. Elle n'avait pas besoin de demander son chemin, c'était le collège de Dwight. En effet, elle avait quelques fois déjeuné dans sa chambre et connaissait bien la petite rue, l'adorable jardin et l'allée tranquille, tout au bout, avec son haut mur d'un côté et sa rangée d'arbres de l'autre, qu'elle parcourait avec lui, en faisant les cent pas après le déjeuner. Dans cet isolement, il pouvait librement donner cours à son admiration pour elle tout en accompagnant de grands gestes ses paroles – il étudiait les langues modernes et avait un riche vocabulaire – tandis qu'elle écoutait les corneilles dont les croassements, tels des cris d'enfant, la fascinaient, quand elles s'aimaient ou se querellaient dans leurs nids cachés aux creux des vieux ormes. Et Dwight dirait que ce déjeuner avait auréolé sa chambre d'une gloire éternelle qui brillerait à tout jamais – "Oh ! Dwight ! comme il y a longtemps ! Regardez la corneille ! Pensez-vous qu'elle soit tendre ou en colère ?" – de sa splendeur, de son rayonnement, un mot comme ça, plutôt splendeur, car il préférait les mots sonores.

C'était la grande difficulté, avec Dwight: dès qu'elle se trouvait avec lui, elle devenait distraite, ne pouvait plus fixer son attention. Tout simplement elle n'y parvenait pas. Même lorsqu'il était presque à ses genoux, à Charles Street, lui disant qu'elle était la plus belle créature sur terre; et même si une partie d'elle-même appréciait beaucoup cette déclaration, l'autre partie ne pouvait s'empêcher de se demander si miss Cartwright avait pensé à appeler Harrod's pour le nettoyage des fauteuils.

Elle savait bien que c'était dur pour Dwight, un si brave garçon, et si séduisant, dont la dévotion avait été particulièrement bienvenue et si rassurante, mais qu'y pouvait-elle ? Se corriger ? Oui, sérieusement, elle essaierait. Mais, en attendant, comme il était agréable de marcher sans lui, le long de ce qu'ils appelaient leur allée. Les corneilles lui faisaient une excellente compagnie en cet après-midi parfait. Elle pouvait penser à lui, qui devait être enfermé pour préparer ses examens, avec une bien vive tendresse parce qu'elle n'était pas tentée par ce besoin de distraction que lui donnait toujours son flot d'éloquence intarissable et étrangement monotone.

Il était au demeurant assez agréable de se retrouver seule à Oxford, se disait-elle en franchissant la grille pour pénétrer dans le jardin, car les souvenirs ici étaient tout récents, et innocents, et intacts. Combien ils auraient été différents si elle s'était rendue à Cambridge ! Mais elle n'aurait pu aller à Cambridge. Elle n'y était pas retournée depuis des années et des années. Car c'était là que son cher et unique frère, son Treppington chéri, avait fait ses études, l'être sur terre qu'elle avait le plus aimé. Durant ses quelques semaines passées à Trinity Hall, avant la déclaration de guerre – il était parti dans les premiers et avait été tué aussitôt –, elle avait passé chaque week-end à Cambridge, couchant au Bull et prenant tous ses repas, même le petit déjeuner, dans son pigeonnier en haut d'un escalier de bois qui ressemblait à une échelle, dans Neville's Court.

Sans aucune raison apparente, le souvenir de ces brefs instants d'intense bonheur lui revenait alors qu'elle pénétrait dans les jardins de New

College. Elle avait près de dix ans de plus que lui et il n'y a rien qu'elle n'eût fait pour lui. Oui, rien, car c'est à cause de lui, bien qu'elle n'en ait jamais soufflé mot, qu'elle avait épousé Job.

Fanny avait toujours pensé que ce richissime Mr Skeffington, qui avait un don extraordinaire pour accroître sans cesse sa fortune, était un merveilleux parti pour une fille sans le sou. Tout comme Jean-Sébastien Bach pouvait tout faire, une fugue immortelle par exemple, en alignant à son gré une série de petits symboles noirs, Job pouvait, avec de l'argent, faire ce qu'il voulait. En un clin d'œil, celui-ci affluait dans ses poches, comme en dansant, mais c'était un clin d'œil tout à fait différent de son clin d'œil de bon chien, qu'elle connaissait bien, car ces clins d'œil, les siens et ceux de ses amis financiers étaient durs comme l'acier et acérés comme ceux d'un faucon. Il avait, pour attirer l'argent, un instinct infaillible, et ensuite, il le manipulait avec l'aisance d'un génie. Invariablement, il achetait et vendait aux meilleurs moments. Dans la vie privée, il était gentil, et généreux, et attentif et dévoué, bref le gendre idéal pour un duc ruiné qui, après le divorce, se montra sincèrement affligé, et non pas seulement parce que cette fortune avait été une véritable aubaine.

« Fanny, mon enfant, faut-il vraiment ? Faut-il vraiment ? » avait demandé le vieil homme. « Ne pensez-vous pas que si vous y mettiez toute votre volonté, vous pourriez peut-être ?... »

Fanny avait secoué la tête. « Sept, c'est trop », avait-elle répondu. « Et puis, c'est devenu une habitude et bientôt on arrivera à soixante-dix-sept. Voulez-vous que je pardonne soixante-dix-sept fois ? »

Non, le vieil homme ne souhaitait pas qu'elle eût à pardonner soixante-dix-sept fois.

Treppington était à Cambridge lorsque Fanny se fiança, et elle vint lui parler afin qu'il fût le premier informé.

« Quoi ? Ce Juif ? » s'était-il écrié, horrifié. « Mais, Fan, c'est impossible !

– Pourquoi pas ? Tu verras. C'est un homme tout à fait charmant. Vraiment très agréable. Plus que les plus agréables que nous connaissons et, bien sûr, le plus beau.

– Mais pense à son nez !

– Je sais. J'y ai beaucoup pensé. Et j'en suis venue à la conclusion qu'il n'y a pas que le nez qui compte.

– Tu crois ? Et tu sais que chaque matin il te faudra commencer la journée avec son nez devant toi, au-dessus du bacon ?

– Il n'y aura pas de bacon. Je serai juive, moi aussi, et les Juifs ne mangent pas de bacon.

– Toi aussi, juive ? » s'était-il écrié, complètement abasourdi. « Oh ! mais Fan, c'est impossible... »

Elle avait alors passé son bras autour de sa taille et avait voulu l'embrasser. Mais il l'avait repoussée et s'était assis, la tête entre les mains.

« Maintenant, Trippy, mon petit amour », avait-elle dit en se penchant sur lui et, dans l'espoir de le faire sourire, en lui donnant un "baiser de papillon" avec ses grands cils, « maintenant ne sois pas stupide et ne jette pas d'eau froide sur mes projets amoureux. Sois un bon frère et donne-moi ta bénédiction, s'il te plaît, mon chéri. »

Mais Trippington, ne faisant aucun cas de ses câlineries, s'était contenté de dire: « C'est dégoûtant ! » Et, aussitôt, comme hors de lui, il avait annoncé qu'il sortait un instant, car il était sur le point de se trouver mal.

Et à présent, lui, pour qui elle avait épousé Job, afin que l'hypothèque puisse être levée sur les milliers d'hectares que leur père avait dû aliéner, et que ceux-ci puissent lui revenir au moment de l'héritage, selon les traditions ancestrales, il avait depuis longtemps disparu de sa vie, tout comme Job, qui avait rendu possible cet héritage – Trippy à tout jamais, derrière les grandes portes de fer de la mort, et Job aussi pour toujours, bien sûr, mais un autre toujours. Job, elle pourrait le retrouver, si elle le désirait, et même l'inviter à dîner, selon le grotesque conseil de sir Stilton. Mais Trippy, son cher Trippy, après tout, n'avait-il pas été heureux de n'avoir jamais eu à vieillir ? N'était-ce pas une sorte de bonheur, avant ces horribles années qui approchaient, que de savoir que lui, au moins, était sauvé pour l'éternité ?

Perdue dans ses pensées, elle avait atteint l'allée au fond du jardin. Elle avait marché, avec cette grâce qui rendait ses mouvements si agréables à observer, le long de la large bordure de gazon abritée par un grand mur gris. Deux *dons*, qui discutaient de Pythagore dans une chambre surplombant le jardin, s'interrompirent en la voyant approcher.

« Qui est-ce ? » fit le premier en chaussant rapidement ses lunettes.

« Je l'ignore », répondit l'autre, qui en fit autant. « Mais à en juger de loin, je dois dire qu'elle a dû être bien séduisante.

– Oui, mais nous ne voyons pas tout. Et les femmes, de dos, sont toujours plus séduisantes que de face.

– Oh ! oh ! quel côté préférez-vous ?

– Les deux. Bon, revenons à Pythagore... »

S'avançant dans l'allée, Fanny était parvenue au point où celle-ci amorce une courbe derrière les arbres où nichent les corneilles et, devenue plus étroite, longe le côté sud du jardin jusqu'aux grilles d'entrée. Il y avait là un banc, et sur ce banc, malgré le froid glacial en cet endroit ombragé, étaient assis un jeune homme et une jeune fille, qui s'embrassaient sans se soucier de personne. Disons qu'ils se tenaient étroitement enlacés. Fanny avait rarement vu deux êtres enlacés de manière aussi chaste, aussi tendre, mais aussi ferme. Le bonnet de la jeune fille était tombé à terre sans qu'elle s'en fût rendu compte. On n'apercevait que ses épaisses boucles brunes, follement ébouriffées... Ils étaient tellement pris l'un par l'autre ; l'endroit, avec son écran d'arbustes, était si sombre, et Fanny, en avançant, était si légère, pour ne pas dire évanescente, qu'elle se trouva face à eux avant même qu'aucun ne s'en fût rendu compte. Elle avait manqué trébucher sur leurs jambes allongées et, à la fois effrayée et gênée, vraiment navrée d'avoir dérangé ce qui était après tout l'un des plus doux moments de l'existence, elle balbutia une sorte d'excuse, pressant le pas, la tête penchée et les yeux discrètement baissés. Mais ils commirent tous deux l'erreur que font en ce cas les lapins: au lieu de demeurer immobiles et enlacés, ils se séparèrent précipitamment. Elle reconnut Dwight.

« Oh ! » fit-il, se levant et ramassant machinalement son écharpe tout en mettant de l'ordre dans ses cheveux. Son visage devint écarlate.

« Oh ! » fit Fanny, hésitante, incapable pour une fois de faire face à une telle situation.

La jeune fille, dont le visage était tout aussi écarlate – mais sans doute à cause de la violence du baiser –, était restée assise, les boucles de ses cheveux en désordre. (Heureuse créature, pensa Fanny, même en cette difficile épreuve, d'avoir tant de cheveux et dans un tel désordre !) Elle écarquillait les yeux, à la fois décontenancée et provocante, vers cette grande dame qui manifestement semblait connaître Dwight.

Était-ce sa mère ? Elle avait entendu dire que

les riches Américaines étaient terriblement élégantes. Et si c'était sa mère, le feu n'était-il pas aux poudres ? Mais à l'expression de la dame et à celle de Dwight, il semblait que ce fût déjà fait – encore qu'elle ait simplement pris du plaisir avec Dwight, et lui en ait également donné. Qu'y avait-il de mal dans tout cela ?

Elle tira Dwight par la manche. « Si c'est ta mère, il vaudrait mieux me présenter », lui murmura-t-elle. Mais ils étaient tous les trois si proches que même murmurer était déjà manquer de tact.

« Allons, Dwight », dit Fanny, véritablement désolée pour lui. Il marmonna quelque chose. Ni Fanny ni la jeune fille n'en furent plus avancées. Miss Parker, Perkins, Parbury, Partington... Ça ressemblait à quelque chose comme ça, quelque chose commençant par "Par", et se terminant dans la plus parfaite confusion. La jeune fille, quant à elle, n'avait saisi qu'une seule syllabe: "Skeff". Mais ceci lui avait suffi pour comprendre qu'il ne s'agissait pas de la mère de Dwight, à moins qu'elle se fût remariée. Peut-être sa tante, alors, encore qu'elle ne comprît pas pourquoi, si ce n'était que sa tante, il se fût montré aussi gêné.

Puis on se serra la main. La fille, qui s'était relevée, se révéla être une petite chose boulotte, toute ronde dans un chemisier de tricot jaune – trop serré, en effet, se dit Fanny qui, face à cet accoutrement, se trouva plus que jamais désolée pour Dwight. Comme ce pauvre garçon avait dû souffrir de sa minceur à elle, et de son souci appuyé de ne pas le laisser approcher de trop près – pas plus près qu'avant sa maladie, lorsqu'elle avait encore assez de cheveux pour les lui laisser toucher. Cette petite fille dodue, dont le chemisier allait craquer, était appétissante, bien en chair, bien sanguine, vivante, presque à croquer de vitalité; et Fanny, en la regardant, eut l'impression que ses os à elle n'étaient recouverts de peau que par un minimum de décence et qu'elle n'était plus qu'un pâle fantôme égaré dans un passé qui refroidissait rapidement, égarée au milieu d'une génération toute chaude à laquelle, désormais, elle n'appartenait plus. Et puis non, après tout, même confrontée à la généreuse jeunesse de cette fille, même si elle n'avait pas été froissée d'être prise pour la mère de Dwight ! Certes, elle aurait facilement pu être sa mère. C'eût été la conclusion naturelle à laquelle cette jeune fille pleine de vigueur aurait dû arriver. Mais aussi, elle était véritablement trop désolée pour lui, qui se tenait là sans défense, ses belles et éloquentes paroles réduites au silence, pour être de surcroît froissée par quoi que ce soit d'autre.

Elle n'avait aucune idée de ce qu'il y avait lieu de faire. Dwight non plus. Après ce qu'elle avait vu, toute conversation banale eût été dérisoire. La moindre bienveillance de sa part n'aurait pu qu'accabler un peu plus le pauvre Dwight. Il n'était pas question de les inviter dans un restaurant – The Miter, par exemple –, ou ailleurs, ni d'aller s'asseoir devant une tasse de thé avec lui. Ce serait, dans ces circonstances, se moquer de lui et lui infliger une trop subtile torture.

La jeune fille résolut le problème. Redoutant de croiser leur regard, et ne désirant pas être mêlée à une dispute après les instants de bonheur qu'elle venait de vivre, elle se baissa vivement, ramassa son bonnet, l'enfonça sur sa tête, indifférente à ce qu'il fût droit ou de travers, et dit: « Bon ! je dois rentrer en vitesse à la maison afin de préparer le thé pour ma mère ». Elle inclina la tête vers Fanny: « Bon après-midi, Mrs Skeff », et dit à Dwight, d'un ton désinvolte: « À ce soir, peut-être ? » D'un petit pas sautillant, tout en boutonnant sa veste, elle s'éloigna bien vite.

Avec son départ, la situation se trouvait modifiée, et bien que ni Fanny ni Dwight n'en eussent éprouvé le moindre soulagement, elle ne pouvait être pire. « Je suis obligée, Dwight... » fut tout ce que Fanny trouva à dire, à l'issue d'un pénible silence. Ils s'en retournaient par le chemin qu'elle avait pris pour venir. « Je crois... »

« Mais que croyait-elle ? » Elle imaginait, elle supposait, par son intrusion, avoir commis une maladresse envers Dwight.

Dwight qui, quelques minutes plus tôt, était tout palpitant des délices de l'amour, n'avait plus qu'un seul désir: ne jamais plus voir, sentir, penser ou entendre parler à nouveau d'amour. « C'est parfait », dit-il, les mains dans les poches, les yeux fixés sur le sol, et en donnant des coups de pied dans le gravier de l'allée.

Ce n'était pas une bonne réaction. Le pauvre garçon n'aurait-il pu en avoir une autre, et qui eût été plus convenable ?

« Ne me raccompagne pas », fit-elle après un nouveau et pénible silence. « Ne te crois pas obligé... si tu as... »

Mais, comme plus elle parlait moins les problèmes se résolvaient, elle s'arrêta.

« C'est parfait », répéta-t-il, encore maladroit et donnant toujours des coups de pied dans le gravier, boudeur.

Hélas ! le pauvre Dwight avait perdu toute éloquence et c'était l'instant précis où, pour la première fois, près de lui, elle n'était pas distraite !

De leur chambre, les deux *dons* l'aperçurent de nouveau dans l'allée et chaussèrent une fois de plus, et en hâte, leurs lunettes. Cette fois, elle se dirigeait vers eux et c'est avec plaisir qu'ils se rendirent compte qu'elle était aussi séduisante de face que de dos. Du moins en eurent-ils l'impression, à cette distance, car ils étaient devenus myopes à force de lire du grec. Mais tout de même, elle avait l'air plus que séduisante, carrément belle, et tout à fait conforme à l'idée qu'ils se faisaient d'Hélène de Troie.

Ils chassèrent vite Pythagore de leur conversation pour ne plus considérer que cette dame qui approchait.

« J'imagine qu'elle n'a pas dû rester longtemps

seule », dit celui qui était un peu plus âgé.

— C'est cet Américain, celui qui a la bourse Rhodes », fit, scrutant la pénombre du jardin, celui qui était un peu plus jeune.

— Quelle curieuse idée d'aller le chercher dans ces buissons au fond du jardin !

— Comme Moïse enfant...

— Et elle est fille de roi...

— Ce qu'elle pourrait facilement être, à moins qu'elle ne soit fille des dieux...

— Ce qui est étrange, c'est que notre jeune boursier n'a pas l'air très heureux.

— En effet, il traîne le pas.

— Comme s'il boudait...

— Un vrai chien battu. Étonnant. Si jeunesse savait...

— Eh oui ! bien sûr ! Allons ! Et votre théorie selon... »

Le couple avait disparu de leur vue. Ils renoncèrent à se pencher davantage car ç'eût été inconvenant. Ils n'avaient plus qu'à retourner à Pythagore.

CHAPITRE III.

Alors que Fanny retournait à l'auberge où elle avait déjeuné, tout Oxford prenait le thé. Elle avait dit au revoir à Dwight au bas de son escalier, en alléguant un rendez-vous. D'un sourire où perçait la tristesse – c'était en effet pour un rendez-vous, lui avait-elle fait croire, qu'elle se trouvait aujourd'hui à Oxford –, elle l'avait remercié de lui avoir proposé de la raccompagner.

Elle avait ajouté qu'elle trouverait bien sa route toute seule, qu'il n'avait pas à s'en soucier et, s'arrangeant pour n'avoir l'air préoccupée de rien, elle s'était éloignée dans le crépuscule, sortant définitivement de sa vie à lui. Elle ne pouvait imaginer l'avenir. C'est le dernier, pensait-elle, froidement convaincue, je sens au plus profond qu'il est le dernier, et mes jours heureux, comme disait Byles, sont vraiment et pour toujours finis.

Juste avant qu'ils ne se séparent, et faisant de la main un signe d'adieu, elle avait ajouté: « Ne t'en fais pas, Dwight, cela peut arriver à n'importe qui », mais cela aussi était trop dur à entendre. C'était odieusement magnanime, comme si elle lui pardonnait, comme si elle voulait qu'il revienne à elle et ne s'en souciait plus, à présent indifférente.

Non, à présent, plus rien n'était désormais possible que le silence.

Elle se rendit dans une papeterie pour acheter un horaire des chemins de fer et vit que le prochain rapide pour Paddington partait dans plus d'une heure. Elle retournerait donc à l'auberge et attendrait là, où elle savait qu'il n'y avait qu'une vieille dame seule, plutôt que d'affronter les salons de thé bruyants des grands hôtels. Peu lui importait désormais la vieille dame. Au contraire, il lui semblait maintenant qu'il serait plus agréable d'être assise près d'elle, et d'imaginer ce qu'elle serait elle-même dans vingt ans, quand le présent ne serait plus qu'une vieille histoire, une vieille histoire presque entièrement oubliée, ou qui du moins ne prêterait plus qu'à sourire. Mais à quoi bon, se disait-elle, marcher par les rues obscures jusqu'à l'auberge, un horaire à la main, et jusqu'à quand faudrait-il attendre pour en sourire ? Pourquoi ne pas sourire dès à présent ? Elle qui avait dans sa vie si souvent ri d'elle-même, ne ferait-elle pas mieux de saisir cette occasion unique de rire aux éclats ?

« Pas d'amertume, Fanny! » lui conseillait une voix en elle.

– Je ne suis pas amère. »

Elle l'était, pourtant. Elle s'était laissée avoir. On s'était payé sa tête. Elle s'était laissé entraîner à la plus humiliante des scènes, celle qu'on réserve aux femmes qui se laissent aborder, sur le terrain de l'amour, par des garçons plus jeunes qu'elles. Et elle n'avait même pas l'excuse qu'ont certaines malheureuses femmes d'âge mûr d'être déchirées par quelque désir indécent ! Cela avait été pure vanité de sa part, tout juste un souhait, en ses jours de déclin, de sentir encore une fois son pouvoir, d'être encore certaine de sa beauté et de sa séduction.

Et que Dwight en avait-il fait ? Elle pouvait à peine l'imaginer, tellement c'était mortifiant, mais rien ne l'empêcherait de penser que Dwight, jeune homme qui avait déjà, pour son âge, le sens des affaires – ce qui était bien dans son éducation –, n'avait fait qu'utiliser ses relations mondaines. Chez elle, il avait rencontré tous ceux qu'il croyait devoir connaître. Elle avait récompensé son dévouement amoureux en le présentant à des gens qui pouvaient l'éblouir. Grâce à elle, il était devenu extrêmement dégourdi, et même roublard et, en retour, combien elle avait souffert de ses jolies phrases et de son éloquence outrée ! Elle avait tout gobé. Ses discours l'avaient ennuyée, mais elle en avait cru chaque mot. Et quand, assis à ses pieds, sa tête sur ses genoux –

et elle qui le mettait à l'aise tout en lui passant la main dans les cheveux, oui, qui le consolait ! –, il lui disait qu'il ne savait pas comment il pourrait vivre sans elle. Elle avait gobé cela aussi. Merveilleuse, la capacité qu'elle avait de tout croire ! Comme il avait dû souvent se moquer d'elle !...

« Pas d'amertume, Fanny !
– Je ne suis pas amère. »

La vieille dame, qui avait atteint le moment le plus agréable de sa journée, celui où elle faisait une réussite avant de s'habiller pour le dîner – ce qui consistait à poser une étole de dentelle sur ses épaules –, ne fut pas très ravie de voir la porte s'ouvrir et reparaître cette femme qui s'était glissée dans sa vie quelques heures plus tôt. Vraiment, après avoir fait sa petite sieste, avoir eu son thé, avoir mangé les excellents toasts beurrés que le Blue Dog proposait à ses clients, elle était à présent d'une tout autre humeur. Le thé, très noir et très fort, la stimulait invariablement, et les toasts beurrés avaient un effet lubrifiant sur les mécanismes de son esprit et réduisait ses conflits intérieurs. S'il y avait un seul instant, au cours de la journée, où on pouvait l'approcher, c'était bien celui-ci.

Et pourtant, elle ne parut pas vraiment enchantée. Lorsque Fanny, hésitante, ouvrit la porte en disant: « Si je ne fume pas, puis-je rester ici un petit moment ? » elle répondit en rechignant, comme si elle n'avait pas fait sa sieste, pris son thé, mangé ses toasts beurrés. « La direction vous dirait certainement oui » – et elle poursuivit sa réussite comme si de rien n'était.

Fanny s'assit de l'autre côté du feu, retira ses gants, réchauffa ses maigres mains, bien décidée à oublier Dwight. La vieille dame, qui l'observait par-dessus ses lunettes avant de reposer une carte, décida qu'elle avait dû connaître une déception. Elle paraissait plus désabusée. Sa ravageuse expédition avait dû se solder par une défaite.. Et, comme il était dans sa nature de se montrer plutôt bien disposée envers ceux qui ont reçu une bonne leçon, et rendue plus humaine encore d'avoir mis beaucoup de beurre sur ses toasts, elle lui proposa aussitôt: « Ne prendrez-vous pas un peu de thé ? »

Fanny la regarda d'un air distrait. La table n'avait pas encore été desservie et cela donnait un faux air de confort à ce misérable salon. Les lampes étaient allumées et les rideaux tirés. Le feu avait été ranimé et, à sa chaude lumière, la vieille dame ne paraissait plus aussi près de la mort qu'elle l'avait été tout à l'heure. Elle donnait au contraire l'impression d'être parfaitement en vie et de jouir des petits conforts familiers avec une véritable délectation. Comment pouvait-on, songeait Fanny, se satisfaire de si peu ? Être privé de tout ce qui rend la vie agréable et ne pas en demander plus ? Mais peut-être, n'ayant besoin de rien, n'éprouvait-elle aucun sentiment de privation. Rien ne la préoccupait, car rien ne lui manquait.

« Oui », répondit Fanny en appuyant sur la sonnette près de la cheminée. « Je crois que oui.

– Il n'y a rien ici que je puisse vous recommander, à part les toasts beurrés, peut-être », dit la vieille dame.

– Alors j'en prendrai quelques-uns. » Et pensant qu'il valait mieux entamer la conversation, même avec une inconnue, plutôt que de ressasser en silence la scène qu'elle venait d'avoir avec Dwight, elle ajouta: « N'est-ce pas un peu lassant de vivre à l'hôtel ?

– Vous devez bien le savoir.

– Moi ? Pourquoi ?

– Ne faites-vous pas partie de la troupe ?

– La troupe ? Vous voulez dire la troupe théâtrale dont vous m'avez parlé ? Mais pas du tout !

– Je vous prenais pour l'un d'eux. La couleur de vos cheveux...

– C'est leur couleur naturelle », fit Fanny, le plus rapidement qu'elle put, parce qu'elle savait bien que c'était faux.

– En effet », reprit la vieille dame. Et elle n'en dit pas plus.

Fanny, ce jour-là, en avait supporté beaucoup, et un peu plus ou un peu moins... Elle se contenta de penser que la pauvre vieille dame n'était pas heureuse, après tout, sinon elle n'aurait pas été si aigrie.

Elle se demandait s'il était inévitable d'être aussi malheureux quand on est vieux. La dame de la nuit de Laponie ne l'était pas. Elle était même sereine, à la dernière extrémité. Mais trouver dans la Laponie une raison d'espérer n'était pas très réaliste. L'autre vieille dame, occupée à étaler ses cartes, les lèvres pincées, était bien réelle et, dans vingt ans, peut-être même avant, à la vitesse où elle semblait se décomposer, les lèvres de Fanny pourraient bien prendre le même rictus, une sorte de moue méchante. Les outrages du temps ! Impossible, vraiment, de croire encore à la sereine et calme et lumineuse Dame. Et ne valait-il pas mieux se montrer aimable avec la pauvre vieille image de ce qu'on serait bientôt ? Tout comme elle pouvait espérer, elle aussi, qu'il se trouverait bien quelqu'un pour se montrer aimable quand elle serait elle aussi sans défense.

La vieille dame, pourtant, n'était pas du tout désarmée, et elle se serait tout à fait formalisée si elle avait pu penser que Fanny avait soudain décidé d'être aimable. « Alors », dit-elle, renonçant à son pesant silence, « si vous ne faites pas partie de la troupe, peut-être me direz-vous qui vous êtes ? Dites-moi...

– Bientôt cinquante ans. »

Ce fut une réponse inattendue.

La vieille dame retira ses lunettes, les posa à côté d'elle et regarda Fanny avec curiosité. Intéressée malgré elle, elle la regarda par les fentes de ses paupières ridées – tout ce qu'on pouvait voir de ses yeux ! « Quelle franchise ! Puis-je vous demander pourquoi vous me dites cela ?

– Parce que cela me préoccupe, beaucoup même. Et il est parfois plus facile de parler à une inconnue et de lui faire part des sentiments qu'on éprouve. »

En réponse au coup de sonnette, le maître d'hôtel entra et la vieille dame put ainsi éviter d'avoir à poursuivre l'idée qu'elle pourrait être utile à quelque chose. Pourquoi, d'ailleurs, serait-elle utile à quelque chose ? Personne ne l'avait aidée, elle, quand elle avait eu cinquante ans, ni même quand elle en avait eu soixante et soixante-dix et quatre-vingts. Les gens devaient se prendre en charge. Elle avait horreur des ratés.

« Je vous donnais soixante ans, puisque nous en sommes à être franches. » Elle vit Fanny rechigner.

– Soixante », répéta Fanny, en faisant un effort pour prononcer ce nombre. « Soixante. » Si elle paraissait vraiment soixante ans, comment s'étonner que Dwight...

Elle regarda la vieille dame, tout en jouant avec ses bagues.

« Mais alors pourquoi avez-vous pensé que je faisais partie de la troupe ? M'aurait-on engagée si j'avais eu... » Non, elle ne pouvait toujours pas prononcer ce nombre.

– Vous auriez pu jouer les duchesses. Les duchesses femmes du monde, d'un âge respectable. Vous auriez pu être aussi bien habillée qu'elles, quoiqu'elles aient souvent de fortes poitrines. En fait, si vos vêtements n'étaient pas presque ceux d'une jeune fille, et si ce salon était une scène, vous ne seriez pas du tout déplacée. Mais en l'occurrence...

— Vous parliez d'une tasse de thé ? » dit Fanny. « Je ne veux pas partir avant. En attendant, voulez-vous que nous bavardions ? Que nous bavardions vraiment ? J'aimerais tant, pour une fois, bavarder tout simplement et sincèrement. Je crois que c'est possible avec des inconnus. Ça vous ennuie ? Nous pourrions peut-être dire chacune quelque chose qui aiderait l'autre. Vous êtes plus âgée que moi, c'est vrai. » Elle s'interrompit, car un doute affreux s'était emparé d'elle. Elle n'était plus sûre de rien. « N'est-ce pas ?

— Évidemment », répondit la vieille dame, d'un ton cassant et en repoussant avec indignation cette idée absurde d'entr'aide. « J'ai quatre-vingt-trois ans, et je ne m'en porte pas plus mal ! Trêve de stupidités à mon propos ! Encore qu'il n'y en ait pas eu de bien graves. Mais ce n'est pas moi qui me torturerais comme vous à l'idée de rester belle !

— Je n'y suis pour rien, c'est de naissance, et ça m'a toujours poursuivie depuis; jusqu'à tout récemment, je crois », ajouta Fanny, qui remarquait une nuance de moquerie sur le visage ridé de la vieille dame assise face à elle. « Et savez-vous ce que je commence à comprendre ? C'est que c'est une chose terrible que d'avoir été belle.

— Tut, tut ! » fit la vieille dame irritée.

— Mais c'est comme ça », insista Fanny. « C'est vraiment terrible.

— Tut, tut ! » Et la vieille dame lui conseilla vertement de ne pas se lancer tant de fleurs.

– Mais, non », insista Fanny.

– Tut, tut ! » fit-elle encore, ajoutant cette fois que dans l'histoire de l'humanité les femmes qui avaient vraiment brillé par leur beauté pouvaient se compter sur les doigts d'une seule main.

– Eh bien ! j'en ai fait partie », insista Fanny. La vieille dame, exaspérée au-delà des limites du possible, se mit à pianoter sur la table.

– Est-il possible que vous n'en aperceviez aucune trace ? » demanda Fanny en se penchant vers elle. « Pas la moindre ? »

La vieille dame détourna la tête, hors d'elle, refusant de la regarder et pianotant de plus belle.

« Mais c'est de la simple franchise », poursuivit Fanny. « Vous avez dit que nous devions être franches. Laissons ces manières de salon et soyons franches ! Il n'y a personne à qui je puisse parler de ces choses, excepté un inconnu, quelqu'un que je ne reverrai peut-être jamais. Je partirai, et vous mourrez, oui, bien sûr, vous mourrez », ajouta-t-elle. Ce fut au tour de la vieille dame d'accueillir ces paroles avec déplaisir. Et moi aussi, je mourrai, et peut-être même avant vous, et il est absurde de gaspiller une seule des minutes que nous passerons jamais ensemble à échanger des propos conventionnels et d'une telle banalité.

– Mais si je préfère être conventionnelle et banale ? Et de beaucoup ? » décocha la vieille dame.

– Vous reste-t-il tant de temps à perdre ? » demanda Fanny, dont les yeux s'agrandissaient.

Il fallut quelques instants à la vieille dame pour surmonter cet assaut. « Ah ! vous rendez coup pour coup », dit-elle. Elle n'appréciait pas davantage cela que Fanny n'avait apprécié d'être prise pour une femme de soixante ans. Plus elle avançait dans la vie, plus l'idée de devoir se résoudre à la quitter la tourmentait – parvenue à son âge et ayant survécu à toute sa famille, elle aurait pourtant dû être enfin épargnée par des tourments de cette sorte. Ce qui lui plaisait surtout à présent, c'était la sécurité des habitudes paisibles, le calme de la routine. Certes, ses journées n'étaient pas agitées, mais elle ne désirait pas, néanmoins, que trop d'événements viennent les troubler. Elle en avait connu – pas trop, mais bien assez. Tout ce qu'elle souhaitait, à présent, c'était la chaleur, la nourriture, le sommeil et un lendemain tout semblable à la veille.

Ce n'était pas trop exiger de la vie, pensait-elle, et il n'y avait aucune raison que cela ne lui soit pas encore assuré pour de nombreuses années. La vieille dame avait parfaitement bon pied bon œil. Un peu forte, peut-être, et à moins de tomber dans sa salle de bains comme cela arrive souvent aux personnes âgées – mais elle pouvait toujours décider de ne pas aller dans sa salle de bains ! –, elle pouvait fort bien vivre jusqu'à cent ans. Alors, de quel droit cette étrangère mal élevée lui serinait-elle aussi grossièrement qu'elle n'avait plus beaucoup de temps à perdre ? La franchise se transformait trop facilement en grossièreté pour être jamais d'aucune véritable utilité dans la conversation.

Le maître d'hôtel entra avec le thé. Il semblait s'attarder plus longtemps que d'habitude, arrangeant le plateau sur la table, près du feu, mais Fanny, l'étrangère, ne faisant pas plus attention à lui que s'il avait été un meuble, déclara: « Vous ne me comprenez pas. Je ne cherche pas à rendre coup pour coup à qui que ce soit. Je suis simplement malheureuse.

– Eh bien ! vous feriez mieux de prendre votre thé pendant qu'il est chaud », répliqua la vieille dame, devenue revêche et voulant montrer qu'il y avait au moins une personne sensée dans cette pièce. Elle était irritée que Fanny ne tienne pas compte du maître d'hôtel. Qu'allait-il penser ? Il savait qu'elle n'avait jamais rencontré cette femme auparavant, et qu'avait-il à faire de toutes ces confidences ? « Je suis simplement malheureuse, en effet », ironisa la vieille dame, sur le même ton que Fanny, en reniflant.

« Si vous êtes malheureuse », dit-elle quand le maître d'hôtel fut parti en fermant très doucement la porte derrière lui comme s'il voulait en entendre davantage, « sachez que vous n'avez à vous en prendre qu'à vous même. Et peut-être qu'une attention un peu plus poussée à ces conventions et à ces banalités que vous considérez comme une perte de temps pourrait améliorer votre avenir.

– Mon avenir ! Juste ciel ! Mon avenir ! » répéta Fanny avec un sourire forcé.

– Ne dites rien ! Je ne veux rien savoir », répliqua aussitôt la vieille dame, levant la main en signe de refus.

Fanny ôta son chapeau, le jeta sur un canapé et rajusta ses cheveux derrière ses oreilles. Elle avait mal à la tête. Elle pensait devenir dinde – une autre espèce de sotte, car ne l'avait-elle pas déjà été, il y a des mois, une sotte, la reine des idiotes avec Dwight ? Aujourd'hui, elle redevenait dinde si elle espérait trouver quelque baume de consolation auprès de quelqu'un qui n'était après tout qu'un roc.

« Vous n'arrivez pas à comprendre », dit-elle en se tournant vers la table et en se versant une tasse de thé très noir.

Sans son chapeau, la vieille dame la trouvait beaucoup moins suspecte. Il était possible, sans chapeau, après tout, de déceler encore quelques traces de beauté, et il y avait même une espèce d'innocence incontestable sur son front, malgré ce qu'il y avait en-dessous: ses cils noircis et sa bouche d'un carmin criard. Avec pour père un sculpteur, un sculpteur annobli par la reine Victoria, la vieille dame avait, dans sa jeunesse, beaucoup entendu parler de modelés et d'ossature, et elle pouvait se rendre compte que tous ceux et celles qu'elle avait sous les yeux auraient sans doute été estimés au plus haut degré par les amis de son père. La ligne de l'arcade sourcilière, par exemple, et une grâce particulière, presque innocente, près des tempes.

Mais l'ossature n'était pas tout et ne compensait pas le maquillage. Amusée, elle se répéta cette phrase, heureuse de constater qu'elle n'avait rien perdu de son aptitude à bien tourner ses phrases. Elle était la seule de la famille à avoir le sens de l'humour. Son père le reconnaissait volontiers: « Maud », disait-il, « vous devriez envoyer ça au *Punch* ! » Bien que ses artères eussent quatre-vingt-trois ans, son esprit avait conservé toute sa fraîcheur. Et, après tout, c'est l'esprit, n'est-ce pas, qui conserve nos corps en forme.

« Je comprends parfaitement », dit-elle, « vous avez cinquante ans, et vous n'aimez pas ça. Vous avez perdu vos appâts et vous n'aimez pas ça. Et vous m'avez coincée derrière cette table et vous savez bien que si j'essaye de me frayer un passage et de monter dans ma chambre, je prendrai froid, aussi je reste ici et vous en profitez pour m'inonder de considérations à votre sujet, que je veuille les entendre ou non. Je dirai que vous êtes la sœur du Vieux Marin et, comme tous les égoïstes, vous retenez éternellement en otages des auditeurs involontaires. » Et là-dessus, elle abattit une autre carte.

« Voilà », dit Fanny, s'arrêtant de remplir sa tasse, la théière à la main, « c'est celui dont je ne pouvais me souvenir. Tout à l'heure après le déjeuner. Quand vous vous plaigniez tant !

– Moi, je me plaignais ?

– C'est ça, le Vieux Marin. C'est pourquoi je suis partie, parce que vous me reteniez par mon manteau, juste comme il faisait pour qu'on l'écoute.

– Moi ? J'ai fait ça ? » s'écria la vieille dame. La moue de sa petite bouche indiquait nettement le désaveu et l'indignation.

– Oui, comme lorsqu'on veut s'accrocher à un auditeur qui n'y tient pas », reprit Fanny en souriant.

– De ma vie je n'ai jamais fait une telle chose », cria la vieille dame troublée au plus profond. « Si vous imaginez que je cherche à retenir un inconnu, et une inconnue, en plus, qui...

– Il me semble pourtant », reprit Fanny, en remplissant sa tasse tandis que la vieille dame cherchait ses mots, « que loin d'être des étrangers, nous sommes devenues tout à fait intimes.

– Si par intime vous voulez dire impertinent...

– Non. Sincère.

– Je ne vois aucune différence.

– Si. Il y en a une. Impertinent, c'est personnel. Or, nous ne sommes rien l'une pour l'autre, et nous ne nous reverrons probablement jamais.

– Alors, serait-ce sincère ou impertinent, si je vous offrais simplement de la pitié ? » fit astucieusement la vieille dame.

– De toute façon, je suis sûre que ce serait honnête », dit Fanny souriant toujours.

Elle souriait, elle qui moins d'une heure plus tôt...

Elle prit un morceau de toast et commença de le croquer, tout en contemplant le feu. Elle oubliait la vieille dame. Elle se revoyait dans le jardin de New College, oubliant qu'elle avait trébuché sur des jambes allongées.

« Vous partez ? » fit la vieille dame pleine d'espoir. Fanny avait en effet soudainement éloigné sa chaise du feu.

– J'ai trop chaud », dit Fanny. La chaleur lui donnait des picotements, mais cette chaleur n'était pas celle du feu dans la cheminée.

– Ah ! je pensais que vous ne vouliez vraiment pas partir », dit la vieille dame en redressant la tête.

– Je ne peux pas partir avant l'arrivée du taxi. J'en ai demandé un.

– Et quand arrive-t-il ?

– Bientôt, sans doute.

– Bon. J'ai la même impression que nous ne nous reverrons jamais, alors, je vais vous dire quelque chose avant que vous ne partiez.

– C'est indiscret ?

– Non. Sincère. Mais vous pouvez le prendre comme vous voulez. À présent, écoutez-moi. Bien que les apparences soient contre vous...

– Je me demande pourquoi vous dites cela », rétorqua Fanny. « Nos apparences ne sont pas les mêmes, et je ne vois pourtant pas qu'elles soient contre nous. Nous ne sommes pas du même milieu social, c'est tout.

– Pas du tout du même milieu social. Laissez-moi terminer, je vous prie. Bien que les apparences soient incontestablement contre vous, comme tout ecclésiastique ou toute personne sérieuse vous le dirait, vous semblez à tout prendre avoir tout ce qu'il faut pour être une personne intéressante. Ou si le mot intéressant est un peu fort, du moins pour avoir une certaine personnalité.

– Oui », reconnut Fanny, en cherchant une cigarette dans son sac. Elle l'alluma. « Oh ! j'oubliais », fit-elle en la jetant aussitôt au feu, car la vieille dame suffoquait de plus belle. « Oui », poursuivit-elle avec sérieux, « j'ai souvent pensé qu'on aurait pu faire quelque chose de moi, si on avait su s'y prendre à temps.

– Votre taxi est là, Madame », dit le maître d'hôtel en ouvrant la porte.

– Peut-être pas très souvent », rectifia Fanny en prenant son chapeau, « car dans une vie comme la mienne, on n'a pas beaucoup le temps de penser. Mais parfois...

– Une vie comme la vôtre ? » répéta la vieille dame, dont les soupçons réapparaissaient, rendant prématurés, elle le craignait bien, ses compliments. « Vous voulez vraiment dire que vous...

– Oui, cinquante », dit Fanny. Elle se leva et, face à la glace au-dessus de la cheminée, elle remit son chapeau avec le soin minutieux qui lui était habituel, comme si cela avait encore quelque importance.

– Cinquante. Cinquante. Je le sais bien que

vous avez cinquante ans », répliqua la vieille dame avec humeur.

– Mais ce n'est pas tout », dit Fanny en rajustant une boucle de ses cheveux et en examinant l'effet produit, comme si cela aussi importait encore. « Je suis une idiote.

– Ça, vous n'avez pas non plus besoin de me le dire. »

Prête à partir, Fanny prit ses gants. « Et cet après-midi même », avoua-t-elle, « depuis le déjeuner, ou plutôt depuis que je suis dans cette pièce, j'ai appris que plus on est vieux plus on est dingue.

– Ah ! je me disais bien que vous aviez eu une déception », triompha la vieille dame. « À présent, en voilà assez », ajouta-t-elle en levant vivement la main, « vous rateriez votre train. »

Il n'y avait qu'un seul arrêt avant Paddington et, jusqu'à l'embranchement de Slough, seule dans son compartiment, Fanny était songeuse.

Il faut bien se dire que tout le monde ne peut être mauvais, pensa-t-elle.

Il était très déplaisant d'avoir à songer à quoi que ce soit. Elle s'était crue pleine de courage et de bon sens et avait décidé une fois pour toutes que, si l'occasion s'en présentait, elle ne se montrerait pas moins héroïque que ses illustres aïeux, et voilà que l'occasion, jusqu'à présent absente de son existence si heureuse et si bien protégée, s'offrait, mais sous un aspect tellement sordide et misérable, et certainement stupide au regard des autres, qu'il paraissait presque absurde d'y ajouter le moindre sentiment d'héroïsme. Que pouvait-il y avoir de plus stupide, pour les autres, qu'une femme faisant des tas d'histoires parce qu'elle aussi se rendait compte qu'elle avait vieilli et que sa beauté s'était évanouie ? Et pourtant, que peut-il y avoir de plus tragique pour une femme qui a toujours été belle qu'être obligée de reconnaître que, sans sa beauté, tout lui échappe.

C'est cela qui est horrible, pensa-t-elle. Il doit exister quelque chose sur quoi se rabattre. Que ne m'a-t-on prévenue, jadis !

Mais qui ? Et aurait-elle écouté ? Ses amis, ses relations, le monde entier, avaient essayé de l'empêcher d'être dingue. Jim Conderley était peut-être le seul qui aurait pu y parvenir. Ainsi qu'elle l'avait dit à la vieille dame, elle avait toujours pensé qu'il y avait en elle, si on avait su s'y prendre, quelqu'un de meilleur. Mais Jim s'était tellement entiché d'elle ! Tout ce qu'il savait faire, c'était l'adorer en lui récitant des vers. Certes, elle avait appris pas mal de poésies durant cette période, mais elle aurait pu apprendre bien d'autres choses si on avait su l'y encourager. Personne n'avait jamais attiré son attention sur rien, sinon sur sa beauté, et elle le savait fort bien.

Tu n'as pas été très gâtée, se dit-elle en se regardant dans la vitre du compartiment.

Même son reflet lui paraissait vieilli. Bientôt, ce serait son ombre, elle aussi, qui commencerait de menacer ruine. Lorsqu'elle en serait arrivée là, elle cèderait. Toutefois, jusqu'à présent, il n'y avait rien eu de bien tragique dans sa silhouette, qui était, cela la rassurait, demeurée élégante et svelte. Elle posa sa tête sur le coussin, en esquissant un sourire. Elle avait souvent ri d'elle-même lorsqu'elle s'était trouvée dans des situations embarrassantes, mais jamais aussi vaguement qu'aujourd'hui. Et quand elle vit son reflet aux joues creusées, en regardant du coin de l'œil dans la vitre, son sourire se figea.

Pourtant, elle avait toutes les excuses du monde d'avoir les joues creusées après une journée aussi éprouvante, précédée d'une nuit agitée. Il y a seulement cinq ans, voire même un an, nulle accumulation d'épreuves ou d'insomnies n'aurait pu empêcher son reflet de briller de presque toute sa beauté coutumière. C'est cette horrible maladie qui était la cause de tout. Être aussi malade à l'approche de la cinquantaine, ce n'était pas du tout comme à l'approche de la trentaine et, si elle avait su qu'elle allait bientôt perdre sa beauté, elle se serait préoccupée davantage de son avenir, qui ne serait plus désormais que cafard et sottise.

Oh ! tellement cafardeux, tellement stupide ! S'occuperait-elle de bonnes œuvres ? Assisterait-elle à des conférences ? Apprendrait-elle une langue étrangère ? S'intéresserait-elle aussi à la situation européenne ? Sinistre ! Sinistre ! Mais n'était-il pas encore plus sinistre, voire terrifiant, de vivre une vieillesse inutile, par petites étapes, de plus en plus abattue et aigrie, une vieillesse ponctuée – la bonne blague ! – de crises de rhumatisme, ou, encore, d'être atteinte de surdité ?

Elle se vit se transformer peu à peu en sa propre caricature, une caricature cruelle – pire que cruelle, une horrible parodie de ce qu'elle était –, continuant à aller dans des soirées, car elle ne pourrait plus supporter de vivre seule, et lorsqu'elle s'y rendrait, tout juste capable de garder les yeux ouverts, acceptant toutes les invitations et commandant de nouvelles robes. Une vieille femme dont on dirait à des jeunes gens indifférents qu'elle avait été plus belle qu'on ne pourrait jamais espérer l'être.

« Vous ne le croiriez pas – elle croyait entendre les paroles –, mais la vieille dame qui est là, assise dans ce coin, lady Frances Skeffington, cette vieille dame avec une canne, dont la tête dodeline, a été une beauté célèbre ! »

Beauté ! Beauté ! À quoi servait la beauté une fois enfuie ? Elle ne laissait derrière elle que regrets amers, et sans le moindre cœur à recommencer quoi que ce soit. Presque tout – hormis la beauté – laissait quelque chose. Les maris, par exemple, laissent des enfants, en principe, et on peut s'en occuper, et s'occuper ensuite de leurs enfants. C'était, elle le savait bien, l'un des plus vifs reproches qu'elle faisait à Job que de l'avoir laissée sans enfants. Du moins, en ce moment précis, elle trouvait que c'était l'un de ses griefs les plus mérités. Pourtant, ce matin même, elle avait pensé tout le contraire et en avait été très heureuse, car ne pas avoir d'enfants est le meilleur moyen de ne pas avoir d'âge. Mais de toute façon, à présent, son visage portait les stigmates de l'âge, tout la marquait, alors que les petites filles communes, les seins pointant déjà sous leur chemisier de tricot jaune...

« Pitié ! Fanny ! pas d'amertume... »

Le train ralentit pour entrer en gare et elle fut, du même coup, interrompue dans le fil de ses réflexions. Pensant avoir pris un rapide, elle se crut arrivée à Paddington, se leva et baissa la vitre.

Là, sur le quai, une liasse de papiers sous le bras, Pontyfridd attendait de pouvoir monter et, comme rien ne lui échappait, il l'aperçut aussitôt à la portière de son compartiment et se dirigea rapidement vers elle en agitant sa canne.

« Quelle joie ! » s'écria-t-il, légèrement essoufflé, en arrivant à sa hauteur.

– Mais je descends », dit Fanny, en essayant d'ouvrir.

– Non, ma chère, c'est moi qui monte », dit-il en l'en empêchant.

– Mais c'est Paddington !

– Non, nous sommes à Slough ! »

Fanny en fut contrariée. Elle avait subi bien assez de déboires durant toute cette journée, et ne pouvait plus supporter George. Elle avait fait un effort pour accepter tout ce qu'il lui avait dit ou laissé entendre à l'aller et, épuisée par tout ce qui venait de lui arriver, en pire état que jamais, la dernière chose qu'elle désirait affronter, c'était son regard malicieux et inquisiteur. À présent que la fatigue la laissait démunie, imaginer que ce regard pourrait percer son visage et pénétrer son esprit !... Et si c'était Dwight qu'il allait y découvrir ? Elle imaginait fort bien ce que George penserait s'il découvrait la vérité à son sujet.

Elle se rassit, se renversa sur son siège et fit simplement: « Oh ! »

« Fatiguée ? » demanda-t-il, en relevant la glace et en prenant place en face d'elle. George, pensait Fanny, était de cette sorte d'individus avec lesquels il n'est bon de se trouver que lorsqu'on est soi-même au mieux de sa forme. Alors, il aurait évité de dire "Fatiguée ?" ou bien "Froid ?" et toutes ces paroles aux sous-entendus désagréables.

« Oui, assez », répondit-elle en fermant les yeux. Cela lui éviterait l'ennui d'avoir à le supporter. Qu'il la regarde, si cela lui chante ! Rien ne l'obligeait, elle, à le regarder !

Tout ce qu'elle comprit, c'est qu'il venait de s'asseoir à côté d'elle et avait mis son bras sur son épaule.

« Allons ! allons ! » fit-il non sans quelque apitoiement, en l'attirant plus près de lui. « Pauvre amie, n'avez-vous pas bien profité d'Oxford ? Posez votre petite tête sur l'épaule du cousin George, et oubliez tout ça. »

C'était bien. C'était exactement tout ce qu'elle avait depuis toujours désiré: se blottir auprès d'un homme tendre et protecteur, qui n'exigeait rien d'autre que de la tenir tout contre lui, à l'abri, contre son cœur.

Elle poussa un petit soupir de satisfaction et s'enveloppa dans son manteau. Oxford. Non, elle n'avait pas bien profité d'Oxford, à moins, et elle sourit un peu, enveloppée dans ce grand manteau si confortable, à moins que ce ne fût ce pâté en croûte ! Tout ce à quoi elle avait eu droit par la suite, c'était ses quatre vérités. En réalité, ce qu'il lui fallait peut-être à présent qu'elle avait cinquante ans et se sentait si lasse, c'était un berceau, et une nurse, pour revenir confortablement, à la fin, à ce qu'elle avait connu au commencement. Sécurité. Protection. Tendre amour. Oh ! douceur ! douceur ! Et si la nurse était un homme, et le berceau ses bras puissants et protecteurs, ce n'en était que mieux !

« Ce qu'il vous faut, mon trésor, c'est un mari », dit George, penchant sa tête vers le gros bijou qui pendait à sa mignonne oreille.

– Non, non », protesta Fanny, enfouie dans son manteau. Affreux !

Mais cela suffit pourtant à satisfaire son cœur angoissé et humilié, son cœur qui éprouvait un douloureux besoin d'être consolé. Elle savait qu'il existait au moins un homme qui trouvait le mariage chose tout à fait naturelle pour elle.

« Je veux dire un mari avec lequel vous auriez

vécu pendant des années et auquel vous seriez habituée », dit George, qui était en train de tout gâcher. Et il poursuivit: « Il n'y a rien de tel qu'un mari, vous savez, quand on approche de la fin ».

Fanny en demeura muette. Voici que George aussi se joignait aux autres. Elle pensa de nouveau qu'ils ne pouvaient tous avoir tort. Tous ceux qu'elle avait rencontrés durant la journée ne se connaissaient pas, ne s'étaient jamais vus, n'avaient jamais parlé d'elle entre eux, et voici qu'ils en venaient tous à la même conclusion. Vraiment, restait-il une autre issue que de cacher son visage fané dans le manteau de George et se laisser balayer par le chagrin ?

« On croirait entendre Byles », murmura-t-elle tristement, au bout d'un instant.

– Qui ? » demanda George, se penchant un peu plus pour entendre ce qu'elle disait, car il était bien difficile de distinguer le moindre mot dans le fracas du train.

– Byles. Le neurologue. Ce matin, il m'a dit presque la même chose, en parlant des maris et de la fin de la vie.

– Vous voulez dire le médecin de Nigg ? Alors, il est plus sensé que je ne croyais. Bien sûr qu'un mari est ce dont les petites femmes comme vous ont le plus besoin ! À propos, avez-vous récemment entendu parler du premier ? Le gars au nom biblique. Esaü, non ? Ou bien était-ce Israël ?

– Job », dit Fanny en se dégageant.

Ce nom l'électrisait. Elle s'assit, droite et raide,

et le regarda. La joue qu'elle avait pressée contre son manteau était encore rouge et ses cheveux tout en désordre.

Job encore. Job, même dans le train. Job, ce nom sortant des douces lèvres de son cousin !

« Oui, c'est ça, Job. Quel nom ! Avez-vous de ses nouvelles ?

— Comment en aurais-je ?

— Il n'a pas interrompu votre pension alimentaire ?

— Ma pension ? Je n'ai aucune pension. Nous avions simplement des accords. Et si j'en avais eu une, pourquoi l'aurait-il interrompue ?

— Oh ! j'ai entendu dire qu'il était dans une mauvaise passe. Argent perdu. Ne cessant d'en perdre. »

Fanny le regarda.

« Job perdant de l'argent ? » fit-elle, les pupilles assombries de surprise. Que Job puisse perdre de l'argent, lui qui avait toujours eu un tel don pour en trouver, semblait extravagant !

— Eh oui ! des rumeurs, des rumeurs, le Mexique, ou je ne sais où », fit George vaguement, pas très sûr de lui, se redressant, les mains dans les poches à présent que Fanny s'était dégagée, et étirant ses longues jambes. «Vous savez comme vont les rumeurs. Et naturellement je me suis demandé si vous, ma chérie, n'en étiez pas affectée.

— Il ne m'est rien arrivé. Rien ne pourrait m'arriver.

– Oh ! sans doute, ce ne sont que des bruits. On dit qu'il serait rentré en Angleterre. Après des années à l'étranger. Bon, mais cela me rassure, chérie, que vous soyez à l'abri. Il ne s'est jamais inquiété de vous, n'est-ce pas ? Il vous aimait beaucoup, pauvre diable – mon Dieu, comme il vous aimait ! » fit George avec un sourire forcé.

Des souvenirs de Job depuis longtemps oubliés. Job, l'homme d'affaires le plus habile d'Europe, la poursuivant de son admiration servile durant des soirées entières, ne détachant jamais d'elle ses yeux, rougissant à son moindre regard, tremblant quand elle s'approchait de lui, remontaient à l'esprit de Fanny des plus profonds replis de la mémoire. Et, au bout d'un moment, George ajouta: « Dommage que vous n'ayez pu lui pardonner ! C'était vraiment un brave type ! Que peuvent bien représenter de petites histoires de jupons dans la vie d'un homme, après tout ? Et maintenant vous auriez bien besoin qu'il s'occupe de vous. »

Fanny fut exaspérée. « Merci », dit-elle, dure comme un roc. « Je peux parfaitement prendre soin de moi. Et je suis lasse », ajouta-t-elle avec véhémence, « lasse de toutes ces histoires ! »

Ses mains serrèrent son sac sur ses genoux. Ses yeux brillaient d'indignation et de colère. Que n'avait-elle pas entendu, toute cette journée, et qu'allait-il encore falloir entendre ! Le train, après avoir amorcé la courbe de Ealing Broadway, commençait de ralentir, et Paddington n'était plus qu'à quelques minutes. George pourrait tout de même bien oublier Job pendant les quelques instants qui leur restaient à passer ensemble et ne pas le lui rappeler au moment même où elle allait rentrer chez elle, espérant ne pas l'y trouver. Toute la journée, elle avait rejeté cette idée sinistre, s'efforçant de croire qu'en ne pensant pas à lui, elle ne le trouverait pas devant elle à son retour, et voici que c'était George, George qui entre tous avait été aussi choqué de son mariage que l'avait été le pauvre petit Tripp, qui ne cessait de parler de lui, de dire qu'il était un brave type et qu'il fallait lui pardonner !

« Chérie », fit George, surpris de sa réaction et prenant ses mains dans les siennes, pour l'apaiser. Mais Fanny était trop indignée pour retrouver son calme. « Il n'y a aucune différence entre Byles et vous », s'écria-t-elle en retirant sa main. Le train était déjà entré en gare et avant même qu'il ait pu décroiser ses jambes, elle avait appelé un porteur, pour lui ouvrir la portière, et elle était partie, elle avait disparu dans la foule, se frayant un chemin parmi les groupes qui encombraient le quai, du pas rapide d'un voyageur à la fois alerte et résolu.

Bien, bien ! se dit George, en rassemblant tranquillement ses papiers.

Rentrée chez elle en taxi, la tête aussi haute et les yeux aussi brillants que lorsque, le matin même elle avait quitté le cabinet de sir Stilton, elle décida avec défi de ne plus se laisser reprocher de n'avoir pas pardonné à Job, et de ne pas souffrir plus longtemps de ses frasques. Il était allé au Mexique ? Il aurait dû y rester. N'avait-il pas voulu, ou pas pu ? Peu importe ! Mais il continuait de rôder autour d'elle, à Charles Street. Si, en rentrant, elle l'y trouvait, elle ferait simplement demi-tour et irait à l'hôtel.

Il était là. Elle fit immédiatement demi-tour et alla à l'hôtel. Car il était là, omniprésent, tapi derrière le valet de chambre qui ouvrit la porte, derrière le maître d'hôtel qui suivait le valet de chambre, derrière l'énigmatique silhouette de miss Cartwright qui sortit précipitamment du petit salon.

« Oh ! » Elle s'arrêta net, clignant des yeux en passant de l'obscurité à la pleine lumière, et demeura un instant immobile, regardant par-dessus les autres.

« Parfait », fit-elle soudainement, comme si elle en prenait son parti, « voilà qui est clair ! Je vais au Claridge. Miss Cartwright, voulez-vous dire à Manby de m'apporter mes affaires ? »

Et le chauffeur de taxi, qui avait à peine empoché le montant de la course, l'emmena.

Le valet de chambre, le maître d'hôtel et miss Cartwright se regardèrent. Miss Cartwright n'était pas femme, d'habitude, à lever les yeux sur les valets de chambre et les maîtres d'hôtel, mais pour une fois, une perplexité partagée effaça toute distinction sociale.

"Parfait, voilà qui est clair." Qu'est-ce que ces

mots signifiaient donc exactement ? Et auquel d'entre eux avaient-ils été adressés ? Nul n'en avait la moindre idée.

« Étrange », fit miss Cartwright.

Le maître d'hôtel secoua la tête.

« Bizarre, dirais-je », ajouta le valet de chambre, espérant s'insinuer dans les bonnes grâces du maître d'hôtel.

Lorsqu'une heure plus tard, Manby arriva au Claridge, avec tous les effets sans lesquels Fanny ne pouvait ni se déshabiller pour la nuit ni s'habiller pour le matin suivant, elle la trouva allongée en travers du lit, profondément endormie, n'ayant retiré que son chapeau.

CHAPITRE IV.

Lord Conderley, après avoir quitté ses diverses fonctions officielles, s'était retiré à Upswich, dans le Suffolk, avec sa jeune femme, Audrey, et ses tout jeunes enfants. Une semaine après que Fanny se fût rendue à Oxford, le temps ensoleillé de février faisait sortir de terre les crocus. Quelques jours de gelée, un gros soleil rouge descendant derrière la ligne basse des collines de l'ouest en fin d'après-midi, puis le vent tournant soudain au sud et il n'en fallait pas plus pour faire pousser les crocus et chanter haut les alouettes.

Upswich est situé non loin d'Ipswich – ce qui parfois prête à confusion –, mais en est tout le contraire. Ici, c'était une belle vieille maison isolée dans un vaste et beau vieux parc, et lord Conderley, lorsque le roi l'eût élevé à la pairie et qu'il pût choisir le nom qu'il désirait porter, pensa que rien ne lui conviendrait davantage que de conserver celui de Conderley et d'y ajouter celui d'Upswich.

À plus de soixante-dix ans, il écrivait ses mémoires, flânait dans son jardin alpin, observait les mœurs des oiseaux, pêchait et jouissait d'une bibliothèque bien fournie. Il ne connaissait pas un seul moment d'ennui, car, dès que celui-ci le guettait, il venait bavarder avec sa jeune femme, auprès de laquelle il se plaisait tant ! Il prenait plaisir à s'entretenir de leurs enfants et de leur avenir. Ou bien, il lui faisait la lecture tandis qu'elle tricotait.

Le seul inconvénient d'un mariage tardif – car, sinon, Conderley considérait le mariage comme une chose merveilleuse –, c'était que lorsque les enfants ont grandi on est soi-même devenu trop vieux pour leur être désormais utile. On n'a plus l'âge des pères, mais des grands-pères, voire des arrière-grands-pères. Lorsque son fils, le plus jeune de ses enfants, parviendrait à sa majorité, il aurait lui-même, s'il vivait toujours, plus de quatre-vingt-dix ans – l'âge auquel on reste assis au coin du feu avec une canne, et où l'on n'a plus la force de servir de guide, par ses conseils ou son exemple, à un jeune homme plein de fougue. Les conseils, se disait lord Conderley, lorsqu'ils sont donnés d'une voix chevrotante, ne font guère impression et quant à l'exemple, comment ne pas être vertueux et ne pas accomplir consciencieusement son devoir, quand l'âge vous a complètement libéré de toute velléité d'agir autrement ?

Il n'abordait pas ces sujets avec sa femme. C'était la seule ombre au tableau de cette maisonnée heureuse et il ne voulait pas la troubler en lui laissant entendre combien, parfois, ces sujets le préoccupaient.

Élevée à la campagne, d'origine obscure, mais charmante, avec quatre frères et deux sœurs, tous très sérieux, Audrey était, pour lui, la compagne idéale: bonne santé, caractère égal, simple, toujours prête à s'instruire, heureuse de s'occuper de son mari, sensible et raisonnable, s'intéressant à tout ce qu'il faisait, ignorant tout de ses anciens amis et appréciant qu'il lui fasse la lecture. C'était bien qu'elle aimât la lecture à haute voix, car il adorait ça et, par les chauds après-midis d'été, s'il lisait ainsi dans le jardin, il arrivait qu'elle ratât une phrase ou deux, parce qu'elle s'était assoupie. C'était aussi le cas, parfois, au cours des soirées d'hiver près du feu, après une trop rude journée. Mais le plus souvent, elle demeurait tout ouïe.

Ils étaient mariés depuis près de dix ans, et il se demandait quelle agréable petite surprise il allait lui préparer pour leur anniversaire, lorsqu'au petit déjeuner arriva une lettre de Fanny. Audrey ignorait tout d'elle. Cet épisode fou de sa vie – fou pour lui, car il n'avait jamais aimé quelqu'un aussi profondément, mais pas fou du tout pour Fanny, qui y avait trouvé certains agréments – était déjà clos depuis des années lorsqu'il s'était marié, et il n'avait jamais trouvé aucune raison de revenir là-dessus, voire même d'y faire la moindre allusion. Dans son souvenir, Fanny était comme dans une châsse, représentant ce qu'il avait connu de plus proche de la beauté pure. Elle lui rappelait aussi toute une série de hauts et de bas. Pendant les trois années qu'avait duré leur chère liaison, il avait connu des instants d'extase et de désespoir qu'un homme tranquille et doux comme lui, de surcroît occupant des fonctions officielles et qui, dans ses moments de loisir, relisait les classiques et ne sortait jamais sans un petit Horace dans sa poche, pouvait à peine imaginer. L'exquise créature, délicieusement intéressée par tout ce qu'il lui disait, si ardente à l'écouter et si capable d'apprécier la beauté des choses lorsqu'il attirait son attention sur elles, avait été la plus merveilleuse des compagnes et la plus adorable des bien-aimées. Pendant ces trois années, personne n'aurait pû être à la fois plus malheureux et plus heureux – malheureux parce que cette complicité qui l'avait, avec tant d'aisance, fait entrer dans sa vie, dans son intimité et dans son cœur, et s'y sentir si confortablement installé, il craignait jalousement chaque jour qu'elle ne pût s'en montrer capable avec d'autres. Ce qu'elle fit d'ailleurs au bout de quelque temps – et, le comble ! – avec cet Edward Montmorency, au chic douteux, la dernière espèce d'homme qu'il eût imaginé qu'elle puisse supporter. Avec une compassion et une tendresse exemplaires, et versant tant de larmes qu'il avait dû la consoler, elle s'était néanmoins éloignée de lui avec délicatesse. Il en avait été si sérieusement éprouvé qu'il avait dû demander un congé de six mois et, pendant des années, il ne put plus se rendre nulle part, excepté pour les fonctions officielles auxquelles il ne pouvait échapper, de crainte, littéralement, qu'au hasard d'une rencontre, et dans l'obligation de lui adresser la parole, ou d'avoir à l'écouter, il ne fût aussitôt tombé raide mort à ses pieds.

Ces choses-là, on ne peut pas les avouer à la femme dont on est épris, pour qui on éprouve de la reconnaissance et avec qui on est parfaitement heureux. Aux pieds d'Audrey, il n'avait jamais envisagé l'éventualité, même vague, de tomber raide mort. C'est à peine s'il savait qu'elle avait des pieds. Elle était en tout cas la meilleure des femmes, celle auprès de qui on aime vivre. Tendresse et prévenance étaient les bases de leur union. Il lui avait fait une cour brève et affectueuse et leur lune de miel avait été charmante. Leur vie depuis lors n'avait été que tendresse et agrément. Il avait souhaité avoir auprès de lui une compagne gaie et gracieuse, et il l'avait trouvée. Il avait souhaité des enfants, et il les avait eus. C'est vrai, elle n'était pas particulièrement jolie, mais à présent, avec la trentaine, elle conservait néanmoins à ses yeux le charme de la jeunesse. Et quel homme âgé se soucierait d'avoir une femme très belle ? qui ne pourrait qu'inciter les hommes à jeter sur elle des yeux emplis de convoitise ?

Audrey ne présentait aucun danger de cette sorte, non seulement parce qu'elle était plus charmante et robuste que jolie, avec ses petites joues rondes et roses et ses petits yeux vifs, mais parce qu'elle avait le tempérament solide et franc d'une fille tranquillement élevée à la campagne.

Heureux, il pouvait à présent affronter avec confiance le dernier tour de piste de sa vie et, lorsque près d'une semaine après la journée que Fanny avait passée à Oxford, il reconnut, au petit déjeuner, son écriture dans le courrier – cette écriture qui avait jadis fait battre son cœur avec une violence qui avait menacé de le faire suffoquer –, il se trouvait depuis si longtemps dans un tel état de bonheur et de tranquillité, cet état où il avait finalement plu à Dieu de l'appeler, qu'il ne ressentit rien d'autre qu'une légère surprise.

Fanny. Que pouvait-elle bien lui vouloir ? Comme c'était drôle qu'elle ait écrit !

Après avoir lu sa lettre, il se sentit moins paisible. Pourtant, qu'y avait-il de changé ? Ici, autour de la table du petit déjeuner, ses enfants étaient réunis, tout propres et heureux de vivre – le petit Jim attaché sur une chaise haute, avec sa nurse le gavant de porridge, la petite Audrey, l'aînée, et la petite Joan, la cadette. À l'autre bout, en face de lui, dans sa proprette tenue du matin, sa femme veillait sur chacun, plaisantant avec les enfants, et lisant son courrier.

Le soleil entrait à flots, la pièce sentait bon le petit déjeuner, la pelouse devant les fenêtres était pleine de crocus et, dans toute l'Angleterre, à cet instant, était dressées des tables de petit déjeuner semblables à celle-ci. Non, pas tout à fait comme celle-ci, car sur la table de Conderley seule était posée une lettre de Fanny qui, une fois qu'il l'eût lue, donna à cette réunion matinale un aspect inhabituel. Ce petit déjeuner n'était plus aussi familier, aussi banal que l'avait été celui de la veille, et celui de l'avant-veille, et tous les autres si l'on remontait dans le temps jusqu'au premier petit déjeuner de sa vie d'homme marié. Une interrogation se faisait jour, comme une ombre légère, plusieurs interrogations même. Et, soucieux de ne plus y penser pour l'instant, il posa la lettre et fixa son attention sur sa petite famille.

Comme le petit Jim mangeait salement, pensait-il, en voyant la quantité de porridge qui lui sortait de la bouche au lieu d'y entrer. Et puis il remarqua que ses deux filles, qui avaient l'habitude de poser des devinettes au cours du repas, riaient plus fort qu'elles n'auraient dû. Et il s'aperçut aussi, avec un très léger tressaillement, que sa femme le regardait.

« Quelque chose qui ne va pas, Jim ? » demanda-t-elle soudain, ayant surpris son regard.

– Qui ne va pas ?

– Il m'a semblé que la lettre que vous lisiez vous causait du souci.

– Oh ! non, non, pas de souci, à vrai dire. Plutôt importun.

– Miss, il n'a rien avalé du tout », dit-elle à la gouvernante. « N'est-ce pas, Jim ? Mes enfants, j'aimerais que vous appreniez à rire en silence, pensez comme ce serait bien si vous étiez moins bruyants ! Oui, Jim ?

– Peut-être après le petit déjeuner », fit Conderley, vaguement, tout en parcourant ses autres lettres.

Mais après le petit déjeuner ce ne fut pas plus facile. Ils passèrent bras dessus, bras dessous dans la bibliothèque. Elle alluma une cigarette et lui sa pipe. Puis, il proposa, après avoir tiré une bouffée en silence, d'aller faire un tour dans le jardin.

Ce qu'ils firent. Audrey devint carrément curieuse. « Alors, Jim ? » fit-elle, tout en gardant son bras sous le sien. Ils arpentaient la terrasse ensoleillée qui se trouvait sur le côté sud de la maison, et il demeurait toujours silencieux.

Il s'éclaircit la gorge. À chaque seconde, Audrey se révélait plus déterminée.

« Vous vous souvenez sans doute de m'avoir entendu parler de Fanny Skeffington ? » dit-il, sachant fort bien qu'il n'en était rien. Mais ainsi sont faits les petits mensonges dans lesquels s'empêtrent bien des maris.

« Non », répondit Audrey, « aucun souvenir, qui est-ce ?

– Oh ! il y a longtemps, vous avez sans doute oublié... Mais c'était une de mes... Oh ! elle faisait partie de notre petite bande d'autrefois, et je suis absolument certain de vous en avoir parlé.

– Non, jamais ! » fit Audrey avec assurance.

– Soit, peu importe. Elle s'annonce pour le prochain week-end.

– Pourquoi ?

– Pour nous rendre visite, ma chère, et pour devenir votre amie, à ce qu'elle dit.

– Mon amie, pourquoi ?

– Ma chère enfant, on pourrait tout aussi bien se demander pourquoi il y a des gens qui veulent être amis avec d'autres.

– Souhaitez-vous qu'elle vienne ?

– Non.

– Eh bien, dites-lui que c'est impossible.

– Ne serait-ce pas un peu brutal ?

– Vous pourriez trouver des tas d'excuses, dont aucune ne paraîtrait le moins du monde brutale. Si vous voulez, je lui écrirai.

– Je ne pense pas que ce soit une bonne idée. Elle ne vous connaît pas encore, et pourtant j'espère que bientôt...

– Vous souhaitez donc qu'elle vienne ? » l'interrompit Audrey.

– Ne vous ai-je pas déjà répondu ? » répliqua-t-il, sa douceur naturelle légèrement contrariée.

– Alors, pourquoi dites-vous espérer qu'elle me connaîtra bientôt ?

– Ma chère, pourquoi dit-on quelque chose ? » rétorqua Conderley un peu agacé.

Ils arpentaient la terrasse en silence. C'était une chose bien agréable, trouvait-il, que d'avoir une épouse sincère, et aucune femme ne pouvait l'être plus qu'Audrey, mais il pouvait y avoir des occasions, disons des instants, tellement cela était bref et fugace, où un peu plus de compréhension, un peu plus d'imagination... Et, de son côté, elle pensait: « C'est le Yorkshire pudding. Je n'aurais pas dû lui en laisser manger hier soir ».

Il se ressaisit, et ajouta:

« Je n'ai pas vu cette pauvre Fanny depuis des années.

– Elle est pauvre ?
– Non, pas au sens financier du terme.
– Dans quel sens, alors ?
– Plutôt dans le sens où les gens vieillissent.
– Elle vieillit ?
– Chérie, quelle question ! »

Oui, ce devait être le Yorkshire pudding. Il semblait de mauvaise humeur et ça, elle le savait, ce n'était pas dans ses habitudes.

« Je voulais dire », fit-elle gaiement, car personne ne peut réellement croire que la nourriture peut influer sur le caractère d'un mari, « elle est vraiment vieille ?

– Il y a plus de vingt ans que je ne l'ai vue !

– Oh ! alors, elle doit être bien vieille », dit Audrey à la fois rassurée et calmée. Bizarrement, elle s'était imaginé autre chose. « Vous l'appelez par son prénom », reprit-elle.

– Si vous n'aviez pas vécu enterrée au fond de vos bois et de vos champs, vous sauriez que, dans notre petite bande, nous nous appelions tous par nos prénoms. » Et, de nouveau, ce fichu pudding semblait empâter sa voix.

– Mais Jim, l'appeliez-vous réellement... » soupira Audrey, trop angoissée pour trouver le mot juste.

– Ma chère enfant, vraiment... » protesta Conderley, cette fois quasiment congestionné.

Silencieux, ils parcoururent la terrasse en sens inverse. Elle songeait qu'elle ne lui servirait plus de ce plat indigeste qu'au déjeuner, et jamais le soir. Et lui: « Pourquoi faut-il toujours qu'elle complique tout ? »

Puis, elle ajouta: « Cette Fanny quelque chose...

– Skeffington. Fanny Skeffington. Lady Frances Skeffington », fit-il en l'interrompant avec vivacité et en détachant chaque syllabe.

– Skeffington, soit. Est-ce qu'elle vous appelait Jim ?

– Ma chérie, est-ce que je ne viens pas de vous dire que nous nous appelions tous par nos prénoms ? À présent, Audrey, dites-moi... » Il poursuivit plus calmement, ayant constaté combien l'intonation de sa voix s'était faite tranchante et combien une simple lettre de Fanny avait pu produire, non pas à proprement parler une querelle, mais un accroc à leur tendresse réciproque. « À présent, dites-moi », reprit Londerley, « sachant qu'elle est, comme vous dites, vraiment vieille... » et pendant un instant il tâcha de s'imaginer Fanny vieillie, mais en vain, « et qu'elle dit dans sa lettre...

– Puis-je la voir ? » dit Audrey, tendant la main.

Il ne s'y attendait pas. Il ne lui était pas venu à l'idée qu'elle pût demander à voir la lettre.

Embarrassé, il fit mine de la chercher. « J'ai dû la laisser dans la bibliothèque », dit-il, tout en la tenant serrée au fond de sa poche.

Mais pourquoi agir ainsi ? Il n'y avait en réalité aucun secret dans cette lettre. Quelques mots affectueux, peut-être, et que l'on pouvait facilement expliquer. Alors pourquoi prétendre qu'il ne l'avait pas sur lui ?

Il se dit qu'il n'y avait aucune raison à cela, mais il y en avait une, et il le savait fort bien, et cette raison avait nom: profanation.

Il en demeura interdit. Sa femme profanant, en la lisant, la lettre d'une autre, oh ! mon Dieu, pensa Conderley. Oh ! mon Dieu ! Et il se mit à penser qu'il valait peut-être mieux dire à Fanny de ne pas venir.

« Alors, dites-moi ce qu'elle vous écrit », dit Audrey.

– Oh ! elle parle d'une maladie qu'elle a eue, elle dit qu'elle désirerait beaucoup revoir ses vieux amis.

– Avant de mourir ? » fit Audrey. Pour la première fois de leur vie conjugale, il fut indigné.

Il y eut un silence durant lequel il sentit monter en lui un mouvement de colère, qu'il maîtrisa aussitôt. Il n'était plus seulement de mauvaise humeur, mais franchement irrité. Parler avec une telle légèreté, une telle cruauté, de la mort de Fanny, oui de Fanny, qui avait représenté pour lui toute la vie, une vie si flamboyante, si palpitante, à la fois exquise et douloureuse, qu'en comparaison sa vie avec Audrey était celle d'un enterré vif ! Bien sûr, il lui dirait de venir. Il ne refuserait certainement pas la visite de quelqu'un qui lui avait autrefois été si cher par égard pour quelqu'un qui, au fond, ne le lui était pas du tout. Non. Pour l'instant, sa femme, Audrey, la bonne et dévouée Audrey, la mère de ses enfants, la fidèle compagne de ses loisirs, l'inlassable protectrice de son bien-être, Audrey ne lui était pas chère du tout.

« La réponse ne fait aucun doute », dit-il dès qu'il eut retrouvé son calme. « Je vais lui écrire que nous serions enchantés qu'elle vienne.

– Ce qui est complètement faux », répliqua Audrey avec une sincérité déroutante. « Moi, je ne serai pas enchantée du tout », poursuivit-elle, reprenant son bras. « À moins que, de votre côté, vous le soyez. Non ? Je n'y comprends plus rien. »

Elle le regarda tendrement. Il ne lui serait jamais venu à l'idée d'avoir pu le mettre en colère. Cela correspondait mal à l'image qu'elle s'était forgée de lui, toujours encouragée par sa bienveillance et sa bonté.

« Ma chère Audrey », fit-il froidement, et son bras réticent ne répondait en rien à la chaude pression de celui de sa femme, « sachez que la bonté et la courtoisie sont des sentiments qui subsistent toujours entre vieux amis.

– Je sais bien », dit-elle, tenant fermement son bras, « et il vous faut agir comme bon vous semble, et je vous promets d'être une hôtesse parfaite. Mais vous devrez tout lui expliquer avant son arrivée, sinon je ne saurai plus où j'en suis.

– Nous avons tout le temps pour cela », fit Conderley, retirant son bras et regardant sa montre. Il se souvint brusquement qu'il avait rendez-vous à dix heures avec Jackson. Sans ajouter un mot, bourrant sa pipe, il se dirigea du côté des serres.

Lorsque le samedi suivant, dans l'après-midi, Fanny arriva – on ne pouvait imaginer week-end plus bref –, Audrey en avait appris sur elle autant qu'elle avait pu. Non pas certes tout ce qu'il y avait à savoir, mais tout ce qu'il lui fallait savoir. Et Conderley, qui avait retrouvé son calme, et encore tout surpris d'avoir pu se laisser aller à un mouvement de colère, avait longuement réfléchi à quel point sa femme bien-aimée avait été tenue à l'écart de tout cela. Elle savait qui était le père de Fanny, elle savait que son unique frère avait été tué à la guerre, et qu'elle avait épousé un Juif – Comment a-t-elle pu ? s'était-elle demandé –, et en avait divorcé.

« Mais c'est elle qui a demandé le divorce », rectifia Conderley.

– Cela revient au même.

– Certainement pas ! Ne confondez pas ! »

Et enfin, elle savait, après avoir consulté le Debrett, qu'elle aurait cinquante ans le mois prochain, le douze mars exactement. Elle n'en savait pas plus. Lady Frances ne s'était jamais remariée, lui avait dit Conderley qui, sans en avoir la moindre intention, avait donné l'impression que Fanny avait connu, depuis lors, dans sa maison de Charles Street, une existence austère et solitaire, veillée par une servante dévouée dont le nom apparaîtrait sans doute dans les colonnes du *Times*, à la rubrique des fidèles serviteurs.

« La pauvre », dit Audrey, avec un petit soupir de bonheur, glissant à nouveau la main dans la sienne. « Et pas d'enfants ! Comme c'est triste ! »

Ce qui la préoccupait le plus, tout de même, c'était ce divorce. Elle ne pouvait s'empêcher d'y faire allusion. Elle y revenait sans cesse. Et quand, pour finir, Jim lui reprocha cette insistance, elle dut expliquer qu'elle n'avait jamais réellement rencontré une divorcée, et ne s'était, *a fortiori*, jamais attendue à en recevoir une chez elle; reconnaissant ainsi que cela allait être une sorte d'événement dans sa vie.

« C'est lui, le divorcé », rectifia de nouveau, patiemment, Conderley.

– Cela revient au même », répéta Audrey, incapable de faire la différence entre coupable et innocent. « Après tout, un divorce est un divorce, Jim. » Et elle le regarda comme pour le mettre au défi de la contredire. Il se plongea dans le *Times*.

Et tout aussitôt, revenant encore sur le sujet, elle allait dire: « La reine – elle entendait la reine Victoria –, disait ma mère, refusait de recevoir à la Cour ces gens-là, qu'ils fussent innocents ou coupables ».

Puis, alors qu'il demeurait plongé dans son journal: « Il n'y a pas de fumée sans feu, Jim, vous savez bien ».

Enfin, après un instant de silence (il n'avait pas

levé les yeux du *Times*): « D'un sac à charbon il ne peut sortir blanche farine, Jim ».

Oh ! Seigneur ! se dit Conderley, faisant effort sur lui-même. Il y avait bien longtemps qu'il n'avait pas prononcé ces mots.

Lorsque Fanny arriva, ils étaient tous deux sur le seuil de la porte. Audrey avait mis de l'ordre dans les chambres et y avait disposé des fleurs des champs, crocus et perce-neige. Elle avait choisi son plus beau linge, ainsi que des livres qu'elle s'imaginait pouvoir redonner quelque courage à une convalescente, comme *Promenades dans Rome*. Il y avait un bon feu allumé dans toutes les cheminées. Dans le grand salon, le thé était servi. Jusqu'au dernier moment, Conderley était resté plongé dans le *Times* et ce ne fut que lorsqu'il entendit s'arrêter la voiture, qu'il jeta son journal sur le tapis et sortit avec Audrey sur le seuil de la porte. À présent qu'était venu le moment du face à face avec Fanny, il était gêné de ce qu'Audrey, à ses côtés sur les marches, lui ait pris le bras. Il lui appartenait. Nul n'en disconvenait. Alors pourquoi cette attitude aussi possessive ?

Jim se montrait fort injuste, car le geste d'Audrey était simplement dicté par sa profonde timidité, et c'était instinctivement qu'elle s'était ainsi agrippée à lui. Elle prit Manby pour Fanny, car elle était descendue de voiture la première. « Oh ! Jim, comme elle est vieille », murmura-t-elle. « Elle est plus près de soixante que de cinquante », et, quand elle découvrit son erreur, elle en fut encore plus intimidée. Quant à Jim, il en fut gêné au-delà de ce que l'on peut imaginer.

Fanny apparut, baissant la tête afin de ne pas heurter l'encadrement de la portière. Il s'approcha, prit sa main pour l'aider à descendre et ils se retrouvèrent face à face pour la première fois depuis cet après-midi déchirant, vingt ans auparavant, où il avait essuyé ses larmes d'adieu.

Oh ! le pauvre Jim, pensa Fanny, hésitante – elle n'en était pas tout à fait certaine, et pourtant elle ne l'était que trop ! –, et bien affligée pour lui qu'il fût devenu si voûté et si grisonnant.

Mon Dieu, pauvre Fanny, se dit Conderley, à son tour bouleversé. Elle était très maquillée. Car aucune femme ne se rend jamais à un rendez-vous avec un homme qui l'a, jadis, longtemps et profondément aimée, sans désirer paraître sous son meilleur jour. Fanny le savait bien et, aux yeux de Conderley, habitué depuis des années à vivre à la campagne auprès de femmes au teint hâlé par le grand air, et vêtues de robes de grosse laine, et avec Audrey qui n'apportait d'autre soin à son visage que de le laver, ce maquillage apparut presque indécent. Sa maigreur aggravait l'ensemble. Avoir des joues creuses était déjà assez triste, mais de surcroît les farder ainsi transformait la tristesse en tragédie.

Noble Fanny, adorable petite Fanny...

Peu à peu, au fil des années, tel un petit air aigrelet de boîte à musique, les mots perdaient de leur force. Afin de mieux cacher ses sentiments, il se pencha sur sa main et elle ne put alors que remarquer combien ses cheveux s'étaient fait rares sur le haut du crâne. En fait, il était presque chauve.

Pauvre Jim, se prit-elle à penser. Elle regretta presque d'être venue.

Pauvre Fanny, se dit-il. Et il se prit à regretter de ne pas l'avoir empêchée de venir. Ce qui était étrange, c'est que ni l'un ni l'autre n'avaient la moindre idée de l'image qu'il pouvait offrir.

Fanny parla la première: « Comme c'est merveilleux de se retrouver, cher Jim, je ne puis vous dire comme je suis heureuse ». Elle tâchait de se persuader qu'elle avait très bien connu cet étrange vieillard. Quant à lui, l'aidant à gravir les marches, sa main sous son coude – c'était une toute petite chose pointue dans sa paume –, il ne put prononcer un mot. Il reprit sa respiration, car depuis quelques années il lui était devenu difficile de monter des marches et de parler en même temps. Il dit enfin: « Je regrette seulement que vous n'ayez pas eu cette bonne idée plus tôt ».

Entendait-il: avant qu'elle ait perdu sa jeunesse, ou bien avant qu'il ait tant vieilli ? Non, il était simplement courtois. Elle le voyait bien à sa façon de se pencher vers elle et à la douceur de son regard fatigué.

Pauvre Jim, quel malheur d'avoir le regard aussi las, pensa-t-elle, oubliant que le sien l'était tout autant.

« Quelle adorable vieille maison », s'exclama-t-elle, pour montrer combien elle en appréciait l'apparence confortable. « Oh ! et voici Audrey ! »

Audrey s'avançait avec un sourire de bienvenue, et bien qu'elle n'en ait jamais rencontré, elle décida que Fanny avait bien l'air d'une divorcée. Elle fut heureuse qu'il n'y eût pas d'autres visiteurs. On ne pouvait décemment la présenter à un évêque. Elle se demandait ce que sa mère aurait pensé. Mais elle comprit vite, elle qui ne savait rien de ce qu'on appelle une femme élégante, sinon d'après des illustrations du *Tatler*, parfois très osées, que d'autres femmes élégantes n'auraient rien trouvé à redire à l'allure de Fanny. Jim n'y avait fait en rien allusion. Mais Audrey, voyant bien à quel genre de femme elle avait à faire, fut encore plus intimidée.

« Je suis sûre que vous brûlez d'impatience d'avoir une tasse de thé », fut tout ce qu'elle trouva à dire, après que Fanny l'eût affectueusement saluée et embrassée. « Vous savez, je pourrais facilement être votre mère », ajouta-t-elle en souriant pour expliquer son baiser.

Conderley trouva cette remarque déplacée.

« Voulez-vous que nous entrions pour prendre le thé ? » insista Audrey, toujours incapable de trouver quoi que ce soit à dire, ce qui eut le don d'agacer Conderley; il fallait toujours qu'Audrey insiste, même pour une tasse de thé. Et il constata, gêné, que dès que Fanny se manifestait, dans la conversation ou par une lettre, Audrey commençait de lui porter sur les nerfs.

Elle montra le chemin, en s'effaçant, jusqu'au salon. Elle se sentait soudain très jeune, ce qui lui fut plutôt agréable, mais après un rapide coup d'œil aux vêtements de Fanny, elle sentit aussitôt qu'elle ne savait vraiment pas comment s'habiller. Elle en fut tout attristée, car elle avait toujours cru savoir. C'est pourquoi elle entra dans le salon en marchant de biais, afin que Fanny ne puisse avoir une vision d'ensemble de sa silhouette et de ses vêtements.

Et puis, où pouvait bien être la différence ? Toutes deux étaient en vêtements de campagne. Difficile de dire en quoi les siens différaient de ceux de Fanny, et pourtant ils ne se ressemblaient pas. Aussi différents, d'ailleurs, que leurs visages, car Audrey s'était vite aperçue que sous le maquillage de Fanny demeurait le charmant souvenir d'une beauté qu'elle-même n'avait jamais eue. Elle n'avait jamais été qu'une petite femme fraîche et jolie, elle le savait bien, et elle avait toujours pensé que Jim avait été adorable de l'épouser. Cette différence entre leurs vêtements et leurs visages lui donna un tel complexe d'infériorité qu'elle fut quasiment incapable de prononcer le moindre mot.

Pourtant Fanny savait s'y prendre avec les gens timides. Tout à fait naturelle et ne se souciant jamais de l'impression qu'elle donnait, elle pouvait facilement pénétrer les sentiments d'autrui, et la profonde sincérité qu'elle y mettait, si elle était l'un de ses charmes majeurs, constituait aussi un grand danger pour les autres. On pouvait croire, en la regardant parler, qu'aucune conversation au monde, avec qui que ce soit d'autre, n'aurait pu lui donner autant de plaisir... Audrey n'avait d'autre solution que de servir le thé. Fanny qui, comme n'importe quelle femme l'aurait fait, avait bien saisi l'embarras d'Audrey, fit de son mieux pour qu'elle se remette de son émotion. Elle se demanda si Jim avait jugé nécessaire de lui parler d'elle. Si oui, c'était une raison supplémentaire de devenir bons amis. Mais de toute manière, le petit côté fleur des champs d'Audrey la séduisait et, du fond de son cœur, ni jalouse ni possessive, elle désirait toujours que ses amis prennent plaisir à se trouver ensemble. Elle était heureuse que le pauvre Jim ait enfin trouvé un abri aussi douillet pour y finir ses jours.

"Et ainsi, d'année en année, leur petit bateau
Repose au port et paisiblement se balance..."

Jim était assis, silencieux, ses doigts noueux serrant sa tasse, comme s'il voulait les réchauffer. « Jim », lui dit-elle, « quand je vous vois, je songe à des choses charmantes comme de la poésie.
– Vraiment ? » fit-il en rougissant. « Comme c'est gentil de votre part, Fanny !
– Et juste à l'instant, en vous regardant, vous et Audrey, qui êtes si heureux ensemble – les joues roses d'Audrey devinrent encore plus roses, elle aimait tant ce genre de compliments ! –, je songe à des vers que vous aimiez citer...

— Il aimait déjà citer des vers ? » demanda Audrey, écartant toute timidité.

— Il a dû venir au monde en citant des vers », répondit Fanny en souriant. Elle tendit la main pour prendre un sandwich. Comme c'est bon de ne pas avoir à se soucier d'en offrir, se dit Audrey. « Mais à vous voir tous les deux, Audrey et vous, je pensais à ce petit morceau dans lequel il est question d'un petit bateau et d'un port. De Wordsworth, non ? » Elle se souvint, avec une sorte de rire intérieur, gênée, néanmoins, par la présence de Jim, de la manière irrévérencieuse dont Edward appelait le grand poète. "Face de lune", disait Edward. Cette sacrée face de lune ! Horrible ! Mais, même à présent, elle ne pouvait s'empêcher d'en rire, bêtement.

Avec sa délicatesse habituelle, Fanny savait qu'elle n'avait qu'à parler poésie pour que Jim soit heureux — à moins que sa pauvre mémoire ne soit devenue aussi déplumée que sa pauvre tête. Manifestement, il n'en était rien. Il cessa en effet de caresser sa tasse, se leva avec une promptitude dont il n'avait guère fait preuve jusqu'à présent, sortit de la pièce et revint aussitôt — Dieu merci, pensa Audrey, effrayée de cette sortie — avec un gros volume. « C'est là », dit-il, trouvant l'endroit précis et le lui indiquant. Son doigt osseux et jauni tapota la page.

« Je vous en prie, lisez à voix haute », dit Fanny en allumant une cigarette. Comme il est bon de ne pas avoir à le lui demander, pensa Audrey.

Fanny se renversa dans son fauteuil. Audrey, suffisamment détendue, en fit autant. Jim avait une voix séduisante et lisait fort bien. Quelle bonne idée, pensa Fanny, que cette lecture à voix haute ! Pas besoin de parler. Pas besoin de penser à quoi que ce soit, l'esprit fatigué ou soucieux, mais tout simplement se laisser paresseusement aller à des images fugitives. Elle trouvait la lecture à voix haute bien supérieure aux échecs. Non seulement les échecs exigent de la concentration, mais comparé à la lecture à voix haute, c'était encore un jeu trop bavard, avec tous ces *échecs* et *mat*. Perry – elle songeait à sir Peregrine Lanks, conseiller de la Couronne, c'était lui qui avait remplacé Edward et avait fini par manifester patience et lassitude ! – lui avait appris à y jouer. Il avait insisté pour qu'elle apprenne, y trouvant le seul remède pour ceux qui n'ont plus grand-chose à se dire. Et elle s'y était mise, de mauvaise grâce tout de même, car au bout d'une semaine ou deux de dévotion envers elle, il lui avait semblé qu'il était parfois un peu enclin à la prendre pour une oie blanche. Si elle arrivait à bien jouer aux échecs, considérés comme un jeu pour gens intelligents, il finirait bien par penser qu'elle faisait partie de ceux-ci. Elle s'était même rendue en cachette chez un spécialiste des échecs, un Russe que sa secrétaire lui avait découvert – et avait pris des leçons avec lui. Chaque matin, lorsqu'elle était libre, elle s'y rendait avec Manby; et Lanks fut un temps stupéfait par ses progrès. « Vous semblez jouer d'instinct », disait-il. Il était absolument troublé et affirmait n'avoir jamais vu une telle aptitude à ce jeu. « Il n'est rien que vous ne parveniez à faire, ma chère Fanny ! » s'écria-t-il un jour, enchanté qu'elle lui eut pris sa reine.

Puis, l'expert lui apprit à déplacer ses cavaliers comme il fallait, en plaçant ses mains sur les siennes, et chaque fois qu'il avait l'occasion de dire *mat*, ce qui était fréquent, il se mettait à roucouler. Vous êtes *mat*, ma chère. Il roucoulait plus qu'il ne parlait, et la regardait avec attendrissement. Ah ! *mat* ! et il soupirait encore, en roucoulant. Pendant ce temps, Manby, ses bonnes manières lui imposant quelque réserve, affectait d'être plongée dans un journal russe.

Puis elle abandonna les leçons et ses progrès cessèrent brusquement. Elle craignit alors que Lanks, surpris et de plus en plus stupéfait, ne revint à son opinion première à son égard.

Fanny se souvenait indolemment de tout cela, l'esprit absent, mais tout ouïe pour écouter la séduisante voix de Conderley. Elle ne le regardait pas. Elle aurait pourtant pu le faire, puisque ses yeux à lui étaient tout à sa lecture, mais elle préférait s'en abstenir. Il y a quelque chose d'indécent à regarder quelqu'un dont l'âge est mis à nu. Sa voix, elle, comme son écriture, n'avait guère changé. Le feu de bois crépitait et la pièce était emplie du doux parfum des fleurs de printemps et, dehors, dans le jardin, les grives chantaient dans le crépuscule, et des enfants passaient en courant, jacassant et riant. Audrey s'était à moitié levée, puis rassise et, à voir son visage passer rapidement d'une attention respectueuse à un intérêt réel, Fanny comprit combien ils étaient faits l'un pour l'autre.

Avait-elle eu raison de venir ? se demanda-t-elle, le cœur en proie au doute. Cela pouvait-il lui être de quelque secours de voir tout ce qu'elle avait manqué, de voir combien les autres pouvaient être heureux, à l'abri et en sécurité, comme c'était le cas de Jim et d'Audrey, bien bordés pour la nuit ? L'autre nuit ne pouvait plus être bien éloignée à présent, pour le pauvre Jim, cette nuit à laquelle, depuis sa maladie, elle avait commencé de songer. Jim, lui, n'avait rien à craindre avec cette petite femme dévouée qui serait auprès de lui jusqu'à la fin !

Quant à elle, Fanny, son tour viendrait; et c'est sur Manby seule, qu'il lui faudrait compter !

Ce ne fut que le soir, après le dîner, qu'elle se retrouva en tête à tête, pour quelques minutes, avec Conderley. Audrey était montée embrasser les enfants dans leur lit, un rite régulièrement accompli, et, dans la bibliothèque, Conderley et Fanny furent pour la première fois face à face.

Ils se sentirent très vite mal à l'aise. Est-ce donc ainsi, pensait Fanny, que s'achèvent les amitiés ? En se sentant mal à l'aise ? Non. C'était impossible. Il ne pouvait en être ainsi. Le plus dur, c'est qu'elle ne parvenait pas à croire que cet étrange vieillard, appuyé au manteau de la cheminée et bourrant sa pipe, était un homme qu'elle avait intimement connu.

« Ma pipe vous gêne-t-elle ? » demanda-t-il, en s'interrompant.

– Vous savez bien que non. » Combien de fois ne l'avait-elle pas encouragé à l'allumer, car elle aimait bien l'odeur de son tabac.

Mais il ne se souvenait plus. Il avait oublié tous ces petits détails. Il se souvenait seulement des déchirements du cœur. Fanny, elle, se souvenait de tout, car elle n'avait jamais été malheureuse.

Sa voix, pourtant, pensa Conderley, n'avait pas du tout changé. S'il ne la regardait pas, c'était comme si sa Fanny perdue était là, de nouveau près de lui, assise sur la chauffeuse, près de la petite table au bouquet de violettes. La petite table d'Audrey. Les violettes d'Audrey. Lorsqu'il ne la regardait pas, c'était bien sa Fanny. Alors, mieux valait la regarder. Il n'y avait ni gloire ni avantage à fermer les yeux pour entendre cette voix jadis si chère.

Au même instant, elle se disait: C'est absurde, de si vieux amis, être intimidés l'un par l'autre ! Soyons naturelle... Et elle dit tout à trac: « Jim, ai-je beaucoup changé ? »

Il sursauta au point de laisser tomber sa blague à tabac. « Changé, Fanny ? En quel sens ? » demanda-t-il en s'inclinant pour la ramasser. Depuis pas mal de temps, il lui fallait faire un effort pour ramasser les objets.

« Vous savez parfaitement en quel sens. Répondez-moi franchement, Jim, ai-je... beaucoup changé ? » Et elle poursuivit, s'efforçant de ne pas partager son embarras: « Vous ne pouvez imaginer combien il est difficile de se voir soi-même comme les autres vous voient. À force de se voir si souvent dans la glace, on finit par s'habituer à son visage. Si je pouvais simplement avoir la surprise de me voir comme par hasard, sans m'y attendre !

– Soit. Mais n'oubliez pas que vous étiez presque une jeune fille quand je... quand nous étions amis », dit-il. « Évidemment, depuis, vous avez grandi.

– George Pontyfridd me disait le contraire, l'autre jour. Il disait que cela m'avait pris beaucoup de temps, de grandir. Mais il ne voulait pas dire physiquement. C'est ce que j'avais tout d'abord compris, mais à y bien réfléchir, je crois plutôt qu'il voulait parler de l'esprit, ou de l'imagination, ou de la sensibilité, ou de quelque chose comme ça.

– Les femmes savent conserver un certain don d'enfance », fit Conderley d'un ton sentencieux. Il souhaitait à présent le retour d'Audrey.

– Vous voulez dire qu'elles continuent d'être stupides ? » fit Fanny en souriant. Et comme il ne faisait pour toute réponse qu'un signe de désapprobation, elle ajouta: « Si j'avais dit ça à Perry...

– Perry ?

– Perry Lanks, vous savez bien ! »

Conderley fit un signe de tête, sévère cette fois. Il savait qu'après ce Montmorency... Oh ! et puis qu'importait à présent ?

« Si j'avais dit ça à Perry, les femmes qui continuent d'être stupides », poursuivit-elle, « il m'aurait répondu que je lui sortais les mots de la bouche. Mais vous êtes plus gentil, Jim. » Elle allait dire: « moins rapide ». Elle se tut.

« Lanks a fait une carrière remarquable », dit alors Conderley, tout en allumant sa pipe et en faisant de son mieux pour tenir la conversation à l'écart des questions de personnes. « Il a refusé le secrétariat d'État à l'Intérieur, parce qu'il ne voulait pas renoncer à l'immense fortune que lui rapportait sa situation au barreau.

— Je sais. C'est merveilleux, mais est-il vraiment nécessaire de parler de lui ? La prochaine fois, vous pourriez parler de Hitler ?

— Et pourquoi pas ? Il est plutôt terriblement inquiétant ces temps-ci !

Fanny soupira. « Oh ! cher Jim !... La situation européenne ! Même vous ! Soit, continuez. » Elle aussi souhaitait à présent le retour d'Audrey.

— Mais c'est certainement ce qu'il y a de plus important en ce moment », fit Conderley, dont la pipe se refusait à tirer.

— Donc, vous trouvez que j'ai changé ? » dit-elle vivement.

Il la regarda un moment, ne saisissant pas bien le rapport. « Je vous en prie, Fanny ! » Et d'ajouter: « N'ai-je pas changé, moi aussi ?

– Oh ! les hommes. Et vous aviez coutume de dire...

– Je vous en prie, Fanny », supplia-t-il encore.

– Mais si ! » insista-t-elle. « Lorsque je vous disais que ma beauté seule vous intéressait, vous disiez que ce que vous aimiez en moi, c'était mon âme ! L'aimiez-vous ? Parce que vous savez, mon âme n'a pas changé, quoi qu'il puisse paraître extérieurement.

– Peut-être devrions-nous oublier ce que nous avions l'habitude de nous dire », suggéra-t-il, un peu gêné.

– Je ne crois pas en avoir dit trop, n'est-ce pas ?

– Peut-être parce que vous ne le pensiez pas vraiment.

– Oh ! Jim ! et moi qui vous ai été tellement dévouée, et pendant tant d'années ! » protesta-t-elle.

– Puis-je vous dire le fond de ma pensée, Fanny ? » Il désirait sincèrement éloigner la conversation du tour qu'elle prenait.

– Je n'attends que cela », répondit-elle, en s'armant de courage.

– Vous êtes, vous avez été et vous serez toujours la femme la plus adorable du monde. » Et il lui fit une révérence digne de Buckingham et Windsor réunis.

Elle se renfonça dans ses coussins. Ce discours et cette courbette mettaient entre eux un continent, des siècles.

« Tout cela sonne bien creux », dit-elle enfin, tristement. « Je n'avais pas saisi que nous n'étions plus que de vagues connaissances.

— Avant d'aller plus loin », répondit-il en la regardant, « il faut me dire ce que vous entendez par vagues connaissances. »

Il lui fallait la regarder. Il alluma les lampes. Toute la pièce se mit à resplendir. Il se serait senti trop malheureux s'il avait entendu le son de sa voix sans la voir. Il n'avait pas imaginé qu'il pût à nouveau souffrir, souffrir de nostalgie pour les véritables détresses d'autrefois, du temps de ses jeunes années. Fanny avait toujours eu une voix qui lui poignait le cœur, et, malheureusement, cette voix elle l'avait conservée. Donc, autant la regarder aussi, quitte à être de nouveau bouleversé. Un jour ou l'autre, il vaut mieux, pour un homme marié, être bouleversé que souffrir. Pourquoi diable Audrey ne revenait-elle pas ?

« Oh, tout simplement », répondit Fanny avec nonchalance, « de vagues connaissances. Qui se font des politesses. Qui se font de beaux discours. Tout ce que les gens font, au début. Mais j'ignorais que cela se terminerait de cette manière.

— Pitié ! Fanny ! »

Ils demeurèrent silencieux. Tous deux souhaitaient à présent le retour d'Audrey.

Lorsqu'Audrey redescendit, elle s'étonna, en ouvrant la porte, de voir toutes ces lumières et elle crut tout d'abord que la pièce était vide, tant il y régnait de calme. Puis, lorsqu'elle les aperçut là, tous deux, chacun enfoncé dans son fauteuil et ne prononçant pas un mot, elle ne comprit plus.

Ils semblèrent très heureux de la voir. Fanny se redressa vivement, eut un sourire affectueux et parla des enfants. Jim approcha une chaise pour Audrey, apporta un coussin et se montra empressé au point d'aller chercher sa boîte à ouvrage et son tricot.

Elle en fut très surprise. D'habitude, c'était elle qui était toujours empressée, et non le contraire. Et, à juste titre, car elle n'avait jamais douté de la supériorité de Jim en toutes choses et lui était pleine de reconnaissance de l'avoir épousée.

C'est là une conviction qu'ont souvent les femmes et cela favorise toujours l'harmonie du foyer. Conderley en était bien conscient à tout instant, et chaque jour, et il trouva sa propre attitude attendrissante et presque inexplicable. Il se rendait bien compte qu'il était beaucoup plus âgé, et qu'il le serait encore plus dans une dizaine d'années.

Il serait alors un vieux gâteux de quatre-vingts ans, et elle serait seulement dans la quarantaine, la force de l'âge. Il savait qu'Audrey vivrait bientôt en compagnie d'un vieillard, et il faisait de son mieux pour être prévenant dans toutes les petites occasions de la vie quotidienne tant qu'il possédait encore toute son énergie. Il avait été de mauvaise humeur, voire cassant, tous ces derniers jours, à cause de Fanny, et il s'en voulait. Voilà pourquoi il avait apporté à Audrey sa boîte à ouvrage.

« Y-a-t-il quelque chose qui ne va pas, Jim ? » demanda Audrey, au bout d'un moment, avec une nuance d'inquiétude dans la voix. Lui apporter sa boîte à ouvrage... Et ce silence dans la pièce, lorsqu'elle y avait pénétré !

« Absolument pas, ma chérie. Pourquoi ?

– Je pensais, oh ! je ne sais pas, je pensais... » répondit-elle. Elle pencha la tête sur son ouvrage et retomba dans sa réserve.

Le dimanche matin, les Conderley se rendirent à l'église. Fanny, juive, ne les accompagna pas.

« Mais elle n'était pas juive », fit remarquer Audrey, tout de même bien soulagée que le vicaire ne la vît pas.

– Religieusement, elle l'est », fit brièvement Conderley. Il n'avait aucune envie de parler de Fanny, et Audrey, au contraire, en mourait d'envie.

Du point de vue religieux, Fanny ne s'était pas souciée de résoudre cette question lors de sa séparation d'avec Job. Elle était toujours juive. À vrai dire, embrasser la religion juive simplement afin de pouvoir épouser un Juif ne l'avait pas particulièrement enchantée, mais lorsqu'elle aurait eu la possibilité de revenir à la foi de ses pères, après son divorce, elle n'en avait pas saisi l'occasion. Quel bien y avait-il à embrasser de nouveau – embrasser était le mot juste – une foi qui n'avait jamais été chez elle particulièrement vive – là aussi il lui semblait bien que c'était le mot juste. C'était une foi peu exigeante, une foi sans problème. Nous sommes tous des enfants de Dieu, vous aussi, voilà ce que Fanny pressée de répondre sur ce sujet, eût probablement déclaré.

Conderley, qui observait strictement les rites de son culte, même lorsqu'il avait eu le béguin pour elle, l'avait soupçonnée d'être en réalité une païenne, et Perry Lanks, autrefois, était persuadé qu'elle n'était au fond qu'une hédoniste écervelée.

Peu importait. Elle se contentait d'en rire. Ces jours-ci, elle avait trop le souci de sa beauté pour penser à quoi que ce soit d'autre. La vie ne lui avait pas laissé le temps de souffler; la guerre et son séjour en France, à cette époque, avaient été ses plus vives émotions.

« Vous seriez absolument parfaite, si seulement vous *saviez* quelque chose, ou du moins si vous aviez un peu d'imagination », lui avait dit Perry Lanks, un jour où il était exaspéré d'être toujours intellectuellement frustré.

– Je n'ai pas eu le temps.

– Le temps ! Le temps ! Vous avez eu tout le temps. Autant que chacun d'entre nous. Mais l'ennui avec vous, Fanny, c'est que vous ne savez rien et êtes incapable d'imaginer quoi que ce soit !

– Eh bien ! apprenez-moi !

– C'est impossible, car vous arrivez à peine à croire qu'il puisse y avoir quelque chose à apprendre. Quant à l'imagination !... »

Et il levait les bras au ciel.

Puis, durant six jours, Fanny avait fait de son mieux, sans aucun souci de sa situation religieuse.

Le septième, elle s'était reposée et était restée confortablement dans son lit. Non, ce n'était pas son genre que de se réfugier sous les ailes d'une hôtesse et de se trouver mise à l'écart, avec indulgence, sur le banc familial d'une petite et vieille église de campagne. Elle resterait tranquillement dans sa chambre jusqu'à l'heure du déjeuner ou bien, s'il se trouvait un invité séduisant, elle le retrouverait comme il aurait été convenu la veille au soir, et elle entreprendrait avec lui l'exploration du jardin et des serres, bien qu'elle sût parfaitement qu'il lui faudrait recommencer plus tard dans la journée sous la conduite de son hôte. Mais, on ne peut pas tout avoir, se disait-elle dans ces cas-là, en partant faire sa première promenade.

Cependant, ce serait bien le premier de ses week-ends à la campagne où elle se trouverait seule, elle savait fort bien qu'il n'y aurait personne d'autre car, apparemment, les Conderley ne devaient pas être gens à recevoir. Si elle avait épousé Jim – et combien de fois l'en avait-il implorée !... Folie ! Pauvre vieux Jim –, la belle maison de style William and Mary aurait été secouée du fracas des *parties*, car en ce temps-là, tout le monde se réunissait volontiers autour d'elle. Où qu'elle allât, une *party* s'organisait aussitôt. Comme le pauvre Jim était plus heureux d'avoir épousé Audrey; comme il avait de la chance d'avoir Audrey auprès de lui, et non pas elle ! Mais cette jolie et douce petite Audrey, bien plus jeune et heureuse d'être aimée d'un homme beaucoup plus âgé qu'elle, avait aussi eu de la chance, car en épousant Jim elle avait sans doute échappé à quelque clergyman. Pour Fanny, tout ce qui concernait Audrey se résumait à des bancs d'église. Elle pouvait l'imaginer dans ses dévotions, assise, attentive, au pied de la chaire. De toute façon, Fanny en était sûre, la passion était chose tout à fait néfaste au mariage ! Jim, avec elle, aurait tout le temps été à bout de nerfs et serait devenu horriblement jaloux et méfiant.

Non, c'était mieux qu'elle fût seule. Elle se trouvait heureuse de n'avoir épousé aucun d'entre eux... Mais elle allait se retrouver seule, et avec l'angoisse d'une solitude croissante. Elle devrait vraiment, se disait-elle, se mettre à fréquenter de vieilles dames pour essayer de comprendre comment elles s'en tiraient à la fin de leur vie, comme avait dit George, mais cette seule pensée lui fit venir la nausée. Elle en avait rencontré une, la semaine précédente, à Oxford, et s'était simplement fait remettre à sa place !

Quoi qu'il en soit, elle avait connu le bonheur, et elle se l'était souvent répété, en en éprouvant de la reconnaissance, et, à présent, il allait falloir commencer de payer. À cinquante ans, l'addition était prête. Aujourd'hui, dans ce vide qu'était devenu sa vie, il était bien difficile d'éprouver quelque gratitude, même pour le passé, aussi comblé et délicieux eût-il été. C'était comme, lorsqu'on a faim, de se souvenir avec plaisir des bons dîners d'autrefois. Et, en ce dimanche matin à

Upswich, Fanny, qui avait l'habitude d'être de bonne humeur lorsqu'une belle matinée s'annonçait, fut étonnée, voire peinée à l'idée que le regret des bons dîners d'autrefois pût à ce point l'affliger, la pousser au bord de la détresse.

Elle allait sortir, et marcher au soleil. Elle avait besoin de se montrer raisonnable et d'éloigner d'elle toute trace de mélancolie. Et si c'était impossible, il lui faudrait se réjouir d'une liberté qui lui permettait d'être triste, sans pour autant entraîner dans ses humeurs noires mari et enfants, pauvres êtres désarmés, condamnés à supporter les accès d'abattement d'une femme et d'une mère. Oui, elle allait faire une bonne promenade et pourrait réfléchir à ce qu'elle dirait à Jim la prochaine fois qu'elle le verrait, et elle y tenait, en tête à tête.

La veille au soir, leur conversation avait été lamentable. Celle qu'elle se promettait d'avoir d'ici la fin de la journée serait décontractée, raisonnable, salutaire. Elle avait grand besoin des conseils d'un véritable ami. Qui pouvait lui en donner de meilleurs que l'un de ses plus vieux amis et, trois ans durant, l'un de ses plus chers ?

Ainsi, lorsqu'elle jugea que les dévots étaient tout à leurs prières, elle se fit apporter ses grosses chaussures et son bonnet de laine; elle se dirigea vers les plates-bandes de crocus et entama sa visite du jardin et du parc qui auraient pu, si elle l'avait voulu, être les siens. En marchant ainsi au doux soleil de février, un dimanche matin dans la tranquillité de la campagne anglaise, elle se sentit mieux tout à coup: elle n'avait pas encore perdu toute aptitude au bonheur. Il lui fallait vraiment recevoir bien des coups pour être abattue. Elle ne l'avait, jusqu'à présent, jamais été, sauf peut-être le jour où elle était allée à Oxford et s'y était sentie si proche du désespoir. Au déjeuner, tout à fait remise et de bonne humeur, elle se montra très heureuse de voir les enfants, qu'elle n'avait pas encore rencontrés, et de partager le repas avec eux.

Ils étaient ordinaires et pleins d'entrain. Elle se demanda à quoi ils auraient ressemblé s'ils avaient été les siens. En les regardant, en voyant l'expression heureuse et satisfaite d'Audrey, en constatant l'évidente fierté qu'avait Conderley de son fils, elle se dit que les enfants étaient le vrai lien et le véritable bonheur du mariage. Et c'est pourquoi le rituel de l'Église le recommandait, non pas à la légère ou lascivement, mais avec respect et retenue, avec une sagesse délibérée, dans la crainte de Dieu – bref, le contraire absolu de ce dans quoi vous entraînent les histoires d'amour.

Il lui sembla que les petits Conderley avaient été élevés sans préjugés, car la jeune Audrey, assise en face d'elle, demanda à son père, dans un murmure parfaitement compréhensible, si la belle dame était la plus belle qu'il eût jamais vue, même dans les pantomimes de Noël et, de l'autre côté de la table, la petite Joan demanda à Fanny, avec une intrépidité qui relevait de l'inconscience

– du moins Fanny, qui n'avait pas encore retiré son bonnet de laine le prit ainsi –, de lui dire s'il y avait une différence entre jeune fille et vieille fille, et se mit triomphalement à expliquer...

« Oh ! On m'a élevée ainsi. Je l'ai toujours su », fit Fanny, désireuse de l'interrompre.

... Oui, triomphalement et pas déconcertée pour un sou, que les jeunes filles étaient heureuses et insouciantes et les vieilles filles coiffées et chauves. Et le petit Jim, saisissant l'occasion et montrant du bout de sa cuiller le visage de Fanny, cria: « Coiffée ! » À quoi ses sœurs se mirent à éclater de rire, et il ajouta, encouragé par elles et levant toujours sa cuiller: « Des cheveux comme des crocus ! » et il rit encore plus fort, faisant des bonds sur sa chaise haute.

« Je pense, chérie », dit doucement Conderley à sa femme, dès qu'il put placer un mot, « que nos enfants ont exprimé tout sens de la discipline.

– C'est peut-être d'être allés à l'église », expliqua Audrey à la fois embarrassée et fière. Elle trouvait en effet très intelligent de la part de ses enfants de dire à haute voix ce que l'évêque et sa propre mère, s'ils avaient été présents, auraient sans doute exprimé avec plus de franchise.

Fanny fut enchantée de la réponse d'Audrey. Comme ce serait amusant si chacun sortait de l'église l'esprit déchaîné ! Elle imagina aussitôt des bedeaux faisant la roue sur le sentier, menés par des vicaires dévergondés, suivis de toute une congrégation en état d'ébriété. Et n'ayant jamais tenu grand compte au cours de sa vie de remarques trop personnelles, elle prit ce que disaient les enfants comme autant de compliments. Ils auraient tout de même pu éviter de parler de ses cheveux ! Depuis sa maladie, c'était devenu un point sensible et elle n'était pas certaine qu'Antoine ait trouvé la teinte exacte. Il prétendait que c'était exactement leur couleur d'origine; mais si c'était le cas, ils n'allaient plus tout à fait aussi bien avec son visage. Tout de même, si cette couleur évoquait pour le petit Jim celle des crocus de la pelouse, c'est qu'Antoine avait dû sérieusement se tromper. Dès son retour à Londres, dès le lendemain, elle irait le trouver.

« Je pense que vous désirez prendre un peu de repos dans votre chambre », dit Audrey, après le café et une fois les enfants sortis avec leur gouvernante. Elle était encore bien timide, mais beaucoup moins qu'au premier abord. Il était impossible d'être durablement intimidé par Fanny. « En principe – et elle se mit à rougir –, le dimanche, je leur fais la lecture après le déjeuner, pendant une heure.

— Est-ce que cela leur fait le même effet que d'aller à l'église ? » demanda Fanny avec espoir. « Parce que, si c'est le cas, j'aimerais bien vous accompagner et assister à la lecture.

— Ils n'ont pas été très sages aujourd'hui, je crains », s'excusa Audrey.

— Je pense qu'ils ont surtout besoin d'être mieux élevés », ajouta doucement Conderley.

— J'essaierai », dit Audrey. Il y avait dans ses

paroles quelque chose de modeste, presque humble, et Fanny ne put s'empêcher de l'embrasser.
– Ma chérie », dit-elle.

Audrey devint toute rouge. Elle aimait bien Fanny, bien qu'elle sentît tout ce qu'il y avait d'insolite dans tout ceci. Ainsi, dans sa famille, on ne disait pas "ma chérie". "Cher" suffisait pour exprimer la tendresse. Jim et elle, qui s'aimaient autant que deux êtres peuvent s'aimer, se disaient "cher". Une seule fois, il l'avait appelée "ma chérie", c'était le jour de la naissance du petit Jim, mais c'était évidemment une occasion particulière. Aussi, bien qu'il lui eût été agréable de s'entendre appeler "ma chérie" par Fanny, elle ne se sentit pas très à l'aise. Comment une inconnue pouvait-elle utiliser un mot si fort ?

Quant à Conderley, il observait, silencieux et bourrant sa pipe, et il lui eût été bien difficile de préciser ses pensées. Peut-être était-il déjà soulagé à l'idée que le lendemain serait lundi, ou bien que l'âge avait du bon. D'ici quelques années, il ne ressentirait plus rien, ne penserait plus rien ou ne voudrait plus rien. Presque comme un mort. Oui, sans doute, pensait-il, en enfonçant le tabac avec son pouce. Et quelle paix !

Il s'en fallait pourtant de beaucoup qu'il atteignît cette paix, car le moment approchait, il le savait bien, où Audrey proposerait une petite promenade et entraînerait leur invitée du côté des serres. Puisque Fanny n'avait rien répondu à la proposition d'Audrey de monter se reposer quelques instants dans sa chambre, il ne restait plus que les serres.

Il espéra vivement qu'elle refuserait. Ces quelques instants passés en tête à tête, la veille, après le dîner, les avaient tous deux épuisés, et elle ne pouvait vraiment en souhaiter le renouvellement. Si elle montait gentiment se reposer, et si elle ne redescendait pas avant l'heure du thé, les trois quarts de son séjour seraient passés sans encombre. Et, pour ce soir, afin d'éviter les dix minutes de tête à tête pendant qu'Audrey monterait embrasser les enfants dans leur lit, il avait son idée: ils monteraient tous ensemble.

Mais Fanny ne refusa pas, car Audrey, il le comprit bien vite, fit tout pour l'y encourager.

« Aimeriez-vous faire un petit tour du côté des serres, Fanny ? » s'obligea-t-il à demander, et, avant même qu'elle ait eu le temps de répondre, Audrey s'écria avec un enthousiasme mal venu: « Oh ! oui ! allez-y, Jim ! Cela prendra jusqu'à l'heure du thé ! »

Dans ces circonstances, et voyant qu'on disposait ainsi d'elle, Fanny ne put qu'accepter, même à contre-cœur. Mais, en fait, elle en avait envie et bientôt, convenablement chaussée et vêtue, armée d'une canne – non pas la canne d'ébène à pommeau d'ivoire et bout de caoutchouc sur laquelle, un jour, elle s'appuierait pour s'avancer en chancelant dans les salons où elle serait invitée, mais une solide canne à bout de métal –, elle se mit en route, en compagnie de Conderley, pour la promenade. De la fenêtre, Audrey les regarda s'éloigner. Elle se rendait compte que Jim commençait à se courber, mais aussi que la silhouette de Fanny était encore tout à fait impeccable pour son âge. De dos, elle est parfaite, pensa-t-elle, elle qui, de dos ou de face, avait toujours été plutôt boulotte.

« Nous prenons les chiens ? » demanda Conderley en passant devant les écuries. Il pensait qu'ils pourraient être bien utiles pour remplir les blancs de la conversation, ou dans le cas où celle-ci prendrait un tour délicat.

Fanny acquiesça, et Conderley siffla.

« Allons, Emily ! Allons, Spunks, mon vieux ! Ici ! » et accoururent deux fox-terriers de la plus belle race.

Ils bondirent. « Ça suffit ! ça suffit ! bas les pattes », fit Conderley; mais, bien sûr, ils n'obéirent pas.

Fanny leur caressa la tête et se laissa faire lorsqu'ils bondirent aussi sur elle, salissant son manteau, car elle n'avait cure de ces dommages que Manby n'aurait qu'à réparer. Après les réprimandes et les exhortations de Conderley, et non sans une bonne dose d'aboiements, s'étant enfin frayé un chemin entre eux, elle dit simplement, tout en avançant, et tandis que les chiens décrivaient autour d'eux des cercles ravis et de plus en plus vastes: « Ils sont tout à fait ce qu'il nous fallait.

– Qui ? », fit Conderley, essoufflé par tant d'efforts.

– Emily, et Spunks, avez-vous dit ? Quand nous

n'aurons plus rien à nous dire, nous pourrons toujours les siffler et leur donner des ordres.

– Mais nous avons de quoi parler », reprit-il, un peu déconcerté par sa perspicacité.

Oui, Fanny était vraiment déconcertante. La veille au soir, durant ces mortelles dix minutes de tête à tête dans la bibliothèque, qui aurait pu l'être davantage ? Certes, elle aurait pu ne pas venir. Mais à présent qu'elle était là, de son fait à lui, et constatant combien la situation était délicate, elle devait pour le moins se tenir dans la juste mesure. Il ne savait pas exactement ce qu'elle avait voulu dire et, de toute façon, il n'avait pas le temps d'y penser, tout occupé à siffler les chiens qui s'étaient lancés à la poursuite d'un chat.

Conderley aimait les chats, et ne pouvait supporter ce spectacle « Spunks ! Emily ! » criait-il, jusqu'à s'époumoner, se hâtant, courant presque, ce qui devait être mauvais pour lui, pensa Fanny. « Oh ! les bons chiens ! Ici, les bons chiens ! Pauvre petit minet ! Oh ! les bons chiens ! »

Le chat grimpa à l'arbre. Les chiens, déroutés, bondissaient en aboyant de toutes leurs forces.

« Peut-être ferions-nous mieux de les ramener », dit-il après des efforts infructueux et en cherchant à reprendre haleine.

– Peut-être bien », répondit Fanny. « Ensuite, nous pourrions repartir. »

Il hésitait cependant à se séparer d'eux. Tant qu'ils étaient là, il pouvait encore les siffler, et même leur courir après.

« Seulement, si nous les ramenons », fit Fanny, « nous n'aurons plus de chaperons.

– Ma chère... » commença Conderley.

Vraiment, sa perspicacité était déconcertante. Elle était comme une enfant, pleine de franchise et d'imprévu. Une enfant ! À cinquante ans ! Quel mélange ! pensa-t-il.

« Et voici le potager », dit-il en poussant une porte.

– Adorable », fit Fanny. « Ces murs si jolis...

– Et voici l'endroit où nous préparons nos plants de primevères », continua-t-il, en la guidant vers la serre.

– Tout à fait charmant ! Et il y en a tellement ! » dit encore Fanny.

– J'ai une passion pour les primevères », ajouta Conderley en caressant délicatement leurs pétales. « Ne trouvez-vous pas que ce sont de charmantes petites fleurs ?

– Oui, et tout à fait semblables à Audrey.

– Je me le suis souvent dit », fit-il, quelque peu amusé.

– Puis-je fumer ? » demanda-t-elle en prenant son étui à cigarettes. « N'est-ce pas mauvais pour les primevères ? En fait, Jim », poursuivit-elle en allumant son briquet, « vous ne semblez pas vous être encore demandé pourquoi je suis venue. »

Il fut bien aise de n'avoir pas à lui tendre une allumette. Sa main s'était mise à tellement trembler que tous deux en auraient été fort embarrassés. Elle aurait pu imaginer...

« Mais vous me l'avez écrit dans votre lettre », dit-il. « Vous m'avez dit que vous désiriez revoir votre vieil ami et faire la connaissance de sa femme. J'en ai été très touché.

– Mais il y a autre chose...

– Vraiment, Fanny ? » demanda-t-il un peu gêné, tout en cherchant du regard les chiens, et sachant bien qu'il ne servirait à rien de se défiler.

Ils s'agitaient au bout du potager, déterrant les céleris, et ne lui prêtèrent aucune attention lorsqu'il sortit et les siffla.

« Ici ! » cria-t-il en revenant un peu penaud, car elle le regardait avec un drôle de sourire. « Ici ! » cria-t-il de nouveau, en se dirigeant vers une autre porte qui ouvrait sur les bordures d'arums. « Audrey aime bien en avoir beaucoup pour Pâques.

– Pour l'église, j'imagine », fit Fanny, immobile.

– Pour l'église, oui. Et là-bas...

– Récemment, j'ai pas mal réfléchi », dit-elle en l'interrompant, tout en demeurant appuyée contre le portail, se souciant fort peu des arums et de ce qu'il pouvait y avoir là-bas.

– Ah ! vraiment, Fanny ? » fit-il, toujours mal à l'aise, mais sans savoir vraiment pourquoi. Et siffler les chiens ne servait à rien.

– Oui, enfermée dans ma chambre du Claridge.

– Curieux endroit pour rester enfermée ou pour réfléchir. Et voici nos œillets. » Espérant être un peu soulagé, il désigna un troisième portail. « Peut-être en avez-vous remarqué, hier soir, sur la table du dîner ?

— On y est très bien », dit Fanny, qui se souciait peu des œillets. « Je suis restée dans ma chambre sans voir âme qui vive. Excepté Martha. Vous vous souvenez de Martha ?

— Lady Tintagel ? Bien sûr. La plus charmante de vos cousines.

— Elle et son mari se trouvaient passer par Londres, et Manby les a rencontrés dans Hyde Park.

— Je suis heureux de savoir que Manby est toujours avec vous.

— Vous vous souvenez donc d'elle ? Et vous ne vous souvenez pas de la pipe ?

— La pipe ?

— Oh ! détails ! détails ! » dit-elle, éloignant ce souvenir d'un mouvement de sa cigarette.

— Avez-vous quitté Charles Street ? » demanda-t-il. « J'ai bien vu que votre lettre était écrite du Claridge, mais j'ai pensé...

— Job est à Charles Street.

— Job ? »

Il ouvrit de grands yeux. Tout d'abord, il ne comprit pas ce qu'elle voulait dire. Il y avait presque un quart de siècle qu'elle n'avait fait allusion à Job.

« Je l'ai beaucoup vu ces derniers temps », pousuivit-elle, en faisant de son mieux pour paraître raisonnable et insouciante, « aussi, j'ai pensé qu'il fallait partir. »

Conderley la regarda fixement. Ses sourcils blancs et broussailleux se rejoignaient. Ils avaient toujours été broussailleux, mais, en outre, ils avaient blanchi.

« Mais, Fanny », dit-il, « je ne comprends pas...

– Moi non plus », fit-elle avec une légère grimace. « Et je ne puis vous dire combien je détesterais – elle en eut preque le souffle coupé – être vaincue. Je n'ai encore jamais été vaincue, Jim, vous savez. Imaginez-vous en train de sombrer, et sans même avoir un drapeau à agiter... »

Elle s'arrêta. Il la regardait en silence. Quel étrange discours tenait-elle ? Chez lui, on ne parlait jamais ainsi; tout était clair et ordonné, comme des rangées de primevères bien soignées, si agréables à regarder.

« N'aurait-ce pas été humiliant, non ? » finit-elle par dire en scrutant le visage de Conderley, comme pour y retrouver le souvenir de leur intimité. Elle espérait y trouver quelque consolation. Peut-être même une aide.

« Humiliant, non ? » répéta-t-elle. Il demeurait silencieux. Sa voix s'était faite toute fluette et lasse, « humiliant de s'abaisser devant quelque chose qui en réalité n'existe pas. »

Mais Jim, lui-même, était-il réellement là ? Elle en douta. Il était immobile et muet. N'avouait-elle pas à un vieillard étranger cette sorte de choses que les femmes sensées ne confient qu'à leur médecin ? Les apparences, après tout, étaient comme des symboles. Il semblait différent, parce qu'il était différent. Il s'était atrophié, pétrifié, il était devenu terne, silencieux, avec des réactions lentes, uniquement désireux, décida-t-elle avec une mauvaise foi évidente, de s'éviter tout souci. Il était devenu tout à fait raisonnable, bien sûr, et, un jour, sans nul doute, elle en arriverait là, elle aussi.

Mais même s'il paraissait autre, et si sa vitalité s'était certainement ralentie, Conderley n'avait guère changé. La seule chose dont il avait eu besoin ces dernières années, c'était d'un peu de temps pour se mettre en route. Inutile de lui imposer une nouvelle idée. Elle devait lentement faire son chemin dans son esprit.

« Vous voulez dire Skeffington ? » finit-il par demander.

– Oui, Skeffington. C'était mon mari autrefois, mais peut-être ne vous en souvenez-vous pas. » Elle était incapable, pour l'heure, de ne pas manifester quelque amertume.

– Mais, ma chère, vous savez bien qu'il n'est pas là.

– Je sais. C'est stupide, non ? Pure imagination de ma part. Vous ne pouvez comprendre en réalité comme cette idée me tourmente. » Ses yeux s'emplirent de larmes, elle se sentait humiliée, impuissante, exaspérée et, pour les cacher, elle fit semblant de se pencher pour mieux respirer l'odeur des primevères.

Conderley devenait inquiet. Il ne comprenait pas de quoi elle voulait parler. Il vit ses larmes et lui prit la main. « J'ai peur que vous n'ayez du chagrin, Fanny », dit-il très tendrement.

– Plutôt du tourment », reprit-elle, en se tournant vers lui, tout en essayant de sourire pour cacher ses larmes.

Il prit sa main sous son bras et la tapota.

« Si vous avez de la peine... » Puis, soudain, d'un ton résolu: « Venez faire une promenade et parlons. »

Il l'emmena hors de la serre, oublia de siffler les chiens, oublia même de refermer le portail sur ses chères primevères et l'emmena dans le parc, à travers prés, vers les bois, là-bas. Là où le soleil disparaissait.

Une heure plus tard, ils rentraient à petits pas, main dans la main. Ils trouvaient cela agréable. Absorbés par leur conversation, ils s'étaient éloignés davantage qu'ils ne l'auraient cru. Quelques minutes, ils s'assirent sur le tronc d'un arbre abattu, le long du sentier, mais pas trop longtemps à cause de l'inconfort. Tout ce sur quoi Fanny s'asseyait, ces jours-ci, lui paraissait trop dur, tant elle était devenue maigre. Quant à Conderley, il lui fut pénible de s'asseoir, puis de se relever.

« Nous sommes deux pauvres vieilles choses », fit Fanny en souriant. Il l'aidait, en souriant lui aussi, à se remettre sur pied, d'une main hésitante, après avoir fait un gros effort pour se redresser. Elle lui avait déjà tout raconté: sa maladie, et Job, et sa visite à Byles, et ses craintes pour l'avenir. Elle paraissait aussi naturelle qu'on peut l'être avec quelqu'un qu'on semble ne plus bien connaître, même en le regardant. Il lui aurait suffi de ne pas le regarder, et simplement d'écouter sa voix séduisante. Il partageait ses pensées, à cela près que, lorsqu'elle le regardait, elle était navrée et lui bouleversé.

Pauvre Fanny, pensait-il, chaque fois que ses yeux s'attardaient sur elle, fantomatique image du passé, incapable d'éviter un certain recul comme s'il s'était trouvé devant un spectre un peu peinturluré.

Pauvre Jim chéri, pensait-elle. Il avait toujours été ainsi, mais à présent cela se voyait davantage. Horrible, cet effet que peut avoir sur nous le temps !

Pourtant, lorsqu'il l'avait aidée, en tremblant, à se relever, et qu'elle avait dit: « Nous sommes deux pauvres vieilles choses », il avait protesté qu'il était bien ridicule de parler d'elle-même en ces termes, et il lui assura qu'elle avait devant elle encore des années et des années de...

– D'utilité... » suggéra-t-elle, tandis qu'il cherchait ses mots.

– Et pourquoi pas ? » fit-il en reprenant sa main et en continuant de marcher. « On doit toujours faire quelque chose, on ne peut pas toujours être...

– Ornementale », suggéra encore Fanny.

– Ce n'est pas ce que j'allais dire.

– Vraiment, chéri ? »

Voici qu'elle l'appelait chéri, tout comme autrefois, tant elle avait retrouvé son naturel, et il se demanda si Audrey...

« Peu importe, continuez. Je ne sais pas ce que vous alliez dire. On peut toujours être utile. Allez-vous me dire comment vous vous y prendriez à ma place ? En étant utile à quelque chose, il me semble ! À la onzième heure de ma vie, faut-il faire en sorte qu'elle n'ait pas été un échec ? En vérité, c'est une réponse à cela que je suis venue chercher auprès de vous. »

Il hésita. « Par exemple », reprit-il au bout d'un moment, « toute cette histoire à propos du pauvre Skeffington.

– Pourquoi pauvre ?

– À l'heure qu'il est, je ne vois pas comment le décrire autrement. Vous ayant perdue, il ne lui reste plus que la solitude.

– Mais il m'a perdue il y a si longtemps ! Et je crois qu'il s'est remarié. En outre, n'oubliez pas que j'ai passé mon temps à pardonner. Peut-être pas soixante-dix-sept fois... »

C'est alors que l'épave d'un clergyman nommé Hyslup, qui avait été pendant quelque temps un ami intime (chronologiquement, il devait se situer entre Lanks et Dwight, bien qu'elle ne s'en souvînt pas exactement – son unique incursion dans la vie des clergymen !) lui revint à l'esprit. « Non, pas soixante-dix-sept fois, car il n'est pas allé jusqu'à soixante-dix-sept dactylos, mais je lui en ai pardonné au moins six ! Et j'espère que vous n'allez pas insinuer...

– Je n'ai l'intention de rien insinuer au sujet de Skeffington. Mon seul souci, c'est vous. Il est tout à fait anormal que vous puissiez voir Skeffington.

– C'est tout à fait anormal, et même inquiétant.

– Cela prouve simplement que vous avez les nerfs en bien mauvais état.

– Oui, Jim, c'est exactement ce que je pense.

– Et peut-être qu'un changement complet de décor...

– Je suis allée au Claridge.

– Fanny, tâchez donc d'être sérieuse.

– Juste ciel ! ne le suis-je pas ?

– Alors, voulez-vous me permettre de vous dire le fond de ma pensée ?

– Bien sûr, s'il ne s'agit pas d'un nouveau discours charmant se terminant sur une révérence.

– Je suis navré que cela ait pu vous blesser, j'étais très nerveux.

– Oh Jim chéri ! Peu importe, vraiment. De toute façon, vous n'êtes plus nerveux, maintenant. Nous sommes bien ensemble, tous les deux, à présent. Dites-moi ce que vous voulez me dire. »

Être bien ensemble. L'expression favorite de la pauvre Fanny ! Il n'avait pratiquement jamais entendu quelqu'un d'autre l'utiliser. Même à l'apogée de sa beauté, elle parlait tristement de "confort", elle ne désirait que se sentir bien, se pelotonner, que l'on prenne bien soin d'elle, n'avoir à supporter aucun des orages de l'amour. Si jamais une femme se trouvait à la dérive, il craignait que ce ne fût la pauvre Fanny. Elle avait toujours été ainsi, il le savait bien, elle avait toujours refusé toutes les ancres qu'on avait pu lui offrir, y compris – et avec quelles supplications ! – la sienne. Mais il vient un moment où une femme a besoin d'une ancre solide. Il ne voulait pas employer le mot bonheur car il n'était pas très sûr que ce mot ne s'appliquât pas qu'aux enfants, mais simplement ancre, et confort. Tant qu'elle avait été jeune, elle pouvait se laisser allègrement aller à ses admirateurs. Vers la quarantaine, c'est un mari et des enfants qu'il lui aurait fallu. Aujourd'hui, ils auraient vingt ans.

« Alors, Jim, qu'allez-vous dire ?

– Que vous devriez partir en voyage pendant six mois.

– Comment ? Que Job m'oblige à fuir ? Jamais.

– Il me semble que c'est déjà fait. Il vous a chassée de chez vous !

– Aller au Claridge, ce n'est pas fuir. Je peux rentrer chez moi à tout moment.

– Soit. Si vous n'aimez pas cette proposition, j'aurais plutôt tendance à approuver...

– Pas Byles ? Ne me dites pas que vous approuvez Byles ! » s'écria-t-elle en s'arrêtant face à lui.

– Si Skeffington se comporte comme un fantôme, il faut le conjurer », reprit-il avec conviction.

– Conjurer ? » répéta-t-elle. « Mais c'est bien ce que Byles prétend !

– Alors, il n'était pas bien loin d'avoir raison, me semble-t-il, lorsqu'il vous suggérait de l'inviter à dîner ! » Conderley avait prononcé ces mots d'une voix glaciale, car elle était face à lui et il se trouvait obligé de la regarder. Tout de même, tout de même, elle ne devrait pas se maquiller autant !

« Mais Jim ! » protesta-t-elle, tout en le dévisageant. Avec ses sourcils blancs et son visage marqué, elle se demandait de quel droit cet étranger se permettait de lui donner des conseils. N'importe quels conseils, mais surtout des conseils aussi fantastiquement stupides. Byles, George, Jim, ce scélérat de Job les avait tous rendus idiots.

« On ne fait pas des choses comme ça. »

– Ma chère, passé un certain âge, tout se fait. »

Sur quoi elle devint soudain tout humble: « Oui, j'oublie, je continue d'oublier mon âge. » En passant son bras sous le sien et en poursuivant leur promenade, se cramponnant à lui, comme on se cramponne à une branche dans une forêt hostile, elle songea combien il était fâcheux, en vieillissant, et parmi tant d'autres inconvénients, de se trouver libre de faire ce qu'autrefois les bienséances vous interdisaient. À présent, si elle en avait envie, elle pouvait partir avec n'importe qui souhaitant l'accompagner, à Paris ou ailleurs, et personne n'y trouverait à redire ! Quel univers froid, dénudé, sans aucun garde-fou pour vous retenir ! Comme tout cela était sordide !

Conderley, qui n'avait jamais supporté que, d'entre tous ses amis, Fanny pût s'humilier, tint son bras très fermement durant tout le temps de leur retour. Non, peut-être pas tout le temps, mais presque, car il le retira discrètement lorsqu'ils furent en vue de la maison.

« Audrey ? » demanda Fanny, avec un sourire, lorsqu'il se fût tout à fait écarté d'elle.

– Bien entendu, ma chère », dit-il. Il était redevenu un strict homme d'honneur et ne se souciait plus de lâcher pour cette silhouette si fragile sa solide petite Audrey.

Les femmes savent toujours tout. Rien n'échappe à leur vigilance ni à leur attention. À peine Jim s'était-il approché de la table à thé, dans le salon, qu'Audrey le regarda. Avec des yeux emplis d'adoration, il semblait tout chose. Et à peine Fanny, montée dans sa chambre afin de retirer ses chaussures boueuses, était-elle redescendue pour se joindre à eux, qu'Audrey comprit que Jim avait changé. Il était tout différent. Bien plus à l'aise avec Fanny. Comme si – l'idée l'effleura un instant –, comme s'ils avaient eu une explication. Mais laquelle ? Qu'avaient-ils bien pu avoir à se dire ? Et elle repensa à la veille au soir et à ce silence de mort lorsqu'elle était entrée dans la bibliothèque, et à l'inhabituel empressement de Jim envers elle.

Une lointaine cousine, qui avait épousé un homme d'affaires de Liverpool et prétendait que seuls ceux qui vivent dans les ports connaissent quelque chose à la vie, l'avait un jour prévenue d'être sur ses gardes si jamais Jim se montrait un peu trop empressé avec elle. Elle n'y avait plus songé, aucune occasion ne s'étant jamais présentée. Et si, avait ajouté la cousine, l'idée venait à Jim de lui faire des cadeaux, alors elle devrait garder les yeux bien ouverts. Et si ces cadeaux étaient de grande valeur – un collier de perles par exemple –, alors il ne fallait pas perdre une minute pour en déduire le pire.

Lorsqu'un homme offre des bijoux à sa femme, il y a toujours anguille sous roche, disait la cousine, car cela n'est jamais pour le bon motif. Une fois, un mari à qui sa femme venait de donner un héritier depuis longtemps désiré, lui avait offert des pierres précieuses. Cela ne donnait guère lieu à soupçons, mais tout de même, en recevant un pareil cadeau, elle avait dû immédiatement s'assurer les services d'un détective privé.

En tout cas, Jim ne lui avait jamais donné ni perles ni pierres précieuses. Ainsi, tout était pour le mieux. Ses cadeaux, uniquement pour Noël et pour quelques anniversaires, étaient souvent des ouvrages de poésie, joliment reliés, mais pas en cuir de Russie, ce qui, pensait-elle, aurait pu paraître louche, soit des stylos, mais pas en or, ce qui aurait pu paraître étrange, mais modestes, noirs, tout simples. Une fois, il lui avait offert une petite pelle de jardinage. Cela avait été le plus modeste de ses cadeaux et, s'il fallait en croire sa cousine, la plus belle preuve de sa loyauté. Lui offrir un tel instrument, qu'elle avait accepté avec une joie qui l'avait lui-même surpris, était la marque d'une fidélité à toute épreuve.

Non. Ce n'étaient pas les cadeaux qui la gênaient, se disait-elle en versant le thé, mais plutôt, pour peu qu'elle y réfléchît, cet empressement soudain. Il était si peu dans ses manières d'aller lui chercher sa boîte à ouvrage et de lui apporter un coussin ! Dommage que sa mère habitât si loin. Elle aurait pu lui parler, lui poser la question, sans mentionner Jim, bien sûr, qui était à ses yeux quelqu'un de trop sacré pour qu'on y fît la moindre allusion... Son père avait-il jamais été ainsi, brusquement aux petits soins avec elle, et cela avait-il pu signifier, peu ou prou, que son comportement avait pu s'égarer ?

Et c'est au moment même où elle regrettait de ne pas voir sa mère plus souvent, au moment même où Fanny se trouvait sous leur propre toit, et où elle était sûre que Jim n'avait jamais connu d'autre femme, au moment où elle préparait le thé – comme cette situation était absurde ! – qu'elle entendit Fanny refuser les *muffins* que Jim lui proposait en lui disant: « Non, chéri, merci ! »

Chéri ? Audrey manqua d'en laisser choir la théière. Qu'était donc cette lady Frances, dont jusqu'à la semaine dernière elle n'avait jamais entendu parler, et qui appelait soudain Jim, son Jim à elle, son Jim unique, "chéri" ? En quels termes étaient-il donc ? Quelle était la nature de leurs relations ?

Soudain, en proie aux soupçons les plus vifs, elle porta son regard de l'un à l'autre et rencontra celui de Jim qui, lui aussi, semblait terrifié. Il détourna le regard et fit semblant de beurrer un toast, ce qui n'était pas dans ses manières et ne fit qu'accroître le malaise d'Audrey. Il ne mangeait jamais de toasts beurrés, et à présent il s'y enfonçait presque le visage.

Il y avait longtemps que Fanny avait acquis une sorte de sixième sens qui lui permettait de percevoir la sensibilité féminine. Elle vit leur échange de regards et pensa que Jim était un vieil imbécile pour laisser ainsi paraître son embarras. Puis, se tournant vers Audrey, elle lui expliqua que tout le monde, de son temps – et elle insistait sur la différence des mœurs entre son temps et celui d'Audrey – avait l'habitude d'appeler chacun "chéri". « Exactement comme les Français, quand ils parlent, vous savez, se donnent toujours du Monsieur ou Madame.

– Alors, j'aurais préféré que vous lui disiez Monsieur », fit soudain Audrey.

Fanny en fut déconcertée. Conderley aussi. Cette riposte soudaine, digne d'une chatte défendant ses petits, les laissa tous deux pantois. Et Conderley, en lui-même, se mit à songer à l'avantage qu'il y avait pour un mari à ce que sa femme s'habituât à dissimuler son caractère un peu primaire. Et il y songea davantage encore lorsque Fanny, dans un but d'apaisement – mais aucune épouse bien élevée n'a besoin, en public, de montrer sa nervosité, pensa Conderley – répéta: « Mais, ma chérie », et fut aussitôt interrompue par Audrey qui, posant brutalement la théière sur le plateau, laissa tomber avec la franchise excessive des timides quand ils se mettent en colère: « Je suppose que vous voulez dire: Madame ».

Il en fut tout à fait interloqué. Il n'avait jamais été habitué à une telle rudesse. Du moins au salon. S'il devait en être ainsi, et il n'y avait aucune raison à cela, il existait dans la maison des endroits plus discrets. Leur chambre, par exemple, une fois les portes fermées. Lorsque tout le monde s'est retiré pour la nuit. Mais étaler ce conflit devant une table à thé, et en présence d'une invitée, de Fanny qui plus est, fit sourdre en lui un brusque désir d'aller trouver les parents d'Audrey pour discuter avec eux de leurs méthodes d'éducation.

Furieux contre Fanny qui s'était montrée assez étourdie pour l'appeler "chéri" – il ne s'y était pas hasardé une seule fois, quant à lui, de crainte de retomber dans des habitudes anciennes ! –, furieux aussi contre Audrey qui s'était montrée si rude, comme un petit diamant mal taillé, un hérisson, un porc-épic, si malapprise et si acerbe, il s'en voulait aussi, depuis l'arrivée de Fanny, de s'être montré si heureux, même en présence d'Audrey. Rien n'était pourtant plus innocent, plus honorable que ses sentiments et si, lors de leur promenade, il avait pris Fanny par le bras, c'était par pure pitié et en souvenir de leur vieille amitié. Et n'avait-il pas cessé de la tenir ainsi dès qu'ils s'étaient trouvés en vue de la maison ?

« Ma chère Audrey », commença-t-il. Mais il ne sut comment poursuivre.

Il prononça le seul mot qu'il y avait à dire: « Franchement ! »

« Mais, oui Jim, c'est tout naturel ! » s'écria Audrey, qui mettait à se défendre la même vigueur. « Je suis sûre que c'est tout naturel. Aucune femme n'aime entendre appeler son mari "chéri", ou alors celui-ci paraît... enfin, oui, paraît... » Elle allait dire coupable, mais s'arrêta aussitôt. « Je suis navrée d'avoir été brutale », finit-elle par ajouter avec une pointe de défi qui contredisait ses paroles, « mais je suis sûre que c'est en effet tout naturel, et ma mère penserait certainement la même chose. » Fébrilement, et volontairement avec fracas, elle remit en ordre les tasses et les soucoupes sur le plateau, peut-être pour se donner contenance. Ou pour ne pas pleurer ? Fanny se posa la question.

Horrible si elle fondait en larmes, pauvre petite femme ! Fanny, dans un rare état de confusion, ce qui n'était guère dans sa nature, sentit qu'elle serait encore plus déconcertée et incapable de se tirer d'affaire, si Audrey se mettait à pleurer. « Écoutez, mes enfants, il y a deux choses à faire lorsqu'on est sur le point de se quereller...

« Je ne me querelle pas », protesta Audrey, indignée. Elle faisait s'entrechoquer les tasses.

– Se chamailler, si vous préférez.

– Mais non, il n'en est rien ! » Et elle renversa, mais cette fois sans le faire exprès, le pot à lait.

– Vraiment, Audrey », dit Conderley qui, désarmé, assistait au désastre.

– Enfin faire ce que nous sommes en train de faire », dit Fanny. « Tout d'abord, l'objet de la dispute – et c'est moi ! – peut rentrer chez lui sur le champ, ou bien rester le temps prévu et se mettre à appeler Jim Monsieur.

– Cette fois, vous vous moquez de moi », cria Audrey en épongeant le lait avec son mouchoir.

– Je vous jure que non... »

Et Conderley, absorbé par son toast beurré, songea: "Quel gâchis !" Un sentiment qui, chez un être vulgaire, aurait pu être exprimé avec d'autres mots: "Au diable les bonnes femmes !"

Mais il fut sauvé, enfin, disons qu'ils furent tous les trois sauvés – ou du moins ils le crurent, car en réalité ils ne le furent pas du tout ! – par la soudaine irruption dans le hall d'un flot de paroles claires et joyeuses qui précédait l'arrivée des parents d'Audrey.

Les Cookham. Quatre. Le père, la mère et leurs deux filles non mariées. Arrivés tel un véritable miracle, car ils habitaient à plus de cent cinquante *miles*. Leur vieille guimbarde toujours au bord de la panne, et l'essence si chère, ils ne venaient jamais pour une heure ou deux, mais trois fois par an, à intervalles réguliers, avec armes et bagages, et s'installaient pour une semaine.

Ils étaient venus pour Noël et on ne les attendait plus avant Pâques. Il était donc merveilleux qu'ils débarquassent ainsi, comme envoyés du ciel, au moment même où Audrey désirait tant les voir ! Elle se jeta dans les bras de sa mère, l'étreignit presque hystériquement, et le père et les filles expliquèrent, avec une joyeuse unanimité, qu'avec un temps si radieux, ils n'avaient pu résister à l'idée de participer à un pique-nique qui avait eu lieu du côté d'Upswich et qu'ils avaient pensé (quelle témérité ! Et au diable quelques litres d'essence de plus ou de moins) venir surprendre Jim et Audrey, repartir au clair de lune et faire de cette journée un jour comme un autre.

C'était une famille tendrement unie, chacun était aux petits soins pour les autres, sensible aux moindres plaisirs de la vie, tel un pique-nique par une belle journée. Ils avaient tant de choses à se dire, Audrey notamment, qu'il se passa plusieurs minutes avant qu'ils se rendissent compte de la présence de Fanny.

Leurs étreintes une fois terminées, et celles d'Audrey étaient si expansives que sa mère se demanda si sa chère enfant se sentait bien, ils se retournèrent afin de saluer leur excellent gendre et beau-frère, et aperçurent une invitée. Ils en furent surpris. En la voyant, leur réaction immédiate et inconsciente – car ils étaient toujours très courtois – fut de lui accorder le bénéfice du doute. Mrs Cookham, pourtant la plus bienveillante et la moins méfiante des femmes, murmura, sans s'en rendre compte: « Pauvre femme! » et les filles se demandèrent quel étrange personnage Audrey avait déniché. Seul Mr Cookham se dit, sans chercher plus loin: Voyons, voyons...

« Oh ! » fit Audrey, qui, pendant ces quelques transports de joie, avait oublié la présence de

Fanny et ne se la rappela qu'en voyant la mine des siens, « oh! oui, c'est une amie de Jim. Venue le voir pour le week-end. »

Pouvait-il y avoir présentation plus maladroite, plus malencontreuse ? Conderley espéra qu'Audrey ne l'avait pas fait à dessein. Il ne pouvait se résoudre à croire qu'outre sa brutalité de tout à l'heure, elle puisse aussi se montrer cruelle. Non, Audrey était tout simplement troublée. Mais le simple fait de paraître troublé était pour lui, homme de magistrature, comme une sorte de malheur supplémentaire.

Il décida de s'avancer pour faire les présentations. Chacun des Cookham fut, comme il se doit, présenté à Fanny. Leurs noms, comme le sien, prononcés bien distinctement et les leurs accompagnés d'un commentaire explicatif, tel que: ma belle-mère, mon beau-père ou mes belles-sœurs, selon ce que Conderley croyait utile. Mais aucun éclaircissement n'accompagna le nom de Fanny. Puis le salon, demeuré un instant silencieux, reprit en quelque sorte haleine et, de nouveau, s'emplit de frais gazouillis.

C'était comme si une bande de moineaux y avait été lâchée. Les Cookham, venus en partie de plaisir, n'allaient pas se laisser troubler par l'apparition inattendue de Fanny. Ils parlaient, riaient, mangeaient des gâteaux et buvaient du thé sans s'interrompre. Robustes, affamées, car elles n'avaient pris que quelques sandwiches depuis le petit déjeuner, les demoiselles eurent bientôt tout dévoré, et Fanny, assise à côté de la mère d'Audrey – elle avait jugé sage, étant donné la situation, de s'en faire une amie – se laissa envahir par l'ambiance et se resservit toute seule de thé. Audrey, saisie par tant de générosité et de chaleur, presque comme le jour de Noël, ne put s'empêcher de retrouver un peu de son entrain et songea qu'elle s'était peut-être montrée stupide. De toute façon, elle demeurait convaincue que l'arrivée inopinée de sa mère était un don du ciel. Comme elle l'aimait ! songeait Audrey tendrement, avec son visage hâlé et ridé, une mèche folle de cheveux sortant en désordre de son vieux chapeau de pique-nique, à côté de Fanny, lisse, rouge et blanche, dont chaque cheveu couleur de crocus – assez ingénieux comme trouvaille, de la part du petit Jim ! – était si parfaitement frisé et si bien à sa place, que cela faisait pitié rien que de penser à la gouvernante qui avait dû rester debout pendant au moins une heure pour obtenir ce résultat !

Les filles bavardaient tout en mangeant. Audrey les gavait de toutes sortes de bonnes choses; sa mère et Fanny semblaient bien s'entendre et seul le major Cookham, officier en retraite qui dans sa jeunesse avait été cantonné à Hounslow, loin des commérages londoniens, semblait ruminer en lui-même.

Conderley paraissait quelque peu irrité. Pour l'heure, souffrant du faux pas de Fanny et de la mauvaise conduite d'Audrey, tout l'agaçait, et spécialement tout regard s'attardant un peu trop sur Fanny. Non que Cookham se montrât trop prévenant. Seulement, lorsque un chef de famille aussi causeur que lui, et aussi peu enclin à s'intéresser aux autres, après avoir regardé Fanny, devint songeur, il n'apprécia guère.

« Du thé, père ? » fit-il brusquement pour distraire l'attention de Cookham.

Cela l'avait amusé, lorsqu'il avait épousé Audrey, de pouvoir appeler père un homme qui était en fait son cadet, et comme le major Cookham s'amusait aussi à l'idée d'appeler fils un homme qui était son aîné, tous deux étant hommes de bonne compagnie et habitués à une existence des plus régulières, ils ne se lassaient pas d'une plaisanterie dont ils avaient fini par prendre l'habitude et ils en avaient toujours souri. Conderley, pourtant, ne souriait pas. Lorsqu'il répéta: « Du thé, père ? » ce fut comme un défi et dénué du moindre signe pouvant laisser supposer qu'il s'agissait bien de la plaisanterie habituelle.

« S'il vous plaît », dit le major, ajoutant aussitôt, avant même que son gendre ait pu se lever pour prendre la théière: « Je suis très heureux d'avoir fait la connaissance de votre amie.

– C'est aussi l'amie d'Audrey », rétorqua Conderley de mauvaise humeur.

– Bien sûr, mon garçon ! Naturellement... »

Mais Conderley était allé chercher le thé.

Dès qu'il fut de retour, le major poursuivit:

« Dites-moi, Jim, n'a-t-elle pas été une grande...

— Si », dit Conderley. « Un gâteau, père ?

— Ah, je pensais bien qu'il s'agissait de la même femme », dit son beau-père. « Je me souviens, lorsque j'étais jeune homme, à Hounslow... Dites-moi, n'était-elle pas ?... N'y avait-il pas quelque...

— Non », dit Conderley dont les sourcils broussailleux se rejoignaient de façon menaçante. « Pas du tout... Et, en tout cas, pas elle... Lui, si...

— Ah ! énigmes, énigmes ! » fit le major Cookham en prenant une tranche de cake. « Mais il me semble comprendre. Et cela fait une différence, bien sûr.

— Cela fait toute la différence.

— En effet, bien sûr. Mais vous savez, du temps de la reine Victoria...

— Au diable la reine Victoria ! » fit Conderley qui pivota sur ses talons.

Le major Cookham fut stupéfait. Il s'arrêta de tourner sa cuiller dans son thé et dévisagea Conderley, n'en croyant pas ses oreilles. Que son gendre, qui avait été en si bons termes avec la Cour, puisse envoyer au diable une personne du sang, fût-ce une seule fois, lui coupa le souffle. Il ne l'avait jamais entendu auparavant utiliser l'expression "au diable !" Il ne put que le regarder s'éloigner et se remit, plus pensif que jamais, à tourner son thé.

Conderley ne tarda pas à revenir. Il y fut bien obligé car il n'avait nulle part où aller. Impossible de se joindre au groupe d'Audrey et de ses sœurs, car il lui en voulait. Impossible de rejoindre Fanny et sa belle-mère, car c'était Fanny qui avait jeté en lui tout ce trouble, avec ses façons étourdies et familières. Il revint donc vers son beau-père et s'assit auprès de lui sur le canapé.

Ayant surmonté l'esclandre à propos de la reine Victoria en l'attribuant à quelque plat trop lourd qu'Audrey avait dû servir à son pauvre mari pour le déjeuner, il était à présent loisible au major Cookham de continuer de parler de Fanny, et il ne s'en priva pas: « Et Audrey aussi l'aime bien », reprit-il en tournant son thé d'un air songeur.

Les sous-entendus de cette remarque contrarièrent vivement Conderley. « Ma belle-mère aussi semble bien l'aimer ! » fit-il remarquer dans un sursaut d'énergie, en les regardant toutes deux assises près de la fenêtre, tout à fait absorbées dans leur conversation.

Le major les regarda et approuva. Elles semblaient tout à fait intimes, assises ainsi, côte à côte, et pourtant elles formaient le plus grand des contrastes, pensa-t-il.

« Elles se mettent en valeur l'une l'autre », observa-t-il, continuant de tourner son thé; sur quoi, Conderley, très enclin aux soupçons, le regarda attentivement.

Il se fit alors un mouvement près de la fenêtre et Mrs Cookham tourna la tête vers eux, sourit, se leva et s'approcha.

« Ted, allez donc parler avec lady Frances », dit-elle. « Je veux aussi parler à mon gendre... » Elle aimait beaucoup Conderley et celui-ci, d'habitude, le lui rendait bien. Mais pas à cet instant. À cet instant, il n'aimait plus personne. Une fois son mari parti, et qu'après avoir fait une petite courbette comme pour lui en demander la permission, il se fût assis auprès de Fanny, Mrs Cookham posa sa main sur celle de Conderley et déclara affectueusement: « Alors, Jim ? » À quoi – aussi raide qu'une baguette et sans le moindre geste en réponse à la caresse de sa belle-mère –, il répondit: « Oui, mère ? »

– J'aime beaucoup votre Fanny », dit soudain Mrs Cookham en s'asseyant sur le canapé, près de son gendre.

– Elle n'est pas davantage ma Fanny qu'elle n'est celle d'Audrey », rétorqua-t-il, irrité.

– Alors, j'aime vos Fanny... ce qui n'est pas grammaticalement très heureux. Elle m'a tout dit.

– Vraiment ?

– Elle ne semble pas avoir eu une vie très heureuse !

– Vraiment ?

– L'ignorez-vous ? » demanda Mrs Cookham, légèrement surprise.

– Comment l'ignorerais-je ?

– Mais elle est votre amie ! Oh ! oui ! l'amie d'Audrey aussi, bien sûr. Ne soyez pas si nerveux, Jim ! Comme vous êtes de mauvaise humeur, aujourd'hui, mon cher ! » Et elle lui tapota gentiment la main; mais devant son absence de réaction, elle retira bientôt la sienne, qu'elle posa sur ses genoux. Elle était femme à s'accommoder des humeurs des hommes.

« Elle ne s'est plainte de rien », poursuivit-elle après un silence durant lequel elle se demanda ce qu'Audrey avait bien pu servir à déjeuner à son cher gendre. Tous les Cookham attribuaient à un plat qui vous serait resté sur l'estomac tout comportement contraire à la bonne humeur et à la légèreté d'esprit. « Je la trouve superbe. Mais n'avoir jamais connu une vie agréable, sans enfant et avoir perdu son mari si jeune...

– La pauvre ! » fit Conderley, lui-même étonné de se montrer si revêche. Mais n'en avait-il pas suffisamment supporté, pour ce week-end ? Non ? Et vraiment, ces incessants discours à propos de Fanny, de la part d'Audrey, puis de son beau-père et maintenant de sa belle-mère ! Il n'existait donc aucun autre sujet de conversation !

De nouveau surprise, Mrs Cookham le regarda: « Vous ne l'aimez pas ? » demanda-t-elle.

– L'aimer ? » répéta Conderley, sa contrariété suspendue par l'étrangeté d'une telle question. Des images du passé revinrent à son esprit, et il se demanda si sa belle-mère, les eût-elle vues, aurait posé la même question. Bien sûr, elle n'aurait jamais pu croire à leur réalité !

« Serait-elle ici si je ne l'aimais pas ? » répondit-il. Et Mrs Cookham ajouta avec une joyeuse malice: « Oh ! mais c'est vrai, Audrey l'a invitée, elle aussi ! Vous disiez bien qu'elle était également son amie, non ?... » Et il ne put que constater que ses beaux-parents, ce jour-là, devenaient vraiment exaspérants.

Il demeura silencieux. Elle finit par se taire, s'adaptant comme toujours aux circonstances, et tous deux observèrent le petit groupe réuni autour de la table à thé, dans le renfoncement de la fenêtre. Le major Cookham semblait à la fois ému et heureux. Il se trouvait si près de Fanny que son maquillage ne pouvait que l'effrayer, mais manifestement il semblait, contre tout bon sens, en être ravi, se dit amèrement Conderley. De toute façon, il avait perdu toute réserve et, à en juger par sa loquacité, il était évident que Fanny l'avait encouragé à raconter sa vie. Elle était très bonne à ce jeu-là, pensa-t-il, en évoquant en lui-même de vieux souvenirs. Auprès d'elle, tout homme se transformait en trompette, sa propre trompette, dans laquelle il soufflait à cœur joie, tandis qu'elle, avec l'attention la plus charmante, écoutait, applaudissait, s'exclamait, compatissait, l'encourageait à parler davantage.

À cette distance, le salon paraissait immense et, malgré les lampes allumées, de là où Conderley se trouvait assis, les détails de la décrépitude de Fanny n'apparaissaient pas trop. On voyait surtout la ligne charmante de son profil, mise en relief par la couleur sombre des rideaux. Elle portait un pull-over à col roulé qui lui montait jusqu'aux oreilles et lui dissimulait le cou, de sorte qu'à cette distance, et sous cet éclairage, on ne voyait plus que la perfection de ses traits. Au contraire, à côté d'elle, comme les trois autres paraissaient dépourvues d'attraits, voire ordinaires ! Pire qu'ordinaires, communes, pensa-t-il, tant un homme est incapable de ne pas pousser ses pensées jusqu'à l'extrême ! Les deux sœurs étaient vraiment communes – et pourquoi ne serait-il pas tout à fait sincère ? –, Audrey aussi, en dépit de ses nombreuses et tendres qualités. Elle était bonne, aimable, franche, dévouée, robuste, elle était la mère de ses enfants, mais elle avait quelque chose de commun. Quoi de plus vulgaire que son esclandre, il y a une demi-heure à peine ? Et comment tout cela se serait-il terminé si l'arrivée de ses parents n'y avait coupé court ? Tout de même, s'il reconnaissait quelle pénible scène ils lui avaient probablement évitée, peut-être serait-il convenable de se montrer avec eux de meilleure humeur. Il se tourna vers Mrs Cookham, dans la louable intention de réparer ses torts, et comme il allait prononcer quelques mots aimables, elle le fit sursauter en s'écriant: « Je ne parviens vraiment pas à comprendre comment les hommes peuvent en arriver à faire des choses aussi horribles ! »

Il la dévisagea. « Quelles choses ? » demanda-t-il, embarrassé. Si elle avait dit *penser* au lieu de *en arriver à*, il aurait été parfaitement mal à l'aise, car ce qui venait de lui passer par l'esprit était en effet terrible. Cela avait beau être vrai, mais il y a de nombreuses pensées qu'un bon mari se doit de réprimer sévèrement, et il savait bien que c'en était une. Un peu honteux, il mit tout sur le compte de Fanny. Jamais, avant son arrivée, ses pensées pour Audrey n'avaient été autres que louanges et tendresses. Fanny n'aurait pas dû venir. Il n'aurait pas dû la laisser venir !

« Mais, partir avec une autre !... » fit Mrs Cookham.

Oh ! il ne s'agit pas de moi ! se dit-il, soulagé. Il n'était jamais parti avec personne, car il avait une femme sous son toit. En fait, il n'était jamais parti du tout, ni avec une autre femme, ni tout simplement avec une femme ! La seule avec laquelle il aurait jamais aimé partir, c'était Fanny, et elle avait refusé.

« C'est bien triste, tout ça, si l'on pense aux serments faits lors de la bénédiction nuptiale ! » poursuivit Mrs Cookham.

Oh ! il les avait bien tenus, ses serments, tous ! Pas une seule fois il ne lui était venu à l'idée de les briser. Sa conscience était aussi pure que de l'eau de roche, de sorte qu'il n'eut aucune crainte d'ajouter gentiment: « À qui faites-vous allusion, mère ?

— Mais au mari de cette pauvre femme, le mari de lady Frances. Elle ne m'a pas dit ce qu'il avait fait, mais lorsque je lui ai demandé où il se trouvait, elle m'a simplement répondu qu'elle l'avait perdu ! Il y a vingt-cinq ans de cela, m'a-t-elle dit. Imaginez ! depuis tout ce temps, la pauvre femme a été seule ! Et elle a dû être si jolie, et elle le serait encore si elle voulait bien se laver la figure ! Regardez-là, de loin, c'est extraordinaire comme elle est jolie ! Et lorsque je lui ai dit que, jeune veuve, elle aurait bien dû se remarier, elle m'a répondu qu'elle n'était pas veuve ! Alors, évidemment, j'ai compris, et j'aurais bien voulu la consoler, mais il est difficile pour une femme heureuse de consoler une femme malheureuse, sans avoir l'air d'être dédaigneuse ou vaniteuse.

– Elle a certainement surmonté tout cela », insinua Conderley. « Après tout, de l'eau est passée sous les ponts ! » Et il se mit à réfléchir à tout ce que Fanny avait bien pu faire durant tout ce temps, et au nombre d'émotions et de merveilles qu'elle avait dû connaître, et il se dit qu'il était impossible à sa pauvre belle-mère qui avait toujours été très quelconque, pauvre, et n'avait jamais quitté sa campagne que pour se rendre à l'évêché voisin, de s'en faire la moindre idée.

« Je sais, je sais. Et elle ne réclame pas la moindre compassion. C'est simplement lorsque je pense à ce que j'aurais pu éprouver si jamais Ted... »

Elle s'arrêta net. Conderley, incapable, en sa qualité de gendre, d'entrer dans ce raisonnement, crut bon de se taire.

« Mais je lui ai dit », poursuivit-elle, « que je croyais en la vertu du pardon, après tout ce temps passé ! J'ai même eu l'audace de lui suggérer de le reprendre. Je suis toujours aussi vaniteuse, vous voyez ! Mais il est tellement facile de prêcher pour autrui le pardon ! Et il m'arrive de me demander, oui, de me demander, si j'aurais été capable de reprendre Ted, à supposer que... »

Elle s'interrompit encore et, de nouveau, par bienséance, Conderley évita de répondre.

« Je lui ai souvent donné le même conseil », finit-il par dire, au bout d'un moment.

– Vraiment, mon cher ? Et pensez-vous qu'elle le suivra ?

– Non.

– Moi non plus. À cette seule idée, elle semblait si bouleversée, la pauvre ! que j'ai pensé que je ferais mieux de me sauver et de laisser Ted prendre la relève. C'était en fait très impertinent de ma part, bien sûr, de songer à cela, mais nous étions devenues tout à coup des amies si intimes...

– Je veux bien le croire. Fanny est comme ça. Amie intime en cinq minutes. » Bien des souvenirs lui revinrent à la mémoire.

– C'est une qualité merveilleuse », approuva Mrs Cookham avec d'autant plus de chaleur qu'il semblait un peu critique. Tellement de temps gagné !

– Certainement. Mais c'est une épée à double tranchant. Cela peut être merveilleux au début, puis vous vous retrouvez assis sur le pas de la porte. »

Il y eut soudain comme du ressentiment dans sa voix, et Mrs Cookham le regarda curieusement.

« Et la porte – bien des choses lui remontaient de nouveau à la mémoire –, la porte, un jour, est close. »

Jim est bizarre, aujourd'hui, songea-t-elle.

Malgré sa meilleure volonté de voir en lui toutes les perfections, elle ne put s'empêcher de s'en faire la remarque. Et puis il y avait eu aussi les joues d'Audrey, si rouges, si éclatantes, et cette joie excessive quand ils étaient arrivés à l'improviste. Mrs Cookham y songeait de nouveau. Audrey s'était jetée dans ses bras comme si elle avait voulu y trouver un refuge. Un tel comportement était loin d'être normal. Certes, si elle attendait un enfant, tout pouvait s'expliquer, sinon, elle aussi était bien bizarre ! Et Jim encore plus ! Mais lui, il n'attendait quand même pas un enfant !

« Close », répéta-t-il, comme s'il avait oublié sa présence et leur conversation. Il leva sa main et la laissa retomber lourdement sur son genou.

Elle ne put que le regarder encore, ne trouvant rien à répondre. On aurait dit qu'il avait à se plaindre et elle était toute prête à compatir, si seulement elle avait su de quoi il retournait. Or, elle ignorait tout.

Déconcertée, elle décida de se montrer gaie, encourageante: « Oh ! mon cher, dit-elle, d'un ton réconfortant tout en donnant à sa main une série de petites caresses maternelles. Non, mon cher, je ne puis vraiment vous laisser en cet état ! »

Ils restèrent pour le dîner. Conderley les en pria avec presque autant de chaleur qu'Audrey. C'était un moyen, pensait-il, de passer la soirée sans autre incident, et Audrey se fit une véritable fête d'avoir sa mère pour elle seule pendant quelques minutes. Elle en profita, sans faire allusion à Jim, pour lui demander si elle avait jamais entendu son père appeler une autre femme "chérie", et si oui, quelle avait été sa réaction ?

Les gens qui viennent pour le thé et restent pour dîner ont l'impression, vers six heures et demie, d'être là depuis un bon moment. Fanny, soudain, se mit à ressentir son âge. Le major Cookham était très bel homme, très aimable, et certainement très bon, mais vers six heures et demie, elle fut désolée à l'idée qu'il pût rester plus longtemps. Le dîner ne serait servi que deux heures plus tard. Personne ne se changerait, les Cookham n'ayant rien apporté avec eux. Le major continuait de raconter sa vie à Fanny, et son sourire, tout d'abord très naturel, se figea. Pourtant, son attention se relâcha et elle se remit à sourire lorsqu'il commença à parler de la crête de Vimy où il avait combattu. « Comme c'est drôle », fit-elle en riant franchement, ainsi qu'elle en avait l'habitude. Puis, réalisant soudain de quoi il parlait, elle essaya, embarrassée, de tousser un peu.

Mais le major était à ce point absorbé par le récit de sa vie qu'il ne s'en rendit heureusement pas compte. Tousser était inutile, constata-t-elle au bout d'un moment en rentrant son mouchoir.

La nervosité ambiante était telle qu'il ne servait à rien non plus de se trémousser, de l'aider à trouver ses mots afin qu'il allât plus vite, bref, tout ce qu'elle venait de tenter de faire. Or personne ne venait à son secours. Il lui fallait boire les paroles du major Cookham, toute seule, jusqu'à la lie, se dit-elle, au comble du désespoir. Audrey avait disparu avec sa mère et n'était pas revenue, et les petites demoiselles entouraient Jim sur le canapé, le tenant par le bras et se payant une bonne partie de fous rires, encouragées par l'intérêt qu'il y semblait prendre. Elles lui racontaient tout ce qu'elles avaient fait depuis leur dernière rencontre.

Un bien-être total. Sans aucun doute, pensa Fanny dont le regard allait des filles au père, telle était la caractéristique dominante des Cookham. Avec quelle complète confiance en elle, son compagnon ne venait-il pas d'étaler toute sa vie ! Avec quelle complète confiance encore, sa femme ne lui avait-elle pas conseillé de pardonner à Job et de le reprendre ! Imaginez-vous, donnant un tel conseil sous le simple prétexte que vous êtes convaincue de sa valeur ! Accablante, voilà ce qu'était cette situation pour tout être aussi âgé et fatigué qu'elle l'était à présent. Après une heure de bavardage façon major Cookham, elle sentit ses paupières tomber, non seulement de fatigue mais aussi du sentiment plus précis que jamais d'avoir atteint la cinquantaine. Jamais, elle n'avait eu une telle conscience de son âge. Et elle sentait bien alors qu'elle devait être parfaitement horrible à voir, chaque trait, chaque creux du visage accentué par la lassitude, et cela la déprimait encore plus. Rien, plus rien n'inspirait de gaieté, et encore moins de joie, à une Fanny épuisée. La vie est un jeu dans lequel chacun finit par perdre, se dit-elle. On peut gagner, et gagner, et encore gagner pendant un certain temps, et puis on perd, on perd, on perd encore, probablement dans la proportion même où l'on a gagné. On monte, on descend, mais une fois au bas de l'échelle, on ne peut plus remonter: on y reste et on a son compte.

Ses pensées étaient bien sombres et le major Cookham avait continué de raconter sa vie. Il ne lui était pas venu à l'idée que Fanny en était peut-être moins enchantée que lui. Elle avait souvent constaté, chez les hommes, cette sorte de certitude qu'ils ont de faire le bonheur de ceux qui les écoutent et elle avait toujours pensé que c'était une partie de leur charme, quelque chose qui s'adressait presque à une sorte d'instinct maternel, comme c'est le cas pour tout ce qui relève de la naïveté. Mais la naïveté du major Cookham avait duré trop longtemps. L'instinct maternel de Fanny avait des limites et celles-ci avaient été dépassées après qu'il eut fait le récit des souffrances qu'il avait endurées la nuit de la naissance d'Audrey, et encore plus le jour de son mariage.

« Oh ! allons ! » avait tenté de dire Fanny, en s'efforçant encore de sourire, mais surtout envahie par un désir insurmontable de poser sa tête sur le rebord de la fenêtre et de s'y endormir. Était-ce cela que Jim voulait d'elle, à la fin d'une journée pu aussi pénible et mouvementée ? Comment avait-il pu ainsi la laisser seule avec son beau-père qu'il connaissait si bien ?

« Je vous donne ma parole d'honneur, lady Frances. C'est vrai. Je savais entre quelles bonnes mains allait se trouver Audrey, mais les sentiments d'un père vont parfois beaucoup plus loin que ceux d'une mère, lorsqu'il voit le premier de ses oisillons abandonner le nid. »

Malgré tout, Fanny commençait à comprendre qu'elle parvenait au terme de son martyre. Il lui sembla soudain qu'elle ne pourrait en supporter davantage. Et elle s'y refusa. Qu'est-ce qui pourrait bien l'y obliger ? Elle se leva, tendit la main au major Cookham qui, malgré sa surprise, parvint à se redresser, et elle lui dit au revoir avec sa gentillesse habituelle; elle devait regagner Londres en voiture le soir-même et se préparer.

Ce moyen de fuir venait de la frapper comme une illumination. Elle se doutait parfaitement de quoi Audrey et sa mère s'entretenaient, et elle se sentait incapable d'affronter tout un dîner et une soirée en la compagnie d'une belle-mère soupçonneuse et d'une femme exaspérée. De plus, le major Cookham serait probablement assis à côté d'elle, ce qui serait le comble ! Jim devait bien savoir quel fanfaron il était ! Voulait-il la punir de l'avoir appelé "chéri" devant Audrey ? Si c'était le cas, alors il n'était plus le Jim qu'elle avait connu, et plus vite elle quitterait cette maison, mieux ce serait. Elle n'était pas faite pour les cercles de famille. Qu'on la laisse rentrer à Londres et se débrouiller toute seule avec ses problèmes ! Et puis, quand l'hôte est contrarié, l'hôtesse bouleversée, la mère de l'hôtesse soupçonneuse et le père un inlassable bavard, il est temps, pour l'invitée, de partir. Elle allait utiliser les forces qui lui restaient pour faire admettre d'un air naturel les quelques petits mensonges nécessaires. Elle était certaine d'y réussir, habituée comme elle l'était aux duplicités sociales. Après avoir pris congé du major Cookham et lui avoir adressé le dernier sourire auquel il aurait jamais droit de sa part, elle traversa le salon et se dirigea vers Conderley.

Il se leva à son approche et parut tout heureux d'être ainsi débarrassé de ses trop chaleureuses et encombrantes belles-sœurs. Mais il fut néanmoins surpris de la voir s'écarter du major et le fut davantage encore lorsqu'elle lui dit hâtivement:
« Jim, il faut que j'aille voir si Manby est prête.
– Prête ? Pour quoi faire ? Nous ne nous habillerons pas pour dîner, vous savez ?
– Mais, mon cher, avez-vous oublié que je dois rentrer à Londres ? Il est presque temps de partir. Vous l'avez dit à mon chauffeur, n'est-ce pas ? »

Conderley en fut tout à fait interloqué. Son beau-père – qui, d'avoir été lâché aussi brusquement, l'était sans doute lui-aussi –, déambulait au milieu de la pièce et feuilletait sur la table livres et revues, sans y porter le moindre intérêt. Il semblait de mauvaise humeur. Nul n'aime être interrompu dans le fil de son récit par le brusque départ de son auditeur, surtout s'il devine un lien entre ce récit et ce départ.

Toutefois, ce n'était pas tout à fait le cas du

major Cookham, trop habitué à la joyeuse ambiance familiale, encore qu'il se rappelât soudain qu'Audrey, en le présentant à lady Frances, lui avait annoncé qu'elle resterait tout le week-end. Or, celui-ci n'était pas terminé. Il ne le serait pas avant le lendemain matin après le petit déjeuner, et il n'avait pas encore dit tout ce qu'il avait à dire ! Il se sentit donc contrarié et frustré: tout nouvel auditeur lui était une aubaine – chez lui, il avait pour seul interlocuteur le recteur de la paroisse – et il continuait de retourner livres et revues sur la table en prenant ce ton boudeur dont les Cookham avaient le secret.

Il fut le premier à être ennuyé de ce départ.

Puis, ce fut le tour de Conderley, qui ne comprenait plus rien, car le séjour de Fanny avait été prévu du samedi au lundi. De son côté, Fanny était toute surprise qu'il ait pu croire qu'elle resterait aussi longtemps.

« Mais Jim, je vous ai certainement dit que je devais rentrer. J'ai promis aux Tintagel de dîner avec eux ce soir. Si cela continue, je crains d'être horriblement en retard », ajouta-t-elle.

Il était presque grossier de ne pas la croire, mais il ne put s'empêcher de se rappeler une situation semblable, mais tout à fait en miniature, lorsqu'il y avait vingt ans, elle l'avait délicatement mais prestement reconduit jusqu'au seuil de sa maison.

Et il fut le deuxième à être ennuyé.

Ensuite vint Audrey qui, après une conversation intime avec sa mère, était certaine d'avoir été dupée par Jim et Fanny, et pensait tout simplement que sa vie était désormais fichue. Mais si elle était indignée de la présence de Fanny à la maison, elle le fut encore plus lorsque son mari s'approcha pour lui annoncer la nouvelle de son départ. Elle refusa de croire tout net que son séjour n'avait été prévu que du samedi au dimanche soir. L'invitation avait été faite et acceptée pour toute la durée du week-end, à moins bien sûr, que Jim, qui avait rédigé la lettre et ne la lui avait pas montrée, ait commis une erreur.

Elle fut la troisième.

« Ma chère enfant, j'ai en effet dû commettre une confusion, ou peut-être ai-je mal lu la réponse de Fanny », fit-il avec irritation.

– Vous ne m'avez pas non plus montré cette lettre », s'écria Audrey. « Il ne m'a montré aucune lettre », expliqua-t-elle en se retournant brusquement vers sa mère.

– Du calme, chérie, allons ! du calme ! » fit Mrs Cookham, qui eût été la quatrième à être ennuyée, si elle avait été d'un naturel moins accommodant.

– Et à présent, s'il vous plaît », poursuivit Conderley, exaspéré mais toujours digne, « voulez-vous être assez aimable pour aller trouver Fanny. Elle est tout à fait peinée de ce malentendu.

– Oh ! en voilà une bien bonne ! » cria Audrey.

– Du calme, chérie, allons, du calme ! » fit sa

mère en lui prenant la main pour tenter de l'apaiser.

– Elle dit que si elle n'avait pas eu ce dîner elle serait volontiers restée avec nous.

– Oh ! à d'autres », cria encore Audrey, en les envoyant sur les roses.

– Du calme, chérie, allons, du calme ! » fit sa mère en passant son bras sur son épaule.

– Je le répète, tout est de ma faute », dit Conderley. « Je ne puis en faire plus. Et dois-je vous répéter, Audrey, que vous êtes supposée être une lady ? »

Entendre des mots aussi durs tomber des chères lèvres de son mari lui parut atroce. Elle n'avait jamais rien entendu de semblable et fut tout à coup dégrisée. Être une lady, pensait-elle parfois, était justement son problème. S'entendre rappeler qu'elle était supposée en être une revenait simplement à lui dire qu'elle n'en était pas une ! Rien n'aurait mieux pu la réduire au silence. Elle en baissa presque la tête.

Quant à Mrs Cookham, elle se demandait si un homme ayant quelque chose sur la conscience aurait le droit de se montrer aussi rigoureux et autoritaire. Toujours inapte – elle en était fière ! – à croire au mal, et toute dévouée à son gendre, elle ne pouvait s'y résoudre. Et comme il serait mieux d'oublier et de continuer d'être heureux, plutôt que de tout gâcher par des soupçons comme sa pauvre fille le faisait à présent ! Personne, se disait-elle, ne saurait jamais quelles avaient exactement été les relations de Jim et de lady Frances. Sans doute tout à fait innocentes, sinon pourquoi ne se seraient-ils pas mariés ? Ils auraient pu se marier. Rien ne les en empêchait. Il était célibataire, et, bien qu'elle fût divorcée – Mrs Cookham avait tout d'abord été choquée lorsqu'Audrey le lui avait appris, mais un instant seulement car sa bonté naturelle lui permettait de surmonter rapidement les coups –, elle aurait pu l'épouser, sinon avec la bénédiction de l'Église, du moins légitimement devant le maire. Ils ne s'étaient pas mariés. Jim était demeuré libre et avait épousé Audrey. « Alors pourquoi se tracasser ? » avait-elle demandé à sa fille.

Celle-ci, cependant, avait insisté sur un point: « Il y a des choses pires que le mariage, mère », avait-elle dit vaguement, en sanglotant, manifestement prête à briser son bonheur présent par l'évocation d'un événement qui s'était peut-être produit dans un passé lointain.

Mrs Cookham secoua la tête. « Pauvre petite ! pauvre petite ! Attends-tu un bébé ? » fut tout ce qu'elle trouva à dire, et c'est au moment où Audrey s'était demandé si cette supposition était suffisante pour expliquer son courroux que Conderley avait fait son entrée, annonçant le départ de Fanny. C'est alors que, poussée par la colère qui laissa transparaître cette part d'elle-même qui n'était pas d'une lady, elle avait lancé son malheureux « À d'autres ! Allez sur les roses ! »

Jim lui pardonnerait-il jamais, lui qui était si

pointilleux en matière de courtoisie, si doux de manières, lui, un gentleman si accompli ? Et s'il pardonnait, pourrait-il jamais oublier ? Ces "roses" demeureraient-elles entre eux, pour le restant de leurs jours, comme un insurmontable obstacle à leur bonheur ? Lady Conderley of Upswich, femme de l'actuel lord et mère du futur, doutant grossièrement de la parole de son mari et l'invitant à aller sur les roses ! Elle ne savait même pas ce que pouvaient être ces roses, ni pourquoi il fallait y aller !

Elle se dirigea lentement vers Jim, le regard plein d'effroi et de contrition. « Jim », commença-t-elle, « Jim...

— Audrey, je propose que vous alliez tout de suite trouver Fanny dans sa chambre et disiez et fassiez ce qu'il convient », dit-il, sans tenir compte de son regard craintif.

— Oh ! Jim ! que faut-il faire ? Je ne connais que les choses qu'il ne faut pas faire », s'écria piteusement Audrey, réduite à la plus complète humiliation, comme tout avait été en proie à la plus complète colère. Mais elle l'aimait tellement ! tellement ! et se traînant littéralement jusqu'aux pieds de ce mari inflexible, elle se risqua à poser contre sa manche sa petite joue ferme et encore toute rougie des diverses émotions de la journée.

« Assez, Audrey ! Allons ! » dit-il, plus doucement.

— Je crois vraiment qu'elle attend un bébé », annonça sa mère.

Conderley regarda Mrs Cookham, puis la petite tête brune et brillante contre sa manche. « C'est vrai, chérie ? C'est vrai ? Audrey, ma chérie ? » demanda-t-il en passant son bras sur ses épaules. Puis, très gentiment: « Audrey, c'est vrai ? »

Il n'y a rien de tel que les bébés, pensa Mrs Cookham en s'apprêtant à quitter la pièce en silence. Vraiment, je ne sais pas ce que nous ferions sans eux.

CHAPITRE V.

Il est parfois difficile, après avoir séjourné chez des amis, de se retrouver chez soi. Ainsi, après avoir fait ses adieux, esquissé un ultime sourire, embrassé tout le monde et avoir été embrassée par une Audrey quelque peu repentie, Fanny – désireuse d'avoir un bon mouvement avant de se retirer – décida de les inviter à venir passer quelques jours à Charles Street. Cela lui permit de se sentir mieux, alors qu'en réalité elle ne rentrerait pas chez elle mais irait au Claridge. Mais l'essentiel était de partir !

Donc, dès que les marches du perron, les lumières et les signes d'adieu des Conderley et des Cookham eurent disparu dans la nuit, elle s'enfonça dans les coussins de la voiture, ferma les yeux et rendit grâces. Comme c'était bon, cet oubli ! Ne plus voir, ne plus entendre, ne plus parler, ne plus se trouver avec qui que ce soit !

Même Manby ne pouvait l'atteindre ! Assise à côté du chauffeur, séparée par la glace, celle-ci ne pouvait même pas lui demander si elle n'avait pas froid aux pieds ou si elle ne désirait pas un autre plaid. Oh ! quel bonheur d'avoir quitté Upswich !

Lorsqu'un invité part dans un tel état d'esprit et qu'il a quitté ses hôtes avec le sentiment de s'en être bien tiré, on ne peut pas dire que son séjour a été une réussite. Personne, d'ailleurs, n'en était dupe. Audrey la première, et Conderley en avait conservé les doutes les plus sérieux, à présent tous justifiés. Fanny, quant à elle, s'avouait carrément qu'elle n'avait été qu'une sotte. Une sotte de s'imaginer que le pauvre Jim, vingt ans après, irrémédiablement rangé, et elle-même un simple fantôme dans sa mémoire, aurait pu lui être un quelconque refuge. Les vieillards ne sont pas des refuges. Eux-mêmes en recherchent, car ils connaissent la peur et reculent devant les responsabilités et, même si on est une vieille amie du mari, on lâche son bras en s'approchant de la maison. Ils étaient, en fait, incapables d'amour. Ils le regrettaient, mais, quand on est devenu incapable d'aimer, le cœur se durcit. Quand l'amour nous a quittés, nous devenons secs comme des os, froids comme des pierres: inhumains, indifférents, égoïstes, transis.

Ces pensées, injustes et néanmoins énergiques, réchauffèrent le cœur de Fanny, mais s'atténuèrent bientôt. Elle s'étonna soudain de s'être si mal conduite en précipitant ainsi son départ et, quelques *miles* plus loin, elle en éprouva même quelque honte. Lorsque la voiture traversa Colchester, ce fut le remords qui s'empara d'elle: jamais de sa vie elle ne s'était conduite avec aussi peu d'élégance. Les vieillards deviennent inhumains et transis ! Mais c'est elle qui s'était montrée inhumaine et parfaitement imperméable aux sentiments des autres, ne songeant plus qu'à fuir. Elle en oubliait jusqu'aux mensonges qu'elle avait bien pu inventer. Et cela tout simplement parce qu'elle s'était ennuyée et qu'elle était fatiguée, simplement parce qu'ayant prononcé des paroles stupides qui avaient suffi à mettre Audrey en colère, elle avait compris qu'elle ne pourrait supporter la scène qui s'ensuivrait! N'est-on pas souvent las et fatigué, au soir d'un dimanche de week-end à la campagne ? Et n'en vient-on pas, dans ces moments-là, à dire des choses désagréables ? D'autres invités, plus courtois, ne seraient pas partis ainsi, n'auraient pas ruiné le plan de table de leur hôtesse, et ne se seraient pas enfuis uniquement par crainte de se trouver assis à table à côté du major Cookham.

Elle avait eu un comportement ignoble, égoïste, impardonnable. Comment fallait-il faire pour réparer ? Il n'y avait rien à faire, elle en était consciente et savait aussi qu'elle avait vu les Conderley pour la dernière fois. Cette idée ne lui était pas des plus agréables, mais au fond d'elle-même elle savait que c'était la vérité. Les pages étaient à tout jamais tournées. Vingt ans plus tard, le bref et singulier dénouement de cette histoire s'était déroulé à Upswich, et tout était bel et bien fini. C'était triste, un peu plus de vide dans son existence. Toute ardeur s'était retirée d'elle, le soulagement de s'être enfuie et le sentiment de colère contre soi-même qui avait suivi s'étaient eux aussi évanouis, et elle se retrouva stupide, glacée, misérable.

Elle regarda par la vitre de la voiture les haies qui défilaient comme un éclair, un instant illuminées, puis rendues à l'obscurité – tout à fait comme sa vie à elle, pensait-elle, abattue. Elle tenta de se ressaisir en songeant à ce qu'avaient de désolant les sentiments qu'elle venait d'éprouver pour Jim. Jim dont elle s'était si bien passée depuis si longtemps. Ce n'était plus, à présent, qu'un vieillard aimable et maladroit, faisant de son mieux, pour survivre dans la lumière déclinante de sa vie. Mais bien qu'elle en ait eu conscience, bien qu'elle sût que c'était la triste vérité, elle ne pouvait se défaire de l'idée que si elle avait su, en quelque sorte, le détendre, le libérer de tout ce poids que les années avaient jeté sur ses épaules, il aurait pu être encore celui qui chargeait de fleurs ses bras et l'invitait au restaurant, lui offrant, avec l'inconscience de la passion, des œufs de vanneau pratiquement hors de prix.

Elle aurait pu ajouter – mais elle s'en était abstenue! – qu'il avait été celui qui n'avait vécu que pour elle, celui qui avait tout fait, sauf mourir pour elle! Machinalement, elle chassa de son esprit des idées aussi saugrenues. Et comme tout cela paraissait fou, à présent ! Qui aurait pu imaginer, en voyant le pauvre Jim, qu'il y avait jamais eu en lui suffisamment de vie pour mourir un jour ? Elle ne pourrait pas dévider la bobine, et il resterait embaumé comme une momie pour les vingt années à venir. On ne pouvait souhaiter tout recommencer et pourtant la vie devenait chaque jour plus solitaire et plus vide. Elle songea soudain à un autre de ses admirateurs, dont elle s'était d'ailleurs vite lassée. Dès qu'il cessait de lui dire des mots tendres, elle ne comprenait plus son langage. Il prétendait à tout bout de champ que le passé est tout aussi réel, et vivant, que le présent et il lui répétait que ses actes n'étaient qu'un éternel recommencement. Ainsi donc, le pauvre Jim, si ennuyeux, aurait pu indéfiniment lui apporter des fleurs et la faire déjeuner d'œufs de vanneau ! Horrible ! Jim avait toujours été prêt à tout, sauf à mourir pour elle !

Quelle pitié! Si l'on attachait quelque importance à ce genre de propos, la moindre action vous terroriserait, par la crainte de se trouver entraîné dans une sorte d'éternel retour. Non! Il n'était jamais bon de recommencer. Lorsque Jim était devenu la parfaite réplique de lui-même, ressassant son accablante passion, elle s'était sentie obligée, pour ne pas étouffer, d'aller vers la fraîcheur toute neuve des bois et des herbages d'Edward. Mais ce n'était tout de même pas parce que la nuit était tombée et qu'elle se sentait lasse, entre deux âges, qu'elle devait tirer un trait sur son passé et se mettre à faire du sentiment ! La seule attitude à avoir, et elle s'en convainquit aussitôt, c'était de se réjouir que Jim se trouvât libéré de la servitude des émotions et vécût auprès d'Audrey dans un confortable bonheur. Elle devait aussi se convaincre que lui, du moins, ne serait jamais seul et n'aurait jamais à connaître l'effroyable situation qui l'attendait ! C'était elle, Fanny, qui devrait vivre seule. Dans sa vie, nul mari amoureux n'était auprès d'elle pour lui redonner l'importance sociale qu'elle avait connue et la faire se sentir, de nouveau, une créature merveilleuse. Tout au contraire: après avoir été comblée durant tant d'années, elle n'était plus que la toute simple et pauvre Fanny ! Elle le savait bien, elle en était parfaitement consciente, et c'était affreux ! Mais peu importait ! Une toute petite et dernière pensée pour Jim, le bénir, lui dire adieu, et puis, enfin et pour toujours, n'y plus penser.

« Adieu, Jim ! » murmura-t-elle, et elle se mit aussitôt, la tête baissée, à accomplir l'ultime rituel: « Adieu, cher Jim adoré que j'ai connu. Merci pour tout, et sois béni ! »

De son côté, dans la chaude salle à manger, bien éclairée, d'Upswich, dégustant l'excellent dîner préparé pour Fanny, la table couverte d'œillets frais coupés et de chandelles de couleur, avec toute l'argenterie de famille et la belle cristallerie des Conderley, tout cela sorti en l'honneur de Fanny, Jim, confortablement installé dans cette atmosphère d'harmonie retrouvée – et ressentant déjà de l'amour pour ce bébé dont il ignorait encore qu'au bout du compte Audrey ne l'aurait pas ! – ne se doutait pas qu'au même instant il était béni, remercié et oublié à tout jamais au fond d'une automobile noire et froide, quelque part entre Colchester et Chelmsford, par celle qui avait été toute sa vie ! En portant un toast à sa femme, alors que les Cookham se racontaient avec passion des choses qu'il connaissait déjà par cœur – et la réponse d'Audrey à ce toast aurait pu être plus joyeuse si elle avait été véritablement certaine de la venue de ce bébé –, il hésita soudain, reposa son verre et sembla troublé.

Oh Seigneur, qu'ai-je donc fait, pensa rapidement Audrey. Mais comme, depuis la réconciliation dans la chambre à coucher, elle était redevenue sage comme une image, elle leva son verre, sourit, à nouveau confiante, et dit:

« Eh bien ? Jim !

– Je pensais simplement... » commença-t-il. Puis il hésita de nouveau et se troubla.

Il ne termina pas sa phrase, et ne porta finalement aucun toast. Il songeait avec une ultime sensation de douleur, en se souvenant d'elle, il songeait: Pauvre Fanny !

CHAPITRE VI.

Ce soir-là, dans le faubourg de Bethnal Green, que la voiture de Fanny était obligée de traverser pour rentrer dans Londres, le révérend Hyslup, auquel elle s'était autrefois intéressée parce qu'il l'aimait beaucoup et avait une voix en or, célébrait avec ferveur un service de mission. On était en plein carême.

Cela avait lieu dans Bunbury Mews, une ruelle adjacente à la Grand'Rue. Son don naturel pour la parole et la conviction que ce qu'il prêchait était l'unique voie de salut rassemblaient autour de lui une foule de dévots. Il sortait de sa misérable roulotte de tôle ondulée, après le service du soir de ces dimanches de carême, vêtu d'une soutane et précédé d'une croix. Il était juché sur une chaise fermement tenue par l'un des fidèles et déversait dans les oreilles de ces pauvres gens à la fois réconfort, encouragement et espérance. Un policier en service se tenait non loin, qui ne cherchait nullement à s'interposer lorsque la foule croissante et débordante menaçait d'immobiliser la circulation. Lui aussi voulait écouter. Les paroles du prédicateur allaient droit au cœur car la grande majorité des êtres humains souhaite, autant que possible, être sauvée.

Fanny se sentait tout humble et prête à accueillir l'idée de salut. Elle se trouvait à l'angle de Bunbury Mews à l'instant précis où un tramway, venu de la direction opposée, s'arrêta à la hauteur de sa voiture, entravant ainsi un peu plus la circulation. Un regard furtif par la portière lui permit d'apercevoir, à quelques mètres de là, juché sur une chaise et engagé dans une sorte de gesticulation passionnée, celui dont elle se souvenait encore comme du gentil petit Miles.

Sur le siège avant, Manby, qui venait aussi de le voir, en restant tout étonnée.

« Quoi, c'est ce 'Yslup ? » dit-elle au chauffeur avec une vive émotion. « Vous savez bien, celui qui venait si souvent voir lady Frances ! » Et elle ajouta, car elle ne le rencontrait qu'aux déjeuners de Charles Street et ne le connaissait que par les fleurs qu'il ne cessait d'envoyer et par ses appels assidus: « Ça par exemple ! »

C'était l'un de ces hasards dont la vie se montre parfois prodigue. Fort étonnée, et croyant y voir plus qu'une simple coïncidence, Fanny baissa la vitre pour tâcher d'entendre sa harangue.

En vain. Mais il était clair que son admirateur

d'autrefois était devenu un personnage fort éloquent. Il suffisait de regarder les visages de ceux qui l'écoutaient. Elle en fut surprise, car elle se souvenait surtout de lui comme d'un homme pratiquement muet, et qui observait davantage qu'il ne parlait. Encore que, lorsqu'il lui arrivait d'ouvrir la bouche, sa voix fût tellement belle qu'elle lui faisait passer des frissons dans l'échine. Cette voix lui faisait penser à des abricots mûrs, à des figues éclatées. La première fois qu'il était sorti de son silence éperdu d'amour, cela avait été pour lui demander la permission de l'appeler Fanny. Il lui avait semblé n'avoir jamais entendu un nom aussi beau. Et lorsque, quelques jours plus tard, prenant sur lui de surmonter sa timidité, il lui avait avoué qu'il l'adorait, cela avait été comme si toute la pièce s'était remplie de musique.

Assise au fond de la voiture, Fanny le regardait avec un intérêt passionné. Voici quelqu'un qui pourrait peut-être l'aider. S'il avait trouvé le langage de la Vie éternelle, comme on pouvait s'y attendre à la vue de son auditoire extasié, pourquoi n'en répandrait-il pas quelques paroles sur elle ? Après tout, c'était peut-être de religion dont elle avait besoin, encore que l'idée ne lui soit pas souvent venue de s'agenouiller devant qui que ce soit. Mais si cela pouvait lui donner l'impression d'être moins abandonnée, et lui faire oublier la manière dont le temps s'était comporté avec elle, pourquoi ne pas essayer ? Quelques minutes plus tôt, le chauffeur, dans sa passion pour la vitesse, avait failli verser dans le fossé. Sa première impulsion avait été de frapper à la vitre et de lui signifier aussitôt son congé, afin d'en engager un autre, moins dangereux, et puis elle s'était demandé pour quelles mystérieuses raisons elle aurait dû échapper à cet accident et être épargnée. Pour quelles raisons une femme comme elle, à présent âgée de cinquante ans, devait-elle être épargnée ? Et si la religion parvenait à éloigner d'elle ces pensées défaitistes, réussissant à lui donner le change, la persuadant peut-être que son âme, si elle y mettait suffisamment du sien, pourrait bientôt revêtir une autre forme de beauté, si les plaisirs de son corps en vivant, en agissant, en regardant vers l'avenir, pouvaient également avoir alors d'autres buts, du moins aurait-elle la volonté d'essayer !

Avec l'aide de Miles. Plutôt gentil, pensait-elle, en souriant de nouveau, revivant à un niveau plus spirituel les relations qu'elle avait eues avec lui. Elle ne s'était jamais haussée, c'était le fruit des circonstances, à un niveau de spiritualité très élevé. Avec Jim, elle avait connu la poésie, puis elle l'avait délaissée aussitôt qu'il s'était éloigné d'elle. Mais la poésie se situe à un niveau moins élevé que la religion – et encore ! Peu importe. Elle parlerait à Miles et lui prêterait une oreille attentive. Et comme elle était, par nature, toujours prête à retrouver son entrain, l'idée de quelque aide possible la fit aussitôt se sentir mieux. Elle chassa ses idées noires et se retrouva bien vite passionnée par ce qu'il pouvait bien dire, juché sur cette chaise.

Oui, c'était donc bien Miles, à présent, là, cet homme impétueux qui séduisait à volonté toute une foule. Il avait retrouvé sa langue depuis qu'il avait quitté Fanny – mais, après tout, n'était-ce pas elle qui l'avait quitté? De toute façon, il était parti et son verbe d'à présent était celui des anges. Tous ces visages vers lui ! Comme ils buvaient, assoiffés, chacune de ses paroles! Certes, il devait déjà être le même du temps où ils se fréquentaient, mais elle ne s'en était jamais aperçue. Peut-être était-il désavantagé par l'amour passionné qu'il lui portait ? Peut-être aussi n'avait-elle pas fait suffisamment d'efforts pour l'aider à s'exprimer ? Il ne faisait pas partie du cercle habituel de ses amis. C'était un obscur jeune clergyman de Kensington, rencontré lors d'une vente de charité, qu'elle avait invité à venir chez elle parce qu'elle l'avait trouvé dévoué et touchant, et aussi parce qu'il avait une façon vraiment adorable de dire: "Comment allez-vous ?" et "Au revoir".

Pour autant qu'elle pouvait s'en souvenir, il n'avait guère eu beaucoup de succès. Ses amis la prenaient à part pour lui dire: « Chérie, comme il est charmant ! Mais pourquoi le rendez-vous heureux au point qu'il en soit muet ? » Chronologiquement, il était arrivé entre Perry Lanks et l'homme qui prétendait que le passé et le présent n'étaient qu'une seule et même chose; et, dès l'abord, il lui avait plu, car, après le trop intelligent Lanks, il lui avait paru plutôt reposant. Il émanait de lui, en ce temps-là, une sorte de simplicité enfantine, quasi comme de la rosée. Et c'est pour cette même raison que, par la suite, elle finit par le trouver ennuyeux. De l'intelligence – et il n'en avait guère ! –, voilà ce qu'au fond d'elle-même elle préférait. Elle se sentait plus à l'aise en compagnie d'hommes plus ou moins habiles ou experts, mais dont elle pouvait, à chacun, et avec passion, emprunter de petites bribes de savoir et quelques petits bouts d'idées.

De Miles, elle n'avait rien obtenu de tel. Il restait assis en silence à la regarder fixement. Au bout d'un moment, cela finissait par l'agacer. Pourtant, lors de leur séparation, elle avait pleuré. En lui disant adieu, il l'avait bénie. Et, en songeant à toute la tendresse qu'il avait mise dans cette bénédiction, elle se souvint d'avoir pleuré.

Et voici qu'il était là, devant elle, incroyablement transformé. Il était devenu tout à fait captivant. Combien de temps s'était-il écoulé depuis ces jours où il demeurait assis, chez elle, la regardant fixement en silence ? Cinq ans ? Sept ans ? Non, sûrement davantage. Il avait alors trente ans, un âge, qui, à l'époque, ne la laissait pas insensible et, à présent, on lui en aurait donné quarante, tant il était brûlé par son propre feu intérieur et peut-être aussi émacié par le jeûne. Les clergymen portant soutane sont enclins à jeûner. Elle ne savait pas très bien quel rapport il pouvait y avoir entre les deux, mais le fait est qu'il semblait souvent y en avoir un. L'une de ses tantes avait épousé un clergyman, qui portait soutane. Les vendredis et jours de carême, il mangeait à peine, ce qui le mettait dans une humeur telle que personne ne pouvait rester longtemps dans la même pièce que lui. Elle se demanda comment Miles se comportait chez lui et si, à moitié affamé et brisé par sa propre éloquence, il ne se montrait pas, à son retour, odieux envers sa femme ? Mais peut-être n'était-il pas marié ? Il y avait en lui une sorte de fébrilité qui laissait supposer une grande capacité d'abstinence. Comme cela lui allait bien, cette ardeur fiévreuse! Cher Miles, comme il était beau, à présent ! Elle pensait toujours avec ferveur à ceux qui l'avaient aimée, elle était toujours prête, une fois qu'elle avait su les enjôler, à s'en faire des amis. Et, en revoyant Miles, elle aurait bien aimé savoir si, depuis le jour de leur séparation, la vie lui avait été douce et favorable. Elle se demandait ce qu'il pouvait bien dire, avec tant d'emphase. Pourquoi ne descendrait-elle pas de voiture, afin de s'approcher pour mieux l'entendre ? Rien ne l'obligeait à rentrer tout de suite au Claridge et, comme le hasard l'avait mis sur son chemin, il eût été dommage de ne pas en profiter le plus possible.

Elle frappa à la glace, fit signe au chauffeur de se ranger le long du trottoir et de lui ouvrir la portière. À ce moment précis, le tramway avança, et les voitures derrière la sienne voulurent passer, ce qui provoqua un bel encombrement. Malgré tout le respect qu'il lui devait, le chauffeur, incapable de la faire se hâter, sentit la délicatesse de sa position; le sergent de ville criait et les voitures immobilisées klaxonnaient. Mais Fanny, qui ne s'énervait jamais et avait toujours l'habitude, en toutes circonstances, d'agir comme elle l'avait décidé, prit tout son temps, avec sa dignité et sa grâce naturelles.

« Où sommes-nous ? » demanda-t-elle, en s'attardant sur le marchepied et en regardant alentour.

Le chauffeur eut beaucoup de mal à prononcer calmement: « Bethnal Green ».

« Nous sommes à Bethnal Green », répéta Fanny. Elle continuait de regarder autour d'elle et les coups de klaxon se faisaient de plus en plus impatients. « Avancez, Griffiths ! – comme s'il pouvait faire autre chose ! – et attendez-moi plus loin, en bas de la rue. » Suivie de près par Manby, et de l'air de quelqu'un qui attend qu'on lui fasse place, elle fendit la foule qui, impressionnée par tant de détermination, s'écarta.

Miles la surveillait, car, dès que le fracas des klaxons eut attiré son attention, il avait regardé du côté de la Grand'Rue et l'avait aperçue. Elle sortait de sa voiture, et sa tête dominait la foule.

Fanny ! Revenue. Juste comme il venait enfin de comprendre, après une longue période de rancœur, tout ce qu'il lui devait. Tout, en vérité. Il lui devait tout. Il lui était reconnaissant de tout ce qu'elle avait fait pour lui, même au prix de son cœur brisé. Il était une misérable créature de la terre, ensorcelée par une femme qui n'était pas la sienne, et elle l'avait remis sur pied; elle l'avait rendu à ce qu'il avait toujours pensé être sa vocation particulière: le pouvoir d'animer les foules. Et c'est grâce à elle, aussi étrange que cela puisse paraître, qu'il pouvait à présent se consacrer à Dieu en toute conscience.

Il était heureux qu'elle soit revenue. Il pourrait ainsi la remercier. Il était tout aussi heureux d'avoir perdu jusqu'à la moindre once de ses sentiments d'autrefois et il était aujourd'hui capable d'une telle indifférence que, même en la regardant approcher, il pouvait continuer, imperturbablement, à jouer de son éloquence comme si de rien n'était. C'était sa sœur. Certes, elle avait bien changé, au point qu'il en fut effrayé au fur et à mesure qu'elle se rapprochait et qu'il pouvait mieux la distinguer. Mais, pour l'éternité, c'était sa sœur pécheresse. Tant mieux, après tout ! Il pourrait lui venir en aide ! Son devoir était d'œuvrer pour les pécheurs, non pour les justes. Comme elle l'avait autrefois aidé à se révéler à lui-même, il pourrait, à présent, l'aider, payer sa dette envers elle et lui offrir, presque au dernier moment, tant elle paraissait avoir vieilli, la perspective du salut.

La présence inopinée de Fanny semblait l'inspirer. Jamais, il n'avait sans doute aussi bien parlé. Il espérait qu'au moins quelques-unes de ses paroles pussent s'envoler vers les replis les plus secrets, et, il en était certain, les plus arides de son âme. En effet, Fanny l'écoutait attentivement. C'était pour elle une immense joie, s'étant suffisamment rapprochée, d'entendre ces merveilleuses paroles qui sortaient des lèvres de Miles. Comme c'était délicieux, pensait-elle, au comble de la félicité, d'assister à une telle réussite ! De très près, aussi, il était encore plutôt beau. Le jeûne lui seyait, et la flamme intérieure qui semblait le consumer ne faisait qu'y ajouter.

Elle regardait et écoutait, vivement intéressée. Il était autrefois un peu gros. Oh ! pas exactement gros ! non ! mais replet. Et c'est pour cela que, lorsqu'il était assis, chez elle, silencieux, ne prononçant même pas son nom, ni le moindre mot de tendresse, de sa voix venue d'un cœur tout tremblant, elle n'avait pas vu combien il pouvait être séduisant. Il était tout à fait injuste, bien sûr, que ce côté un peu grassouillet ait pu lui porter tort, mais c'était ainsi. Et dans le cas de Miles, qui avait une voix délicieuse et, comme elle en était à présent témoin, une parfaite maîtrise du langage, demeurer assis dans une muette et replète adoration avait été un véritable désastre. Elle était heureuse qu'il eût maigri et retrouvé sa voix, et qu'il pût rester juché sur cette chaise, à la fois triomphant et inspiré – grâce à elle, cela ne faisait aucun doute.

Ses admirateurs lui devaient tout de même beaucoup, songea-t-elle. Elle éprouvait une sorte de fierté personnelle devant l'éloquence de Miles.

Chaque séparation avait causé d'horribles histoires, et avait déchiré toutes les fibres de son cœur en lui donnant le pénible sentiment de s'être parfois montrée cruelle, mais en fait la séparation avait été pour chacun à l'origine d'une vie meilleure. Il suffisait de songer à Jim, si heureux avec Audrey ! Et aujourd'hui à Miles. En hâte, elle arracha une page de son agenda et griffonna:

Miles, vous êtes merveilleux ! Il faut que je vous voie. Puis-je venir et partager votre repas, lorsque vous aurez terminé toutes vos merveilles ? Où habitez-vous ?

Fanny.

Elle donna le bout de papier, avec une pièce d'un shilling, à un jeune garçon qui se trouvait près d'elle, en lui demandant de le remettre, d'une façon ou d'une autre, à Mr Hyslup.

« L'père 'Yslup ? » demanda le gamin.
– Oui.
– Celui qu'est sur la chaise ?
– Bien sûr. »
Habitué à recevoir des bouts de papier tandis qu'il poursuivait son discours, Miles prit le billet des mains du jeune garçon et le lut sans interrompre son prêche. Il regarda Fanny bien en face, coincée parmi les ouailles et qui l'écoutait. Il leva la main et fit un rapide signe de croix en sa direction. Bien qu'un peu surpris de ce geste en plein milieu du sermon, l'auditoire crut qu'il s'adressait

à tous et courba la tête. Mais Fanny savait bien qu'il s'adressait à elle seule et, tout heureuse, elle murmura pour elle-même : « Très cher Miles ! »

Mais qu'avait-il voulu dire ? Qu'elle devait attendre ? Qu'il lui parlerait ensuite ? Qu'il la congédiait ? Il avait fait ce même geste le terrible jour de leur séparation, alors que c'était elle, cette fois, qui l'avait renvoyé. Non, aujourd'hui, il ne pouvait la congédier, il la bénissait, comme il l'avait fait alors. Elle eut l'impression d'être encadrée par deux bénédictions, celle de jadis et celle de ce soir, et cela lui procura l'agréable sensation, autrefois fréquente mais par la suite plus rare, qu'on lui tendait la main.

Elle attendit donc, pleine de ferveur. Elle allait se trouver tout près de lui, et sa première pensée, naturellement, fut pour se demander de quoi elle avait l'air et s'il serait inconvenant, voire incorrect, d'ouvrir son sac et de se regarder quelques secondes dans la glace de son poudrier. Juste un peu de poudre, pas de fard. Après tout, c'était une réunion en plein air, ce n'était pas comme dans une église. Elle pouvait se cacher derrière le gros homme qui se trouvait devant elle et baisser la tête.

Mais Miles semblait avoir fait, dans tous les domaines, de considérables progrès et rien, apparemment, ne lui échappait. Elle se glissa derrière le gros homme et, ayant constaté dans sa glace combien il était urgent d'intervenir, ne se croyant vue de personne, elle se mit un peu de poudre avec le plus grand soin. C'est alors que Miles, dans son sermon, son discours, son allocution, son prêche, peu importe le mot, parla des filles de joie.

Cela n'avait certes guère d'importance, car, à un moment ou à un autre, tous les clergymen parlent des filles de joie et, cela ne faisant que souligner l'allusion de Miles, tout le monde se tourna vers elle et la regarda. Pur hasard, bien sûr ! Manby en sembla fort contrariée. Elle jeta à Fanny un coup d'œil indigné et lui dit d'une voix étouffée mais distincte, étouffée parce qu'elle se considérait presque à l'église, et distincte pour éviter tout malentendu: « Lady Frances ne devrait pas se laisser aller, dans des endroits comme celui-ci ».

« Sois tranquille », riposta Fanny, qui avait l'habitude d'être regardée. Elle savait qu'elle n'était pas une fille de joie; alors, quelle importance ! « Laisse-moi écouter. » Et comme on ne peut pas se poudrer une seule moitié du visage, elle continua de se refaire une beauté, tout en demeurant attentive aux paroles de Miles.

Et ce qu'il disait était merveilleux. Tout ce que cette voix si chère prononçait devenait aussitôt grand et beau. Une telle passion ! Une telle conviction ! Tout son corps en vibrait. Les pécheurs de toutes sortes, les filles de joie, les publicains, les femmes adultères, tous étaient, par sa grâce, transformés en or pur. Par le seul pouvoir de l'artiste, ils devenaient tous des personnages attachants. Ses publicains prenaient corps.

Ses femmes adultères étaient pure musique. Lorsqu'il en vint à parler d'elles, les proches voisins de Fanny furent tentés de la dévisager encore une fois, mais ils redoutèrent le regard foudroyant de Manby, qui veillait.

Fanny, quant à elle, ne se souciait ni de leurs regards ni de ce qu'ils pouvaient bien penser. Qu'ils regardent ! qu'ils pensent ce qu'ils veulent ! et elle s'empressa de se poudrer. Elle n'avait jamais été prise en flagrant délit d'adultère, alors qu'importait ! Manby était stupide. Sur ces sujets-là, les domestiques étaient particulièrement stupides, toujours terrorisés qu'eux-mêmes ou tout ce qui les concerne ne soit suspecté de manquer d'honnêteté. Les pauvres ! il leur échappait ainsi un tas de plaisirs, et non seulement des plaisirs, mais de véritables bonheurs, tels que la poésie, voire de charmantes illusions. Ils ignoraient tout de l'angélique candeur d'un amour simple et heureux, sans se soucier de savoir s'il a besoin d'être officiellement légitimé, à commencer par l'église, ou d'un amour secret, d'un amour qui, même s'il doit s'achever dans les larmes, n'en a pas moins été le plus chaleureux bonheur de toute une vie ! En dépit de ses propres expériences, elle avait parfois douté que l'on puisse être de véritables amis, apaisés, tranquilles, sans avoir été amants. Mais Manby n'aurait certainement pas pu comprendre cela.

Elle referma son poudrier, puis son sac, et se sentit prête à joindre sa voix à l'hymne final. Elle en éprouva une grande joie, car elle le chantait lorsqu'elle était enfant. Les paroles et la musique lui rappelaient des souvenirs d'enfance, et elle savait que de si beaux souvenirs étaient désormais la seule chose qui lui restait.

En fait, Fanny s'amusait. Elle venait de passer une demi-heure fort agréable et plutôt inattendue, et à présent, après la bénédiction finale, ou ce qui du moins prétendait l'être, car la foule semblait peu pressée de se disperser, elle donna instinctivement une légère caresse à sa fourrure, une petite tape à son chapeau, et s'apprêta à dîner avec un Miles purifié, mis en valeur, bref, infiniment plus agréable qu'il avait été.

Les salutations furent brèves, chaleureuses de son côté à elle, plus hâtives du sien. Il la mena aussitôt vers son logis.

Manby suivait. Fanny ne le lui avait pas demandé, mais elle n'avait guère l'intention de perdre sa maîtresse de vue en un tel endroit. En outre, elle se méfiait d'Yslup. Elle n'avait que faire du "Monsieur", ni du "H" initial ! Ce n'était pas, pensait-elle, un véritable gentleman, ou peut-être était-il incapable de l'être car, après s'être assis à la table de Charles Street, il grimpait maintenant sur une chaise, en plein Bethnal Green ! C'était déchoir, elle n'avait jamais vu cela, et elle était tracassée de voir sa maîtresse partir avec lui en bavardant amicalement. Elle les suivit. Ça, par exemple ! Et les gens qu'ils croisaient s'écartaient respectueusement, avec une discrétion marquée, pour les laisser passer tous trois.

« Savez-vous à quoi ils pensent, Fanny ? » demanda Miles tout en répondant solennellement à toute une série de salutations solennelles.

– Non. Et vous ?

– Moi, oui. Ces gens sont comme des livres ouverts. Ils voudraient, ils espèrent me voir travailler à votre salut.

– C'est pour cela qu'ils font un tel nez ?

– Cela n'a rien à voir», dit-il sèchement.

– Soit, chéri... » Il fronça les sourcils à ces mots qui ont le plus souvent pour habitude de vous conduire au septième ciel. « Ce serait tout à fait charmant, si ça pouvait être vrai !

– Fanny, il n'y a rien de charmant dans l'idée de salut », lui répondit-il sur un ton de reproche.

Déjà, dans la courte distance qu'ils avaient parcourue, elle avait prononcé plusieurs phrases malhabiles qui avaient empêché la conversation de se développer – des paroles plus négatives qu'autre chose. Comme elle a peu changé ! pensa-t-il. Excepté son aspect physique – à vrai dire, le terme exact aurait été plutôt celui de ravage ! –, elle n'avait pas du tout changé et n'avait en rien profité des apaisements que donne habituellement le passage des années. Elle avait gardé la même assurance, la même certitude de le séduire en chantant ses louanges, la même impossibilité d'être un tant soit peu sérieuse, tout cela qu'il avait connu à Charles Street et qui était l'une des caractéristiques des femmes un peu étourdies qu'on y rencontrait. Elle était, en fait, toujours restée très Charles Street. Lui, depuis des années, et il en remerciait Dieu, était devenu un pur produit de Bethnal Green.

« Soit. Disons : merveilleux », fit-elle. Elle le regardait en souriant. Pauvre femme, pensait-il, elle ne devrait pas sourire, car chaque fois cela révèle un peu plus ses rides. « Ce serait merveilleux, si vous pouviez me sauver, cher Miles. Je vous en prie ! Je ne serais pas surprise que vous y parveniez. Vous pourriez circonvenir n'importe qui, j'en suis sûre.

– Cela n'a rien à voir, Fanny », fit-il du même ton de reproche. « Un prêtre ne "circonvient" pas. Il prie et la grâce descend. »

Elle s'excusa, de bon cœur, comme si ses reproches ne la concernaient pas. « Mes mots, ce soir, sont tout à fait maladroits », dit-elle. Il lui sembla qu'elle ne pensait à rien. De son côté, elle se demandait si, devenu si mince, il n'avait pas conservé quelque chose de grassouillet à l'intérieur de lui-même. Son esprit, par exemple. Quelque chose d'un peu capitonné.

D'un signe de tête, il accepta ses excuses. « À moins que vous n'ayez fait de grands progrès en matière de religion depuis le temps où je vous rendais visite – quelle drôle de façon de s'exprimer ! –, il est bien normal que vous en soyez restée au b a ba, et que vous mettiez parfois les pieds dans le plat.

– Voulez-vous me dire ce que signifie le b a ba ? » dit-elle humblement. Or, il savait parfaitement qu'elle était incapable d'humilité. Elle n'avait jamais su. Gentille, oui, trop gentille. Et il s'y était honteusement laissé prendre ! Mais humble, non, jamais.

Il expliqua qu'il voulait parler des rudiments de la religion.

Pensait-il donc qu'elle en était encore, spirituellement s'entend, au stade de la nursery ?

« Dans la nursery de Dieu, Fanny ! » Après quoi, et pendant quelques instants, elle se tint coite.

Cela lui laissait le plaisir de continuer de l'appeler Fanny, ce nom qu'il avait, autrefois, à peine osé prononcer. Il comprit alors combien les rôles étaient renversés. Nul doute que Miles, alors qu'ils marchaient côte à côte, la lumière des réverbères, l'un après l'autre, lui révélant fugitivement un nouvel aspect de son visage, ne s'en félicitât. Sinon, il aurait été fermé à tout sentiment humain. Son âge aussi. Lorsqu'il lui rendait visite, l'idée ne lui était jamais venue de se demander de combien d'années il était son cadet. Ce n'était pas facile à dire. À présent, il lui sauta aux yeux que commençaient pour lui les plus belles années de la vie d'un homme, alors qu'elle abordait à coup sûr les pires de celle d'une femme. Et quelle différence dans leurs situations ! Il était devenu l'instrument conscient de la grâce divine, mais aurait été bien en peine de dire ce qu'elle était devenue, sinon une femme qui avait manifestement besoin d'une grande dose de pardon. Et si, par la grâce de Dieu, il avait été choisi pour porter cette beauté, autrefois si fière, aux marches du pardon, il ne doutait pas que ce serait le moment le plus merveilleux de toute sa carrière.

Pourtant, il n'avait pu s'empêcher de remarquer combien son humeur était loin d'être à l'humilité. Elle l'avait regardé en souriant lorsqu'il lui avait dit qu'elle était encore dans la nursery de Dieu – elle s'était contenté de sourire, avec un peu d'indulgence, comme lorsqu'on fait la part des choses. Mais il n'était guère possible de faire la part des choses. N'avait-elle donc pas la moindre conscience des changements survenus dans leurs situations respectives ? À voir seulement la fermeté de son attitude, on aurait pu penser qu'elle le considérait encore comme son esclave ! Curieux, comme la vanité qui accompagne la beauté – excusable, ou du moins compréhensible, lorsque celle-ci est encore évidente ! – peut subsister longtemps après sa disparition ! Pauvre femme ! Ainsi abandonnée, sans plomb dans la cervelle et vieillissant si vite ! Il en était navré pour elle, qui ne parvenait même plus à sourire sans paraître encore plus âgée. Mais, malgré ces sombres pensées, il lui faudrait, néanmoins, avant la fin de la soirée, rétablir la situation. Il lui faudrait la remercier, avec tout le sérieux nécessaire, et bien sûr de tout son cœur, pour le service qu'elle lui avait rendu, il y a bien des années, en le libérant du scandale dans lequel il vivait. Et le simple fait de dénoncer le caractère honteux de leur liaison et d'avouer la joie qu'il avait eue d'en être libéré, devrait certainement, pensait-il, mettre pour elle les choses au clair.

« Ne marchez pas si vite », fit-elle. Les réflexions de Miles avaient raffermi son pas.

– Je vous demande pardon. » Il ralentit, tout en n'appréciant pas la façon qu'elle avait eue de lui en intimer l'ordre.

Cette beauté si fière ! pensa-t-il, incapable de ne pas en ressentir quelque rancœur bien naturelle. Jadis, elle lui disait de faire ceci ou cela, et il se précipitait pour lui obéir avec un pitoyable empressement. Mais ce temps-là était pour toujours révolu et, à présent, l'heure était venue pour elle, de dire aussi: s'il vous plaît.

« J'oubliais que vous n'étiez plus très alerte, Fanny. »

Ce n'était pas du tout son opinion à elle. Elle se contenta de sourire.

« Non », fit-elle, « j'ai bien changé, je suis désolée de l'avouer. Mais il y a une chose qui en moi n'a pas changé, c'est le bonheur de vous voir, Miles chéri. »

Chéri. Encore des mots tendres ! Et prononcés avec tant de ferveur qu'elle paraissait plus heureuse auprès de lui qu'elle ne l'avait jamais été.

Il jugea plus sage de faire semblant de ne pas avoir entendu. Il vaut souvent mieux, ou du moins il est plus prudent, il l'avait appris, de faire semblant de ne pas avoir entendu, de ne pas avoir vu, de ne pas savoir. Il se mit à lui parler avec une franchise délibérée de son vœu de chasteté, de sa dévotion à la vie religieuse, avec tout ce que cela peut impliquer de pauvreté et d'austérité. Il lui expliqua comment la maison était tenue par sa sœur – qui avait fait, elle aussi, le même vœu; inutilement peut-être, il se l'était souvent dit en la regardant. « C'est ma véritable sœur », dit-il. « Bien que vous aussi, Fanny, soyez ma sœur.

– Vraiment ? » dit-elle. « J'en suis très heureuse. Cela crée des liens intimes et affectueux. Je veux dire que cela renforce les liens qui nous ont unis », ajouta-t-elle, en voyant son visage renfrogné, « ceux du temps où vous veniez me voir. » Et elle songea que Miles, peut-être, tel un frère, pourrait utilement l'aider pour ce qui concernait Job. Prêtre, il pourrait revenir à Charles Street et terrasser son fantôme.

« J'en ai tellement », soupira Miles, en se reprenant aussitôt.

– Tellement de quoi ?

– De sœurs.

– Vos parents ont-il donc été si prolifiques ?

– Chaque pauvre femme qui souffre est ma sœur », répondit-il froidement. Il avait beau encourager ses ouailles mariées à la fécondité, ce terme le gênait lorsqu'il était question de ses propres parents.

« Vraiment ! » dit Fanny, assez incrédule. Faire

partie du lot de ces malheureuses qui pensaient chacune avoir trouvé en lui l'homme capable de les soulager de leur fardeau, Job en l'occurrence, en prenant sur son temps, n'était guère réjouissant.

« Mais, chéri – il fronça encore les sourcils –, je ne suis pas dans la misère. »

Il hésita. Il s'arrêta à la lueur d'un réverbère, de manière à l'avoir en face de lui. Un groupe de gens qui s'approchaient descendirent sur la chaussée pour leur faire place.

« Vous êtes riche, Fanny ? » demanda-t-il. « Vous croyez que vous êtes riche et pourtant, permettez-moi de vous dire », et il prit un ton solennel, « que vous n'êtes qu'une pauvre femme. »

Elle aima cette répartie. Comme il comprenait bien ! Après tout, même à l'intérieur, il n'était pas complètement obtus. Par pauvre, il faisait allusion à son âme affamée et à son esprit inquiet, tâtonnant, et à son cœur qui allait devenir sec comme un squelette à présent que Dwight était sorti de sa vie – bref, tout ce qui, dans un corps, passé cinquante ans, commence à donner du souci ! Il l'avait deviné. D'instinct, il avait compris. N'ayant pas de vie sexuelle, pensait-elle, il avait dû développer un sens féminin de l'intuition. Il en était ainsi, elle le savait bien, même dans le monde animal. Autrefois, Manby avait eu un matou qui, même après avoir été châtré, n'avait de cesse de courir le guilledou.

Elle était heureuse et lui sourit. La lumière du

réverbère brillait impitoyablement sur son visage.
« Je suis si heureuse », dit-elle.

« Heureuse ? » répéta-t-il, surpris. « Mais avez-vous le moins du monde compris ce que je viens de dire ?

– Oui. Que je suis une pauvre âme, à la dérive, plus ou moins perdue – c'est curieux, se dit-il, comme les femmes aiment bien qu'on leur dise qu'elles sont de pauvres âmes perdues ! – et vous allez m'aider. Vous le pouvez, Miles, vous le savez bien. Je ne veux pas dire d'un point de vue religieux. Mais c'est Job. Il me tourmente à en mourir. Il faut absolument faire quelque chose pour lui. »

Miles la dévisagea. Qui était Job ? Il avait beau chercher dans sa mémoire, il n'y trouvait personne de ce nom. Le mariage de Fanny avait eu lieu bien avant qu'il n'entrât dans sa vie. Tellement à l'écart de l'univers de Fanny, il n'avait même jamais entendu parler de Job. Du moins, pas en tant que Job. Il savait qu'il y avait bien eu un Skeffington dans sa vie, sinon comment aurait-elle porté ce nom ? Et il avait aussi appris que ce Skeffington était un pécheur, dont elle avait été obligée de se séparer. Mais il ne faisait aucun rapprochement avec ce nom de Job.

« Qui est Job ? » demanda-t-il alors, guettant sa réaction sur son visage cruellement touché par la violence de la lumière du réverbère. Il la regardait, il pensait à elle et songeait combien il était doux qu'elle fût une pauvre âme perdue, à la dérive, malgré tous ses beaux vêtements et son étincelante voiture, une pauvre âme futile, ne songeant plus qu'à dissimuler les ravages du temps derrière une lamentable façade de peinture et de plâtre. Oui, une âme indiscutablement futile ! Futile et légère, imprégnée de mondanités. Avant de faire quoi que ce soit pour la ramener aux pieds de Dieu, il se convainquit, durement, qu'elle devait tout d'abord se laver la figure.

« Chéri », lui dit-elle, amusée par sa question – oh ! comme il détestait qu'on l'appelle chéri ! – « il est bien réconfortant de rencontrer quelqu'un qui ignore tout. Job était mon mari, un mari que j'ai eu, mais je me refuse à en parler sous un réverbère. C'est plutôt un sujet d'intérieur. Avancez. Je vous dirai tout lorsque nous serons arrivés.

"Un mari que j'ai eu !" C'était vraiment d'une désinvolture ! Et elle lui disait d'avancer, comme si elle le prenait pour un petit enfant ou un chien !

Miles avança. Que pouvait-il faire d'autre ? Mais il en éprouva quelque ressentiment. Elle ne semblait pas avoir la moindre idée de son rôle social; et il y pensa, en toute humilité, n'attribuant celui-ci qu'à la seule volonté divine.

Elle était pourtant restée dans la foule, éblouie par des paroles, il le savait bien, qu'on n'entendait pas tous les jours ! Il savait que Dieu l'avait choisi, afin de l'élever si haut dans la hiérarchie des orateurs, qu'eût-il choisi une carrière politique, il n'est nulle position qu'il n'ait pu espérer atteindre. Il se demanda si elle aurait osé parler à un Premier ministre avec autant d'arrogance qu'elle venait de le faire avec un prêtre d'un rang aussi élevé que le sien, et si elle eût osé lui intimer l'ordre d'avancer ?

Fanny, d'un calme quelque peu contrariant, marchait seule, se doutant bien qu'il la suivait. Habitué depuis tant d'années aux marques de déférence, voire de vénération, habitué à voir tout son petit monde s'arrêter lorsque lui-même s'arrêtait, et demeurer immobile jusqu'à ce qu'il eût décidé de bouger, il observait Fanny avec une sorte d'irritation, certes déplacée de la part d'un prêtre – il le reconnaissait volontiers –, mais qu'il était pourtant incapable de maîtriser. En vérité, seuls ses fidèles voyaient en lui leur père en Dieu, leur guide qui les mènerait jusqu'aux marches du Ciel, mais ils ne l'auraient sans doute jamais soupçonné d'une telle toquade pour une femme. Hélas ! Fanny, elle, l'avait souvent vu à ses pieds. Chaque fois qu'il lui rendait visite – et cela était devenu pour elle une véritable torture! – elle le trouvait de plus en plus pitoyable, de plus en plus affolé, tel un esclave implorant le droit de fournir des preuves de sa servitude, tel un chien pantelant et quémandant un mot tendre et, non sans une légère amertume mêlée de honte, force lui était de reconnaître qu'on pouvait, en quelque sorte, pardonner à Fanny son aveuglement de ce soir. Pourtant, avant la fin de la soirée, se répétait-il, il lui faudrait voir la réalité en face. Sa sœur Muriel l'aiderait à lui ôter les écailles des yeux, car elle, du moins, son témoin, savait exactement de quoi il était capable. Pour l'instant, il n'y avait rien d'autre à faire, sans doute pour la dernière fois de sa vie, que d'obéir encore aux ordres d'une femme pleine d'arrogance et d'illusions, et d'avancer.

À la fois exaspéré en son for intérieur et conservant malgré tout son calme, il la suivait. Manby en fit autant. Elle avait attendu, un réverbère en arrière, et ne pouvait s'empêcher de se répéter ce qu'elle s'était si souvent dit au cours de tant d'années au service de Fanny: « Ça, par exemple ! »

Lorsqu'ils parvinrent à son logis, Manby fut de trop. Il avait, jusque-là, ignoré sa présence. Mais, en haut de l'escalier abrupt et recouvert de linoléum, au moment d'annoncer à Fanny, en se retournant vers elle, qu'il lui faudrait accepter le logement, sa sœur et le dîner tels qu'ils étaient – d'ailleurs, comment aurait-elle pu faire autrement ? –, il aperçut une silhouette, en bas, dans le petit couloir de l'entrée.

C'était une personne un peu forte, d'aspect sérieux, qui veillait manifestement sur Fanny. Sa servante, sans doute. L'un de ces parasites exigeants, dont les femmes riches savent s'encombrer. Comme des tiques sur un chien. Bouffies de ce dont elles se gavent.

Une fois encore, il en fut agacé. Il lui était humiliant, lui qui avait cru, grâce à Dieu, retrouver son équilibre, de perdre une fois encore sa sérénité, déjà tellement mise à mal durant le quart d'heure qui venait de s'écouler. Pour le moins. En fait, dès l'instant où il avait emboîté le pas à Fanny. Mais cette servante, à présent ! Que pouvait-on bien faire d'une servante, fût-ce celle de Fanny, dans un logis comme le sien, où l'on préparait les repas sur un fourneau à gaz dans la pièce principale et où il n'existait aucun endroit où la moindre servante puisse même s'asseoir et attendre ? Fanny était incontestablement une pécheresse. En tant que telle, elle serait bien accueillie par sa sœur, dont c'était la charge. Quant à la servante, même à cette distance, il était évident qu'elle n'avait rien d'une pécheresse et qu'elle avait une conduite irréprochable.

Il n'avait aucun penchant particulier pour les conduites irréprochables, et n'avait surtout guère le loisir de s'en préoccuper. Sa sœur non plus. Tous deux ne vivaient que pour apporter quelque lumière dans les ténèbres et, là où il n'y a pas de ténèbres, à quoi servirait-il de gaspiller la lumière? De plus, il l'avait remarqué, la servante était plutôt forte et ne devait guère pratiquer le jeûne. S'il la faisait monter et s'asseoir auprès d'eux dans le petit salon, il faudrait l'inviter à leur table, ce qu'elle ne refuserait sûrement pas. Il savait à l'avance de quoi se composait le dîner. Chaque dimanche soir, en hiver, c'était la même chose: un plat de pommes de terre en robe des champs, une salade de betteraves et une boîte de sardines. Cela suffisait bien pour deux, d'autant plus que sa sœur n'aimait pas les sardines, mais à peine assez pour trois à présent que Fanny était là, et tout à fait impossible pour quatre. Quelqu'un devait donc se sacrifier, et s'il fallait appliquer l'adage "Noblesse oblige", ce ne pouvait pas être la servante !

Miles tenta en vain d'empêcher ces pensées de trotter dans sa tête, mais il avait si faim, il était si épuisé, il avait tellement besoin de nourriture, qu'il pensa soudain que quiconque lui volerait une part de son dîner n'aurait jamais dû voir le jour. Toute la semaine, il avait observé un jeûne rigoureux, sans même songer au dimanche, où il y avait un peu plus à manger que les autres jours. Comme il était pitoyable d'être aussi faible et peu méritant ! Peut-être cela venait-il de ce qu'il ne jeûnait pas suffisamment. Il avait entendu dire qu'en ne mangeant rien, en se contentant d'un verre d'eau, on pouvait atteindre un stade où la nourriture ne comptait plus. Lui fallait-il en arriver là ? Réclamait-on de lui qu'il se mît à pratiquer une austérité telle que rien ne parviendrait plus à le soulager, excepté, trois fois par jour, un verre d'eau ?

Tout son corps fourbu recula devant une perspective aussi déprimante. Ce soir, du moins, il lui ferait grâce d'une épreuve aussi douloureuse. Il lui fallait dîner. Quoi qu'il puisse se produire, la semaine suivante, il lui fallait, cette fois encore, avoir à dîner. Mais, pendant qu'ils dîneraient, il ne pouvait pas abandonner cette servante, en bas, dans ce couloir étroit. Il ne pouvait pas non plus l'installer sur le palier minuscule où l'on ne pouvait même pas se retourner, et sans une chaise pour s'asseoir. Il lui fallait donc la faire entrer. Il pourrait la contempler vider les plats. Ce fut le cœur serré, bien qu'il sût parfaitement qu'un cœur de prêtre devait être ouvert, qu'il dit à Fanny, en prenant sa clef: « Je crois que votre servante est en bas.

– Quoi ? Manby ? » s'écria Fanny, plongeant son regard par-dessus la rampe de l'escalier.

– Madame a-t-elle appelé ? » répliqua aussitôt la voix de Manby, respectueuse mais ferme.

Manby ! Ce nom frappa les oreilles de Miles, telle une gifle. Il en oublia qu'il avait faim. Il en oublia son dîner. C'était donc Manby ! Toujours au service de Fanny !

Il s'en souvenait parfaitement et l'idée lui était fort pénible qu'elle pût également se souvenir de lui. Il ne lui avait jamais adressé la parole, mais il la connaissait bien. À plusieurs reprises, à cette époque honteuse où il était comme l'esclave de Fanny, il l'avait vue, envoyée par elle pour lui porter quelque chose, un mouchoir par exemple, et toujours à l'instant le plus cruel pour lui, le plus décevant. Il la revoyait sortant de la salle à manger où elle venait de disposer des fleurs pour l'un de ces nombreux dîners que donnait alors Fanny.

Mais le dernier jour, et le plus terrible – ce souvenir l'en cuisait aujourd'hui encore ! –, elle était apparue, alors qu'il descendait l'escalier en trébuchant, le visage couvert de larmes et n'ayant pour seul désir que de quitter la maison sans être vu. Et elle s'était trouvée là, et l'avait regardé. Le souvenir de cette horrible scène le bouleversait encore et lui mettait les nerfs à vif.

Lorsqu'il entendit le nom de Manby, le souvenir remonta du fond du passé, brûlant, intolérable. Il y avait eu un dîner, ce soir-là. Manby, dont le goût pour arranger les fleurs était reconnu, et qui avait souvent l'occasion de le satisfaire, venait juste d'en disposer sur la table de la salle à manger. Et elle était entrée dans le hall au moment même où il dévalait l'escalier.

Stupéfaite de voir un clergyman descendre ainsi quatre à quatre, elle s'était soudain arrêtée pour le regarder. Elle se doutait bien de ce qui venait de se passer et elle n'aurait pas dû, avait-elle pensé, s'en étonner, mais c'était le premier clergyman qu'elle voyait dans une situation qui lui était familière. Peut-être fut-ce le contraste entre son col blanc et son piteux état qui la pétrifia.

Quant à lui, une lueur soudaine, en la voyant, traversa son cerveau et il lui vint à l'esprit, en un horrible éclair, que ce n'était pas la première fois qu'elle assistait à ce genre de spectacle. Aveuglé par les larmes, il n'était pas parvenu à retrouver son chapeau. Son humiliation avait été complète lorsqu'elle s'était avancée pour le lui tendre. Sa main tremblante l'avait laissé choir et elle le lui avait carrément posé sur la tête !

Ah ! ça non ! Il avait espéré ne jamais revoir Manby !

« Vous feriez bien d'aller m'attendre dans la voiture », cria Fanny.

— En effet, ce serait mieux », fit durement en écho la voix mûre et sonore de Miles.

— Même si j'essayais, je ne pourrais trouver mon chemin, lady Frances », expliqua Manby, toujours respectueuse et ferme. Au bas de ce sombre escalier, qui n'avait même pas une odeur d'escalier, elle avait résolu de ne pas bouger jusqu'à ce que sa maîtresse ressortît.

À cet instant, miss Hyslup, entendant parler sur le palier, entrebâilla la porte et sa maigre tête grise apparut.

« Que se passe-t-il, Miles ? » demanda-t-elle, ouvrant plus grand la porte lorsqu'elle l'aperçut.

Il se retourna vers Fanny. « Voici ma vraie sœur », dit-il en les présentant l'une à l'autre. « Muriel », ajouta-t-il, en prenant la main de Fanny, « voici ma sœur en Dieu ».

« Oh ! » fit Muriel.

Ça, par exemple ! pensa Manby.

Myope, miss Hyslup ne pouvait, dans l'obscurité, apercevoir aucun détail de la personne de Fanny, mais seulement sa belle prestance et son élégante sveltesse. Des fourrures. De beaux cheveux. Un miroitement de perles. Un parfum de violette.

Elle restait plantée là, scrutant la pénombre, hésitante. Les sœurs en Dieu qu'il arrivait à Miles de ramener à la maison ne ressemblaient en rien à celle-ci. C'étaient de pauvres créatures qui avaient surtout besoin d'un peu de nourriture, d'un bon feu pour se sécher, de quelques conseils, et qu'on expédiait enfin avec un billet d'admission pour le dispensaire, le tout agrémenté d'une bénédiction. Avec celles-là, elle se sentait à l'aise et savait exactement ce qu'il y avait à dire et à faire. Mais celle-ci, sur le palier, qui semblait si peu dans le besoin, comment s'y prendre avec elle ?

« Mais vous êtes une grande dame », dit Muriel, timide et hésitante, et la dévisageant. « Comment en êtes-vous venue à être l'une de mes sœurs en Dieu ?

– Cela s'est fait subitement », répondit Fanny en souriant. « En bas, dans la rue !

– Oh ! je vois, dans la rue ! » fit miss Hyslup, pour qui tout devint aussitôt clair. Il lui fallait faire de son mieux. C'était la première fois qu'elle assistait à une telle réussite de son frère. Elle se demandait pourtant ce qu'une aussi belle dame pouvait bien faire dans les rues de Bethnal Green. Mais cela ne la regardait pas, son devoir était d'aider toute personne que Miles lui amenait.

Elle reprit contenance, autant que possible – car elle était quelque peu effarouchée –, s'approcha d'elle, et la prit par la main comme c'était son devoir d'hôtesse. Tendre la main à ces pauvres créatures faisait partie de ses tâches. On pouvait bien porter un manteau de fourrure et avoir besoin de secours, n'est-ce pas ? Tout comme on pouvait porter un diadème et avoir bon cœur ! Du moins, son accueil aurait quelque chose de chaleureux ! Aussi, non sans nervosité, elle pressa la main de Fanny qui, toujours prête à rendre une amabilité, serra la sienne, en retour, et de bon cœur.

Cela suffit à inquiéter encore plus miss Hyslup. C'était à elle de serrer la main, et non pas le contraire ! Parfois, au terme d'un entretien, elle allait même jusqu'à poser un baiser sur une joue pâlotte, une pitoyable joue, une joue tendue, mais jamais – elle en eût été profondément surprise ! – sur une joue prête à lui rendre son baiser. Toutefois, porter un manteau de fourrure pouvait faire une différence entre les gens. Mais ce n'était pas à elle d'en juger. Faisant effort pour s'en tenir honnêtement à son devoir, elle dit d'un ton timide, mais néanmoins ferme: « Je suis très heureuse de vous rencontrer ». Elle entraîna la visiteuse dans la pièce, installa une troisième chaise autour de la table, lui demanda de bien vouloir retirer son manteau et, d'une voix à la fois craintive et hospitalière, lui proposa de dîner, car, ajouta-t-elle, « nous allions juste passer à table. »

Jusqu'à présent, tout allait bien. Ainsi traitait-elle ces pauvres créatures. Celle-ci ne posait aucun problème: elle paraissait docile, et retirait son manteau de fourrure. Ils se répandit aussitôt un parfum comme si des milliers de violettes venaient d'envahir la pièce. Des violettes fraîches. Les violettes du péché, se dit miss Hyslup, non sans effroi. Elle voulut détourner la tête pour en éviter l'enivrant parfum. C'est bien triste, pensa-t-elle, de voir ces adorables fleurs du bon Dieu récompenser une conduite dont elle-même n'avait jamais pu se faire la moindre idée. Et en plein carême, de surcroît !

« Je n'ai pas grand chose à vous offrir, j'en suis désolée. Seulement quelques sardines. » Ces senteurs de péché la rendaient encore plus mal à l'aise. Pour elle, le péché ne devait jamais sentir bon. Il ne devait pas: c'était une règle absolue.

« J'adore les sardines », dit Fanny, qui se fit un devoir de compenser par son amabilité les conditions misérables dans lesquelles vivaient Miles et sa sœur.

Dans son for intérieur, miss Hyslup aurait souhaité que Fanny n'aimât pas les sardines, car une seule boîte fait difficilement le tour d'une table, et, le dimanche soir, c'était le repas préféré de Miles. "Adorer les sardines !" même cette façon de s'exprimer lui sembla plutôt déplacée. Adorer était un mot sacré. Il ne pouvait exprimer que des sentiments sacrés. Ces pauvres femmes, qu'elles soient belles ou misérables, avaient-elles le droit d'utiliser un tel mot ? Jamais elle n'avait entendu l'une d'elles s'exprimer ainsi. Fanny était la première de toutes les sœurs de Miles dont les lèvres – et, timidement, miss Hyslup frémit à la simple pensée des lèvres de Fanny – aient osé prononcer un tel mot.

Mais peut-être le fait de porter un manteau de fourrure enhardissait-il sa propriétaire. De toute façon, elle n'avait pas à en juger. Et, poussant l'amabilité jusqu'au bout, elle dit encore: « J'en suis ravie.

— Il y a comme une servante, en bas », se hasarda à dire Miles, qui avait refermé la porte derrière lui, tenant sa barrette à la main, trop préoccupé par la situation pour la suspendre à la patère habituelle.

— Une servante ? » répéta sa sœur, renonçant à retirer le couvercle de la boîte dans laquelle douze sardines étaient soigneusement rangées, tête-bêche. Un instant, elle crut qu'il voulait parler d'une femme qui n'était ni mariée ni veuve. Elle connaissait les exceptionnels dons de son frère pour le verbe, et l'usage qu'il pouvait en faire. Elle ignorait toujours les mots qui allaient suivre. « Où cela ? » demanda-t-elle, avec inquiétude.

— Ah ! oui ! Elle m'accompagne ! » fit Fanny, qui venait de se souvenir de Manby.

— Tu veux dire comme la servante d'une dame ? » dit miss Hyslup, le cœur plus serré que jamais. La servante d'une dame, du moment qu'elle était amenée par Miles, ne devant pas non plus échapper à son sens du devoir, et elle ajouta courageusement: « Alors, elle doit se joindre à nous ». Elle jeta à la boîte de sardines un regard d'adieu.

C'est ce mot de servante qui l'avait le plus impressionnée. Le manteau de fourrure et l'odeur de violette la troublaient déjà suffisamment. Mais à présent, il fallait s'attendre à pire. La servante de cette dame, de cette pauvre femme, était-elle, elle aussi, l'une de ces misérables créatures ? Fallait-il aussi la classer parmi les sœurs de Miles ?

Elle regarda la minuscule pièce, déjà pleine à craquer. Pouvait-on encore y faire entrer quelqu'un ? Il le faudrait pourtant bien, se dit-elle, décidée à faire face à cette nouvelle difficulté. La servante d'une dame y trouverait bien une place. Elle n'en avait jamais rencontré de sa vie, et tout ce qu'elle avait entendu dire l'intimidait beaucoup.

Elle se dirigea vers la porte.

« Mais c'est impossible... Il n'y a pas de place », protesta Fanny en la tirant par la manche et en la ramenant à l'intérieur de la pièce – familiarité qui eut pour effet d'accentuer la mauvaise humeur de Muriel.

« Allez-y », dit Fanny, se tournant vers Miles, « et dites-lui qu'elle va attraper une bronchite à rester ainsi dans le froid, vieille fille stupide et têtue, et dites-lui de remonter immédiatement dans la voiture, et si elle refuse, vous l'y accompagnerez vous-même ! »

En entendant ce propos, miss Hyslup eut l'impression que la terre tremblait sous ses pas. Un manteau de fourrure, une servante, une voiture et, à présent – c'était le comble ! –, des ordres ! Oui, des ordres ! des ordres donnés à Miles qui les donnait, lui, les ordres, dans cette maison, et dans toute la ville, même ! Que pouvaient-ils gagner, les grands de ce monde, à être si tyranniques ? Elle eut le temps de se demander si cette sœur de Miles, qui paraissait au comble de la prospérité, avait besoin soit de l'aide de Miles, soit de la sienne. Sa tâche, c'était d'aider les femmes déchues, mais repentantes. Certes, celle-ci devait avoir des choses à se reprocher, mais elle ne paraissait pas être au seuil du désespoir. Et, après tout, qu'est-ce qui pourrait bien l'affliger, se demanda miss Hyslup, si elle était, comme il semblait, aussi... occupée. Les plus misérables, elle le savait bien même si elle n'en disait jamais rien à son frère, étaient toujours celles qui ne pouvaient continuer de vivre parce qu'elles n'étaient plus attirantes, et si elles l'étaient encore, elles savaient bien qu'un jour viendrait où elles ne le seraient plus. Et, parfois, aux moments d'extrême lassitude – car il pouvait lui arriver, comme à toute femme sans amour souvent en proie au doute et au manque d'énergie –, elle se demandait à quoi le Royaume des Cieux, s'il faut franchir tant d'obstacles pour y parvenir, pouvait bien ressembler, ainsi peuplé de tous les vaincus de la vie.

Miles avait rougi. Encore des ordres, toujours des ordres, et qu'on lui donnait, cette fois, en présence de Muriel, ce qui n'arrangeait rien ! Et de tels ordres – de surcroît ! – qui allaient l'obliger à aller retrouver Manby, à descendre dans le froid, alors qu'il se sentait affaibli par le manque de nourriture, épuisé à l'issue de toute une journée de prêche. Dans l'âpre nuit de février, il allait lui falloir accompagner Manby, la seule personne au monde à laquelle il ne pouvait rien pardonner ! Il savait bien que ce n'était pas de sa faute à elle, et qu'elle s'était trouvée là par hasard, mais il lui en voudrait toujours de l'avoir vu ainsi humilié. Il pouvait pardonner à Fanny, et il le faisait, car ce n'était qu'une pécheresse et il allait sauver son âme ! Mais Manby, elle, n'avait nul besoin de salut... Manifestement, elle n'était qu'un parasite vertueux. Et, de nouveau, il la compara à une tique, et ceci bien malgré lui, car il était prêtre et on était en temps de carême.

Muriel vit le froncement de ses sourcils, et le regarda avec inquiétude. Elle avait bien réalisé qu'il avait pris les paroles de Fanny pour des ordres, pauvre Miles, et c'était bien regrettable en effet qu'il lui fallût ressortir par une nuit si froide. Par ailleurs, ils ne pouvaient laisser cette femme mourir de faim. Ne se trouvaient-ils pas à Bethnal Green pour faire face à de semblables situations ? Elle y serait bien allée elle-même, ne serait-ce que pour éviter à son frère de faire une telle tête – car il est bien connu qu'aucun cercle domestique ne peut connaître la paix tant qu'il s'y produit le moindre froncement de sourcils ! –, mais la main de Fanny la tirait par la manche et l'en empêchait.

« Je pense vraiment », finit-elle par dire en hésitant et en s'excusant, du ton légèrement réprobateur des gens qui se sentent pris entre l'enclume et le marteau, « qu'on ne peut pas la laisser en bas par un froid pareil. »

Et voici que Muriel s'y met aussi ! pensa Miles avec amertume. Ses sourcils se froncèrent un peu plus. Muriel aussi ! Muriel se mettait à soutenir Fanny !

Ah ! c'est bien les femmes ! se dit-il. Elles se soutiennent. Placez un homme entre deux femmes et aussitôt elles se liguent contre lui. Prises séparément, on parvient à les manœuvrer. C'est ainsi qu'il avait parfaitement su mater Muriel, qui, ne trouvant à Bethnal Green personne pour l'inciter à exprimer la moindre critique envers son frère, était devenue une sœur et une collaboratrice dévouée. Certes, elle lui donnait des ordres pour sa santé et son confort, comme de porter sous sa soutane des vêtements chauds lorsqu'il devait tenir des réunions en plein air, ou de prendre une boisson brûlante avant de se coucher, s'il sentait venir un rhume. Mais cela mis à part, qui était d'ailleurs de son devoir de sœur, c'était lui qui, en toutes choses, était son guide et son maître – bien plus qu'il n'aurait jamais pu l'être pour une autre femme qui, si elle en avait eu le choix, l'aurait mis à genoux.

Véritablement alarmée par l'expression du visage de son frère, miss Hyslup tenta de se dégager de l'emprise de Fanny et de se diriger vers la porte. « J'y vais, mon cher », fit-elle hâtivement.

Mais Fanny se cramponnait. « Non, non », protesta-t-elle. « Laissez-le y aller. Il sera de retour dans une minute, n'est-ce pas ? » ajouta-t-elle, en se tournant vers Miles, fou de rage. Et, s'adressant à Muriel: « Je pense que vous le gâtez trop ».

Miss Hyslup, complètement abasourdie, ne put que les regarder l'un et l'autre.

Il ne restait à Miles que de faire semblant d'y aller.

Suivi des yeux par sa sœur à la fois inquiète et réprobatrice, il ouvrit tranquillement la porte et sortit, la refermant sans bruit derrière lui. Si Fanny n'était pas à même de s'en rendre compte, Muriel, en revanche, savait bien que son frère se trouvait dans une situation délicate, lui qui, le dimanche soir, avait tant besoin de repos et de nourriture ! Rien, après tout, ne le poussait à faire un geste en faveur de Manby. Elles avaient beau l'envoyer la chercher, il n'en avait aucune envie, et pouvait se contenter de faire semblant. Donc, après avoir refermé la porte tout doucement, il se tint immobile sur le palier, et entendit une petite toux, en bas, qui indiquait la présence de Manby.

Elle pouvait bien y rester. Quant à lui, il pouvait attendre assez longtemps sur le palier et déclarer en rentrant qu'il ne l'avait pas trouvée. S'il ne regardait pas par-dessus la rampe de l'escalier, cela pouvait paraître tout à fait vraisemblable. Jésuite ? Peut-être. Mais l'idée d'escorter Manby à travers les rues, Manby qui, lors de leur dernière rencontre, lui avait posé son chapeau sur la tête et, en eût-elle eu le loisir, aurait même séché ses larmes s'il ne s'était sauvé à temps, non, cette idée ne pouvait que l'humilier davantage. Lorsqu'un homme se trouve dans une telle situation, il lui faut utiliser les armes dont il dispose. Ce n'était pas de sa faute s'il se trouvait dans cette position, c'était la faute de Fanny. Fanny l'y avait fourré, avec ses ordres et ses interventions tyranniques. Du premier jour où il l'avait connue jusqu'à celui où elle l'avait congédié, elle n'avait su que causer son malheur. Et voici qu'au bout de dix ans passés à Bethnal Green, oubliant peu à peu tout le passé, elle était là de nouveau et, aussitôt, avec elle, une fois encore, le malheur.

Miles, en désaccord avec lui-même, souffrait d'être condamné à la mauvaise foi. Affamé et épuisé, il s'adossa au mur et tenta de faire face à la situation en haussant son cœur par la prière, tandis qu'en bas Manby continuait de se racler la gorge. Soudain, il fut horrifié, car lorsqu'elle s'interrompait – et après tout, on ne pouvait pas exiger d'elle qu'elle se raclât sans cesse la gorge ! –, il pouvait entendre la conversation de Fanny et de sa sœur, de l'autre côté de la porte, aussi distinctement que s'il avait été dans la pièce.

Détestant écouter aux portes, tout comme il détestait agir en dessous – et en ce moment, que faisait-il d'autre ? –, il s'efforça de ne pas entendre et se boucha les oreilles avec ses doigts. Puis, au bout d'un moment, trouvant trop fatigant de tenir ainsi les bras en l'air, il sentit au fond de la poche de sa soutane quelque chose qui pourrait remplacer ses doigts: le billet de Fanny.

Exactement ce qu'il fallait. Et encore, était-ce vraiment ce qu'il fallait ?

Après tout, il avait autrefois adoré cette écriture, et s'en servir à présent pour se boucher les oreilles lui parut digne. Mais une bribe de la conversation qu'il entendait dans son dos eut raison de ses scrupules sentimentaux: Fanny demandait à Muriel comment elle pouvait avoir un frère si petit. Comme si, parmi les grands hommes, il n'y en avait jamais eu de petits ! Napoléon, par exemple. Et Keats. Et aussi – il y songea avec toute la déférence possible –, d'après les mesures prises dans la tombe de Joseph d'Arimathie, Notre Seigneur lui-même.

Il avait toujours été préoccupé par sa taille, et, d'entendre Fanny en parler, le fit se décider: sans bruit, il déchira le billet et en fit deux petits cylindres qu'il enfonça dans chacune de ses oreilles. Une étrange satisfaction s'empara de lui, bien méprisable, il ne l'ignorait pas, mais qui avait la saveur d'un baume, car, par ce simple geste, il avait le sentiment d'humilier secrètement Fanny et, bien qu'elle n'en sût rien, de se venger d'elle.

Mais tout ceci n'était-il pas, au fond, du simple dépit ? Cette seule idée le fit frémir. Lui qui prêchait l'amour, la compréhension, la pitié, le pardon, il en était venu à l'idée de vengeance ! Comme il était encore loin de l'état de grâce ! Et pourquoi était-il resté terre à terre si cruellement incapable de charité !

Pour se consoler, il se demanda si une telle

pensée venait du fond de lui-même. N'était-il pas, en effet, sincère dans son désir de faire tout ce qui était en son pouvoir pour sauver cette femme ? Sinon, il sombrerait dans le péché d'hérésie. Il ne parvenait pas à interrompre son raisonnement. Si ce manque de charité, c'est-à-dire le mal, ne venait pas du fond de lui-même, alors c'est que s'était glissée dans son esprit une étrange et effroyable présence, susceptible de coexister avec Dieu et d'avoir le dessus !

Avant même d'avoir pu se ressaisir, il était tombé dans le péché d'hérésie !

Épouvanté, il tenta une fois encore de hausser son cœur par la prière.

Mais cela ne servit à rien.

Il me faut jeûner davantage, décida le malheureux.

Demeurée seule avec Fanny, miss Hyslup hésita un moment. Elle se rappelait ce que Miles disait souvent: « Il est nécessaire », ordonnait-il à intervalles fréquents et réguliers, « d'éprouver quelque tendresse pour ces malheureuses ». Elle fut terrorisée à l'idée d'avoir à manifester quelque sorte de tendresse envers une grande dame et elle esquissa un sourire, ne parvenant sans doute à faire qu'une affreuse grimace. Elle finit par dire, d'une voix qu'elle souhaitait à la fois calme et ferme: « Vous ne voulez pas vous asseoir ? »

Fanny s'assit.

Miss Hyslup se mit à chercher ses lunettes.

C'était surtout pour gagner du temps, et pas seulement pour mieux voir, bien que ce fût le plus important. Elle chercha partout, au fond de ses poches, dans le tiroir de la table, sur le buffet encombré de boîtes d'Ovaltine, de Sanatogène, d'Oxo, de Benger's Food, bref de toutes les préparations dont elle gavait son frère afin de le maintenir en forme. Il était tout à fait indispensable qu'elle pût voir de plus près cette toute nouvelle sœur de Miles. Il lui fallait savoir à qui elle avait affaire. Elle était à peu près certaine qu'il s'agissait de quelqu'un qui se situait hors de son habituel champ d'expérience.

Terriblement myope, sans ses lunettes elle était démunie, et pouvait alors être la proie des plus singulières erreurs. Sans elles, et dans ce cas précis, il lui semblait être exclue d'une forme de beauté; et elle ne pouvait s'y résoudre. Elle n'était guère habituée à la beauté. Elle ne l'avait jamais connue, excepté peut-être sous la forme d'un enfant qui venait de temps en temps. Mais que Fanny ait pu se frayer un chemin dans la pièce et, à sa prière, pris un siège, semblait parfaitement invraisemblable. Et pourtant, autant qu'elle avait pu le distinguer malgré sa quasi-cécité, c'était bien ce qui s'était produit. Fanny était accompagnée de ce merveilleux parfum, si différent de ceux auxquels elle était habituée, et se conduisait, avec son frère comme avec elle, avec une insouciance et une familiarité qui lui coupaient le souffle.

« Vous cherchez quelque chose ? » demanda

Fanny, prête à l'aider – si du moins elle savait de quoi il s'agissait ! La question, elle en eut aussitôt conscience, n'était pas des plus futées, car c'était l'évidence même.

« Mes lunettes », répondit miss Hyslup, comme affolée.

Non, Fanny ne l'aiderait pas à chercher ses lunettes. Depuis peu, elle avait nettement pris position contre les gens qui s'affublaient de tels ustensiles.

Miss Hyslup continuait de chercher. Si elle parvenait à gagner du temps, Miles serait de retour et pourrait s'expliquer. Pour rien au monde, il n'aurait ramené à la maison une telle femme sans un mot d'explication. Miss Hyslup avait l'habitude de se montrer aimable et patiente longtemps avant que les autres sœurs consentissent à sortir de leur coquille, mais celle-ci n'avait apparemment aucune coquille d'où sortir. Calme, se sentant chez elle, Fanny s'était assise, comme si miss Hyslup, consciente que son cerveau était parfois en proie à la confusion, possédait une petite ruse pour s'y retrouver. Ceci ne fit que donner à celle-ci le sentiment d'avoir été abandonnée avec toute son amabilité et toute sa patience, et aussi de vivre dans un monde à l'envers, d'être celle qui a besoin de réconfort – bref d'être elle-même une pécheresse.

Elle s'interrompit un instant dans ses recherches afin d'examiner d'un coup d'œil en biais – autant qu'elle le pouvait sans ses lunettes –, l'énigme que Miles lui avait laissée sur les bras et, selon son habitude lorsqu'elle était perplexe, elle fit craquer une à une les jointures de ses doigts habitués aux gros travaux.

« Arrêtez ! » eut envie de crier Fanny, agacée.

À son tour, espérant que cela ferait cesser ce petit jeu, elle fit à voix haute: « Ne voulez-vous pas vous asseoir ? »

Mais ce n'est pas le rôle d'un pénitent que de convier à s'asseoir l'hôtesse secourable qui le reçoit, et miss Hyslup, qui en avait parfaitement conscience, souhaita plus que jamais le rapide retour de Miles et continua de faire craquer ses doigts.

« Je vous en supplie ! Cessez ! » tenta de dire Fanny. Par politesse, elle n'en fit rien. Mais, espérant distraire une fois de plus l'attention, elle prétexta que sa haute taille l'obligerait à se rompre le cou pour la regarder, si elle ne s'asseyait pas. C'est alors qu'elle lui avait demandé comment elle pouvait avoir un frère si petit, ce qui avait décidé Miles, de l'autre côté de la porte, à déchirer son billet en deux et à s'en boucher les oreilles.

Comment fait-on pour avoir des frères, petits ou grands ? Même à présent, miss Hyslup n'en savait rien. Habituée à ce que les questions posées reçoivent des réponses précises et consciencieuses – elle était de ceux qui répondent de façon interminable à un simple "Comment allez-vous ?" –, elle en resta pantoise.

Les enfants respectent leurs parents, particulièrement après leur mort, et détournent instinctivement leur regard de la moindre parcelle de leur nudité. Et elle-même, avec une sorte d'horreur, détournait aussi les yeux de tout ce qui n'était pas complètement habillé.

Fanny ne semblait pas espérer de réponse. Elle invita de nouveau miss Hyslup à s'asseoir, et celle-ci obéit tout en luttant contre l'idée, au demeurant fort mal venue, de dire merci.

Elle parvint à se retenir à temps et se laissa tomber sur la chaise voisine de celle de Fanny. Elle sentit quelque chose de bizarre sous ses fesses et vit qu'elle était assise sur ses lunettes.

« Oh ! les voilà ! » s'écria-t-elle en se levant.

– Qui ? » demanda Fanny, regardant vers la porte.

Heureusement, elles étaient dans leur étui.

Elle les mit sur son nez. Ses mains tremblaient un peu.

« À présent, je vois clair », dit-elle.

– Il vaut souvent mieux ne pas voir », fit Fanny.

Mais elle ne parvenait pas à s'imaginer que la pauvre femme pourrait vraiment voir, et elle n'eut aucun mouvement de recul, comme auparavant, pour se dérober. Elle avait trop pitié de la sœur de Miles, obligée de vivre dans un logement si misérable et de se contenter pour dîner, un soir d'hiver, de sardines froides, pour se préoccuper d'elle-même. Pauvre femme, pensait-elle en regardant ce visage décharné si proche du sien, pauvre femme simple, mourant à moitié de faim, sans doute maltraitée par Miles, pauvre et douce femme ! De son côté, miss Hyslup qui, grâce à ses fortes lunettes, y voyait tout de même mieux et percevait quelques détails, pensait, elle aussi : « Pauvre femme, maquillée, hâve, souriante, qui cherche encore à donner le change ! Pauvre femme ! » Elle allait encore plus loin que Fanny dans la pitié. Elle imaginait le jour où il n'y aurait plus ni manteau de fourrure ni parfum de violette, ni servante ni voiture, jour qu'elle n'aurait pas cru si proche avant de retrouver ses lunettes, le jour où les six derniers pence auraient été dépensés, le jour où ces misérables, si elles ne se repentent pas à temps, se retrouvent à la rue.

Songeant ainsi à l'inévitable issue, miss Hyslup retrouva son calme et ses sentiments affectueux reprirent le dessus. On ressent toujours quelque affection pour les êtres en perdition, pour chaque être à vrai dire, et c'était apparemment le cas. Lorsqu'elle se trouvait face à une forme de prospérité florissante, et que celle-ci s'étalait, il lui suffisait d'imaginer le jour, proche ou lointain, mais inéluctable, où elle serait étendue sous ses derniers draps, des pièces d'or sur les yeux, pour pardonner aussitôt et se sentir pleine d'indulgence.

Elles étaient assises et se regardaient. Chacune désirait venir en aide à l'autre. Si seulement Miles et sa sœur consentaient à ce que je les aide à être moins pauvres ! songeait Fanny. Miss Hyslup, quant à elle, se disait que la première des choses à faire, c'était de persuader cette âme en détresse de se laver la figure. Les beaux vêtements, à présent qu'elle voyait combien étaient hâves les joues de celle qui les portait, et combien son regard était incroyablement las, étaient comme un pressentiment de la Mort. C'était le salaire du péché et, comme le dit saint Paul, la Mort elle-même est le salaire du péché. Comment ne pas éprouver quelque tendresse pour une pauvre femme, vêtue de la tête au pied comme la Mort ?

« Comment vous appelez-vous, ma chère ? » demanda miss Hyslup, à présent tout à fait à l'aise et le cœur débordant d'affection. « Mon frère a oublié de me le dire.

– Fanny. »

Celle-ci fut si touchée de s'entendre appeler ma chère par quelqu'un qui avait, beaucoup plus qu'elle-même, besoin d'entendre des mots gentils, qu'elle posa tendrement sa main sur celle, décharnée, de Muriel. Pauvre femme ! se dit Fanny, en sentant cette main si rêche. Pauvre femme ! se dit Muriel, en sentant cette main si douce.

La main du péché, pensa miss Hyslup, en contemplant les deux mains posées sur son genou. Une main de... oh ! non ! elle ne pouvait pas dire des siennes qu'elles étaient les mains de la vertu. Elle n'aimait pas toujours Miles comme il aurait fallu ! Et ces tasses de cacao qu'elle se préparait parfois, en cachette, durant le carême, quelle honte elle en éprouvait ! Des tasses de culpabilité. Voilà comment Miles les aurait désignées s'il avait su. À sa manière de fixer la porte des yeux et de tendre l'oreille, on aurait vraiment cru que c'étaient les tasses du péché. L'étaient-elles ? N'est-il pas écrit dans la Bible: "Vous les reconnaîtrez à leurs fruits ?" Et les fruits du cacao n'étaient-ils pas une occasion de jeûner ensuite doublement ?

Miss Hyslup reporta ses pensées sur leurs mains. Certes, les siennes étaient habituées aux durs travaux, dans la mesure où cela pouvait être pris pour une forme de vertu, et celles de Fanny n'avaient jamais eu d'autre effort à fournir que se tendre vers l'argent. Des ongles peints, aussi; chacun était signe du vice. Elle ne pouvait s'empêcher d'éprouver de l'horreur pour ces ongles. Mais, au bout d'un instant, elle n'y songea plus, car à moins d'un repentir de dernière minute, ils étaient, eux aussi, une image de la Mort. C'est étrange comme on peut être indulgent, simplement rien qu'à penser à la mort d'autrui ! « Et Fanny comment ?

– Skeffington », répondit Fanny en souriant tendrement, comme on sourit à un enfant qui a besoin d'être consolé.

Miss Hyslup fut ravie d'une réponse aussi rapide. Le plus souvent, il n'en allait pas ainsi. Quand on leur demandait leur nom de famille, aucune de ces pauvres femmes n'acceptait de le donner. Elles prétendaient, sans aucun doute pour éviter à leurs proches d'être mêlés de trop près à leurs péchés, se faire appeler simplement Daisy, ou Peggy, ou même Kitty-Poo. Les manteaux de fourrure ne protègent sans doute pas uniquement du froid, mais aussi de la susceptibilité et, par exemple, du souci qu'on peut avoir de sa propre famille. Ils vous épargnent également toute timidité.

« Skeffington », répéta-t-elle, comme si elle cherchait tous les Skeffington qu'elle avait bien pu rencontrer, mais en fait pour tenter de donner davantage d'affection au ton de la phrase qu'elle s'apprêtait à prononcer. Elle éprouvait à la fois un sentiment de répulsion devant ces ongles peints et de la pitié pour cette image si pathétique du drap et des pièces d'or sur les yeux...

« Je vais vous appeler Fanny », décida-t-elle, surmontant son sentiment de gêne.

– Mais bien sûr ! » répondit Fanny avec ferveur, « et moi Muriel. »

Celle-ci se sentit à nouveau gênée. « Oh ! » fit-elle, déconcertée. « Oh ! pourquoi pas ? »

Elle ne s'était pas attendue à une telle proposition. Aucune des pauvres femmes qu'elle avait l'habitude de secourir n'avait jamais songé à l'appeler par son prénom. « Oh ! après tout ! » répéta-t-elle, en retirant involontairement sa main de celle de Fanny, « je ne sais pas trop... » Elle regarda nerveusement tout autour de la pièce, comme si elle cherchait conseil.

Il n'y avait aucun conseil à attendre. Miles était absent, et sa mère était morte, qui aurait certainement dit à Fanny: « Vous n'appellerez pas ma fille par son prénom. Une femme comme vous ! »

« Pensez-vous que je vous aurais laissé m'appeler Fanny, alors que j'aurais dû continuer de vous appeler miss Hyslup ? » demanda-t-elle, amusée et contente d'elle-même, car elle sentait bien qu'il y avait là comme une sorte d'hommage. La sœur de Miles se sentait, de toute évidence, bien plus âgée. Et elle l'était, cela ne faisait aucun doute ! Peut-être pas tant que ça, se dit alors Fanny – qui se souvint de ses cinquante ans –, mais certainement un peu plus âgée.

« Elles m'appellent toutes miss Hyslup.

– Qui ?

– Les sœurs en Dieu de mon frère. Il faut cependant vous dire », poursuivit-elle rapidement, soucieuse de ne rien entreprendre qui pût briser un roseau déjà meurtri ou écraser quelque projet dans l'œuf, « qu'elles ne vous ressemblent pas du tout.

– Oh ! j'avais bien compris », fit Fanny, qui se souvenait de la description que Miles lui avait faite de ces femmes. "Les Misérables" de Miles, ainsi les avait-elle surnommées en son for intérieur.

– Alors, peut-être que dans votre cas... » hésita miss Hyslup. Que penserait sa mère si elle cédait ? Et qu'en penserait Miles ?

– Vous savez », fit Fanny, en l'encourageant et en lui tapotant la main, « je ne pense pas que vous soyez beaucoup plus âgée que moi. Il n'y a pas un écart suffisamment grand pour justifier un respect inconditionnel de ma part.

– J'ai quarante-huit ans », dit alors miss Hyslup.
– Oh ! » fit Fanny.

Fanny demeura un instant muette. Quarante-huit ans. Incroyable ! Quasiment impossible, vraiment ! Cette vieille femme épuisée avait deux ans de moins qu'elle ! Comment Miles avait-il pu la briser ainsi ? Pas physiquement, bien sûr. Mais il existe bien des moyens de briser une femme sans même la toucher. Il la surchargeait sans doute de travail. Elle ne devait pas toujours manger à sa faim. Miles devait la réprimander, la sermonner, la montrer en exemple et finalement, comme récompense, le dimanche soir – Fanny, indignée, regardait la table –, elle avait droit à une sardine !

« Muriel », dit-elle, prenant sa grosse main dans la sienne, et soudain très sérieuse, « il faut me laisser vous aider. »

C'est drôle, pensa miss Hyslup. Très drôle que l'une de ces femmes veuille se mettre à aider celle dont c'est le devoir de le faire. C'est le monde à l'envers.

« Vous vous tuez », poursuivit Fanny. « Tant de pauvreté va vous tuer.

– Mais nous avons fait vœu de pauvreté !

– Vous avez... quoi ? Décidé d'être pauvre ? » Vraiment, Fanny n'y crut pas. Elle soupçonna aussitôt Miles d'exercer quelque contrainte sur sa sœur.

« Une maison ne peut être désunie », dit miss Hyslup.

Ils avaient aussi prononcé des vœux de chasteté, mais il était heureusement inutile d'y faire allusion. Moins on en disait, mieux on se portait, pensa-t-elle. En outre, il était hors de question de s'attarder sur ce point. Elle connaissait leur existence car, dès qu'on abordait le sujet, en pensée ou en parole, on se mettait à rougir. Ce qu'elle fit pourtant. Il devait être tout de même bien compliqué de renoncer à des tentations qu'on n'a jamais connues, et dont en réalité on ignore tout ! La tentation charnelle la plus vive que Muriel eut jamais eûe avait été l'envie d'une bouillotte bien chaude. Elle imaginait que ce devait être une tentation charnelle rien qu'au plaisir extrême qu'elle y prenait chaque fois qu'elle osait s'en préparer une. Parfois, lorsqu'elle pensait que Miles, s'il avait été au courant, aurait appelé cela de la luxure, après un repas meilleur qu'à l'habitude ou lorsqu'elle n'était pas trop éreintée par exemple, elle laissait aller ses pensées et songeait qu'un mari pourrait être une sorte de bouillotte, en mieux. Une bouillotte à l'échelle humaine. Pénétrant et réchauffant une couche froide et solitaire. Et, parfois, ne pouvant pas même aspirer à l'impossible, elle irait chercher à ses pieds la douce bouillotte de caoutchouc et, de ses deux bras, la ramènerait sur sa poitrine, l'étreindrait, la prendrait pour son bébé – son cher doux et gazouillant bébé à elle, et qu'on peut serrer dans ses bras ! Pourtant, après de telles pensées, de tels gestes, elle en avait pour des journées à souffrir de repentir.

« Je savais bien que c'était de la faute de Miles », s'écria Fanny indignée.

Si Miles voulait rester pauvre et se transformer en squelette, libre à lui ! Mais il n'était pas obligé d'entraîner sa sœur et de la tranformer en vieille femme avant l'âge !

« Il faut absolument lui résister. Il est affreux qu'il veuille suivre sa vocation au point de vous laisser mourir de faim. Dois-je lui parler, lorsqu'il rentrera ? Serait-ce d'une aide quelconque ? »

Mais miss Hyslup n'avait plus rien entendu après la première phrase. Miles, se répétait-elle, Miles. Cette femme venue de la rue avait appelé son frère Miles. N'était-ce pas vraiment étrange, surprenant ? Cela signifiait-il simplement du toupet, ou quelque intimité entre eux ? Non, bien sûr, aucune intimité. Mais alors, quel toupet !

Tâchant de ne pas se raidir, car il y a des moment où même les êtres les plus soumis se raidissent, qu'ils pensent ou non aux draps et aux pièces d'or, elle demanda: « Appelez-vous mon frère par son prénom devant lui ?

– Toujours », confirma Fanny. « Dois-je lui parler, dois-je lui dire combien il est absurde de... »

De nouveau miss Hyslup n'écoutait plus. Elle ravala rapidement sa salive. Le toupet de ce "*toujours*" lui avait porté un coup.

« Vraiment ? » dit-elle au bout d'un moment, irritée par ce que Fanny venait de dire, voulant se prémunir contre cet incroyable *toujours* en refusant tout simplement d'y croire. D'un ton qu'elle aurait voulu mordant, elle demanda: « Avez-vous commencé en bas, dans la rue ?

— En bas, dans la rue ? » Fanny s'étonna. « Mais il y a des années que je connais Miles », ajouta-t-elle.

Des années ! Miss Hyslup en fut atterrée. Que Miles ait pu lui cacher qu'il connaissait cette femme depuis des années lui fut un coup terrible. La seule façon, elle le ressentait d'instinct, de se montrer naturelle, était d'être parfaitement franche et loyale. Elle, pourtant si peu sûre des choses de ce bas-monde, était absolument certaine que, pour un clergyman, rencontrer une femme en privé et ne jamais en parler à sa sœur et collaboratrice, était une effroyable faute.

Pendant quelques instants, elle resta assise, muette. Puis, non sans difficulté, car un insupportable soupçon venait d'entrer dans son esprit, tel un serpent, elle demanda: « Combien d'années ? » Et Fanny, sans réfléchir, répondit: « Une dizaine ».

« Dix ans ! » fit miss Hyslup, parlant avec toujours plus de difficulté car, à présent, le serpent paraissait l'avoir prise à la gorge.

Il y avait dix ans que Miles était parti, un après-midi, tel un clergyman, et qu'il était revenu prêtre. Ce n'est qu'en ces termes qu'elle parvenait à décrire le rapide et complet changement survenu en lui. Un prêtre implacable, résolu à faire violence au royaume des Cieux, et entraînant sa sœur dans son sillage. Cela avait été un envol, un envol affolé, hors de tout ce qu'il avait connu auparavant, un envol frénétique vers l'austérité, un irrépressible besoin de sauver et d'être sauvé.

Tel était le nouveau tournant qu'il avait soudain pris. Il avait renoncé à son agréable et confortable vicariat de Kensington, avait prononcé ses vœux, lui avait fait prononcer les mêmes, tournant le dos et lui faisant tourner le dos à tout, et pour toujours, excepté les privations, et s'installant tous deux dans la partie la plus misérable de Bethnal Green, s'habituant au sordide comme on s'habitue à porter un cilice. Pourquoi ?

Pendant dix ans, elle avait lamentablement ruminé cette question, sans rien jamais oser lui demander, parce que l'expression de son visage, si elle tentait d'aborder le sujet, lui coupait aussitôt la parole – et, à présent...

Elle retira sa main de celles de Fanny, et la regarda fixement, les yeux emplis d'horreur, ne pouvant ni ne voulant y croire. Non, c'était impossible. Il était impensable, réellement, que Miles, qui avait été ordonné prêtre sans que sa sœur fût tenue au courant, après avoir dit des prières familières au petit déjeuner, après avoir célébré l'office du matin dans son église de vicaire, après avoir dit le bénédicité et avoir pris son déjeuner, ait pu partir en virée et se livrer au péché !

Et l'après-midi ! Évidemment, c'était l'après-midi qu'il se livrait au péché, car il rentrait toujours à l'heure pour dîner. Cela rendait en quelque sorte l'horreur plus profonde encore, que le péché puisse être perpétré, puisse se donner libre cours en... – oh ! les mots restaient en deçà de l'horreur ! – en plein jour ! Cela devrait se pratiquer la nuit, non ? songeait-elle en tremblant. C'est à ce moment-là que les gens se livrent à leurs ténébreux exploits. Les couples mariés, eux, bénis par l'Église, sont libres de choisir leur moment, sinon on ne les trouverait pas habillés jusque tard dans la soirée ! Cela donnait encore plus de perversité aux péchés de Miles d'avoir été commis sous le soleil de Dieu. L'image du soleil dorant de sa lumière les lys lui traversa l'esprit.

Elle inclina la tête. La brusque révélation de l'ignorance dans laquelle elle avait été tenue la rendait littéralement malade. Elle se sentait outrageusement dupée, comme laissée en plan avec son vœu de chasteté. Les siens avaient été de véritables vœux. Mais comment quelqu'un qui n'a pas toujours été chaste peut-il jamais l'être ? À quoi servait de fermer la porte de l'écurie une fois l'affreux cheval enfui ? Et le pire de tout, vraiment terrible, c'était qu'il ait osé se montrer si intraitable le jour où il avait découvert sa bouillotte.

Sans lever les yeux, d'une voix tremblante, et ses mains tremblaient aussi, bien qu'elle les crispât très fort, elle dit: « Il y a dix ans que mon frère est devenu soudainement pieux.

– Oh ! mais il l'était déjà ! » lui assura Fanny.

– Soudainement, je dis bien soudainement », répéta-t-elle comme si elle s'adressait à ses mains crispées sur ses genoux.

– Oui, mais durant tout le temps où je l'ai connu, il était déjà pieux », insista Fanny, « très pieux. Il lui arrivait même de me bénir.

– Il vous bénissait ? »

Muriel releva la tête et regarda, d'un air ahuri, l'espèce de sépulcre blanchissant et rougissant qui se trouvait devant elle. Comment peut-on, en des instants pareils, donner des bénédictions ? Oh ! comme elle se sentait ignorante ! Mais que son frère, son frère dévoué à Dieu ait pu ajouter le blasphème à...

« Oui. Et c'était gentil de sa part, pauvre Miles », dit Fanny qui se rappelait, avec le sourire ému qui accompagne le souvenir des amours enfuies, cette main levée sur elle, et cette belle voix: « Que la bénédiction de Dieu tout-puissant demeure à jamais sur vous ». Voilà ce que disait Miles, de sa belle voix, au lieu d'un conventionnel "au revoir". Elle en avait éprouvé une sorte de frisson. Et c'est pour cela qu'elle l'avait supporté si longtemps.

Miss Hyslup, honteuse à en mourir, de tout et de tout le monde, fut prise d'une insurmontable envie d'éclater en sanglots, et éprouva le plus fort sentiment de mépris qu'elle ait jamais ressenti: « Et vous allez me dire à présent », évitant les sanglots derrière un paravent de dérision, « qu'il voulait vous épouser ?

– Oui. Pauvre Miles, il aurait bien voulu », répondit Fanny, « mais je n'ai jamais épousé personne. »

Miss Hyslup fondit en larmes. Tout son univers venait de s'écrouler sous ses pieds, toutes ses croyances, tous ses espoirs. Que Miles, ayant péché avec l'une de ces créatures, ait pu désirer l'épouser et qu'elle ait refusé la fit s'écrouler tout à fait. Existait-il encore, dans l'univers entier, quelque chose ou quelqu'un dont elle puisse être fière ?

« Quelle sagesse ! quelle sagesse ! » sanglota-t-elle, amère et humiliée. Fanny, stupéfiée par cet effondrement soudain, l'observa, muette. « On ne peut s'empêcher d'être une sœur, mais on peut s'empêcher d'être une épouse. » Elle allongea ses bras sur la table et y posa sa tête grise, s'abandonnant au malheur. « La vie est trop affreuse, trop affreuse. Je n'en peux plus. Je ne veux plus être une sœur. Je ne... veux plus rien être du tout. Je veux partir, partir, et me cacher, me cacher !

– Muriel, allons ! » dit Fanny, à bout de forces.

Elle ne pouvait plus penser à rien. Miles s'était en effet révélé bien pire envers sa pauvre sœur qu'elle ne l'aurait soupçonné. Mais à quoi bon, tout d'un coup, tomber dans une sorte de crise d'hystérie ? Avait-elle dit quelque chose qu'elle n'aurait pas dû dire ? Peut-être, après tant d'années, la pauvre sœur de Miles prenait-elle à cœur qu'elle n'ait pas voulu l'épouser.

Fanny se leva et se pencha sur elle.

Elle fut violemment repoussée. Ces violettes, cette puanteur de violettes !... Cette femme osait s'approcher d'elle et presque l'asphyxier de son ignoble parfum !...

Fanny, qui n'avait jamais été repoussée de sa vie, et aussi violemment, resta un moment immobile, médusée. Le visage tragique de la pauvre

Muriel, mouillé de larmes, qui essayait de se relever, la rendait muette. Elle n'eut plus qu'un désir: la calmer et la consoler. Pauvre femme bouleversée de douleur ! S'il n'y avait pas eu ces larmes, elle aurait passé son bras autour de son cou et l'aurait embrassée. Probablement pour être une fois de plus repoussée. Mais quelle importance !

« Muriel, il faut me dire la vérité », dit-elle en ouvrant son sac pour y prendre un mouchoir propre. « Tenez, je ne m'en suis pas servie. »

C'en était trop pour miss Hyslup. D'un violent geste du bras, elle frappa sur le mouchoir et sur la main qui le lui tendait. Hors d'elle-même, elle effectua une sorte de plongeon vers la porte, et hoqueta: « Je vais le chercher, je veux vous confronter, il me dira la vérité, je ne peux pas, je ne veux pas ! » et elle ouvrit la porte.

« Miles ! Miles ! » cria-t-elle, prête à se ruer dans l'escalier et à l'appeler dans les rues et à fouiller tout Bethnal Green jusqu'à ce qu'elle l'ait trouvé.

Heureusement pour la bonne réputation de tous, elle le trouva aussitôt.

Dans le couloir, en bas, Manby qui, à force de rester dans le froid, se raclait la gorge de plus en plus souvent, avait écouté cette conversation tout aussi pensivement que Miles, qui se trouvait sur le palier, l'avait fait avant de se boucher les oreilles. Elle en était venue à la conclusion qu'elle n'était sans doute pas seule. Il y avait quelqu'un là-haut. Qui écoutait aussi. Qui l'écoutait.

Cela lui donna la chair de poule. Que pouvait-il bien se passer de l'autre côté de la porte derrière laquelle sa maîtresse avait disparu ? Cette porte s'était ouverte, puis refermée sur elle. Au bout d'un moment, elle s'était à nouveau ouverte, puis encore refermée. Mais personne n'avait descendu l'escalier. Peu à peu, Manby fut persuadée que quelqu'un se trouvait là-haut, sur le palier, devant la porte, immobile, à l'écoute. L'écoutant.

Très désagréable, pensa-t-elle. On ne l'avait jamais écoutée ainsi, jamais, surtout lorsqu'elle ne disait rien ! De surcroît, c'était quelqu'un d'invisible, d'immobile, caché au sommet d'un escalier plongé dans l'obscurité, et pas très propre !

On doit s'attacher à sa maîtresse et s'attendre à ce qu'elle vous en fasse voir de toutes les couleurs, se dit-elle, tout en protestant en elle-même contre la position dans laquelle elle se trouvait. À présent, à cause de ce mystérieux silence qui suivait chacun de ces bruits, au demeurant d'une absolue banalité, elle n'osait plus se racler la gorge.

Devait-elle monter et affronter la situation ? Quelqu'un avait-il été placé en sentinelle devant la porte, tandis qu'à l'intérieur sa maîtresse faisait l'objet de quelque intention illégale ? Seul le souvenir des vêtements sacerdotaux de Miles lui donnait quelque confiance. Ces gentlemen en soutane, avec leur chapeau carré sur la tête, étaient en principe sérieux, et rangés du côté de la loi ! Cependant, sa confiance diminuait peu à peu, au fil de sa réflexion, au fur et à mesure que le temps s'écoulait et que le brouillard, pénétrant par la porte d'entrée mal ajustée, l'obligeait presque sans arrêt à se racler la gorge. Outre ses craintes pour sa maîtresse, elle se mit à redouter pour ses bronches, si elle demeurait ainsi plus longtemps dans l'humidité. Que deviendrait-elle si elle perdait la santé ?

Hantée par cette double inquiétude, elle avait rassemblé suffisamment de courage pour monter voir qui se tenait caché sur le palier. Entre deux raclements de gorge, elle entendit soudain dans la pièce au-dessus ce qu'elle ne put décrire que comme une sorte d'explosion. Le genre de situation dans laquelle sa maîtresse n'aurait jamais dû se trouver.

Soudain, défiant la peur, elle grimpa les marches avec autant de hâte que le lui permettait sa corpulence. Elle montait, haletante, voulant se rendre compte par elle-même. Puis, elle s'arrêta. De son côté, Miles, sentant qu'elle approchait, décida que la seule chose à faire était de descendre à sa rencontre, de la faire entrer et de faire de son mieux pour affronter une situation parfaitement grotesque. C'est alors que la porte, derrière lui, s'ouvrit. Sa sœur, qui l'appelait en hurlant son nom, se précipitait, telle une folle.

Elle tomba presque à ses pieds, car il se trouvait tout près de la porte et l'irruption de Muriel avait été d'une rare violence. Il dut la saisir par le bras pour leur éviter de tomber l'un sur l'autre en une sorte de mêlée parfaitement ridicule, et, comme il ne s'était jamais trouvé en présence d'une folle ou de quelqu'un de ce genre, il décida aussitôt d'en rendre Fanny responsable – comment et pourquoi, il n'en savait rien, mais elle devait être, d'une façon ou d'une autre, à l'origine de cette absurde frénésie. Muriel n'était-elle pas une femme dénuée de toute personnalité, peu impressionnable, dont les désirs et les initiatives étaient aussi nuls que ceux d'une machine ? Seul quelqu'un capable de semer le trouble, comme l'était Fanny, avait pu la mettre dans cet état ! Et si elle ne cessait pas de hurler, toute la maison allait l'entendre. Et s'il ne parvenait pas, sur le champ, à calmer sa sœur, tout Bethnal Green résonnerait bientôt du scandale de cette exhibition.

« Va-t-en ! Rentre ! » lui ordonna-t-il durement, les mâchoires serrées. De sa main libre, derrière elle, il essayait de trouver la poignée de la porte. De l'autre, tenant son poignet avec une fermeté d'acier, il la poussait vers l'intérieur.

« Oui, et viens avec moi », cria Muriel, le tirant avec la même force incroyable qu'il mettait à la repousser – les communistes, à l'étage au-dessus, allaient finir par l'entendre si elle ne cessait pas, et ils ne manqueraient pas de s'en gausser dans leurs réunions –, « et, pour une fois, dis-moi la vérité en face, devant elle, et devant moi, et moi, si tu la dis... »

Ce fut alors que Manby apparut, hors d'haleine, au sommet de l'escalier. Dans la pénombre, elle vit – ainsi qu'elle devait plus tard le dire à miss Cartwright – les 'Yslup se comporter d'une manière inimaginable. « Un clergyman ! et qui avait déjeuné à Charles Street ! »

« Puis-je parler à lady Frances, s'il vous plaît ? » demanda-t-elle, avec déférence, après avoir repris haleine.

Cette présence et ces paroles respectueuses agirent comme de l'huile sur une eau trouble. Les Hyslup cessèrent dès lors de se débattre. Que l'on puisse leur parler avec tant de respect les rendit aussitôt à leur fierté et à leur dignité.

« Qui est-ce ? » demanda Muriel, d'une voix quasi normale, tout en s'agrippant à la soutane de Miles ?

– La servante, M'dame. Puis-je parler à lady Frances, s'il vous plaît, M'dame », fit Manby. Elle s'était tournée vers Muriel, calme et respectueuse comme si la scène à laquelle elle venait d'assister était en somme habituelle aux hommes du clergé et à leurs proches. « Il se fait tard et le chauffeur pense que... »

Sans nul doute, Manby avait sauvé la situation. Devant de tels propos, les bonnes manières avaient repris le dessus. Devant tant de calme, il ne pouvait y avoir qu'un surcroît de calme.

Muriel était littéralement paralysée. Comment une servante aussi convenable pouvait-elle être au service d'une femme qui l'était si peu ? Et comme elle se comportait bien envers sa maîtresse ! Une vraie dame, elle aussi ! Muriel n'avait jamais connu de vraies dames, mais elle croyait volontiers en la vertu des femmes de l'aristocratie. Encore qu'au plus profond de son cœur et, malgré le degré de stupeur auquel elle était parvenue, une espèce de révolte bouillonnât en elle. Pourquoi, si elle n'en est pas une, leur ressemblait-elle tant ? se demandait Muriel dans le tréfonds de son cœur et dans la violence de sa révolte.

Quant à Miles, son calme retrouvé tenait d'un sentiment de reconnaissance. Il n'aurait jamais cru devoir être reconnaissant à Manby, un jour, de quoi que ce fût. Et pourtant ! Elle compensait les troubles que Fanny était capable de susciter. Devant elle, des scènes comme celle que Muriel avait été sur le point de faire devenaient impossibles. Il demeura immobile, la regarda prendre la situation en main, accomplissant son devoir tout comme elle l'eût fait dans la chambre de Fanny. Il lui reconnaissait volontiers toutes ces qualités.

« Votre manteau, lady Frances », dit Manby en le retirant calmement de la patère à laquelle Muriel l'avait accroché. Elle le lui tendit. « Votre sac, lady Frances. » Elle l'écarta avec soin de la position périlleuse dans laquelle il se trouvait, près de la boîte de sardines. « Votre mouchoir, lady Frances », ajouta-t-elle, en se baissant, non sans mal, pour le ramasser là où Muriel l'avait jeté après l'avoir arraché des mains de Fanny.

Et lorsqu'elle dit, imperturbable: « Griffiths vient de me faire savoir, lady Frances, qu'il pense que le brouillard se fait de plus en plus épais, et que lady Frances devrait rentrer », Miles, qui supposait que Griffiths était le nom du chauffeur et se doutait fort bien qu'il n'avait rien pu faire "savoir", car il ignorait où ils se trouvaient, fut incapable de démonter cette machination. En effet, il était tellement heureux de ce mensonge !

Fanny put ainsi se retirer. Il ne cherchait plus à faire son salut. Du moins pas avant d'avoir dîné. D'ailleurs, peut-être n'avait-il plus l'intention de la sauver. Il y a des gens qui se trouvaient être mieux ainsi, à rester dans le... Mais non, mais non ! À quoi pensait-il donc ? Quel horrible mot avait-il été à deux doigts de prononcer ?

Fanny arriva aussitôt, affectueuse – et il en fut surpris dans la mesure où tout avait été la faute de Muriel –, mais silencieuse. Naturellement, face à Manby, Fanny était obligée de garder son calme. Avec cette pauvre fille qui était là, il était exclu de refaire l'Histoire et de détromper Muriel. Fanny se rendait à présent parfaitement compte que celle-ci l'avait prise pour l'une de ces professionnelles qui étaient les sœurs en Dieu de Miles; non seulement pour l'une d'entre elles, mais, en outre, elle était presque sûre qu'elle avait dû penser qu'elle l'avait séduit. Elle était étonnée de ne pas l'avoir compris plus tôt. Il lui était pourtant arrivé d'éveiller les soupçons des femmes et des sœurs, des mères et des filles ! Mais comment, se demandait-elle, une fois demeurée seule dans la pièce que Muriel venait de quitter pour s'en aller hurler hystériquement sur le palier, comment pourrait-on refuser de croire qu'une femme comme elle, Fanny, n'est pas une prostituée et qu'elle n'a pas séduit votre frère ? Très difficile, à coup sûr ! Peut-être aurait-il suffi de dire: "Non, ce n'est pas le cas" et "Vous vous trompez". Mais était-ce une preuve suffisante ? Alors, Manby était apparue, et sa simple présence et la déférence avec laquelle elle s'était adressée à elle l'avait immédiatement démontré. Difficile aussi, oh ! bien difficile ! de ne pas éclater de rire, se dit Fanny, qui essayait de conserver un visage impassible.

Elle y parvint pourtant, rien qu'à regarder Muriel. Qui aurait pu avoir envie de rire ?

« Soyons amies », lui dit-elle. Elle se dirigea rapidement vers elle pour l'embrasser. « Voyons-nous de temps en temps ! J'aimerais tellement ! »

Or, tout ce que Muriel trouva à répondre, tâchant de redevenir l'hôtesse qu'elle était, et quasi statufiée, fut: « Ne voulez-vous pas manger quelque chose ? »

Fanny posa un instant sa main sur son épaule et répondit qu'elle préférait rentrer, à cause du brouillard.

Respectueusement, du seuil, Manby approuva.

Et Miles, qui, de sa belle voix, transformait chacune de ses syllabes en un joyau parfaitement pur, fit remarquer que les brouillards entre Bethnal Green et Londres étaient souvent très épais en cette saison et que ce serait, en effet, une bonne chose de partir.

Fanny regarda Muriel dans les yeux, des yeux fatigués et grossis par l'énorme épaisseur de ses verres de lunettes; elle se pencha vers elle et lui murmura à l'oreille, entre deux baisers, qu'elle n'avait pas de souci à se faire: « Ne vous en faites pas », murmura-t-elle, « il n'y a pas de quoi. Ne vous en faites pas ! Je ne m'en fais pas ! Alors, faites comme moi ! »

Une fois de plus, cela bouleversa Muriel. Elle en fut secouée au plus profond. Comment Fanny avait-elle pu se laisser prendre pour une prostituée, et si peu réagir ?

Silencieusement, Fanny se dirigea vers sa voiture, accompagnée par Miles, et suivie de Manby, à la distance d'un réverbère. Oubliant de nouveau son dîner, étant donné les bonnes manières à respecter, Miles ne disait mot.

Heureusement, se dit Fanny. Elle ne pouvait plus supporter sa voix d'or, qui la laissait à présent de glace, depuis qu'elle avait vu la pauvre Muriel, et quelle vie il lui faisait mener après les vœux qu'il l'avait obligée de faire ! Elle verrait comment l'aider – peut-être l'emmener quelque part en vacances, l'éloigner de son entourage, ne fût-ce que pour quelques semaines ! Elle était bien heureuse de ne pas s'être liée à un clergyman fanatique ! De ne s'être liée à personne ! Elle comprit que c'en était fini, pour elle, de Miles, et elle pensa même, en marchant à ses côtés et en maintenant sa fourrure sur sa bouche à cause du brouillard, que c'en était aussi fini de tous les autres, de tous ceux qui l'avait adorée. Jim, un peu plus tôt dans la journée; à présent, Miles et, il y a une semaine, Dwight. Tous balayés ! Terminé. À moins que ce ne soit eux, pris par le cours de leur propre vie qui, se désintéressant d'elle, avaient aussi décidé d'en finir !

Cette idée lui glaça le sang. Il était impensable que, pour ces hommes qui l'avaient jadis adulée, elle ne fût plus qu'une pièce de musée, qui ne réveillait en eux que cette sorte de curiosité que la foule dut ressentir lors de la résurrection de Lazare. Alors qu'une femme comme Muriel, qui ne l'avait jamais rencontrée auparavant, l'avait aussitôt prise pour une âme en perdition. La vérité était peut-être là. Peut-être finit-on ainsi; seule et abandonnée de tous.

Oui, ces pensées la glaçaient. Comme était vif et pénétrant le brouillard ! Et humide le pavé sale ! Normal qu'elle demeurât silencieuse !

« Oui ? Miles », dit-elle, en se tournant vers lui et en retirant quelques instants sa fourrure de sa bouche. Il lui avait semblé qu'il avait dit quelque chose, dont la première partie lui avait échappé.

En effet. Il répéta, pour elle seule:

« Il n'est pas étonnant », dit-il, devant la voiture toute proche, et en se rappelant qu'il était de son devoir d'évoquer le comportement de sa sœur et aussi de lui donner une bonne leçon, « que Muriel, à en juger par votre apparence, vous ait prise pour ce que je préfère que vous ne soyiez pas. Le fait que Manby soit toujours à votre service me renforce dans ma conviction. »

Elle se tut un moment. Puis elle le regarda de côté, avec un sourire vague, et lui demanda: « Déçu ?

– Déçu, Fanny ? » fit-il en écho.

– Qu'il n'y ait personne à sauver ? » fit-elle. Décidément, elle aurait été fatigante et déconcertante jusqu'au bout.

CHAPITRE VII.

GRIFFITHS était de ces chauffeurs qui n'aiment pas attendre dans le froid, surtout dans le froid d'un endroit tel que Bethnal Green. Lorsque Fanny dit instinctivement: « À la maison ! » en montant dans la voiture, il la conduisit à Charles Street, bien qu'il sût parfaitement qu'elle avait en réalité voulu dire: « Au Claridge ! » Et s'il agit ainsi, c'est parce qu'il était de mauvaise humeur.

Cette simple erreur eut des conséquences imprévisibles, qui commencèrent de se manifester dès que l'on eut atteint Charles Street, et se prolongèrent de manière tout à fait inattendue au cours des semaines qui suivirent. Arrivée à Charles Street et regardant par la portière d'un air interrogateur, car cet endroit ne ressemblait en rien à l'entrée du Claridge, Fanny fut sur le point de demander à Griffiths pourquoi il l'avait amenée là, et de lui dire de poursuivre sa route, lorsque, dans le silence dominical, elle entendit des bruits de musique et, stupéfaite, comprit qu'ils provenaient de sa maison.

Manby aussi avait entendu. De son siège à côté du chauffeur, elle se retourna vers sa maîtresse, toute surprise. Griffiths avait également entendu et ne fut, pas moins surpris. Il regarda avec curiosité vers les fenêtres aux rideaux tirés. Mais, contrairement à Manby, c'était pour lui une surprise fort agréable. En effet, il haïssait le maître d'hôtel et pressentait que les choses allaient mal tourner pour lui.

« Qu'est-ce que c'est ? » dit Fanny, l'air vague, en levant les yeux vers le premier étage, où se trouvait le salon d'où semblait provenir la musique. On n'apercevait pourtant aucune lumière. Tout était sombre et dérobé à la vue. Manby fit le tour de la voiture. « Lady Frances désire-t-elle descendre ? » demanda-t-elle.

– Oui, je pense. » Et, prenant ses clefs, Fanny pénétra dans la maison. « Voyons ! » fit-elle, immobile, en regardant autour d'elle.

Le hall d'entrée était rempli de manteaux, de vestons, d'écharpes, de chapeaux et aussi de *snow boots*. Assurément, on donnait une *party* et, à en juger par les vêtements entassés sur les chaises, ce ne pouvait être qu'une *party* donnée par des domestiques. Comme ils la savaient absente de Londres pour le week-end et que, de toute façon, elle s'était installée au Claridge, ils avaient saisi l'occasion de s'en donner à cœur

Des domestiques qu'elle lui croyait si dévoués et qui n'auraient jamais osé faire dans son dos quelque chose qu'ils n'eussent pas fait au grand jour !

Elle en fut outrée. Elle avait pensé que les plus âgés étaient trop vieux pour ces sortes de divertissements et qu'elle avait su dresser les plus jeunes ! Mais elle ignorait le tout jeune âge de la fille avec laquelle le maître d'hôtel, veuf jusqu'alors, s'était récemment remarié. C'était cette fille, mourant d'envie de s'amuser un peu, qui avait dû corrompre son vieux radoteur de mari.

La *party* ne devait pas réunir beaucoup de monde, car les pièces sur rue n'étaient pas éclairées, contrairement à celles situées à l'arrière – la bibliothèque, en bas, et une partie du salon du haut. De plus, on était dimanche et les plus sérieux d'entre eux n'avaient pas voulu suivre l'exemple des plus jeunes et avaient certainement refusé de danser ce jour-là ! Ce pouvait néanmoins être une *party* fort animée. Il pouvait bien y avoir de la musique. Personne n'y trouverait à redire. Et il avait été prévu qu'avant le souper, qui devait avoir lieu dans la bibliothèque – ni dans les sous-sols ni dans les offices, puisqu'ils avaient la chance de pouvoir occuper le salon du haut –, on jouerait au piano de la musique religieuse, et, qu'après le souper, il y aurait encore de la musique, mais profane, car celle-ci, comme le maître d'hôtel l'avait appris en servant chez les riches, et comme sa jeune femme aux yeux brillants le savait aussi, par instinct plus que par expérience, convient mieux aux *parties*.

C'est ainsi qu'au moment précis où Fanny pénétra dans le hall et se tint quelques instants immobile, on entendit la riche sonorité d'une voix de basse entonnant un hymne intitulé *Nazareth* – thème parfaitement convenable pour précéder un souper – qui dévalait l'escalier, accompagnée non seulement par les accords du piano, mais aussi par une clarinette et un chœur joyeux, au sein duquel on reconnaissait des voix de femmes:

> *"Malgré la pauvreté du lieu,*
> *Venez, venez, et adorez..."*

rugissait la voix de basse, dominant, submergeant presque toutes les autres.

Comme ils s'amusent ! pensa Fanny. Elle était incapable de ne pas sourire à une telle ardeur et, un instant, elle songea combien cela la délasserait de monter se joindre à eux.

Mais elle était tout de même indignée de voir comment les meilleurs domestiques, des gens à son service depuis des années, peuvent se comporter en l'absence du maître ou de la maîtresse de maison. Si Job avait été là, ils n'auraient jamais osé donner une *party* sans sa permission, même s'ils savaient qu'il se trouvait au Claridge. Même s'ils l'avaient su encore plus loin, loin de l'Angleterre, au bout du monde ! Et dans son salon de surcroît ! C'était parfaitement impardonnable. Tous ses beaux coussins ! Ils en profitaient parce qu'elle était femme. Ils comptaient sur sa gentillesse. Et pourtant, il faut être au mieux avec les domestiques, se disait Fanny, fâchée autant que gênée. On ne peut vivre dans une maison sans être en bons termes avec ceux qui y travaillent. En outre, ils étaient vraiment gentils avec elle, vraiment charmants. Comment ne pas le leur rendre ?

Elle resta là, dans le hall, regardant rêveusement autour d'elle. Griffiths, qui n'avait pas reçu d'ordre, mais était bien décidé à ce que le maître d'hôtel ne puisse échapper à son sort, lui coupa toute possibilité de retraite en apportant les bagages et en rentrant immédiatement la voiture au garage. Ce qu'aurait fait Job, dans une telle situation ? Elle le savait bien. Il serait tout aussitôt monté, aurait violemment ouvert la porte du salon à deux battants et aurait fulminé: « Sortez tous ! » Mais ce n'était pas dans son caractère à elle, ni dans son rôle, de fulminer, et elle n'avait pas le cœur – ou le courage ? – de gâcher leur *party* par le terrible choc que serait pour eux sa brusque apparition. Elle se voyait debout sur le seuil du salon, *Nazareth* s'étouffant jusqu'au silence complet, et toutes ces bouches demeurant muettes dans un "oh !" d'horreur.

Non, ces sortes d'interruptions spectaculaires n'étaient pas dans son caractère. D'ailleurs, sa propre gêne n'en aurait été que plus grande. Ce qu'elle fit peut paraître plus lâche, mais fut surtout plus raisonnable. Elle avait vu, par la porte ouverte de la bibliothèque, les tables chargées d'assiettes et de plats. Elle entra, fit signe à Manby de la suivre, s'assit et se mit voracement – car elle était à moitié morte de faim – à se servir de ses propres huîtres.

Que c'est lâche ! Que c'est lâche ! lui murmurait sa conscience. Mais il valait mieux être lâche et prendre quelque nourriture quand on a l'estomac vide, que de monter et plonger ce pauvre Soames dans une horrible honte devant ses invités. Demain, il serait toujours temps de voir ce qu'il y aurait lieu de faire. Si, au cours de la nuit, elle pouvait seulement penser aux mesures qui s'imposaient, elle les prendrait dès le lendemain matin. En attendant, comme c'était délicieux d'avoir quelque chose à se mettre sous la dent !

"Malgré la pauvreté du lieu,
Venez..."

rugissait la voix de basse au-dessus de sa tête.

« Viens, Manby », lui cria-t-elle, en la voyant immobile dans l'entrée, « ne rate pas l'occasion ! »

Manby entra, mais ce fut simplement pour dire qu'elle enfermait sa maîtresse à l'abri dans la pièce et montait mettre un terme à cette honte, à cette infamie qui se déroulaient là-haut.

« Tu n'en feras rien. Assieds-toi et prends quelque chose. Tu es réellement morte. » Elle attrapa le bras de Manby et tira la chaise la plus proche. « Tu ne veux tout de même pas jouer les rabat-joie ?

– Les rabat-joie, oh ! lady Frances ! » Manby

bouillonnait d'une juste indignation en entendant le vacarme au-dessus de sa tête.

– Il vaut mieux manger des huîtres », fit Fanny, en poussant une assiette devant elle.

Voyons ! Qui a fait cela ? Qui est entré ici avant les autres ? demanderait le maître d'hôtel, une heure plus tard. Ignorant qu'il avait été découvert, il ne pourrait se sentir coupable. Mais il serait quand même bien surpris, lorsqu'en compagnie de ses invités, il entrerait dans la bibliothèque, verrait les assiettes sales et les verres de champagne vides. À ce moment-là, Fanny serait déjà montée se coucher. « Crois-tu », murmura-t-elle en se retournant vers Manby qui se trouvait une marche plus bas, et toute confiance perdue en ses domestiques, « qu'il y en aura aussi là-haut ?

– Où, lady Frances ?

– Dans mon lit.

– Oh ! lady Frances ! » fit Manby, scandalisée, mais incertaine, au plus profond d'elle-même, qu'au point où les choses en étaient, l'hypothèse puisse être écartée.

Non. Il n'y avait personne. Pas même Job ! Préoccupée de ce qui se passait en dessous, elle n'avait pas eu le temps de penser à lui et le hasard avait empêché celui-ci de la tourmenter.

Elle regarda Manby, qui retirait adroitement les housses des meubles, et grattait une allumette pour faire du feu dans la cheminée. Elle prit les draps et les taies dans l'armoire et prépara le lit.

Fanny se demanda, à entendre le bruit des réjouissances qui montait de la bibliothèque, si c'était de la lâcheté de ne pas descendre y mettre un terme, ou s'il valait mieux continuer d'être considérée comme une femme exceptionnellement gentille et bonne. Probablement de la lâcheté. Elle ne savait plus. Tout ce qu'elle savait, c'est que les pauvres gens passeraient une très mauvaise matinée, et qu'ils faisaient bien d'en profiter pendant qu'il en était encore temps !

Toute l'équipe des domestiques, excepté Manby et Griffiths, devrait sans doute être mise à la porte. Tous d'un coup ! Il faudrait tous les renvoyer. Mais tous aussi avaient sans doute une mère veuve ou un père paralysé à leur charge, et cela rendait la situation délicate et terrible. Comment pourraient-ils retrouver des moyens d'existence, quand on connaîtrait les raisons de leur renvoi ?

Pauvres gens ! Tout de même... ce souper ! Et les coussins neufs du salon, avec leur adorable et rarissime soie de Chine, salis par la gomina que les domestiques mâles ont l'habitude de se mettre sur les cheveux !

Lorsqu'elle pensait au souper et aux coussins, elle sentait monter en elle la plus vive indignation. Puis, cette indignation allait jusqu'à disparaître quand elle songeait aux huîtres qu'elle venait de manger. Pour ce qui est des coussins, Soames veillerait probablement à ce qu'on ne s'en servît point. Comme c'était épuisant de s'indigner ainsi, puis de se calmer aussitôt ! Si elle devait être dans cet état demain matin, comment rendrait-elle justice ? Supposons que l'un ou l'une d'entre eux se mette à fondre en larmes, pourrait-elle continuer de s'indigner avec autant d'acharnement ? Et si elle leur faisait grâce, ainsi qu'il était probable, comment continuer à vivre avec une maisonnée en laquelle elle aurait perdu toute confiance ?

Manby mit à chauffer, près de la cheminée, une chemise de nuit et des pantoufles. Fanny la regardait. Quelques vers qu'un soupirant allemand s'obstinait autrefois à lui réciter lui revinrent en mémoire.

*Denn die Frau bedarf der Leitung
Und der männlichen Begleitung.*

Était-ce bien vrai ? À l'époque, elle en avait ri. Il avait pris comme une insulte le fait d'être repoussé, et lui avait dit, d'un ton menaçant, que si elle avait été un homme il l'aurait provoquée en duel, et qu'elle se rappellerait ces mots toute sa vie, et qu'elle verrait bien qu'il avait eu raison.

Eh bien ! elle avait vécu assez longtemps pour se les rappeler, ces vers ! Elle avait reconnu qu'en quelques occasions – il avait dit toujours, et avait eu tort ! –, des occasions imprévues, comme celle-ci, il y avait du vrai en eux. Une femme a parfois besoin d'aide; non pas, dans le cas présent, d'un guide, ni d'une compagnie constante, mais tout simplement d'aide. Et même non pas tant d'aide que de quelqu'un qui pourrait se charger à sa place de renvoyer ses domestiques. Aujourd'hui, Job aurait été l'homme idéal pour jouer ce rôle – elle pensait à lui, il semblait à ses côtés, comme si elle l'avait appelé ! –, mais comme sa présence était hors de question, il lui fallait se rabattre sur ses amis et voir lequel serait le mieux placé pour se charger de cette sale affaire.

George Pontyfridd ? Peut-être. Mais il ne rentrait jamais à Londres avant le mardi et, même s'il était là, il lui conseillerait sans doute le pardon. Soit, mais il n'avait pas à passer sa vie entouré de domestiques qui se conduisent mal. Si elle leur pardonnait, comme il lui serait difficile, par la suite, de ne pas être toujours sur ses gardes, et difficile, pour eux, ayant obtenu son pardon, de ne pas se confondre en courbettes !

Pauvres gens ! Non, ce serait trop pénible pour tout le monde. George ne ferait pas l'affaire. Il fallait trouver quelqu'un de plus sensé. Lequel, des amis qu'elle avait encore, considèrerait comme un privilège d'être appelé au secours ? Il n'en restait plus aucun, elle devait bien se l'avouer. L'actuelle génération de ses amis n'était pas à vrai dire formée de vrais amis, mais plutôt de connaissances, et il lui fallait se retourner vers le passé pour trouver quelqu'un qui, en souvenir même de ce passé, serait heureux de l'aider. Perry Lanks, peut-être ?

Mais oui ! Dès qu'elle pensa à lui, elle comprit qu'il serait l'homme de la situation. Elle ne l'avait pas revu depuis des années, mais peu importait ! Elle éprouvait pour lui autant d'affection qu'au temps de ses leçons d'échecs clandestines. À présent, il devait être reposé ! Il avait dû se remettre de cette sensation de fatigue et de lassitude qui s'était emparée de lui vers la fin de leur liaison. Et puis, c'était un homme de loi, qui connaissait les tenants et aboutissants de toutes choses. C'était même un grand juriste et, pour cette raison peut-être, et aussi par amitié, il accepterait, pour une fois, de condescendre à une tâche beaucoup moins noble.

Personne ne pourrait, mieux que lui, s'occuper de cette affaire. Dès son réveil, elle téléphonerait chez lui et demanderait au maître d'hôtel que Mr Lanks vienne chez elle dès qu'il serait rentré de la campagne. Car, lui aussi, passait certainement ses week-ends à la campagne, encore que, très occupé, il devait sans doute être de retour très tôt le lundi matin.

Oui ! Perry était l'homme qu'il lui fallait ! Cher Perry ! Elle ne l'avait peut-être pas apprécié à sa juste valeur, lors de leur liaison, mais elle avait à présent acquis une certaine sagesse.

Parvenue à cette décision, elle laissa Manby la déshabiller et la border dans son lit. Soulagée, elle s'endormit aussitôt.

Beaucoup d'eau avait coulé sous les ponts dans la vie de Lanks, depuis l'époque où il la fréquentait. Il n'était plus le même homme. Il n'avait cessé de s'élever dans sa profession et était devenu un personnage tout à fait éminent, gagnant tellement d'argent qu'il avait simplement souri lorsqu'on lui avait offert le portefeuille de l'Intérieur. Froid, calculateur, il avait une seule fois quitté la réalité pour courir après des visions ou des rêves et, peu après que Fanny l'eût lâché, il n'avait plus eu qu'un seul désir: s'enrichir. Il ne fut bientôt plus intéressé que par cela. Ainsi, avec ce seul souci en tête, voyant avec plaisir que tout allait chaque jour de mieux en mieux pour lui, il avait perdu jusqu'au souvenir qu'il existât des choses telles que les rêves, ou l'amour.

Lorsque Fanny téléphona, il n'eut aucune idée de qui ce pouvait être.

Il avait l'habitude de partir pour la campagne, où il possédait un cottage, dès le vendredi soir et de rentrer le dimanche en fin d'après-midi afin de se ménager un peu de temps avant de reprendre son travail. Il prenait son petit déjeuner, seul, dans la salle à manger de Wilton Crescent – sa femme, quant à elle, avait l'habitude de le prendre au lit –, lorsque le téléphone sonna.

La femme de chambre – il n'avait pas de domestiques mâles, excepté son chauffeur; il préférait employer des femmes parce qu'elles ne boivent pas de whisky ! – apparut et dit: « Une dame vous demande au téléphone, sir Peregrine ».

Il la regarda par-dessus son pince-nez cerclé de noir, surpris qu'elle pût penser qu'il y prêterait la moindre attention. Il ne répondait jamais au téléphone. À son cabinet, deux jeunes commis lui apportaient les messages et, dans ses deux résidences, à Londres comme à la campagne, il n'en était pas question.

« Cette dame prétend que c'est urgent », dit la femme de chambre, troublée. Elle n'aimait pas ce regard par-dessus le pince-nez cerclé de noir. D'ailleurs, tous les domestiques avaient l'habitude de trembler devant lui. Il était du genre à demander ce qu'on avait fait du restant de jambon.

« Comment s'appelle-t-elle ? » fit Lanks, qui se replongea dans le *Times*.

– Je ne sais pas, sir Peregrine.

– Allez le lui demander ! »

Mais, avant qu'elle eût atteint la porte, il se leva, jeta son journal à terre – ce serait le moment, pour une épouse digne de ce nom, de se montrer, se dit-il –, et alla jusqu'au téléphone. Ce pouvait être un nouveau client. Il avait beau être assiégé par ses clients, il lui en fallait davantage encore. Cela lui donnait l'agréable sentiment de s'enrichir toujours plus. Il s'agissait peut-être d'un nouveau client fortuné qui, ne pouvant obtenir son cabinet, où les jeunes commis paresseux n'étaient sans doute pas encore arrivés, l'appelait chez lui.

« Oui ? Ici sir Peregrine », dit-il aimablement.

– Oh ! Perry ! c'est vous ? » répondit, impatiente, la voix à l'autre bout du fil.

Perry ? Personne ne l'appelait Perry. Pas en sa présence, en tout cas ! Quand il était enfant, bien sûr, et puis plus tard, une ou deux femmes; mais, depuis bien longtemps, plus personne ! Sa femme l'appelait Dragon. Elle était si sotte qu'elle ne s'apercevait même pas que cela le mettait hors de lui. « Allons ! Dragon ! » disait-elle, tendant vers lui un doigt tremblant, « allons ! Dragon, ne soyez pas un aussi vilain Dragon ! »

Ridicule.

« Qui est à l'appareil ? » demanda-t-il, un peu moins courtoisement.

– Mais enfin ! c'est Fanny ! Et je serais si heureuse si...

– Fanny ? » dit-il, plus courtoisement du tout. « Et qui peut bien être Fanny ?

– Oh ! Perry ! Comment pouvez-vous demander qui peut bien être Fanny », s'écria une voix indignée. « Faites-vous l'imbécile ou êtes-vous de mauvaise humeur parce qu'il est trop tôt ?

– Vous êtes... » Lanks hésita, éclairé d'une vague lueur, « vous voulez dire lady Fanny Skeffington ?

– Lady Fanny Skeffington ! » fit la voix en imitant la sienne. « Mais je suppose qu'il y a auprès de vous quelqu'un qui écoute ce que vous dites. Mais je n'ai pas, chéri... – des années qu'on ne l'avait plus appelé ainsi, et cela lui parut tout simplement grotesque – Perry, je suis tellement ennuyée, ennuyée à un point... Venez, et dites-moi ce que je dois faire. Aussi vite que vous le pouvez. Soyez un ange et venez tout de suite – avant que je ne descende et ne sois obligée de les affronter ! »

Affronter qui ? Avait-elle dilapidé sa fortune et avait-elle des huissiers à ses trousses ?

En homme avisé, il ne souhaitait pas avoir ce genre de conversation au téléphone. Il ne pouvait pas croire non plus qu'il s'agissait d'huissiers. Skeffington, il se souvenait vaguement d'en avoir entendu parler. Il s'était ruiné dans quelques spéculations risquées, au Mexique, mais ne lui avait-il pas laissé une très importante somme, après leur divorce ? Il lui semblait bien. Il en était même certain, et elle ne pouvait avoir dilapidé autant d'argent. Ce n'était donc sûrement pas les huissiers qui la harcelaient. Qu'elle fût aux abois ne faisait cependant aucun doute, et, après tout, en souvenir du bon vieux temps...

De vagues souvenirs de ce temps disparu lui revenaient à l'esprit, odorants comme le parfum des roses séchées et doux comme la musique à des oreilles devenues un peu dures.

« Très bien », dit-il, « je passerai chez vous en allant au Palais. D'ici dix minutes, environ. Toujours Charles Street, je suppose ?

– Oui, Charles Street, mon ange... »

Il avait raccroché.

Fâcheux, pensa-t-il, debout près du téléphone muet. Il se pinça la lèvre inférieure entre le pouce et l'index – attitude bien souvent observée dans *Low*, *Punch* et autres institutions similaires –, fâcheux et même ridicule d'avoir à retrouver Fanny ! Il n'avait guère de temps pour les renouements, les souvenirs, les résurrections. Ce qui est mort est bien mort et ne doit pas être ranimé. Et puis, à la fin, elle s'était montrée exaspérante, cela lui revenait peu à peu. De nombreuses années s'étaient écoulées, mais il se rappelait combien elle avait pu se montrer fastidieuse, le retenant par sa beauté, une fois les premiers beaux jours passés, et ne se souciant à aucun moment de faire preuve d'une once d'intelligence. Un homme désire qu'une femme soit à la fois intelligente et belle, une fois passée la surprise du coup de foudre. Et elle aurait pu être les deux à la fois. Comme elle avait appris à jouer aux échecs ! jusqu'à ce qu'elle en eût eu assez ! Sa cervelle, il s'en souvenait, aurait pu être parfaite pour une femme, si elle avait su s'en servir. Oui, elle aurait pu être une compagne presque idéale si elle l'avait voulu ! Mais elle refusait d'utiliser sa cervelle et refusait d'être une compagne. Il s'était accroché aussi longtemps que sa dignité le lui avait permis, espérant avoir sur elle quelque influence – accroché, c'était bien le mot, jusqu'à ce qu'elle l'envoyât paître, si une telle expression peut s'appliquer à un renvoi qui, au demeurant, s'était bien passé. Elle avait été trop belle, elle avait trop usé de ce pouvoir que donne la beauté. Elle s'en fichait bien. Comme toute courtisane, elle ne vivait que dans le présent, et sur des apparences.

Et puis, ses charmes avaient disparu, et il n'était plus resté que son côté exaspérant. En vieillissant, les femmes ne deviennent pas moins fastidieuses, au contraire. Les défauts de leur corps, comme ceux de leur esprit, telles les pierres d'une route mal construite, remontent peu à peu à la surface. Il ne voulait pas la voir. C'était la dernière des choses qu'il désirait. Mais...

Eh oui ! il y avait un mais. Toujours debout, près du téléphone, dans la lugubre pénombre du hall, et se pinçant toujours la lèvre inférieure, il fut bien obligé de reconnaître qu'il y avait autre chose dans tout cela. N'était-il pas, après tout, redevable à Fanny ? N'avait-il pas un jour parlé d'une dette plutôt bien agréable ? En effet, il lui fallait bien s'avouer qu'elle avait fait entrer dans sa vie, et pour la seule et unique fois, un peu d'amour, et même de frénésie. Aussi extraordinaire que cela pût paraître aujourd'hui, il ne faisait aucun doute qu'il l'avait follement aimée, aimée à la folie, juqu'à l'ivresse. Et être aimé, au point de s'en oublier soi-même, exalte un homme, l'élève à des hauteurs qu'il n'a jamais soupçonnées auparavant et qu'il ne connaîtra plus jamais par la suite. Quelques mots, qu'il ne put aussitôt resituer, lui revinrent à l'esprit, de très loin, de cette période de pure adoration, avant qu'il ne commençât de critiquer ses défauts: "Donc avec les anges et les archanges et toute la cohorte des saints..." Où avait-il lu cela ? Où avait-il entendu cela ?

Étrange ! pensa Lanks en se pinçant la lèvre encore plus fort. Grâce à Fanny, il avait certainement, pendant quelques semaines, vécu sur des sommets.

Scrupuleux et loyal par nature, il se demanda si, en échange, il ne devait pas, pour quelques minutes, se rendre à Charles Street.

Il y alla. Il réclama son chapeau et son manteau, monta dans sa voiture qui attendait, et il y alla. Durant le trajet, de nombreux souvenirs lui revinrent à l'esprit. Il était heureux, détestant les dettes autant qu'on peut les détester, de pouvoir, en donnant simplement un conseil utile, s'acquitter de celle-ci.

La porte, dont il se souvenait si bien, fut ouverte par un jeune homme pâle et hirsute, en bras de chemise, qui paraissait en pleine crise de nerfs. Sa première crainte lui revint: elle avait dilapidé sa fortune et les huissiers étaient bel et bien sur les lieux.

L'envie d'agir en échange des anges et des archanges fut aussitôt réprimée, car il y a peu de choses aussi désagréables pour un homme que de voir réapparaître un amour oublié depuis longtemps et, qui plus est, pour vous emprunter de l'argent. Cela va se dégrader, se dit-il, justifiant ainsi sa répugnance à prêter de l'argent. Cela risque de souiller pour des motifs sordides ce qui aurait pu demeurer un agréable souvenir.

Lanks en eut une émotion si forte qu'il serait volontiers reparti, laissant le serviteur ébouriffé penser ce qu'il voudrait, si le maître d'hôtel, qui l'avait reconnu, un Soames un peu monté en graine à présent, et les yeux gonflés, n'était sorti précipitamment de la pièce, dont Lanks se souvenait fort bien que c'était la bibliothèque et, rajustant sa livrée, lui avait dit, un peu effrayé, dès qu'il l'eut reconnu:

« Oui ? Sir ? Oh ! bonjour, sir Peregrine ! » Celui-ci avait beau s'être retiré de la vie de Charles Street depuis des années, il était encore parfaitement reconnaissable. Un peu plus vieux, bien sûr. Plus sec. Plus austère. Plus imposant. Mais encore parfaitement reconnaissable.

« J'ai rendez-vous avec lady Frances », dit Lanks, avec raideur. Il trouvait que l'apparence bouffie du maître d'hôtel et ses gestes nerveux donnaient peu de crédit à la maison. Huissiers ou non, un maître d'hôtel doit garder son sang-froid.

« En effet, sir Peregrine. Mais oui. Bien sûr, sir Peregrine », fit Soames qui, tel le jeune homme en bras de chemise, avait, du point de vue nerveux, plutôt l'air d'une épave.

– Quelque chose ne va pas ? » demanda Lanks. Il lui tendit son chapeau et son manteau, et chercha dans le hall une trace du passage des huissiers.

– Qui ne va pas ? Oh ! non, non, sir Peregrine.

– Lady Frances est-elle au salon ?

– Je n'ai pas encore vu lady Frances ce matin. Je crois que la femme de chambre a dit que...

– Soit. J'attendrai dans la bibliothèque. Prévenez-là que je suis arrivé. Faites vite, je suis pressé. »

Et avant que Soames ait pu l'en empêcher, Lanks, qui connaissait chaque pièce de la maison, traversa le hall, ouvrit la porte de la bibliothèque et s'y engouffra.

Il fut surpris par le pitoyable spectacle qui

s'offrait à ses yeux. Certes, à son âge, il lui en fallait beaucoup pour être surpris, mais il demeura interloqué que Fanny pût encore donner cette sorte de *party*.

La pièce, qu'il avait toujours vue ordonnée, voire austère, avec ses belles boiseries sombres et ses nombreuses rangées de livres, était sens dessus dessous, avec des restes de ce qui paraissait avoir été un souper particulièrement agité. Une petite troupe de domestiques des deux sexes, le regard anxieux, tâchait, dans une hâte frénétique, de remettre un peu d'ordre; ce qu'ils continuèrent de faire après avoir jeté sur lui un regard terrorisé. Ils ramassaient les mégots et les cendres, emportaient des plateaux d'assiettes sales, nettoyaient les taches sur les tapis, rassemblaient des morceaux de verres brisés et remplissaient des paniers de restes écrasés de biscuits salés.

Des biscuits salés ? Lanks ne pouvait en croire ses yeux. Il prit son pince-nez cerclé de noir afin d'en avoir le cœur net. Oui, des biscuits salés ! Impossible, de toute façon, d'associer le nom de Fanny à ces biscuits. Le maître d'hôtel, derrière lui, se balançait d'un pied sur l'autre en ne disant mot. Il ne lui appartenait plus, pensait-il sans doute, d'ouvrir la bouche dans cette maison. Son heure avait sonné. Contre tout espoir, il avait cru dans le pardon de lady Frances. Mais lorsqu'il vit sir Peregrine, devenu un membre éminent du barreau, et qu'il apprit qu'il avait rendez-vous avec lady Frances, il comprit qu'un funeste destin planait au-dessus de lui. Comme la plupart des maris, depuis Adam, il en rejeta la faute sur sa femme.

« Bien. Je ne puis attendre ici », dit Lanks dont les minces commissures des lèvres pendaient encore plus qu'à l'habitude. « Je monte au salon. »

Mais là aussi régnait le plus grand désordre. Du moins au fond de la pièce. Il se tint à l'entrée qui paraissait avoir échappé aux tornades de la *party* et contempla le spectacle d'un air sardonique, tandis que d'autres domestiques remettaient furieusement les coussins en forme et balayaient les tapis.

Mais qu'avaient-ils donc à se montrer si effrayés et à s'agiter ainsi ? Fanny était-elle descendue si bas que cette sorte de *party* avait attiré l'attention de la police ? Plutôt qu'à l'hypothèse des huissiers, c'est à celle-ci qu'il s'attachait à présent. Il détournait la tête avec dégoût, lorsque Manby apparut et, par sa seule présence, effaça toutes ses appréhensions. Manby vieillie, Manby si calme et respectueuse, qu'aucun mauvais soupçon ne pouvait persister devant elle, Manby incapable d'être demeurée au service de quelqu'un dont la conduite avait laissé à désirer.

Il eut honte de ses pensées indignes. Et lorsqu'elle dit, aussi impassiblement que si elle l'avait vu la veille, alors qu'il y avait dix-huit ans – oui, c'était bien dix-huit ans ! – qu'il n'était pas revenu: « Bonjour, sir Peregrine, voulez-vous... » Il l'interrompit, se dirigea vers elle, lui serra chaleureusement la main et lui demanda de ses nouvelles. Ses propres domestiques ne l'auraient même pas reconnu. Mais il n'y avait jamais eu, dans Wilton Crescent, le moindre souvenir d'amour.

« Ça va, merci, sir Peregrine. J'espère que vous allez bien aussi, sir Peregrine », fit-elle poliment. « Voulez-vous...

– Vous vous souvenez de moi, je vois. » Il l'interrompit de nouveau, ému, sans bien savoir pourquoi. Peut-être lui rappelait-elle la période de sa vie où seul l'amour comptait ? Donc avec les anges et les archanges et toute la cohorte des saints...

« Mais bien sûr, sir Peregrine. Voulez-vous monter dans le petit salon ? »

La pièce lui était familière. Il lui sembla qu'il pourrait presque se remettre à jouer aux échecs devant la cheminée. Il crut revoir le céleste visage de Fanny, penché au-dessus de la petite table, près du sien. Il rajeunissait de dix-huit ans ! Il revenait au temps de sa jeunesse enfuie, de son amour enfui. Et c'était Fanny...

Mais non, précisément, ce n'était pas Fanny.

Grands dieux ! pensa Lanks lorsqu'elle se retourna.

Elle vint rapidement à sa rencontre, les mains tendues. Elle était si heureuse de le voir, tellement soulagée, qu'elle en oublia les dix-huit années passées. Elle s'était habillée en hâte afin de ne pas faire attendre l'homme pressé qu'elle avait devant elle, et était trop absorbée par ses problèmes pour s'en soucier. Elle s'était maquillée précipitamment, et si elle s'était regardée avec soin dans une glace, elle aurait trouvé le résultat plutôt bizarre.

Grands dieux ! pensa Lanks; et la cohorte des saints s'enfuit à la débandade, pour toujours.

Il prit ses mains, la seule chose qu'on puisse faire lorsque quelqu'un vous les tend, mais un peu mollement.

« Perry ! Comme c'est gentil à vous ! » s'exclama-t-elle en lui souriant. Mais elle ajouta aussitôt, car elle avait bien vu l'expression de son visage et senti la mollesse de sa main: « Perry ? ». Comme si elle n'était plus sûre de rien, hésitant un peu.

« Ma chère Fanny, comment allez-vous ?

— À l'intérieur, toujours la même », fit-elle rapidement en retirant ses mains. Elle n'était vraiment pas habituée à ce qu'on les lui serre avec si peu d'enthousiasme, mais elle n'y attacha guère d'importance.

Il ne fit pas attention à sa réponse, car il y pressentait une sorte d'exaspération. Elle pouvait bien être toujours la même à l'intérieur, mais si l'extérieur était différent, à quoi cela pouvait-il servir ? Ce n'était quand même pas à lui d'en discuter !

« Dites-moi, je vous prie, en quoi je puis vous être utile », dit-il en regardant sa montre.

— En rien, si vous êtes pressé. » Elle avait remarqué son geste.

— J'ai quelques minutes devant moi si vous désirez me parler », fit-il patiemment.

Patiemment. Toujours cette même patience. Les femmes n'aiment pas que les hommes montrent leur patience. Elle se souvenait de l'ostentation avec laquelle il s'était montré patient vers la fin de leur amitié. Et il était de nouveau là, avec cette même patience.

Elle en fut agacée. Elle se demandait, à voir la fine ligne de ses lèvres, si, autrefois, les commissures s'en abaissaient de façon aussi sardonique. Elle ne parvenait pas à s'en souvenir. En fait, elle était certaine du contraire. Et si c'était là l'effet que la réussite sociale produit sur un homme, alors elle n'en faisait pas grand cas.

Lanks, qui songeait combien sont sages ceux qui évitent de se retrouver après des années de séparation, répéta: « Si vous me disiez en quoi je puis vous être utile...

— Oui, je suis très ennuyée. Ce sont les domestiques. » À présent qu'il se trouvait là, il eut été absurde de ne pas le laisser l'aider, malgré l'envie qu'elle avait de lui demander de partir et de la laisser se débrouiller tant bien que mal. Et elle ajouta, en lui tendant la main, une seule cette fois, ce qu'il affecta de ne pas remarquer, ces paroles inattendues: « Ne nous querellons pas, Perry ! J'ai l'impression que c'est comme si, intérieurement, nous nous querellions.

— Les domestiques ? » fit Lanks, qui avait retenu ce mot parmi les autres. Il n'avait aucune envie de savoir quel avait pu être leur comportement. Et ci c'était uniquement pour une histoire de domestiques qu'elle l'avait détourné de son chemin, lui, un homme si occupé, il se dit carrément qu'elle n'avait aucun sens des valeurs. D'ailleurs, elle n'en avait jamais eu. Elle avait toujours couru après des ombres et toujours cherché à éviter l'essentiel. Lorsqu'il y venait, elle le repoussait. Bref, une étourdie. Mais lui, il avait été un homme heureux !

« Approchez-vous du feu, et je vais vous raconter. » Elle s'en approcha le plus possible. Elle avait froid, froid, comme si l'univers entier était uniquement de glace et habité par des étrangers. Multiples et étranges étaient les ruses du Temps sur les êtres démunis, elle l'avait récemment constaté. Mais la plus étonnante ruse du Temps était de transformer en étrangers ceux qui s'étaient autrefois aimés.

Il la suivit, mais refusa de s'asseoir. Il se tint appuyé contre le manteau de la cheminée, pinçant les lèvres, attendant qu'elle s'expliquât. Elle leva les yeux sur lui – ayant à peine appris l'art de vieillir, elle ignorait encore qu'une femme de son âge, assise dans une position inférieure, ne doit pas regarder quelqu'un qui se trouve plus haut qu'elle –, et il remarqua les poches sous ses yeux; s'en était-elle rendu compte ? Cela ne l'intéressait pas. Cela n'avait, pour lui, plus aucune importance qu'elle s'en fût rendu compte ou non. Mais à ce stade, à quoi sert d'affirmer qu'elle est, intérieurement, demeurée la même ! Cependant, en l'examinant bien, il nota que les outrages du temps n'étaient pas absolus. Il lui restait de bien nostalgiques vestiges de sa beauté, quelques restes pathétiques, telles que la pureté inaltérée de la ligne de son nez et la courbure, qui aurait pu paraître si intelligente, pensait-il encore, de ses arcades sourcilières. Mais tout ceci n'était plus que tristes vestiges de ce qu'avait été ce visage, et ne faisait qu'empirer son état actuel.

« Je me suis demandée si vous ne pourriez pas les congédier à ma place.

— Vos domestiques ? Moi ? » Il se tut, tant fut grande sa surprise.

Il la regarda, du même air d'inflexible dégoût dont il avait regardé le maître d'hôtel bouffi. Qu'on l'ait fait venir à Charles Street pour ce genre de mission, lui, si occupé, et l'un des membres les plus éminents du barreau, le laissait pantois.

« Ou bien », hésita Fanny, « si vous vouliez rester auprès de moi pendant que je m'en charge ? » Elle avait remarqué sa stupéfaction. « Perry ? C'est si pénible de devoir renvoyer des gens », expliqua-t-elle, penchée en avant et levant les yeux vers lui — encore ces poches sous les yeux ! « Je ne l'ai jamais fait de ma vie, et lorsqu'il est question de les renvoyer presque tous... »

Jamais fait de ma vie ! Même si c'était sinistre, cela amusait plutôt Lanks, qui, ces derniers temps, en avait rarement eu l'occasion. Quoi, elle allait renvoyer ses gens ? Elle n'avait sûrement pas perdu la main ! Certes, il était plus désagréable d'avoir à renvoyer des domestiques que des soupirants, car les domestiques pourvoient à votre confort, alors que les soupirants finissent toujours par provoquer des ennuis, mais pour quelqu'un d'aussi expert que Fanny, cela ne pouvait être réellement difficile ! En outre, si elle ne voulait pas le faire elle-même, n'avait-elle pas une secrétaire ? Il lui posa la question. Elle répondit par l'affirmative, mais ajouta que celle-ci détesterait tout autant avoir à faire cette besogne.

« N'avez-vous pas un... »

Il savait bien qu'elle n'avait plus de mari. Mais, éloigné comme il l'était des mondanités, muré dans son travail et ne sortant jamais, il ignorait si elle s'était ou non remariée. Il l'aurait tout même lu dans le *Times* ! En le feuilletant pour trouver les pages financières, le nom de Skeffington lui aurait sauté aux yeux, car, après tout, ce nom avait joué un rôle important dans sa vie.

De son côté, Fanny songeait: Homme sans pitié ! Homme sans pitié, comme vous avez changé ! Si elle avait changé extérieurement, lui avait aussi changé intérieurement, ce qui le rendait doublement cruel. Un bref instant, l'image intérieure de Lanks miroita devant ses yeux – un intérieur fait de bouches et de lèvres baissées aux commissures –, et elle se demanda s'il n'en avait pas toujours été ainsi, seulement on ne s'en apercevait pas parce que l'amour les dissimulait.

L'amour. Elle leva de nouveau les yeux vers lui. Il les abaissa sur elle. Pourrait-on croire, se disaient-ils, qu'ils s'étaient aimés ? Et dans son regard qui la jaugeait avec une indifférence glaciale, elle vit soudain nettement, pour la première fois, l'image qu'elle devait donner aux autres. Une semaine ou deux plus tôt, elle avait pleuré en se regardant dans la glace, sans maquillage, après une nuit d'insomnie. Et, à présent, après avoir bien dormi, après s'être maquillée, elle lisait encore dans ses yeux, et à travers les siens dans ceux de l'univers tout entier, que sa beauté s'était définitivement enfuie.

« Perry ! » dit-elle. Elle oubliait les domestiques, elle oubliait pourquoi il était venu, et ne songeait plus qu'à la mer ténébreuse de l'avenir sur laquelle il lui faudrait désormais naviguer, vague après vague, toute seule, dans la nuit grandissante. « Perry, je suis effrayée !

– Quoi ? Par un tas de domestiques, ma chère Fanny ? » Et il était prêt à lui donner du courage, tant il détestait l'idée qu'une femme de son milieu, de son esprit et de son caractère pût éprouver de l'effroi d'avoir à renvoyer ses domestiques, lorsqu'elle l'interrompit:

« Non, non. Les domestiques, ce n'est rien comparé à... »

Il la regarda, de ses yeux froids et incisifs, et elle se mit à se tordre les mains. En se penchant, elle ajouta: « Ne voyez-vous pas, Perry, oh ! ne voyez-vous pas combien il est affreux, combien il est terrifiant pour quelqu'un qui a tout eu dans la vie de se trouver soudain confronté au néant ?

Pour toujours et pour l'éternité, le néant ? Et de pire en pire chaque jour ? »

Il fut à la fois surpris et inquiet. « Chère Fanny, le néant étant le néant, il ne peut empirer », dit-il d'un ton glacial. Car, si ce que Fanny venait de dire avait un sens quelconque, c'était la confirmation de ce qu'il avait redouté: elle voulait de l'argent. L'argent, offert et accepté, serait pour eux deux une forme de déshonneur, n'est-ce pas ? Il s'en convainquit aussitôt. Le souvenir d'une belle histoire d'amour ne doit jamais être souillé par des questions d'argent.

« Oh ! mais si, c'est possible ! Les choses peuvent empirer », répliqua-t-elle, se tordant les mains de plus belle, manifestement en proie à une vive émotion. Pitoyable de voir une femme d'un certain âge éprouver une telle émotion, pensait Lanks tout en continuant de la regarder. Lorsque les rides surgissent, seule une certaine dignité est de mise. Et voici qu'elle prononçait le mot qu'il avait tant redouté: « Faillite », dit-elle, en continuant de se tordre les mains. « Faillite, faillite, et encore plus, à chaque heure qui passe. »

Pour Lanks, c'était un terme déplaisant, voire répugnant, lorsqu'il sortait d'une bouche amie. « Ma chère Fanny », fit-il sévèrement, « il n'y a pas de hiérarchie dans la faillite. Une personne en faillite est une personne en faillite. Il n'y a pas de degrés.

– En êtes-vous si sûr ? » lui répondit-elle en insistant encore. « Non seulement il y a des degrés, mais chacun est pire que le précédent. » À cette contre-vérité absolue, tout ce qu'il trouva à répondre fut: « Ma chère Fanny ! »

Il regarda sa montre, vit qu'il pouvait encore lui accorder cinq minutes et, pinçant sa lèvre inférieure, il en conclut que le souper et la *party* de la veille avaient été le dernier stade de l'imprévoyance. Il le savait bien, les gens devenaient insouciants lorsqu'ils étaient à bout de ressources et dilapidaient leurs derniers pence au moment même où chaque shilling comptait. Puis, comme c'était apparemment le cas de Fanny, ils attendaient de leurs amis qu'ils les tirent d'affaire. Les femmes, tout particulièrement, se conduisent aussi follement avec l'argent, lorsqu'elles n'ont pas de mari pour le leur retirer des mains. Si jamais – il y avait très souvent pensé au cours de sa carrière –, si jamais il y a des êtres humains qui ont besoin de maris, ce sont bien les femmes !

À cette idée de mari, il vit une issue à la position pénible et périlleuse dans laquelle il se trouvait: « Il faut demander à Skeffington », dit-il de la voix ferme de celui qui y voit tout à coup plus clair. « Ou, si vous préférez, je m'en chargerai. »

« Skeffington ? » Elle interrompit son balancement – depuis quelques minutes, elle n'avait cessé de se balancer d'avant en arrière sur son fauteuil – et le regarda fixement.

« Demander à Skeffington ? Vous voulez dire Job ? Et lui demander quoi ?

– De vous aider. Je crois comprendre qu'il n'est

plus riche, mais ses conseils peuvent vous être utiles. Ma chère Fanny, c'est à lui qu'il faut vous adresser. Vous n'avez bien sûr aucune créance légale sur lui, mais peut-être en considération du fait qu'il fut votre mari... Je suis tout prêt... » continua-t-il sous le regard toujours silencieux de Fanny, « si vous ne voulez pas lui écrire vous-même, je peux le faire à votre place. Je sais que votre divorce remonte à de nombreuses années, et il a probablement noué depuis longtemps d'autres liens, mais néanmoins... »

Fanny se leva. Soudain apaisée, elle alla jusqu'à la fenêtre, regarda un moment dans la rue, puis revint. Elle se retourna et le vit à nouveau sortir sa montre de son gousset.

« Perry... » Elle s'arrêta.

Elle allait lui dire que l'univers est rempli de malentendus, lui raconter qu'hier une femme l'avait prise pour une prostituée, et, à présent, il se trouvait là devant elle à s'imaginer qu'elle voulait lui emprunter de l'argent ! Mais elle s'interrompit, non seulement à la vue de sa montre, mais parce qu'elle ressentait l'inutilité de tout discours... Les mots ! Les mots ! Aucun mot au monde ne peut plus atteindre le cœur d'autrui, lorsqu'il n'y a plus d'intérêt personnel, lorsqu'on a des rides, lorsqu'on a perdu son apparence au point d'être devenu un étranger. Mieux valait dire adieu à Perry. Mieux valait l'exclure définitivement de sa vie, comme elle l'avait fait avec Dwight, Conderley et Miles. Mais comme c'eut été bon, oh ! si bon, si réconfortant si, supposant qu'elle avait besoin d'argent, il lui avait aussitôt gentiment offert de lui en donner.

Et puis, peu importait. Il ne pouvait l'aider. Il était devenu ce que la vie avait fait de lui. Et elle y était pour quelque chose aussi, car, si elle l'avait épousé, qui sait si les commissures de ses lèvres ne se seraient pas un peu plus relevées ?

Peu s'en fallut qu'elle ne sourît à cette idée. Voyant son visage s'éclairer, il se sentit un peu plus soulagé. En outre, elle paraissait calme, et il vaut toujours mieux se trouver devant une femme calme que devant une femme qui ne l'est pas !

Il fut encore plus rassuré, lorsqu'elle ajouta, avec cette petite pointe de dérision qu'il lui avait connue, si charmante autrefois, mais soudain étrange sur ce visage bien changé: « Ne craignez rien, il me reste suffisamment.

– Alors, pourquoi, ma chère Fanny, parler de faillite ?

– Parce que j'y suis en plein. Pas pour l'argent. J'en ai assez grâce aux donations de Job. Il existe d'autres sortes de faillites, vous savez... » Sur quoi, il regarda de nouveau sa montre, redoutant un nouveau drame, même d'une autre sorte

« Oh ! Perry ! comme cette montre m'agace ! » s'écria-t-elle. « Cessez de la regarder, je vous en prie ! Je sais que vous êtes pressé d'aller à vos rendez-vous, et vous avez été très généreux de venir jusqu'ici. J'ai été stupide d'importuner un homme tel que vous. Je crois que je pourrai parfaitement me débrouiller dans cette affaire de domestiques, avec l'aide de miss Cartwright. Aussi, oubliez tout cela. »

Elle lui tendit la main. Tout à fait soulagé de ses craintes, il la prit avec chaleur. C'est si agréable, après tout, quand les gens ne vous demandent rien. À présent qu'il savait qu'elle n'était pas dans le besoin, il s'en voulut de ne pas avoir manifesté davantage d'empressement à l'aider, au lieu de lui recommander de s'adresser à Skeffington.

« Eh bien, au revoir, ma chère Fanny », dit-il avec gratitude. « Je vais avoir une journée particulièrement chargée, mais si jamais vous sentez...

— Oh ! je ne sentirai rien. J'agirai. » Elle le raccompagna.

— Voilà, c'est ce qu'il y a de mieux à faire, comme au bon vieux temps, n'est-ce pas ? » ajouta-t-il. En partant, il regarda autour de lui, presque de bonne humeur, à présent que sa délivrance était si proche...

— N'est-ce pas ? » dit Fanny.

— Si on jouait aux échecs ? » demanda-t-il d'un ton facétieux. Il venait de voir l'échiquier, toujours à la même place.

— Bonne idée », fit-elle en souriant. Elle tira la sonnette.

Sur le seuil, il s'arrêta: « Sérieusement, Fanny, s'il y a quelque chose que je puisse faire...

— Je sais, c'est gentil. »

Manby apparut.

« Eh bien ! au revoir, Fanny !
— Au revoir, Perry. »
Ce fut tout.

CHAPITRE VIII.

CE fut tout.
Fanny contempla la porte refermée tandis que Lanks dévalait l'escalier, tel un écolier après la classe. Pour la première fois, elle soupçonna que le destin était en train de faire d'elle un homme. Désagréable, quand vous n'en êtes pas un ! Mais que signifiaient tous ces coups qu'elle venait de supporter, assénés l'un après l'autre, sinon qu'il lui fallait se montrer ferme et faire face, en gentleman, à toute éventualité ?

S'il en était vraiment ainsi, la première chose à faire était de cesser de se cramponner. Des fétus de paille, voilà ce qu'ils étaient devenus, ces hommes qui avaient été ses amants. Et aussi pitoyable que ce soit, il l'était encore bien plus de tenter de se raccrocher à eux. Mais il était tout de même bien triste de finir dans la peau d'un homme, alors qu'on a débuté dans le sexe opposé.

Elle recouvra sa fierté, son cran, son courage, ses esprits – tous ces attributs que Lanks venait de lui remettre en mémoire et qu'elle aurait préféré laisser aux véritables hommes, elle qui n'aimait rien tant que le confort et les rideaux tirés et l'absence de tout souci. Puis elle se dirigea vers le bureau, décrocha le téléphone et entama sa métamorphose en se mettant aussitôt au travail.

Son travail, à ce moment précis, c'était cette histoire de domestiques. « Passez-moi miss Cartwright, s'il vous plaît. » Et il fallait agir tout de suite... Lanks, elle l'abandonnait à Dieu. Pour ne pas devenir amer, il n'y a rien de tel que d'abandonner les gens à Dieu, Fanny le savait bien, qui en avait tant abandonné dans le passé; et, d'ailleurs, ils n'avaient pas du tout apprécié ! Elle alla même si loin, le téléphone à l'oreille, qu'elle tenta, pour ne plus se raccrocher à lui, d'adresser une bénédiction d'adieu, même très rapide, à celui qui avait été le cher Perry et resterait à présent et pour toujours simplement Lanks. Mais cela ne paraissait pas bien efficace.

« Allo ! Miss Cartwright ? Comment ? ce n'est pas miss Cartwright ? S'il vous plaît, trouvez-là et dites lui de venir à l'appareil... » – et elle dut laisser à Dieu le soin de le bénir.

Puis, elle se demanda si c'était une raison parce que Lanks, et l'amour et la beauté, tout ce que dans sa fierté retrouvée, elle appelait le saint-frusquin, l'avait abandonnée, pour que les domestiques dussent à leur tour en faire autant. La seule solution pour celle qui devait les prévenir était de ne pas les prévenir du tout. Elle allait leur pardonner. Bien avant que miss Cartwright n'eût répondu au téléphone, elle avait décidé de leur pardonner. D'abord, les réprimander sévèrement, certes, voire durement, puis ensuite leur pardonner. C'était si simple, si facile, si agréable, et aussi si naturel de pardonner. N'aurait-elle pas été tentée, à leur place, de danser comme des souris si le vieux chat – elle refoula cet horrible mot et le rectifia, tenant compte des intentions du destin, en "vieux matou" – n'était pas là ? De toute façon, la miséricorde était ce qu'il y avait de mieux, et rien ne pourrait l'inciter à suivre les méthodes quasi disciplinaires de Job !

« Salut, Job ! vous revoilà ! » dit-elle à haute voix, en interrompant le cours de ses pensées. Elle avait le téléphone à la main et dans le bureau, en bas, miss Cartwright venait précipitamment de coller le récepteur à son oreille – mais Job était là, ou semblait l'être, à côté d'elle, la regardant avec un air de reproche comme s'il allait dire: « De quelles mesures disciplinaires parlez-vous et depuis quand ma Fanny – au moins, il ne l'appelait plus sa Fanny-Wanny ! –, êtes-vous certaine que la miséricorde est toujours préférable ? »

« Oh ! je ne veux pas en discuter à présent », dit-elle toujours à haute voix, dans le téléphone. Mais elle montrait moins d'impatience qu'elle n'en avait ressentie avant l'humiliante visite de Lanks.

Après le regard froid et incisif de celui-ci, qui révélait surtout son envie impérieuse de déguerpir au plus vite, l'insistance de Job à se présenter toujours à l'improviste devenait presque réconfortante. Lui, au moins, aimait être auprès d'elle. Encore que lui aussi, sans doute, différent des autres comme il l'était toujours – avec le cachet particulier que lui donnait son statut d'ancien mari, le seul d'entre tous qu'elle avait épousé –, se comporterait sans doute comme les autres s'il la voyait aujourd'hui telle qu'elle était devenue...

« Oui, bien sûr, vous auriez agi ainsi, Job ! » insistait-elle, après sa protestation et tout en continuant de parler dans l'appareil.

Ces quelques remarques, manifestement adressées à l'ancien maître de maison, troublaient beaucoup miss Cartwright, dont l'imagination, excitée par l'attitude de Manby lorsqu'elle répondait de mauvaise grâce à ses questions à propos de Mr Skeffington, tournait depuis quelque temps autour de celui-ci. « Quoi ? Il est là ? Mr Skeffington est là ?

– Je vous demande pardon, lady Frances », dit-elle d'une voix vacillante. Son cœur battait de plus en plus fort. « Je n'ai pas tout à fait saisi...

– Soit. Vous envoyez chercher Soames et Mrs Denton, et vous leur dites de monter au petit salon », dit-elle.

Oh ! Ils vont y avoir droit ! Miss Cartwright chantait victoire, et vola littéralement jusqu'à la sonnette sur laquelle elle tira si violemment qu'un valet de chambre apparut aussitôt. Il était là-haut, lui, le vrai maître de maison, sans doute poussé à cette extrémité par celle qui avait été sa femme, afin de mettre de l'ordre. Manby lui avait dit que Fanny avait téléphoné à quelqu'un, de grand matin, avant même qu'elle ne fût rentrée de Ponders End où elle passait les week-ends avec sa vieille mère. Il allait y avoir un énorme ouragan et un nettoyage complet dans la foule de ces domestiques oisifs et insolents. Il serait là pour se rendre compte par lui-même, et l'horrible orgie de la veille, si elle avait eu pour effet de le ramener à la maison, se transformait en bénédiction.

D'après les réponses de Manby à ses questions, réponses toujours chuchotées, toujours à contrecœur et qu'il fallait lui arracher, mais réponses néanmoins fort nettes, miss Cartwright en était venue à la conclusion que le dernier maître de maison devait être exactement le genre d'homme qu'elle admirait. Un homme juste, peut-être dur – mais comment être juste sans être quelque peu dur ? –, mais un homme qui fondait comme du beurre lorsqu'il s'agissait des femmes. Manby le lui avait laissé entendre, le souffle coupé et les yeux respectueusement baissés: les femmes avaient provoqué la perte de Mr Skeffington. Et miss Cartwright admirait tellement les hommes qui se laissent mener par le bout du nez ! Elle n'en avait jamais rencontré, mais elle savait qu'il en existait. Et, vingt-deux ans trop tôt pour elle, un tel homme avait vraiment vécu dans cette maison. Vingt-deux plus tôt, elle était toute jeune encore. Elle aurait pu être de celles pour qui Mr Skeffington fondait comme du beurre. Et peut-être même qu'à présent... qui sait ?

Survoltée et triomphante, elle avait sonné et avait à peine pu dissimuler son air de victoire pour dire au valet de chambre de lui amener les deux principaux coupables. Elle leur transmettrait elle-même le message de leur maîtresse. Elle souhaitait voir par elle-même comme ils le prendraient, ces deux-là auxquels elle vouait tant de rancune ! Soames s'était toujours conduit comme s'il était son égal. Elle avait débuté dans la vie au même âge que lui et cela la froissait horriblement. Mrs Denton, sans nul doute, abandonnait la préparation des repas à la deuxième, voire à la troisième fille de cuisine, ce qui l'agaçait profondément, car la nourriture était son seul plaisir charnel.

Mais aujourd'hui, les vieux griefs étaient pratiquement oubliés et tous deux allaient se trouver devant elle. « Montez immédiatement dans le petit salon de lady Frances ! » leur ordonna-t-elle avec rudesse. Quand ils eurent quitté la pièce, tremblants et réduits à l'état d'une sorte de gelée, elle s'affaira afin de tout préparer en vue de leur départ imminent. Le carnet de chèques était ouvert, les cartes d'assurances timbrées, les certificats de travail remplis. Les certificats de références qu'ils avaient apportés lors de leur engagement, et qui n'étaient même plus dignes, après le raffut de la nuit précédente, du papier sur lequel ils avaient été rédigés, étaient déjà sortis du coffre.

Elle se rassit, et attendit. Elle attendit longtemps et rien ne se produisit. Il se fit tout d'abord un grand silence, une sorte d'immobilisation de toute la maison, comme le jour de l'Armistice, car chacun retenait son souffle, attendant le verdict que les deux principaux intéressés allaient leur communiquer lorsqu'ils sortiraient du petit salon, devenu l'antre du destin. Bien avant que miss Cartwright, qui attendait la sonnerie du téléphone, eût commencé de s'étonner, puis de l'étonnement de passer à l'inquiétude, tout se remit à bouger et le travail reprit avec un entrain voisin de la gratitude.

Elle écoutait tous ces bruits familiers avec une surprise croissante. Y avait-il eu un contretemps ? Devait-elle téléphoner et prétendre qu'elle avait cru entendre sa maîtresse sonner, pour savoir du moins quelle était sa voix, ou pour essayer de deviner, peut-être...

Elle n'en avait point le courage. Elle sortit dans le hall pour voir si elle rencontrerait quelqu'un ayant la mine de celui qui vient de se voir signifier son congé. La première personne qu'elle aperçut fut Soames, en bras de chemise, absorbé dans sa tâche, disposant les journaux du matin sur une table. Toute son attitude laissait entendre qu'il en rajoutait dans l'empressement. Il semblait tout aussi manifeste – mais miss Cartwright ne parvenait pas à y croire – que Soames avait l'air d'un homme à qui on a tout pardonné.

« Y a-t-il quelqu'un là-haut, auprès de lady Frances ? » demanda-t-elle à tout hasard, ne sachant plus à quel saint se vouer, et d'un ton tout à fait différent de celui avec lequel elle lui avait ordonné, une demi-heure plus tôt, de monter.

« Non, miss Cartwright. Pas que je sache », dit Soames, déférent et s'arrêtant dans son travail pour se retourner poliment vers elle.

Donc il n'était pas là. Elle avait dû rêver. Mr Skeffington l'avait sans doute obsédée.

Glacée, confuse, se rendant compte que la justice avait échoué dans son rôle, elle se retira. Par la porte ouverte de la salle à manger, elle vit Manby poser un vase de roses sur la table. Elle entra.

« Que s'est-il passé ? » demanda-t-elle, en refermant vivement la porte derrière elle. Elle s'y tenait adossée afin que personne ne puisse entrer. Il était tout de même invraisemblable que Soames, et Mrs Denton, et tous les autres aient pu être pardonnés.

« Ce qui s'est passé, miss Cartwright ? »

Manby eut pour elle un regard sur lequel se lisait l'interrogation, voire l'incompréhension délibérée, car elle n'avait toujours pas apprécié d'avoir été pressée de tant de questions à propos du mariage de sa maîtresse. Cette fois, elle n'était pas sûre d'avoir à répondre.

« Y a-t-il quelqu'un là-haut ?

— Là-haut ?

— Avec lady Frances. J'ai cru entendre une voix d'homme...

— Oh ! ce devait être sir Peregrine Lanks », répliqua Manby, arrangeant tranquillement une rose. « Il est venu de bonne heure et il est reparti il y a quelques instants.

— Et Soames ? Et Mrs Denton ? Ne vont-ils pas être flanqués à la porte ?

— Pas pour cette fois. On a tout réglé. Nous sommes des saints, dans cette maison », ajouta-t-elle. Elle se penchait sur les roses comme pour dissimuler la désapprobation qui ne manquait pas de se dessiner sur ses lèvres charnues.

Miss Cartwright observa en silence. Échapper si facilement à la justice la rendait muette. Et que lui, Skeffington, n'ait pas été dans la maison, en plus !...

« Ce qu'il nous faut, c'est un homme qui puisse commander », fit-elle, déçue et indignée, lorsqu'elle put recouvrer la parole.

C'était également l'avis de Manby. Depuis vingt ans ! Mais pour rien au monde elle ne l'aurait avoué à miss Cartwright.

Une période difficile s'ouvrit alors pour Fanny. En effet, il n'est pas toujours de tout repos de continuer de vivre dans une grande maison entourée de gens auxquels on a cru devoir pardonner. Elle dut se ressaisir fermement et tenir bon afin, d'une part, d'éviter toute récidive, d'autre part de pouvoir tenir contre vents et marées, et de résister à la tentation de s'enfuir à nouveau dans cette sorte de refuge un peu lâche qu'avait été son installation au Claridge. Elle était tellement navrée pour ces pauvres créatures graciées ! Elle ressentait secrètement le remords d'avoir avancé son retour, d'être rentrée inopinément et de les avoir pris en flagrant délit. C'était vraiment une erreur, se disait-elle, d'être ainsi revenue à l'improviste et de les avoir plongés dans une situation telle qu'ils eussent à demander pardon. Comment Dieu, qui avait pratiquement à pardonner à tout un chacun, pouvait-il bien regarder le monde en face ?

Cela lui était impossible. Elle évitait leur regard. Quand elle avait des ordres à donner, elle évitait de passer par Soames ou par Mrs Denton. Elle détournait la tête lorsque les valets couraient, alors qu'ils auraient dû marcher normalement, pour lui ouvrir la porte. Elle rougissait aux excuses inquiètes de la femme de chambre à propos de bévues si minimes qu'elle ne les avait même pas remarquées. Pénible. C'était véritablement une situation bien pénible. Elle vécut dans une sorte de gêne perpétuelle, jusqu'à ce que divers petits signes commencent à lui faire comprendre, vers la fin de la deuxième semaine, qu'ils étaient tous sur le point de se remettre de leurs émotions, et qu'elle était plus consciente de leur situation que de la sienne propre.

En effet, après avoir pris de façon quelque peu

excessive un air de chiens battus, toute l'équipe de domestiques, durant la deuxième semaine, trouvant sans doute contre nature de se sentir continuellement écrasés, commença de nouveau à s'animer, au grand dam de miss Cartwright qui jugeait ce renouveau tout à fait prématuré et aurait bien souhaité qu'ils restassent à genoux au moins pendant une année entière.

« Ce qu'il leur faut ? » dit-elle un jour à Manby, en variant légèrement sa formule, « c'est un homme au-dessus d'eux. »

« Oui, c'est bien là ce dont ils ont tous besoin, y compris elle-même », ajouta-t-elle en confidence, tout en déchirant le papier buvard avec son stylo. Être au service d'une femme ne correspondait pas à l'idée qu'elle s'était faite d'un travail parfaitement satisfaisant. L'autre nuit, elle avait fait un rêve merveilleux, véritablement merveilleux : il y avait un homme au-dessus d'elle. Comme c'était agréable ! Et comme la description que Manby avait faite de Mr Skeffington...

« Oui, lady Frances ? Y a-t-il quelque chose que je... »

Elle sursauta en voyant Fanny entrer.

À présent, sa maîtresse semblait toujours sur son dos. Pas assez à faire, pensait miss Cartwright, pour cette femme riche et oisive qui devenait chaque jour plus antipathique. Elle n'était pas inquiète de ce que les hommes fussent riches. Au contraire, cela ne lui déplaisait pas, et elle aurait été bien contente d'en rencontrer, mais les femmes n'étaient jamais riches du produit de leurs propres efforts, elle devaient toujours leur fortune, comme c'était le cas de Fanny, à quelque homme entiché d'elles et fondant comme du beurre.

Pourtant...

Il y avait cette fois une raison à la soudaine irruption de sa maîtresse. D'habitude, il n'y en avait pas. D'habitude, elle se contentait de s'agiter sans répit, esquissant vaguement le contenu d'une lettre qu'elle souhaitait dicter, jetant un coup d'œil à son agenda, se demandant – et cela depuis la party – si miss Cartwright ne jugeait pas qu'elle avait trop de domestiques pour une femme seule, et lorsqu'elle obtenait une réponse prudente – du genre: « C'est surtout la maison, en fait ! » – elle demeurait pensive et ne disait mot. Mais cette fois, elle était entrée pour demander à miss Cartwright de libeller un chèque de vingt livres. Celle-ci, prise au dépourvu au moment même où elle songeait à Mr Skeffington, sortit, d'une main un peu tremblante, le chéquier du tiroir; et pourtant, elle ne comprenait pas pourquoi elle n'aurait pas le droit de songer avec quelque ferveur, et aussi souvent qu'elle le souhaitait, à Mr Skeffington, qui n'était plus rien, depuis longtemps, pour lady Frances.

« À quel ordre, lady Frances ? » demanda-t-elle. Fanny ne répondit pas. Il fallait pourtant bien inscrire un nom. Quel intérêt de rédiger un chèque sans indiquer de bénéficiaire ? Elle sentit, avec surprise, comme une sorte d'impatience monter envers sa maîtresse. Il était funeste d'éprouver ce sentiment si on voulait garder sa place. Mais elle n'en avait pas l'intention: dès qu'elle pourrait trouver une bonne place chez un riche homme d'affaires, elle partirait. Il lui fallait des bureaux. Des bureaux et toutes leurs opportunités.

« Oh ! oui, faites-le à l'ordre de miss Hyslup. Miss Muriel Hyslup », dit Fanny. « J'ai écrit une lettre d'accompagnement et j'aimerais que vous la portiez cet après-midi.

– Certainement, lady Frances.

– Seulement, je ne connais pas l'adresse. »

Miss Cartwright tint son stylo en l'air. Un homme, vivement un homme dans cette maison ! songeait-elle.

« C'est quelque part dans Bethnal Green. »

Miss Cartwright, prenant patience, attendit.

« Mais j'ignore où. »

Miss Cartwright résista à l'envie de poser son stylo et, résignée, demeura sur sa chaise.

« Il faisait nuit quand j'y suis allée. Peut-être qu'en plein jour... » Fanny s'interrompit, frappée par l'expression du visage de miss Cartwright. Où avait-elle déjà rencontré cette résignation mêlée de patience et d'impatience ? Mais chez Lanks, bien sûr ! À présent, c'était sa secrétaire qui s'y mettait ! Comme il est affligeant, pensa-t-elle, de toujours pousser les gens à la résignation.

Miss Cartwright, pour la secouer, car Fanny paraissait tombée dans une sorte de méditation abstraite, suggéra qu'elle pourrait peut-être lui donner quelque indice. Dans quelle partie de Bethnal Green, par exemple, pourrait-elle rechercher avec succès la bénéficiaire ? Fanny, rassemblant ses pensées, signala l'existence du frère de Muriel – « un prédicateur en soutane », dit-elle. Tout le monde pourrait lui dire où il habitait, car il prêchait souvent, juché sur une chaise, au coin d'une rue.

« Vous verrez miss Hyslup elle-même et m'apporterez sa réponse. Dites-lui, oui, dites-lui ? que j'ai beaucoup pris à cœur sa situation.

– Mais certainement, lady Frances.

– Et vous feriez mieux de prendre un taxi. Attendez une seconde. Qu'ai-je à faire cet après-midi ? À moins que Griffiths puisse... »

Miss Cartwright ouvrit l'agenda. « Mrs Pontyfridd et lady Tintagel à déjeuner », dit-elle.

– Oui, elles se sont invitées, j'ignore pourquoi.

– Mr Pontyfridd à cinq heures.

– Oui, il veut me voir. Je ne sais pas non plus pourquoi.

– Et ce soir... »

Mais Fanny se souciait peu de la soirée. Elle répondit qu'elle resterait à la maison et n'aurait donc pas besoin de la voiture. Griffiths pourrait la conduire à Bethnal Green, car lui, du moins, savait où se trouvait ce prédicateur et sa chaise. Le téléphone sonna. Miss Cartwright décrocha et il s'ensuivit une conversation dont Fanny ne put saisir que la moitié.

« Oui ? Qui est à l'appareil ?
— Hello ! Chérie !
— Ici la secrétaire de lady Frances Skeffington.
— Alors, belle enfant !
— Voulez-vous parler à lady Frances ?
— Maligne et fûtée, avec ça ! Hein ?
— Désirez-vous laisser un message ?
— Quoi ? Déjà sortie ? J'aurais cru la trouver encore au lit !
— Voulez-vous me laisser votre nom ?
— Dites-moi, vous n'êtes pas noire, n'est-ce pas ?
— Noire ? » répéta miss Cartwright.
— Noir ? » répéta Fanny. « Je ne connais personne de ce nom. Raccrochez. »

Miss Cartwright, congestionnée, raccrocha. « Et ce soir », poursuivit-elle, en reprenant l'agenda...

L'homme qui venait de téléphoner était sir Edward Montmorency, chevalier dans l'Ordre de Saint-Michel et Saint-Georges — chronologiquement, il venait aussitôt après Conderley, et avait charmé Fanny par ses bonnes manières et son insolence —, arrivé le matin même d'une de ces chaudes îles du Pacifique, dont il avait été gouverneur. Il n'était pas facile de lui raccrocher au nez, ou plutôt cela ne servait à rien. Il rappellait.

Sur cette île, entre toutes les autres îles chaudes, il avait, durant des années, avec entrain et succès, gouverné d'innombrables Noirs. Avec entrain, en dépit d'une forte aversion physique à leur égard, mais il était dans sa nature de faire contre mauvaise fortune bon cœur, et avec succès, car, en son for intérieur, il leur ressemblait beaucoup. C'était un homme au caractère simple, facilement enclin à la gaieté, faisant des fugues sans raison précise, prêt à chantonner rageusement, à siffler et même à faire des entrechats au lieu de se promener dans l'ombre des vérandas de sa résidence. Ses manières, proches des leurs, lui avaient attiré la sympathie des Noirs et sa popularité, tout comme son pouvoir, avait fini par le leur faire prendre pour le Seigneur tout-puissant.

Ce tempérament peut se révéler incommode pour un homme qui prend sa retraite. À son club, à Londres, on ne reconnaissait qu'un seul Dieu. Pour les serveurs, il n'était plus que ce gentleman chauve assis près de la fenêtre. Il s'ensuivait, avec les chauffeurs de taxis, quelques altercations irrespectueuses, et de nombreuses autres difficultés sociales guettaient sans doute Edward. Mais, en ce premier matin de son retour à Londres, il était heureux et réconcilié avec lui-même. Après avoir eu, pendant vingt ans, des papayes pour son petit déjeuner, il avait retrouvé ses chers œufs au bacon et, pour reprendre ses propres termes, il était aussi joyeux et excité qu'une puce. Un véritable petit bout de perfection, voilà ce qu'était cette chère vieille Angleterre, pensait-il, folâtrant dans sa chambre d'hôtel en attendant l'heure de téléphoner à Charles Street et de s'y rendre en visite. C'était fameux d'être rentré pour retrouver ce bon brouillard bien épais ! Fameux de retrouver un froid aussi mordant ! Fameux d'aller bientôt revoir...

« Ah ! la voilà !... » et, se précipitant sur le téléphone, il s'était embarqué dans cette conversation qui avait débuté par « Hello, chérie ! » et s'était terminée quand on lui avait raccroché au nez.

Il était peu habitué à être traité de cette façon, n'ayant connu, pendant vingt ans, que des manières obséquieuses à son égard, et il se demandait si une petite bonne femme de secrétaire s'imaginait pouvoir l'empêcher de parler à qui il avait envie. Miss Cartwright venait à peine de reprendre la lecture de l'agenda que le téléphone sonna de nouveau.

« Oui ? Qui est à l'appareil ?

— Le même type que tout à l'heure, et toujours de bonne humeur ! » répondit Edward. C'était sa première matinée en Angleterre depuis longtemps et il s'opposait résolument à la mauvaise humeur. « Rien de changé depuis notre dernière petite causette ?

— Désolée, mais vous avez dû faire un mauvais numéro. Il n'y a personne ici du nom de Noir. »

Le sang d'Edward ne fit qu'un tour... Noir ? Qui a jamais désiré parler à quelqu'un qui s'appelât Noir ? Que le diable l'emporte ! Puis, il rappela une troisième fois. Après des années passées sur de chaudes îles du Pacifique où il avait été considéré comme le Seigneur tout-puissant, son sang, à la moindre contrariété, ne faisait qu'un tour.

Cette fois-ci, miss Cartwright reconnut sa voix, et, posant sa main sur l'appareil, dit: « C'est à nouveau la personne qui désire parler à un certain

Noir ! Que dois-je faire, lady Frances ? Faut-il que je débranche pendant un moment ? »

Fanny acquiesça, et, à peine Edward eut-il le temps d'être ulcéré de ce que la sonnerie retentît dans le vide, qu'un livreur se présenta à Charles Street, chargé d'un énorme bouquet de roses. Fanny eut à peine le temps de penser que ce n'était qu'un bouquet de plus, qu'Edward arriva.

Au cours de ses nuits d'insomnie, nuits trop chaudes, durant les derniers mois de son exil lointain, il avait fait des plans pour l'avenir et, parmi ceux-ci, avec bien sûr son assentiment, celui d'épouser Fanny. La chère, la très chère Fanny ! Elle ne devait plus être ce qu'elle avait été, mais du moins était-elle blanche et n'avait pas la peau huileuse. Après les grasses indigènes des îles, qui paraissaient toujours recouvertes d'huile et dont la peau semblait glisser quand on les touchait, tels de chauds serpents, épouser Fanny serait aussi délicieux que de prendre un bon bain froid ! Dieu ! les fraîches femmes d'Angleterre, soupirait Edward, s'agitant sous ses moustiquaires – les fraîches, propres, fragiles et délicates chairs anglaises ! Il en était arrivé à détester toutes ces brassées de corps noirs, et gras, et glissants comme des anguilles. Au tout début, cela l'avait plutôt amusé, ce côté débordant, cette abondance de chairs. Puis, durant des années, excepté dans les moments de trop grande frustration, il s'en était tenu à l'écart et attendait avec impatience le jour, où, débarrassé d'elles pour toujours, il rentrerait chez lui pour épouser une femme qui leur fût en tout dissemblable.

Pourtant, il fallait être bien optimiste et d'une grande exubérance naturelle, se refuser à toute réflexion, et habitué, durant ses années de pouvoir à obtenir tout ce qu'il désirait, pour s'imaginer qu'il allait si aisément épouser Fanny ! Jadis, elle l'avait obstinément repoussé. Il s'en souvenait bien, mais peu lui importait à présent. Les temps avaient changé et il arrive aux femmes d'accepter à cinquante ans ce qu'elles auraient refusé à trente, et même d'en être très heureuses. Il n'avait pas perdu sa trace. Il savait tout d'elle: elle n'avait pas eu de mari depuis son Juif, elle vivait toujours à Charles Street, elle avait du fric, et avait été récemment si malade qu'elle avait failli en mourir, et allait, dans quelques jours, fêter ses cinquante ans. Ayant connu jusqu'à présent une totale liberté et ayant sans doute fait les choses les plus stupides qu'il lui serait désormais impossible de faire, elle devait être prête à se jeter dans ses bras. Il avait soixante ans. Ni l'un ni l'autre n'avaient plus beaucoup de temps à perdre. Chacun avait l'âge auquel, si l'on a décidé de vivre ensemble, il vaut mieux ne plus trop tarder. Il ne voyait aucune raison pour qu'il n'en fût pas ainsi. Ils pourraient même saisir l'occasion de ce cinquantième anniversaire. Ce serait particulièrement chic. Puis, ils pourraient terminer leur vie l'un près de l'autre. Elle l'aimerait et prendrait soin de lui, du moins de ce qu'il resterait de lui. Il serait un bon mari, non pas comme un jeune mari, ce qu'il n'était plus, mais comme le vieux mari qu'il deviendrait. Un admirable projet, songeait Edward, un projet du plus haut niveau ! Bénéfique à tous deux. Elle aurait auprès d'elle un homme qui serait aux petits soins et il pourrait enfin s'acquitter de ses dettes.

Très déterminé, et refusant de se laisser écarter par quelque secrétaire que ce soit, bien propre et bien rasé, comme doit l'être un homme qui croit qu'on va bientôt l'embrasser, il arriva à Charles Street sitôt après ses roses. Lorsqu'il aperçut Soames qui hésitait, dans le hall d'entrée, il repoussa le valet de chambre et fondit, tout joyeux, sur son vieil ami. Merveilleux de revoir ce vieux Soames ! Il aurait pu être mort et la chaîne des événements aurait pu être brisée. Le vieux domestique était certes un peu gras, surtout du côté du ventre, mais il était encore tout à fait reconnaissable.

« Salut, Soames ! » s'écria-t-il, en s'avançant chaleureusement vers lui, retirant lui-même son manteau comme pour ne pas perdre une seconde. « Toujours au service de lady Frances ? »

Soames se demandait qui pouvait bien être ce personnage si effronté et répondit prudemment par l'affirmative.

« Parfait ! Rien de tel que de s'accrocher à son poste. Où est-elle ? »

Il lança son chapeau au valet de chambre. Celui-ci, qui avait encore récemment été l'un des meilleurs joueurs de l'équipe de cricket de son village, l'attrapa au vol. Edward tira sur son gilet, rajusta sa cravate, arrangea son col, se frotta les mains et se sentit prêt à tout.

« Je doute qu'il y ait quelqu'un dans la maison », fit Soames d'un air guindé.

Il se souciait bien peu de la manière dont Edward avait lancé son chapeau, ni de celle dont le jeune valet de chambre l'avait reçu. Le hall de la maison de lady Frances Skeffington n'était tout de même pas une terrasse de café. Qui pouvait bien être ce personnage chauve et agité ?

En effet, si Edward avait reconnu Soames, la réciproque n'était pas vraie. Après avoir cuit pendant des années dans le four des tropiques et brûlé sous leur implacable soleil, Edward était devenu sec comme un biscuit et chauve comme un œuf. Soames n'avait jamais vu quelqu'un d'aussi chauve, excepté peut-être les nouveau-nés. Et, s'étant rendu compte, avec la célérité d'un excellent domestique à comprendre les moindres choses de la maison, combien sa maîtresse faisait, depuis quelque temps, la plus grande attention aux cheveux, il trouva étrange qu'un gentleman aussi chauve demandât à la voir. Pas bien, pensa-t-il, pas bien du tout de porter des guêtres et un œillet à la boutonnière quand on est aussi chauve. Ce gentleman aurait dû venir plus tôt, avant d'avoir perdu tous ses cheveux. Dix ans plus tôt, peut-être quinze. À présent, il serait peut-être plus aimable de le reconduire à la porte avant qu'il ne fût blessé dans ses sentiments, se dit alors Soames, qui se dirigea vers la sortie en adressant un signe au valet de chambre.

Edward se faisait péremptoire: « Je ne veux pas voir quelqu'un. Je veux voir lady Frances. Allez la chercher ».

Soames, peu habitué depuis le temps de Mr Skeffington à entendre un tel langage, fit la sourde oreille et se contenta de progresser un peu plus vers la sortie, et de faire de nouveaux signes au valet de chambre.

Edward en fut outré. Il traversa le hall à grandes enjambées, ouvrit une à une toutes les portes et jeta un coup d'œil dans chaque pièce.

Soames était scandalisé. Comment cet étranger pouvait-il se permettre d'entrer ainsi chez lady Frances ? « Sir, sir ! » protestait-il, en le suivant. « Sir, sir ! » Il se montra plus virulent encore lorsqu'il vit ce gentleman, après avoir trouvé les pièces vides, se diriger vers l'escalier menant aux appartements privés.

Effaré d'un tel comportement, se demandant s'il fallait appeler la police, il rattrapa Edward et le saisit par le bras. Celui-ci en eut le sang retourné. Quoi ? ce ver ? Ce ver, blanc par le plus grand des hasards, au lieu d'être noir, prétendait l'empêcher, lui, Edward, qui n'avait certes pas sur lui pouvoir de vie et de mort, de monter là où il voulait !

« Allez au diable ! » rugit-il, en le secouant violemment. Sur quoi, Soames, qui avait souvent regretté l'absence d'un gentleman dans cette douce maison dirigée par une femme, se fit aussi docile qu'un agneau.

« Qui dois-je annoncer, sir ?... si je parviens à trouver lady Frances ? » demanda-t-il hors d'haleine, mais désormais plein de déférence.

En entendant ces mots, ce fut au tour d'Edward d'être étonné, profondément blessé même. Il trouvait ingrat que Soames, qu'il avait aussitôt reconnu, n'eût pas fait de même avec lui.

Il s'arrêta, se retourna, le regarda. « Ne me dites pas que vous ne me reconnaissez pas. Ne me dites pas que vous... que vous ne savez pas qui je suis...

— Mais, sir, je ne saurais dire... » Soames allait parler, mais le valet de chambre, qui était nouveau dans la maison, encore fidèle et empli de bienveillance, et qui voulait éviter à son supérieur des allées et venues inutiles, croyant que celui-ci avait perdu la mémoire, s'avança vers lui et lui rappela timidement qu'ils avaient tous deux vu lady Frances entrer dans le bureau avec miss Cartwright quelques minutes auparavant. Avant même que Soames eût eu le temps de lancer au jeune homme trop zélé un regard furieux, Edward se sentit libre de ses gestes, et, tel une flèche, se dirigea sans hésiter vers la bonne porte.

Il trouva Fanny assise à son bureau, en la compagnie de miss Cartwright. Dans la pénombre de la pièce, seules ses roses, sur la table, à égale distance des deux femmes et placées dans l'ombre verte de la lampe, étaient éclairées. Tout autour, c'était aussi la pénombre. De sorte que, regardant chacune des deux femmes assises l'une en face de l'autre, il fut bien en peine de savoir qui était qui. Certes, l'une d'elle était bien Fanny, mais laquelle ? Toute erreur serait fatale. Et il serait dramatique d'embrasser celle qui n'était pas Fanny; car il avait l'intention de commencer par un baiser, tout comme, vingt ans plus tôt, tout s'était terminé par un baiser.

Il se tint sur le seuil, hésitant, muet.

Les deux femmes le regardèrent, sans sourciller. Ni l'une ni l'autre semblaient jamais l'avoir rencontré auparavant. Cela ne l'aida en rien, évidemment. Fanny crut, à en juger par ses vêtements et son œillet à la boutonnière, que c'était peut-être un garçon d'honneur à la recherche d'un jeune marié égaré à une mauvaise adresse. Miss Cartwright ne savait qu'une chose: ce n'était pas l'homme qu'on attendait pour les rideaux de la salle à manger.

Edward eut alors une inspiration. « Fanny chérie ! » s'écria-t-il, sans quitter la pénombre de la porte d'entrée, s'adressant à toutes deux avec la plus grande neutralité, n'en regardant aucune en particulier, mais les deux à la fois. La situation s'éclaircit aussitôt. Celle qui n'était pas Fanny se leva, rassembla quelques papiers et sortit discrètement de la pièce. Il se prit soudain pour Salomon.

Dieu ! je l'ai échappé belle ! songea-t-il en reprenant sa respiration. C'eût été trop horrible de s'être adressé à celle qu'il ne fallait pas ! La vraie n'aurait pas pu, n'aurait jamais pu lui pardonner ! Rien qu'à y penser, sa chemise lui collait à la peau. Bon. Jusqu'à présent, tout allait bien. Celle qui demeurait assise à la table ne pouvait être que Fanny. Au premier coup d'œil, elle le déçut un peu. Excepté les mains, toute sa personne était dans l'ombre. Il était difficile de bien se rendre compte de ce qu'elle était devenue. Peut-être un peu plus petite, un peu ratatinée ? Il en fut étonné et chagrin. Car, quant à lui, c'était plutôt le contraire. De toute façon, peu importait ! C'était Fanny, sa Fanny, et il ne se souciait pas des quelques petits changements qui avaient pu survenir au fil des années. Ce qui surtout le blessa, c'est que, comme pour Soames, tout à l'heure, elle ne paraissait pas le reconnaître. Mais cela ne saurait tarder, se dit-il. Il s'approcha d'elle, résolu et confiant, il prit sa main qui n'opposa aucune résistance, l'embrassa avec toute la ferveur que donnent les retrouvailles heureuses et dit, d'un ton qui lui parut être d'un tact parfait et dénoter une incomparable présence d'esprit: « Je vous aurais reconnue n'importe où ! »

Fanny fut trop stupéfaite pour répondre. Elle fixait le visage penché sur sa main. Qui était donc cet homme chauve ? Pourtant, en se posant la question – il était toujours courbé vers elle –, il lui sembla qu'il y avait quelque chose dans cette voix, dans la forme de ces épaules, dans la manière dont ces doigts écrasaient les siens, quelque chose qui la ramenait des années en arrière. Elle fut sur le point de dire, d'un ton incrédule et à la limite de la grossièreté: « Vous n'êtes tout de même pas Edward ? » Elle s'arrêta à temps.

Heureuse de n'en avoir rien fait, elle se leva. Il l'y aida, avec la plus grande sollicitude, bien que ceci fût tout à fait inutile, mais Edward n'avait jamais été très délicat ! Elle pensait qu'il valait mieux être debout qu'assise. Cet homme chauve, dont elle craignait qu'il ne fût Edward et qui lui baisait la main, l'effrayait. Mais elle pensa que la chose la plus naturelle à faire, c'était, à son tour, de serrer la sienne.

Ce qu'elle fit. « Comment allez-vous ? » dit-elle, gênée, les yeux fixés sur ce visage dont elle redoutait que ce ne fût précisément celui d'Edward.

Ces paroles n'étaient pas très appropriées, elle le savait bien, envers quelqu'un qui avait jadis été un ami très cher. Mais cette calvitie créait tout de même entre eux un obstacle. Elle n'avait jamais pensé qu'Edward, qui avait eu de tout temps une chevelure si ondoyante, avait toujours ressemblé, au fond, à un œuf. Il lui fallut surmonter ce sentiment pour sembler naturelle. Et s'il était tout aussi chauve intérieurement ? *"Alles Vergängliche ist nur ein Gleichnis"*, avait l'habitude de lui dire l'un de ses admirateurs allemands. Et si...

« Fanny ! » s'écria-t-il, prenant son autre main, « ne me demandez pas, non ! comment je vais ! Ne me dites pas que vous m'avez oublié !

– Bien sûr que non ! Vous êtes Edward.

– Votre Edward », fit-il rapidement, avec, une fois de plus, l'agilité d'esprit de Salomon.

Elle le regarda. Elle hésitait entre le rire et les larmes. Comment se comporter avec un homme qu'elle avait en effet si souvent appelé Edward – mais on dit tellement de sottises dans l'ardeur de la jeunesse ! – et qui, après n'avoir plus été son ami Edward depuis d'innombrables années, resurgissait, incroyablement changé, mais en vous assurant qu'il est toujours vôtre ? Visiblement, il s'apprêtait à l'embrasser. Elle espéra qu'il n'en ferait rien. Ce serait grotesque. Non seulement elle en éprouverait la plus vive horreur, mais elle ne le lui pardonnerait jamais. Son instinct la rassura: non, ce n'était pas ce qu'il désirait.

« Oui, votre Edward », reprit-il, certain qu'il lui fallait aller vite et battre le fer pendant qu'il était chaud. Mais le fer était-il vraiment chaud ? « Mais oui », ajouta-t-il résolument: « Toujours et uniquement à vous, malgré la manière dont vous m'avez rabroué...

– Oh ! ne me grondez pas pour cela, après tant d'années », lui dit-elle en souriant et en essayant de retirer ses mains. Il les tenait fermement contre sa poitrine, et elle en éprouva une certaine répugnance. « Et puis, vous vous êtes vite marié et avez toujours été heureux.

– Oh ! ne me grondez pas pour cela non plus », fit-il sans perdre un instant. « Vous ne pouvez pas dire que j'ai toujours été heureux puisqu'elle m'a quitté pour un autre !

– Inexplicable ! » fit Fanny en souriant toujours.
– Écoutez-moi... »

Les choses ne s'arrangeaient guère. Il faisait de son mieux, il était résolu à faire tout ce qu'il fallait pour leur avenir commun. Elle ne l'y aidait pas beaucoup. À quoi cela servait-il de dire "inexplicable" sur ce ton ? Cela n'a jamais aidé un homme, qu'une femme qu'il souhaite épouser se place sur le terrain de la raillerie, et se mette à se moquer de lui, pensa Edward, qui, six semaines plus tôt encore, avait droit de vie et de mort sur...

Il fit un gros effort pour empêcher son sang de s'échauffer. Il fallait avant tout rester calme. Patience, patience. En faire trop ne pourrait que nuire. Sûrement, ce qu'il y avait de mieux à faire, c'était de l'embrasser sur-le-champ. Venu dans le dessein de prendre les choses par le commencement, c'est-à-dire de l'embrasser, il s'éloignait à vrai dire du but recherché. Elle tenait sa tête à l'écart, avec tant de raideur et d'une façon si hostile, que rien ne lui était facilité. Et cette tête avait changé, il ne pouvait se le dissimuler. Pas la peine de ruser avec lui-même. Même dans cette pièce mal éclairée, il pouvait se rendre compte que ce n'était plus pareil. Et cela était bien décourageant...

Cela est tout aussi décourageant pour une femme, songeait Fanny au même instant. Elle qui n'avait aucun projet à son égard, aurait bien pris sa tête comme il la lui présentait, si toutefois il voulait bien lâcher ses mains et ne pas se donner l'air de vouloir lui faire la cour. Que peuvent bien faire deux personnes âgées, qui se retrouvent au bout de nombreuses années, pensait-elle, sinon s'asseoir tranquillement côte à côte pour bavarder – s'entretenir, tout en bavardant, de leurs amis communs, qui était mort –, et comment ? On pouvait parler du temps et même, s'il en avait envie, de la situation en Europe !

Mais Edward n'avait aucune envie de bavarder. Il était partisan de l'action, il voulait aller directement au but qu'il s'était fixé. Il refusait de se laisser aller au découragement, et repoussait tout obstacle. Il pressa encore plus fort les deux mains de Fanny et les plaqua sur son cœur: « Sentez-vous ? Sentez-vous, méchante, comme il bat ! »

Mais il ne battait pas. C'eût été peu digne d'eux. Un homme chauve âgé de soixante ans, une femme délabrée âgée de cinquante ans – il serait parfaitement déplacé que leur cœurs pussent battre l'un pour l'autre.

« Oh ! Edward », dit-elle en souriant toujours, cachant par là combien elle était consciente de leur dignité.

– Et pourtant, c'est ainsi », insista-t-il. « Et tout cela à cause de vous !

– Oh ! Edward ! » fit-elle, désormais incapable de sourire.

Il fallait l'arrêter. De tels propos devenaient inconvenants. Et pire que ces propos, son regard qui laissait poindre son dessein ! Il fallait vraiment l'arrêter. Rien au monde, et elle le savait fort bien, ne pouvait parfois être plus insultant qu'une demande en mariage. Pensait-il donc qu'elle était descendue si bas, qu'elle fût aussi totalement privée de ressources et qu'elle n'eût aucun autre intérêt dans la vie, qu'elle eût abandonné tout amour-propre, pour consentir à accepter n'importe qui ?

« À présent, écoutez-moi, ma petite ! » Oh ! comme elle détestait s'entendre appeler ma petite, ou pauvre amie, ou toute autre expression de ce genre ! « Vous n'aviez pas l'habitude de répéter tout le temps: "Oh ! Edward !" Que vous est-il donc arrivé ?

– L'âge », répondit avec fermeté Fanny.

– L'âge ? » Il railla, et s'il retira ses mains, ce ne fut que pour mieux prendre Fanny par les épaules, qu'il serra très fort. Elle en fut outrée. « L'âge ? allons-donc. Je vous aurais reconnue...

– N'importe où. Je sais. Vous me l'avez déjà dit », fit Fanny, très raide sous l'étreinte d'Edward, et en reculant sa tête le plus possible.

– Et moi, alors ? Si vous parlez d'âge, que dire du mien ?

– Dix ans de plus ! »

Edward dut se retenir une nouvelle fois pour empêcher son sang de s'échauffer. Elle n'était pas ainsi, autrefois ! Elle plaisantait de tout avec un charme qui vous donnait presque envie de pleurer ! Autrefois, elle n'aurait jamais proféré un tel chapelet de stupidités. Elle l'avait beaucoup aimé, il pouvait le jurer. Et ce n'était pas étonnant après cette vieille toupie de Conderley qui s'était accroché si longtemps. Elle riait sans cesse à toutes ses plaisanteries et l'avait surnommé A. D. C., ce qui signifiait: Adorable délicieux clown. Eh ! oui, c'était ainsi. Elle l'appelait son Adorable délicieux clown. Devait-il le lui rappeler ? Et oui ! par Dieu ! Il la ferait se souvenir de tout !

« Soyons clair », dit-il.

– Je ne demande que ça.

– Vous et moi sommes dans la force de l'âge.

– Oh ! Edward !

– Vous pouvez répéter "Oh ! Edward !" tant que vous voudrez, mais c'est ainsi. Ne vous y trompez pas !

– Je suppose que vous voulez me remonter le moral.

– Je ne cherche pas à vous remonter le moral. Je veux vous épouser », s'écria-t-il. Il étreignait ses épaules et la regardait avec une telle ardeur, tant son sang refusait de se calmer plus longtemps, qu'elle ne sut plus, une fois encore, si elle devait rire ou pleurer.

Mieux valait rire. Il est toujours plus sûr de rire ! Et le pauvre Edward serait vraiment anéanti si elle se mettait à pleurer et qu'il en devinât la raison.

Elle préféra donc rire. « Quelle drôle d'idée ! » dit-elle. Il étreignait toujours ses épaules, et il en fut soudain tout bouleversé – elles étaient si maigres ! Mon Dieu, pensa-t-il, il n'y a rien à épouser là-dedans !

C'est alors que Soames entra. Un ange venu à son secours, songea Fanny. Au diable ! songea plutôt Edward. Après une légère hésitation, car depuis des mois il n'avait jamais ouvert une porte de façon si indiscrète et, interloqué de trouver là ce gentleman chauve qui était enfin parvenu à entrer, il annonça, une fois repris contenance: « Lady Tintagel et Mrs Pontyfridd sont dans la bibliothèque, lady Frances. »

Que le diable l'emporte, se répéta Edward, qui s'était brusquement écarté de Fanny, comme s'il avait été pris en faute. Mais elle, qui n'avait jamais rien éprouvé de tel, ne broncha pas, sauf pour tourner la tête vers Soames. Toute sa vie, elle avait refusé de se laisser démonter par quelque interruption que ce soit. Quoi qu'elle puisse être en train de faire lorsqu'un domestique entrait dans une pièce où elle se trouvait, elle poursuivait ses occupations. Et cela donnait à son comportement, en de telles occasions, même parfois en des occasions saisissantes, un air de dignité, de droiture, d'impassibilité, et donc de décence, qui coupait court à toutes les spéculations.

« Très bien », fit-elle en renvoyant Soames. Après son départ, une fois la porte refermée, elle quitta le coin de la pièce où elle s'était tenue.

Quel soulagement de pouvoir s'éloigner d'Edward ! Elle se dirigea vers le miroir devant lequel miss Cartwright avait coutume de se pomponner, afin de voir comment ses cheveux avaient résisté à tant d'étreintes et elle en profita pour remettre en place une boucle mal disposée, derrière son oreille. Elle était toujours inquiète lorsqu'une de ses boucles n'était pas bien en place, car elle craignait que ce fût l'une de celles d'Antoine et qu'elle finisse par tomber sur le tapis; elle tirait alors un peu dessus, et si elle tenait bon, elle se sentait rassurée. Cette fois, elle ne tira pas. À cause d'Edward ! Et pourtant, à y bien réfléchir, n'était-ce pas à cause d'Edward qu'elle se devait de tirer dessus ? Le confronter à la triste réalité ? Le guérir de vouloir – ou de prétendre vouloir, ce qui était encore pire ! – lui faire la cour.

C'était là cependant un remède bien héroïque, bien au-delà de ses forces, un remède terrifiant. Novice dans ces sortes d'artifices, elle y était extrêmement sensible. Les choses étant ce qu'elles sont, l'héroïsme n'en serait que plus grand. Mais y parviendrait-elle ? Pourrait-elle se résoudre à une aussi humiliante situation ? Certes, cela "achèverait" Edward, et la libèrerait de lui à tout jamais. Mais... en était-elle capable ?

« Fanny... » Il reprenait son discours, troublé d'avoir à agir aussi vite, à cause de ces femmes qui attendaient en bas, dans la bibliothèque. « Fanny...

– Deux cousines viennent déjeuner avec moi », dit-elle, en arrangeant sa mèche devant le miroir. « Voulez-vous rester ?

– Rester ? » Edward était étonné d'un tel sang-froid. Ne venait-il pas de lui dire qu'il voulait l'épouser ? N'avait-elle pas compris ?

– Oui. Et déjeuner avec nous ? »

La mèche ne semblait tenir que par un seul cheveu. Pousserait-elle l'héroïsme jusqu'à cet incroyable geste qui, en la tirant légèrement, la ferait tomber sur le sol ? Elle brillerait sur le tapis. Il serait fort bien placé pour la voir. Les autres paraissaient tout aussi mal attachées. Évidemment, il les avait tellement secouées ! Aucune femme dont les cheveux sont ainsi fixés ne devrait jamais être secouée de telle façon. Et surtout sans avoir été prévenue, sans avoir eu le temps de se prémunir en fichant dans ses cheveux des épingles supplémentaires. Elle avait honte pour Edward qui, à soixante ans, l'avait secouée ainsi, elle qui en avait cinquante. Tant d'enfantillage la faisait rougir pour lui. Il devrait, lui aussi, se regarder devant le miroir. Il devrait les regarder, tous deux, côte à côte, devant le miroir !

« Rester ? » répéta-t-il, d'un air indigné. « Alors que je viens juste de vous demander de vous épouser et que je n'ai même pas obtenu de réponse ! Rester ? Et bavarder avec toutes ces cousines ?

– Deux », fit Fanny, tout occupée de sa mèche.

– Jamais de la vie.

– Excellente manière de refuser une invitation », fit Fanny en lui souriant dans la glace.

– Oui, et à présent montrez-moi quelle est la bonne manière », répliqua-t-il, en s'avançant derrière elle, d'une façon presque menaçante.

– Comment mieux faire qu'en vous imitant et en vous disant : « Jamais de la vie ». Elle souriait.

– Fanny ! »

Il était toujours près d'elle et la saisit par la taille. Elle appliqua vivement sa main sur son oreille et tira. Puis elle alluma toutes les lampes.

La pièce fût éclairée *a giorno*, et on put soudain en voir chaque coin et recoin. Chaque coin et recoin de leur visage et le sommet brillant, comme de l'ivoire rose et poli, de son crâne.

« Regardez », dit Fanny, désignant leur deux visages dans le miroir. « Simplement, regardez, Edward ! »

Il s'y refusa. Il ne regarda pas. À quoi bon regarder ? Qu'y avait-il à regarder ? Il savait bien ce qu'il verrait, et n'en avait aucune envie. « Fanny », dit-il, ses bras autour de sa taille, son visage enfoui dans ses cheveux – elle n'avait plus qu'à attendre, elle retenait son souffle, la surprise, le choc qu'il aurait quand sa boucle de cheveux tomberait sur le tapis ! « Fanny, je vous interdis de prononcer ces mots affreux : âge, vieillesse. Je vous interdis de penser que vous et moi n'en sommes pas au début de la plus belle partie de notre vie ! Il nous reste les plus belles années ! Nous serons heureux, et comment ! Nous irons à Monte-Carlo... – Dieu ! comme Monte-Carlo m'a manqué, enfoncé comme j'étais jusqu'au cou dans mes nègres ! – méchante ! Il est temps que votre adorable clown vienne vous prendre par la main... »

Elle frissonna d'horreur et tenta de se débarrasser de lui. Cet étranger, chauve, qui osait la toucher, qui osait lui rappeler comme elle l'avait appelé, dans l'étourderie de sa jeunesse, quand il était un jeune et beau garçon ! C'était pire que des malédictions, ces mots d'amour qu'il faisait revenir à sa mémoire.

« Oh ! Edward ! » Elle l'implorait. « Cessez de dire des stupidités. Regardez-nous ! Regardez-nous ! Vous n'avez qu'à nous regarder ! »

Alors, face à une telle insistance, il releva la tête et regarda dans le miroir et, après un coup d'œil des plus rapides, refusant de voir plus longtemps, il aperçut quelque chose d'autre, comme un objet brillant, encore plus brillant que son propre crâne, sur le tapis, à ses pieds.

Il regarda fixement. Était-ce... était-ce possible ?

Il tenait toujours Fanny d'une main. Il se baissa et, de l'autre, saisit la petite chose qui brillait.

« Oui », dit Fanny, tout en guettant dans le miroir sa réaction. « Ma mèche. Donnez-la moi, je vous prie.

– Vous voulez dire... » Edward parla lentement, observant la chose dorée et frétillante dans la paume de sa main. Il s'interrompit, trop abasourdi pour continuer.

« Oui. Tous mes cheveux viennent de chez Harrod's. »

Il y eut un silence. Elle avait dit Harrod's, et non pas Antoine, car Harrod's était un magasin dont même un homme depuis longtemps exilé dans les îles du Pacifique avait dû entendre parler. Elle attendit l'effet de ses paroles.

Edward, quant à lui, venait de comprendre qu'il était parvenu au moment crucial pour faire sa cour et que seule une inspiration soudaine pouvait le tirer de ce mauvais pas. Il regardait la mèche de cheveux. Fanny attendait sa réaction. Et l'inspiration vint. Juste à temps. Lorsqu'il était entré dans la pièce et que la situation avait paru ne tenir qu'à un fil, il en avait bien eu une. Et à présent que tout tenait plus que jamais à un cheveu, il en eut une autre. Après tout, que pouvait-elle espérer à son âge ? Bien des maris avaient dû encaisser des coups pires qu'une mèche qui tombe ! Ce n'est pas pour ses cheveux qu'un homme épouse une femme dans la cinquantaine. Seul un imbécile ou un tout jeune homme pourrait s'imaginer qu'à cet âge une femme ne commençât pas à tomber en lambeaux...

Regardant attentivement la mèche qu'il tenait dans sa main, il donna à ses lèvres la forme d'un baiser, et en imita le bruit. Il dit, avec ce que Salomon lui-même aurait pris pour le comble du tact et de la présence d'esprit: « Charmant ! »

Elle le regardait, l'observait.

« Ah, charmant ! tout à fait charmant ! » ajouta-t-il en regardant tendrement la mèche. « Laissez-moi la remettre en place, chérie ! Avez-vous une épingle à cheveux ? »

Elle demeura muette.

Il retira une épingle d'une autre mèche, qui tomba également sur le tapis: « Petites choses vivantes, n'est-ce pas ? » Tel fut son commentaire, empli d'admiration et de tendresse. Et il se mit à arranger les mèches.

Elle était pétrifiée.

« Le déjeuner est servi, lady Frances », dit Soames, sur le seuil du salon, après une légère hésitation.

« Allons ! ne bougez pas, ne bougez pas, Fanny ! » la supplia-t-il, l'épingle à cheveux entre les dents. Ses mains s'efforçaient de tout arranger, de tout maintenir en place. « C'est une opération très délicate, vous savez. Je ne veux pas que vos cousines vous voient avant... Allons ! ne bougez plus ! »

Elle avait trouvé plus malin qu'elle.

CHAPITRE IX.

On était le cinq mars. Il ne restait plus qu'une semaine avant l'anniversaire de Fanny. Ses deux cousines, Martha Tintagel et Nigella Pontyfridd, s'étaient concertées pour l'aider à passer le mieux possible ce pénible moment. Elles connaissaient exactement l'âge de leur cousine et, comme toutes les femmes, n'ignoraient pas que c'était une date difficile à vivre.

Fanny, jusque-là, n'avait jamais éprouvé le moindre désir de les rencontrer. Elles s'étaient invitées à déjeuner et avaient décidé de tâter le terrain avec tact afin de savoir ce qui pourrait lui faire plaisir. Elles se jugeaient inspirées par les motifs les plus nobles et de toute façon s'en faisaient une joie personnelle.

L'idée de Martha était que l'on pourrait organiser une petite réception à Tintagel, où, dans la plus stricte intimité, la pauvre Fanny, qui devait plutôt avoir envie de fuir le monde à cette occasion, pourrait constater combien des visages jeunes sont encore agréables à regarder, aussi longtemps que vos proches vous aiment. De son côté, Nigella pensait que sa maison, dans le Surrey, serait mieux indiquée, parce que plus proche de Londres et plus intime. Il fallait aussi un endroit familier, pour cette réunion, pas trop éloigné, de façon à pouvoir partir sitôt la réception terminée, n'est-ce pas ? répliquait Nigella. Les deux cousines avaient cherché tout ce qu'elles pourraient faire pour être agréables à Fanny. Elles savaient parfaitement que ce serait un moment difficile pour une femme qui avait été si belle...

« Et je vous assure qu'elle l'est encore », fit Nigella.

– Peut-être. »

Oui, un moment difficile, le début de la seconde moitié d'un siècle.

Elles avaient toutes deux à peine dépassé la quarantaine et n'avaient jamais été très belles, mais plutôt jolies, ce qui ne les empêchait pas d'imaginer ce que devait être l'adieu à la beauté, ce saut sans retour dans l'univers des gens dépassés, des *has been*...

« Et je suis un peu effrayée à l'idée que la pauvre chérie doit en plus "faire" ses cinquante ans », ajouta Martha en soupirant.

Nigella pensait qu'elle devait même paraître davantage.

« Peut-être. »

Comme ce devait être triste pour une femme qui avait toujours vécu dans le bonheur, les surpassant toutes par son charme, roulant sur l'or – les Tintagel, propriétaires d'immenses domaines qui ne rapportaient rien, n'en avaient jamais approché ! – et capable à tout instant de faire des ravages dans les cœurs des maris ! Les Pontyfridd, jusqu'à la maladie de Fanny, avaient parfois eu des mots désagréables à son sujet, car Nigella se convainquait difficilement qu'elle n'eût pas séduit George, tel un nouveau wagon raccroché au train de ses amants. Comme ce devait être triste pour une telle femme d'avoir tout perdu, excepté sa fortune, et de se retrouver toute seule !

« Vous voulez dire sans enfant ? » fit Martha. C'était Nigella qui venait de faire cette réflexion. Martha, quant à elle, était l'heureuse mère du nombre exact d'enfants qui convient aux lords désargentés, deux garçons et une fille, et ils étaient son unique souci. Pour elle, le pire malheur de Fanny était de ne pas avoir d'enfant.

« Non, je voulais dire sans mari », répondit Nigella, qui n'avait pas d'enfant non plus, mais s'en souciait peu, tant son cœur regorgeait d'amour pour George. N'avoir plus de mari était à ses yeux ce que Fanny pouvait connaître de pire. C'était, pour une femme, le comble du malheur, car un mari peut parfois vous maintenir dans le droit chemin.

« Je n'ai jamais compris pourquoi elle ne s'était pas remariée », dit rêveusement Martha.

– Elle dit toujours qu'elle ne veut plus s'attacher à personne.
– En ce cas...
– Oui », fit Nigella, « en ce cas... Mais je crois qu'elle le regrette aujourd'hui. »
Et Martha, qui aimait les attaches et savait parfaitement qu'elle ne pourrait vivre plus de cinq minutes sans être soutenue par quelqu'un, soupira encore une fois, et dit: « Pauvre Fanny ! »
Certes, ses deux cousines lui étaient incontestablement dévouées, surtout depuis sa maladie, et s'inquiétaient du délabrement physique et moral dont elle était victime – n'était-ce pas étrange, en effet, que depuis quelque temps, elle refusât de voir ses cousins et se claquemurât au Claridge ? Quelle idée ! –, mais elles ne pouvaient l'aider comme il aurait fallu. Il leur semblait qu'il y avait dans la situation de Fanny comme une sorte de justice, une sorte de rançon payée pour les rares et précieux dons qu'elle avait reçus avec tant de prodigalité et qu'elle avait, au fil des années, complètement gaspillés.
C'est dans la voiture de Nigella, qui était passée prendre Martha au Claridge afin de se rendre à Charles Street, que la brève conversation que nous venons de rapporter avait eu lieu. Puis, elles demeurèrent silencieuses, se demandant chacune, non sans regret, quelle sensation on pouvait éprouver d'avoir été si belle, et se consolaient chacune de ce qu'à tout prendre, elles qui ne l'avaient pas été, ne s'en portaient pas plus mal.

« Au bout du compte... » fit Nigella à voix haute, comme si elle était parvenue à sa conclusion.

– Oui. Au bout du compte... » répondit Martha, parvenue à la même conclusion.

Nul besoin d'explication. Chacune lisait exactement dans la pensée de l'autre. Étrange comme les mêmes mots revenaient souvent, lorsque les femmes parlaient de Fanny !

C'est ainsi que, pleines de bonnes intentions, d'affection et de pitié, la cousine par le sang et la cousine par le mariage arrivèrent à Charles Street, pour n'y trouver qu'une cousine intraitable à laquelle elles voulaient pourtant du bien.

Il n'y avait rien à faire avec Fanny. Dès la première allusion à son anniversaire, tout en elle se rebiffa et, à l'idée de célébrer celui-ci dans le cercle de famille, soit à Tintagel soit chez George et Nigella, elle dissimula si mal ses réticences qu'elle en vint à la limite de l'impolitesse.

À cause de Soames et de sa troupe, elles ne purent aussitôt aborder le sujet, mais, même avant, Nigella avait trouvé que Fanny se laissait déjà aller à de fort mauvaises manières. Elle était entrée dans la bibliothèque, où elles attendaient depuis un bon moment, déjà fort irritée, sans dire un mot d'excuse pour les avoir fait patienter si longtemps et elle les embrassa avec une indifférence des moins flatteuses. Elle avait l'air mal peignée; ses cheveux étaient tout en désordre et, pour la première fois, Nigella douta de leur authenticité. En outre, elle ouvrit à peine la bouche. La conversation devint difficile à trois, et ne put se poursuivre qu'entre les deux cousines, ce qui leur fut extrêmement désagréable. Et puis, lorsque le café fut enfin servi et qu'elles se retrouvèrent à nouveau toutes les trois, sans domestiques, Martha se mit à donner les raisons de leur visite, très doucement, très gentiment, montrant la sympathie la plus vive. Fanny lui mit aussitôt des bâtons dans les roues.

« Je vous en prie, Martha ! » s'écria-t-elle, levant la main pour l'interrompre.

– Mais, ma chérie », dit alors Nigella, « comme vous devez vous estimer heureuse d'avoir vécu si longtemps !

– Oh ! non! au contraire, c'est l'enfer, sacré nom !

– Ma pauvre chérie », ajouta à son tour Nigella. Que ces tendres paroles aient été une marque de sympathie ou un reproche envers l'attitude de Fanny, personne n'aurait pu le dire.

Cela commençait fort mal. Les cousines le sentaient bien, mais étaient décidées à ne pas se laisser démonter aussi vite. Fanny aussi s'en rendit compte, mais elle venait de subir toute une série de coups durs, et elle n'appréciait guère d'être la "pauvre chérie" de Nigella, pas plus qu'elle n'appréciait que Martha l'appelât "chérie" comme si elle avait voulu l'excuser. Elle avait même envie de leur dire qu'elle n'était en rien leur pauvre chérie, mais elles l'avaient compris sans qu'on le leur dise. Quant au "sacré nom", elle y tenait. Quoi de plus affreux, pour une femme qui avait navigué dans la beauté, comme disait Jim, que d'avoir cinquante ans ? Un naufrage, voilà ce que c'était. Surtout lorsqu'il fallait continuer de vivre dans la compagnie de ceux qui vous avaient connue au temps de votre splendeur. Edward qui, en se séparant d'elle, avait pleuré et, aujourd'hui, en la quittant, avait cligné de l'œil !

Toutes ces pensées la firent frémir. Elle n'avait pas su se dégager suffisamment de ses flatteries. Elle avait même été émue par son attitude quand il avait été question de ses mèches, croyant qu'il l'aimait vraiment pour elle-même, d'un amour clownesque, incurablement bouffon, mais authentique. Et lorsqu'elle avait traversé le hall pour se rendre dans la bibliothèque, où ses cousines l'attendaient, et dont Soames tenait la porte ouverte, Edward, sur le point de partir, l'avait suivie en silence. Elle était sortie du bureau où elle l'avait reçu, sans un mot ni un regard. Edward avait sans doute cru qu'il n'avait qu'à attendre son heure. Elle s'était demandé si, après tout, sa présence auprès d'elle, ne serait pas préférable à la solitude. Ce n'était pas une solution des plus agréables, mais si vraiment il l'aimait au point de négliger tous ces changements survenus en elle, dont elle était si préoccupée, c'était peut-être mieux que rien. Du moins pouvait-elle y réfléchir. Cela ne l'engageait pas.

Prise de remords de l'avoir repoussé avec tant d'arrogance – ce remords qui, au cours de sa vie, avait si souvent aggravé les choses, surtout pour les autres – elle avait tourné la tête pour lui faire un signe d'adieu solennel et elle l'avait surpris faisant un clin d'œil à Soames.

Edward faisant un clin d'œil ! À cause d'elle. À son domestique !

Edward et Soames avaient vu que cela ne lui avait pas échappé. Soames en était demeuré littéralement horrifié, regardant le bout de son nez. Edward, aussitôt, s'était rendu compte de ce qu'il venait de faire. Aucune femme ne pourrait jamais pardonner cela. Son entrain, sa bonne humeur, qui reprenaient toujours le dessus, venaient de se révéler à un moment particulièrement mal choisi. De tous les sacrés imbéciles...

« Vous ne savez pas quelle humiliation ce peut être », dit Fanny à ses cousines, avec une impétuosité soudaine, encore tout agitée au souvenir de cette scène. « Vous n'avez pas la moindre idée... »

Et Martha, qui ne comprenait pas ce que Fanny voulait dire par là, répéta: « Chérie » et de son côté, Nigella, qui ne le pouvait pas davantage, répéta: « Ma pauvre chérie ».

Fanny fit un effort considérable pour chasser de sa pensée Edward et son clin d'œil. Elle n'aurait pu, sinon, parvenir décemment au terme de ce déjeuner avec ses cousines. Assise très droite, presque raide, sur sa chaise à haut dossier, en face de cette autre chaise semblable, vide pour l'heure, mais toute prête, à la moindre évocation, à accueillir Job, elle tenta de parler de son anniversaire, pour lequel étaient venues ses cousines. Tout à trac, tant elle avait été outrée de son clin d'œil, elle demanda: « Vous vous souvenez d'Edward Montmorency ? »

Elles la regardèrent, quelque peu étonnées. Bien sûr, elles se souvenaient d'Edward Montmorency. Nul de ceux qui avaient suivi de près la carrière sentimentale de Fanny n'aurait pu l'oublier. Elles-mêmes l'avaient suivie de loin – adorant ses débuts, un peu moins la suite, à cause de leurs maris, mais toujours comme un feuilleton. Dès leur enfance, elles avaient été témoins des allées et venues dans Charles Street et, le moment venu, elles avaient aussi vu les allées et venues d'Edward Montmorency. Un homme bruyant, toujours d'une belle prestance, et semblant le plus souvent dans un état d'irrésistible bonne humeur! Et n'appartenant pas vraiment à l'élite ! Bref, un ours mal léché. Surprenant tous les amis de Fanny qu'elle puisse le supporter tournant ainsi autour d'elle.

« J'ai lu dans le *Times* qu'il était de retour », fit Martha doucement, un peu gênée, car elle ne voyait pas bien ce qu'il venait faire dans tout ceci.

– Cousu de dettes », dit-on, ajouta Nigella.

– Ah ? » fit Fanny, se retournant rapidement vers elle. Et, au bout d'un moment elle répéta, comme si elle avait soudain compris: « Ah ?

– Mais en quoi cela concerne-t-il votre anniversaire, chérie ? » demanda timidement Martha. Et Nigella pensait quant à elle: la pauvre Fanny ne va tout de même pas remettre çà avec Edward Montmorency ?

– En rien, sinon que tout cela pourrait être passé sous silence », répliqua Fanny, d'un ton arrogant et quelque peu hors de propos.

– Mais c'est vous-même qui avez amené la conversation sur lui, ma chère ! » dit Nigella.

– Je veux bien oublier sir Edward », ajouta Martha, « mais pas votre anniversaire. Un tel anniversaire, chérie!

– Vous parlez comme si j'allais avoir quatre-vingts ans », répondit sèchement Fanny – Fanny qui n'avait pratiquement jamais de sa vie parlé ainsi. Mais Edward... si près de la ridiculiser... Elle avait été tirée d'affaire par un clin d'œil. Et, encore toute brisée par la profonde humiliation qu'avait été ce clin d'œil, fallait-il s'étonner qu'elle ait répondu si sèchement ?

« Mais non, ma chère, vous allez avoir la moitié de cent ans, n'est-ce pas ? » dit Nigella.

La moitié de cent ans. Cela sonnait bien pire que cinquante. Alors Martha, regrettant que Nigella ait pu se laisser aller à des propos aussi désobligeants, alors qu'au fond d'elle-même elle était toujours très gentille, se mit précipitamment à exposer en détail leur plan. Nigg avait paru dure, alors qu'elle ne l'était pas, et Fanny avait prononcé un mot grossier, malencontreusement, l'un de ces vilains mots commençant par un "S" – ce "sacré nom" – et que Martha tenait soigneusement à l'écart de ses deux fils et de sa fille – mais que, de toute façon, ils connaissaient ! – et puis, cet affreux Edward Montmorency venant dans la conversation ! Elle eut l'impression qu'elle aurait fort à faire.

« Avant tout, chérie », dit-elle, d'un ton grave et anxieux, « nous aimerions vous avoir avec nous le jour de votre anniversaire, avec quelques parents. Venez donc à Tintagel, ou bien chez George et Nigg. Nous pensons qu'en un si... en un si... »

L'expression qu'elle lut sur le visage de Fanny la décontenança. Nigella vint à son aide, « un jour si spécial », dit-elle.

– Oui, une journée si spéciale. Vous n'avez jamais passé l'un de vos anniversaires entourée des vôtres, n'est-ce pas, chérie, et nous avons pensé que ce serait triste pour vous, mais maintenant... »

L'expression de Fanny la fit se troubler davantage.

Nigella vint une fois de plus à son aide: « Oui, maintenant que vous êtes... » commença-t-elle.

– Rangée des voitures ? » suggéra Fanny.

– Ce n'est pas ce que j'allais dire », fit Nigella, offensée.

– Nous sommes simplement venues parce que nous vous aimons », ajouta Martha, à son tour un peu froissée.

– Mes petites chéries », fit Fanny, désolée.

Il y eut un silence. Martha, avec ses yeux emplis de douceur et dont le désir avait été que Fanny ne souffrît pas trop de cet anniversaire, rentra dans sa coquille. Elle savait bien qu'elle n'était pas de taille à lutter avec Fanny, ni avec aucun de ces malins Londoniens. Elle était uniquement douée pour la vie tranquille à la campagne, à Tintagel. Comme elle aurait aimé s'y trouver, à cet instant, avec ses enfants, et la gentille gouvernante, et le vieux James qui ferait passer les pommes de terre bouillies !

Nigella, d'une constitution plus forte, prit la remarque de Fanny pour une preuve supplémentaire du degré de son délabrement. Fanny était devenue véritablement cynique, Fanny d'habitude si amoureuse de la vie, si incapable de la moindre critique envers qui que ce soit et quoi que ce soit ! Bientôt, son caractère ne serait plus qu'une mauvaise humeur permanente, pensa Nigella. Elle regardait, les yeux mi-clos, ce qu'elle pouvait apercevoir du visage de Fanny, tourné vers Martha. Car Fanny, désolée de ce qu'elle avait dit, était en train d'assurer Martha qu'elle était un ange ! Si elle avait été laide, elle aurait toujours été irascible, pensait Nigella en la regardant. Qui pouvait pourtant savoir si cette irritabilité ne faisait pas partie de sa nature profonde ? Et si, jusqu'à présent elle n'avait pas révélé cet aspect de son caractère, c'était parce que toutes les flatteries, toutes les gâteries possibles, tous les petits soins auxquels elle avait été habituée avaient été comme une main posée sur sa bouche, et qui l'en empêchait...

« Un ange ! » dit Fanny, qui se tourna soudain vers Nigella, se souvenant qu'elle aussi était venue pleine de bonnes intentions et s'efforçant de ne pas se montrer désagréable envers ces deux charmantes petites cousines.

Peut-être ne devrait-on jamais se tourner précipitamment vers quelqu'un. Cela laissait le temps de savoir ce qu'il y avait lieu de faire. On pouvait ainsi rectifier le tir. Mais à la façon dont se présentaient les choses, Nigella fut incapable de modifier l'expression de ses yeux mi-clos, et Fanny s'en aperçut. Mais enfin, Nigg la regardait comme si...

Il se fit un nouveau silence. Puis, elle répéta: « Un ange ». Mais cette fois, Fanny hésita et il y eut un ton d'interrogation dans sa voix. Naturellement, Nigella n'apprécia guère.

Il y eut alors, entre les cousines, et pendant un moment, une sorte de froid, qui se traduisit par le silence.

Si elle s'imagine que cela me touche ! se dit Nigella. Elle ajusta une nouvelle cigarette dans son long fume-cigarette en jade, et l'alluma, impassible.

Si elles savaient par quoi je viens de passer... songea Fanny, qui cherchait à se justifier.

Comme ce serait bon si les gens s'aimaient tout simplement les uns les autres, pensa Martha, qui n'avait pas remarqué le regard mi-clos de Nigella, et qui s'étonnait des réactions si désagréables, voire méchantes, que Fanny éprouvait pour celle-ci, qui pouvait si facilement être une gentille fille.

Fanny s'en étonnait elle-même. Pourquoi ? Était-ce parce qu'Edward avait fait un clin d'œil à Soames, parce qu'il avait presque réussi à lui faire croire qu'il l'aimait pour elle-même, qu'elle devait se montrer méchante avec ces deux innocentes ? Et qu'importait que Nigg ait ce regard hostile ! Il ne fallait pas oublier qu'elle était sans cesse obligée, en raison de ses nerfs, de se rendre chez Byles, ce qui suffirait à bouleverser l'humeur de n'importe qui. Cherchant à faire oublier sa question un peu déplacée et à briser le silence empreint de reproches qui s'était installé, elle inventa son propre plan pour son anniversaire, une idée qui venait de lui traverser l'esprit.

Elle en fut la première surprise. Ce plan, impensable une minute auparavant, comme il lui était venu brusquement ! Quelle bonne idée ! Une sorte d'inspiration soudaine. Un peu comme le mouvement qui lui avait fait tourner la tête dans le hall, au moment précis où Edward avait fait son clin d'œil à Soames. Non seulement ce plan la laisserait hors d'atteinte d'Edward, si jamais il était tenté de revenir, mais il lui épargnerait aussi les invitations de ses cousines et éviterait de donner à son refus la moindre nuance d'ingratitude.

« Écoutez, mes chéries. » Elle tendit à chacune une main volontairement conciliante, qu'aucune ne prit. « Écoutez. »

Et elle se mit à leur raconter que, depuis longtemps, elle avait décidé – en réalité, elle inventait au fur et à mesure qu'elle parlait ! – de passer cet anniversaire si particulier dans la retraite. Une retraite absolue. À Stokes – Stokes était son cottage au pied des collines du Hampshire. Elle se convainquit, le plus tranquillement du monde, que c'était bien là ce qu'elle allait faire.

« Je suis sûre que vous comprenez ? Non ? » Son regard allait de l'une à l'autre, mais ne parvenait pas à rencontrer le leur. « Vous voyez que ce qu'une femme peut faire, passé cinquante ans, n'est pas exactement ce qu'elle aurait fait avant. Elle peut toujours paraître à peu près semblable à elle-même, mais pas moi, qui me trouve soudain privée par la maladie de... oh! de la plupart de mes attraits. »

De tous, pensa Nigella.

La pauvre ! elle ne se rend pas bien compte, pensa Martha.

« Je pense que vous avez pu observer combien j'ai été atteinte », dit Fanny, en guettant leur réaction.

– Chérie ! » protesta Martha en levant les yeux et en rougissant.

– Et je crois qu'il est important, maintenant que je commence à vieillir...

– Chérie, mais non ! Pas ce mot ! » protesta encore la douce Martha, incapable de se raidir plus longtemps.

– ... de me colleter avec les choses et de les résoudre.

– Quelles choses ? » demanda Nigella. Elle retira un instant son fume-cigarette de ses lèvres pour l'y remettre aussitôt.

– Oh ! la vie, la mort, tout çà ! » dit Fanny avec désinvolture.

– Chérie, pas la mort ! » protesta Martha.

Nigella, de nouveau, retira son fume-cigarette de ses lèvres. « Bien sûr, si vous préférez vous retrouver seule à Stokes plutôt qu'avec nous...

– Oh ! comme vous savez rendre les situations embarrassantes ! » dit Fanny en souriant. Son premier sourire depuis leur arrivée, remarqua Nigella.

– Et ne serez-vous pas misérablement seule, chérie ? » demanda Martha. « Vous y avez été si malade. Cette idée ne va-t-elle pas vous hanter ?

– Oh! j'ai l'habitude d'être hantée », répondit Fanny. Elle songeait à Job. Elle le voyait, là, à sa place habituelle, à l'autre bout de la table. Penser à Job, c'était devenu pour elle comme de presser sur un bouton, comme d'allumer les lampes ! Non ! certainement pas les lampes ! Job n'avait rien à voir avec la lumière.

Ses cousines, attentives à son regard, la trouvèrent soudain bizarre. Bizarre de fixer ainsi une chaise vide, bizarre aussi de prétendre qu'elle était hantée. À de telles remarques, Martha ne trouvait ni queue ni tête. Nigella crut comprendre que Fanny était hantée par le remords – comme elle pouvait l'être, à penser au nombre de femmes et de mères auxquelles elle avait causé du chagrin !

Maintes et maintes fois, Nigella s'était demandée jusqu'où Fanny était en réalité allée. Elle était tellement habile à dissimuler ses traces, elle conservait toujours un tel air d'innocence et de désinvolture que personne n'avait pu jamais savoir jusqu'où. À présent, Nigella se mit à redouter qu'elle ne fût allée un peu loin avec George, par exemple, avec son George adoré. Sinon, pourquoi être ainsi hantée ? Les gens comme il faut ne sont pas hantés. Grâce à Dieu, se dit Nigella, tout cela est à présent terminé.

« Et je ne serai pas seule », reprit Fanny, en détournant sa tête de la chaise vide, dans un mouvement d'impatience. C'était bien un geste d'impatience, car elle n'avait jamais songé à Job lorsqu'elle se trouvait en compagnie et elle sentait bien que cette entorse à jouer les fantômes n'était pas de jeu. « Aujourd'hui même, j'ai écrit à quelqu'un pour l'inviter à m'accompagner. Vous vous souvenez du petit Mr Hyslup ? »

Elles la regardèrent, avec un sentiment de surprise. Et comment ! Elles se souvenaient aussi du petit Mr Hyslup. Nul de ceux qui avaient suivi de près la vie de Fanny ne pouvait l'avoir oublié ! De même qu'elles avaient assisté à l'arrivée, et aujourd'hui même, au départ d'Edward Montmorency, de même, à l'époque, elles avaient assisté à l'arrivée et au départ du petit Mr Hyslup. Un clergyman. Un clergyman banal, une sorte de vicaire. Pas de guêtres, ni de plastron, non ! rien de tel ! juste un clergyman, et d'autant plus déplacé dans la petite bande de Fanny. Réellement déplacé dans n'importe quelle bande, à cause de son amour trop évident, excessif et surtout totalement muet. Serait-il possible qu'elle remette çà avec le petit Mr Hyslup ? se demanda Nigella. Et, si c'était le cas, ne fallait-il pas la placer le plus rapidement possible dans un hospice pour incurables ? Pour vieillards ?

Même Martha pensa qu'il n'était pas raisonnable de reparler du petit Mr Hyslup et de le ressortir du néant qui lui convenait si bien, et Nigella était persuadée que c'était pure folie. Elles auraient toutes deux dû se réjouir lorsque Fanny ajouta: « Eh bien ! j'ai invité sa sœur à venir à Stokes ». Elles en furent désappointées.

« Ah ! sa sœur ! » fit Martha.

— Pendant un moment, j'ai cru que vous étiez toujours... » fit Nigella.

— Ensemble ? suggéra Fanny.

— Vous aussi, vous avez une de ces façons de dire des choses embarrassantes ! » fit Nigella.

— Touché ! » fit Fanny en souriant, et, malgré ce sourire, Martha redouta quelque altercation entre elles.

— Si nous montions au salon, chérie ? » demanda-t-elle aussitôt, essayant de distraire l'attention. Il y avait longtemps que le déjeuner était terminé et qu'elles demeuraient assises là, à ruminer des souvenirs. « J'adore cette pièce », expliqua-t-elle. Elle sentait soudain que son désir de monter au salon nécessitait quelque explication.

« Est-il bien nécessaire de monter pour redescendre ensuite ? » demanda Nigella.

– Oh ! On pourrait bien dire cela à propos de n'importe quoi », fit Fanny.

– Oui, consentit Nigella. Et c'est ce que je fais. »

Non, Martha le craignait bien, elles n'allaient pas être tendres l'une envers l'autre. Elle essaya anxieusement de trouver un prétexte pour que Nigella partît.

Mais, avant même que la lenteur de son esprit ait pu lui permettre de trouver quelque raison plausible, Fanny, qui les retenait toujours assises à table, déclara: « Sa sœur est une enfant de Dieu ! »

– Oh ! » fit Martha. « Chérie ! comme c'est beau ! »

Elle n'en était pas moins mal à l'aise. Bien sûr, les enfants de Dieu, cela existait, surtout dans les catéchismes, mais parle-t-on de ces choses à table ? Étrange que Fanny ait pu – surtout Fanny ! Jamais de sa vie Martha ne l'avait entendue évoquer Dieu, à moins que ce ne soit dans des locutions toutes faites, telles que "Grand Dieu !" ou bien "Oh ! mon Dieu !" et elle craignit que Nigella, qui, vraiment, pouvait si souvent être une fille adorable, ne le prenne sur le ton de la raillerie.

Elle la regarda, inquiète, mais Nigella demeurait tranquillement assise, fumant en silence.

« C'est une personne douée d'un esprit absolu de sacrifice », poursuivit Fanny, revoyant encore la salade de betterave et les sardines.

– Chérie », fit Martha, à présent totalement rassurée.

– Aussi, j'ai pensé... » reprit Fanny.

Elle s'interrompit, surprise d'elle-même. Jusqu'à présent, elle n'avait pas du tout songé à toute cette histoire, ni, dans sa lettre, invité Muriel à venir à Stokes, mais seulement à venir déjeuner à Charles Street. C'était vraiment drôle, comme les choses devenaient réelles, quasiment inéluctables, rien que d'en parler ! Ainsi, les quelques jours à venir étaient bien remplis, tout simplement grâce à ces mots qu'elle venait de prononcer pour éviter de passer son anniversaire chez des parents. Rien qu'à en parler, Stokes était devenu l'endroit idéal pour passer cet anniversaire. Elle n'y avait pourtant, jusque-là, jamais songé ! Il lui avait suffi d'évoquer Muriel Hyslup pour que l'idée lui vienne de lui demander de l'y accompagner, au lieu de simplement déjeuner à Charles Street comme elle l'y avait invitée. Personne ne pouvait prévoir ce que donnerait ce séjour à Stokes. Cloîtrée à la campagne dans une occasion aussi solennelle qu'un cinquantième anniversaire, et en compagnie d'une enfant de Dieu, cela aiderait-il Fanny à franchir l'étape suivante ? Ou, du moins, l'aider à ne pas s'en faire une montagne ?

« Alors j'ai pensé... » reprit-elle. Elle hésita. Puis, aussitôt, elle ajouta: « Oui, j'ai pensé que la vie étant devenue différente et bien pénible, et Muriel étant si bonne, elle pourrait peut-être me conseiller, me dire ce que je dois faire pour être... »

Elle s'interrompit pour les regarder, car, jusqu'à cet instant, elle n'avait pas du tout pensé à cet aspect des choses. Tout ce qu'elle avait souhaité, c'était de se montrer aimable avec cette pauvre Muriel pendant une heure ou deux, de lui faire préparer un bon repas, de la laisser se reposer dans la chaleur confortable et fleurie de la bibliothèque, de lui assurer qu'elle était son amie, puis de la renvoyer à ses sacrifices, délassée et fortifiée.

Il y eut un silence. Martha connaissait bien le mot qui aurait dû terminer la phrase de Fanny, car elle allait à l'église, chaque dimanche, à Tintagel. C'était *sauvée*. C'était écrit dans la Bible. Un jeune homme riche ayant demandé ce qu'il devait faire afin d'être sauvé, n'avait pas aimé la réponse et s'en était retourné dans l'affliction. Mais imaginez Fanny ! Comme c'était drôle de l'entendre parler comme le jeune homme de la Bible ! Extraordinaire, vraiment ! Plus extraordinaire, même, que de s'installer au Claridge ! Seuls, les méchants ont besoin d'être sauvés, et Martha était certaine que Fanny avait toujours été un ange. Elle se souvenait de quantité de choses qu'elle avait faites, presque angéliquement, pour ses jeunes cousines, jusqu'à ce qu'elles aient grandi et que leurs maris se soient occupés d'elles. Personne capable d'autant de gentillesse et d'attentions envers deux petites filles tout à fait ordinaires et un peu gourdes, Martha en était convaincue, n'avait besoin d'être sauvé.

« Chérie », dit-elle, en posant sa main sur celle de Fanny, emplie d'amour à l'idée qu'elle eût des pensées aussi nobles.

Mais Fanny ne la regardait pas. Son attention, de nouveau, semblait se porter sur cette chaise vide. Vraiment, cela vous donnait la chair de poule, cette façon qu'elle avait de regarder cette chaise ! si fixement, et, cette fois, d'un air presque interrogateur.

« Dites-nous ce qui se passe avec cette chaise », dit Nigella impatiente. Dieu sait pourquoi, Martha fut navrée de cette question.

– Vous vous souvenez de Job ? » demanda Fanny.

– Job ? » répéta Nigella.

Quelle question! Comme si elles ne s'en souvenaient pas ! Elles avaient toutes deux été les demoiselles d'honneur de Fanny et il leur avait offert des bracelets de diamants tout à fait inappropriés à leur âge. Deux enfants avec des bracelets de diamants ! Leurs mères les avaient confisqués et les avaient portés. Était-ce possible ? Nigella se demanda si cette pauvre Fanny n'allait pas repartir pour une seconde aventure avec Job.

« C'est celui que vous aviez épousé, n'est-ce pas, chérie ? » fit Martha.

Nigella lui lança un bref coup d'œil. Mais non, Martha n'avait pas voulu dire cela perfidement.

« Bien sûr, nous nous souvenons de lui », dit Nigella rapidement. « Qu'est-il devenu ? »

– Simplement, c'était là sa chaise, et ça l'est toujours », répondit seulement Fanny.

Alors Nigella se leva, prit ses gants, ses cigarettes et son sac, et annonça qu'il lui fallait se retirer. Elle avait rendez-vous dans Dover Street et était déjà en retard. En passant, elle déposerait Martha au Claridge.

Puis elle se retourna vers Fanny, qui demeurait accoudée à la table. Il fallait faire quelque chose pour elle. Même si ce n'était que par les liens du mariage, elle était sa cousine et il fallait, dans toute la mesure du possible, l'aider et la conseiller. « Vous ne voulez pas dire », fit-elle, « que vous êtes encore accrochée à Mr Skeffington ?

— Quel mot ! » fit Fanny en souriant. Elle leva les yeux vers Nigella, son menton dans le creux de la main. « Je ne crois pas, de toute ma vie, m'être jamais accrochée à personne.

— C'est vrai. Mais les choses, aujourd'hui, ont bien changé !

— Vous voulez dire que c'est moi qui ai changé. N'empêche ! je continue de ne pas m'accrocher à qui que ce soit. Et, depuis quelque temps, c'est comme si Job, plutôt, s'accrochait à moi. »

Allons donc ! On ne pouvait que s'apitoyer sur cette pauvre Fanny, décida Nigella. « Vous devriez aller consulter sir Stilton Byles », dit-elle, au bout de quelques minutes. Son regard s'abaissa vers sa pauvre cousine. « Il pourra vous aider. Je vais vous donner son adresse. Et n'oubliez pas, ma chère... » Elle avait posé sa main sur l'épaule de Fanny qui avait réussi à garder son calme. « N'oubliez pas, lorsque vous vous imaginez que les gens s'accrochent à vous, que vous et Mr

Skeffington êtes plus vieux d'un quart de siècle que vous ne l'étiez.

– Comme vous y allez avec les siècles ! » Ce fut seute la réponse que Fanny trouva. Elle se contenta de sourire.

Dans la voiture, sur le chemin de Dover Street, Nigella dit à Martha:

« Nous n'avons pas besoin de nous soucier de son anniversaire. Vous verrez, elle le passera dans une maison de santé. J'en parlerai à sir Stilton, et je verrai s'il en connait une qui soit acceptable. Si une femme court droit à la dépression nerveuse, c'est bien Fanny.

– Ou bien... » Martha hésita. « Ou bien tout le contraire », ajouta-t-elle.

– Je ne vois pas ce que vous entendez par là », dit Nigella en se tournant vers elle.

– Je ne sais pas, moi non plus », répondit Martha, résignée. « Ça vient... ça vient juste de me traverser l'esprit. »

CHAPITRE X.

À présent, c'était au tour de George.
Fanny était épuisée par tant de visites dans la même journée, mais il restait encore George. Après le départ de ses cousines, elle remonta lentement vers ses appartements, pour que Manby puisse remettre en place et laver ses mèches profanées par les doigts d'Edward. Pendant ce temps – il y avait bien quelque avantage à ne pas se trouver dans la même pièce que vos cheveux ! –, elle décida de prendre un bain, de changer de vêtements et même de chaussures, afin d'oublier toute trace de la visite d'Edward.

Elle monta le grand et bel escalier, qu'elle avait descendu des milliers de fois du temps de ses amours, attendue en bas par ses admirateurs éblouis. Une terrible histoire, qu'on lui avait autrefois racontée, lui revint à l'esprit. Une histoire de jeunes gens dansant, pour des motifs pas toujours très honorables, avec des femmes plus âgées et qui, tout en dansant, clignaient de l'œil à leurs amis dans le dos de ces pauvres femmes trop confiantes. Cela l'avait profondément choquée. Et, à présent, c'était son tour d'avoir fait l'objet d'un clin d'œil. Atroce, oui, atroce ! Edward, à soixante ans, se comportant comme l'un de ces jeunes gens, et elle, devenue l'une de ces vieilles femmes ! Pire encore ! Ce n'était pas à l'un de ses amis qu'il avait cligné de l'œil, mais à l'un de ses domestiques ! Et il ne lui restait qu'à tâcher d'oublier la cruauté de sa conduite.

La seule chose, en effet, qui restait à faire avec Edward, c'était de l'oublier. Elle n'aurait pas même pu lui faire l'honneur de se mettre en colère. Pourtant, elle avait été profondément irritée tout au long de la première partie du déjeuner, et cela suffisait. Adieu, Edward ! Sans faire de drame, sans utiliser de grands mots tels que ceux d'humiliation ou de honte, mais calmement, presque gentiment, et sans esprit de vengeance, elle le remettait entre les mains de Dieu.

Un de plus, un de plus de ces amours enfuis qu'elle abandonnait à cette situation, cette condition, on pouvait appeler cela comme on voulait ! Une sensation de trop-plein, peut-être ? Elle s'arrêta au tournant de l'escalier afin de reprendre son souffle, et se sentit heureuse de constater qu'elle était presque capable de sourire en repensant à Edward. Elle aperçut Manby, le bouquet de roses dans les bras, se pencha sur la rampe et l'appela.

« Manby ! » Ce n'était pas pour lui dire de jeter ces roses, car ni les roses ni le clin d'œil d'Edward, une fois envoyé au diable, n'avaient plus la moindre importance, mais pour lui demander de monter dans sa chambre et de lui faire couler un bain.

« Mr Pontyfridd sera là à cinq heures ! » dit Fanny par-dessus la rampe. Et si Manby put se demander quel rapport il pouvait bien y avoir entre l'arrivée de Mr Pontyfridd et le fait de faire couler un bain, elle n'en laissa rien paraître.

Mr Pontyfridd, Mr Pontyfridd, zut pour Mr Pontyfridd ! pensait Fanny en montant l'escalier. Cette famille ! Il lui semblait qu'aujourd'hui, elle n'en finirait jamais avec eux. Que lui voulait-il ? Elle ne l'avait pas revu depuis leur rencontre dans le train, lorsqu'il s'était montré tellement ennuyeux. Elle espérait qu'il n'allait pas recommencer. Elle en avait eu sa claque pour aujourd'hui ! Et même s'il recommençait, ce n'était pas quelqu'un que l'on pouvait envoyer à Dieu ou au diable pour s'en débarrasser. C'était son cher cousin, le cousin qu'elle aimait, son ami fidèle et dévoué, et de surcroît il avait tout du parfait gentleman. Après la visite d'Edward, Fanny aurait bien aimé, vraiment, se replonger dans le monde des gentlemen. Elle pensait, en montant chez elle, à cette sotte de Nigg, qui avait reçu de Dieu un tel trésor de mari et qui avait gâté leur bonheur par sa jalousie et ses soupçons, alors que Dieu savait...

Hors d'haleine, elle entra dans sa chambre et se dirigea droit vers le miroir. Elle s'y arrêta, et se regarda. Elle s'étonna que Nigg ait pu se soucier suffisamment d'elle pour la tracasser comme elle l'avait fait durant tout le déjeuner. Elle ne pouvait tout de même pas s'imaginer qu'une créature aussi décharnée et avec des joues aussi creuses, si manifestement à bout de forces, pût représenter le moindre danger pour son George chéri !

Un homme âgé – ou une femme, peu importe ! – n'est qu'une créature misérable. Elle l'avait lu le matin même, en feuilletant un livre de poèmes qui se trouvait sur sa coiffeuse et en lisant quelques pages tandis que Manby la coiffait:

"... Une créature misérable,
Un vêtement en lambeaux posé sur un bâton, à moins que
L'âme ne frappe dans ses mains et ne chante, et chante à voix plus haute
Pour chaque lambeau de sa dépouille mortelle..."

Bien. N'était-il pas assez clair – elle avait levé les yeux du livre pour regarder son image – que la femme qui se trouvait devant le miroir, même si elle n'était pas encore une vieille femme, se dirigeait à grands pas vers le stade du bâton ? Et lorsqu'elle l'a atteint, il ne lui reste plus qu'à chanter, ou à sombrer. C'était pourtant bien indigne et vil, de sombrer ! Indigne et vil, de se laisser ballotter jusqu'au naufrage ! L'autre solution, d'une façon ou d'une autre, c'était de chanter. Mais chanter quoi ? Elle l'ignorait. Manquer de culture est bien la pire des choses, car, quand la vie devient sérieuse, il est impossible alors de trouver réconfort et satisfaction, comme peut le faire le vieillard qui scrute les archives de sa splendeur passée. Il lui fallait trouver quelque chose de plus modeste. Elle devait chantonner un ton au-dessous. Il était allé à Byzance; elle irait à Stokes. Et là, au milieu des moutons et, en compagnie de Muriel à qui elle espérait tendre une main amie, elle chercherait à tâtons, jusqu'à ce qu'elle l'ait trouvé, un idéal modeste pour les jours qui lui restaient à vivre, de façon, du moins, à n'avoir pas à mourir de honte. Elle y parviendrait, elle en était certaine, si elle se laissait porter par le courant, si elle ne s'efforçait pas de faire le vide, si elle ne s'affairait pas à rembourser une partie de la dette qu'elle avait contractée pour sa naissance et tous les bonheurs que la vie lui avait donnés. Cela avait été de telles bénédictions ! Elle y songeait à présent comme à autant de miracles. Et si, en l'absence de Jim pour lui expliquer et lui faire observer les choses, elle ne se sentait pas capable de frapper dans ses mains et de chanter face aux plus magnifiques merveilles, l'abbaye de Westminster ou Shakespeare, par exemple, elle pourrait du moins, chaque matin, frapper dans ses mains en remerciement d'abord saine et sauve le seuil d'un nouveau jour. Les jours, après tout, sont choses précieuses – même les vieux jours, si on sait les approcher avec le courage nécessaire. La provision n'en est pas éternelle...

Manby l'interrompit dans ses pensées en entrant dans la pièce : « Mr Pontyfridd a téléphoné, lady Frances, pour dire qu'il souhaitait que vous le receviez au petit salon.

– Au petit salon ? » fit Fanny surprise.

Manby, qui n'avait aucune opinion à donner, demanda simplement si elle devait préparer le bain.

« Oui. Et dites à Soames que nous y prendrons le thé, je veux dire au petit salon », ajouta-t-elle en surveillant l'expression du visage de Manby. « Sois bénie, Manby », dit-elle en souriant. Elle enleva toutes les mèches d'Antoine, les posa sur la table et la pria de les laver.

Il était déjà près de quatre heures. George serait sûrement ponctuel et, si elle désirait se reposer un peu après son bain, elle devait faire vite.

George téléphonant pour être reçu au petit salon ! Elle ignorait toujours pour quelle raison il venait et pourquoi il tenait tant à ce qu'elle fût seule. Nigg, bien sûr, aurait décelé dans tout cela les pires intentions. Force lui fut de supposer qu'il avait lui aussi un plan bien précis pour son anniversaire, encore qu'il n'y eût aucune raison pour que cela fît l'objet d'une conversation privée...

« Miss Cartwright a apporté cette lettre, lady Frances », dit Manby en croisant Fanny qui sortait de la salle de bains pour regagner sa chambre.

Ce n'était pas une lettre de Muriel, mais de Miles. Il la remerciait du chèque et disait qu'il ne l'utiliserait que pour des cas méritants, et il regrettait que sa sœur ne puisse aller déjeuner à Charles Street. « Ma sœur ne sort jamais », disait brièvement la lettre.

« Voilà qui est réglé ! » dit Fanny en la posant. Alors, pas de Stokes avec Muriel. Pas d'aide possible de ce côté-là. Une fois encore, il lui fallait ne compter que sur elle-même et se débrouiller toute seule.

Elle regarda Manby pensivement. Elle se souvint que c'était à Stokes, durant sa convalescence, que Job avait commencé de la hanter et dit: « Bien, il n'y aura personne à mon anniversaire, excepté Mr Skeffington ». Cette remarque bouleversa la calme et placide Manby. Elle devait dire par la suite à miss Cartwright qu'elle s'était sentie au bord de s'écrouler.

Ce fut une Fanny méditative qui quitta sa chambre, peu après cinq heures, pour aller saluer George qui l'attendait dans le petit salon; une Fanny portée à croire que le Destin s'acharnait injustement sur elle. Mais, très vite, cependant, elle oublia tout. Il semblait y avoir dans toute la maison une atmosphère bizarre. Davantage même, impressionnante ! Tout à fait différente de celle qui y régnait d'ordinaire.

Elle s'arrêta, la tête penchée, dressa l'oreille et écouta.

Un silence de mort. Une sorte de respiration retenue, comme si toute la maison et tout le monde à l'intérieur attendait, avec une curiosité passionnée mais craintive, ce qui allait se produire. Étrange, songea-t-elle. Très étrange ! Elle se tourna vers Soames comme pour l'interroger.

Il attendait pour lui ouvrir la porte du petit salon. Il paraissait tout bouleversé. Mais c'était sans doute qu'il ne s'était pas remis du clin d'œil d'Edward. Il y avait de quoi. C'était une horrible impression pour ce pauvre Soames que de se trouver si innocemment impliqué dans cette affaire, impression encore aggravée par l'extrême déplaisir que semblait montrer Fanny à l'avoir tout le temps sur son dos. Elle avait oublié la *party*, mais pourrait-elle oublier ce clin d'œil ? Un clin d'œil complice. Avec Soames ! Une véritable atteinte à son orgueil et à sa dignité. C'était vraiment intolérable et elle fut horrifiée à l'idée qu'il eût à partir à cause de cela.

« Que se passe-t-il ? » demanda-t-elle. Il évitait son regard. Il appuya sur la poignée de la porte avec la diligence angoissée de celui qui souhaite se retirer aussitôt après.

« Quelque chose, lady Frances ? » fut tout ce qu'il trouva à dire. Il sentait ses jambes se dérober sous lui.

Heureusement, la porte s'ouvrit et George apparut. Fanny l'examina avec curiosité. Lui aussi paraissait tout différent, se dit-elle, comme congestionné, bien que ce ne fût pas dans ses habitudes de laisser voir quelque embarras que ce soit.

« Vous voilà ! » s'exclama-t-il avec une cordialité inquiète – sans aucun doute, cette cordialité dénotait-elle de l'inquiétude. Il passa son bras autour de sa taille, et l'attira vite dans le salon: « Je suis heureux de vous voir. Je pense... mais vous avez été plutôt longue, non ? » Par-dessus son épaule, il jeta un coup d'œil à Soames, qui referma aussitôt la porte et s'en fut.

Fanny s'affala, comme épuisée, dans son petit fauteuil habituel, près de la cheminée. « J'ignore pourquoi vous venez », dit-elle en levant les yeux vers lui, « mais je vous en prie, soyez gentil avec moi, j'ai eu une journée éreintante ».

Ceci l'inquiéta encore plus, vraiment beaucoup plus. Sa main tremblait presque en allumant sa cigarette.

Étonnée, elle lui demanda en le fixant toujours: « Pourquoi votre main tremble-t-elle ?

— Mais non ! »

Soit. Elle leva les sourcils et lui sourit, d'un demi-sourire, parce que vraiment, George et Soames, et toute la maison, avaient soudain pris un tel air de mystère qu'on s'y sentait mal à l'aise. Si c'était encore de l'argent que George voulait pour ses bonnes œuvres, si peu de temps – un mois à peine – après qu'elle lui en eût déjà donné, cela pouvait excuser son embarras. Mais cela ne pouvait expliquer pouquoi Soames avait l'air d'un homme qui aurait vu des fantômes, ni pourquoi la maison tout entière paraissait étouffée dans une sorte d'attente mêlée d'effroi. Fanny avait toujours été très sensible aux atmosphères. Elle n'avait rien connu de tel dans Charles Street depuis... Elle tâcha de se reporter des années en arrière et se rendit compte, à sa grande surprise, que c'était depuis vingt-deux ans, depuis que Job avait été présent pour la dernière fois.

« Prenons le thé », dit George brusquement.

Il semblait tout à fait mal à l'aise. Il ne pouvait voir des souffrances ou des injustices sans être pris d'un désir soudain de les soulager, mais sachant bien que, cette fois-ci, seule Fanny pourrait y parvenir, ne se montrait-il pas généreux aux dépens d'autrui ? Et, à supposer qu'elle n'y pût rien, et ne devienne qu'une femme parmi les autres – griefs, cupidité, égoïsme, manque d'imagination ? Les femmes, il l'avait parfois ressenti en écoutant les diatribes de Nigg, n'étaient pas des gentlemen. Justice et impartialité ne paraissaient pas de leur ressort. Les femmes d'un certain âge, plus particulièrement, qui avaient déjà eu à s'agripper, étaient encore plus enclines à continuer. Fanny n'était plus toute jeune maintenant. Sa beauté avait disparu, mais sa fortune demeurait. Et si, s'étant depuis des années adroitement tirée d'affaire, grâce aux dons de Skeffington, elle refusait d'en rendre la moindre part ? Alors, l'ultime corde qui restait à son arc serait de faire appel à sa pitié. Et si cela était impossible, sachant bien qu'il était de ceux qui ne peuvent aimer s'ils n'éprouvent pas aussi un sentiment de respect, il la perdrait. La perdre, elle, sa dernière cousine, se disait-il, assombri par l'angoisse, la cousine qui, depuis tant d'années, avait fait de l'univers, par sa seule présence, un monde merveilleux !

« Il ne fait pourtant pas très chaud », lui fit-elle remarquer. Elle l'avait vu essuyer la sueur sur son front et, sans réponse de sa part, elle s'empara de la théière. « Vous ne préférez rien d'autre ? » fit-elle avant de la reposer.

– Non, du thé, s'il vous plaît. »

Il remit son mouchoir dans sa poche, arracha un coussin du divan le plus proche, le posa par terre, de l'autre côté de la table à thé, s'assit et regarda, gêné, non pas tant vers elle que vers le fauteuil dans lequel elle était effondrée.

Le fauteuil semblait avoir grandi. Toujours suffisant pour deux, il paraissait à présent assez grand pour trois. La dernière fois qu'il l'avait vue, emmitouflée dans ses fourrures, il n'avait pas bien réalisé le peu qui subsistait d'elle. N'est-il pas bien cruel, se demanda-t-il, la sueur lui montant au front, de sorte qu'il lui fallut de nouveau reprendre son mouchoir, tandis qu'elle le regardait, la tête penchée, n'est-il pas bien cruel d'asséner un nouveau coup à quelqu'un qui a déjà l'air d'une infirme ? Ne vaudrait-il pas mieux attendre qu'elle ait quelque peu repris le dessus ? Ou du moins qu'elle se soit remise de ce qu'elle avait appelé une journée éreintante ?

Non. Ce pour quoi il était venu ne pouvait

attendre. Le devoir qu'il avait à accomplir était si pénible qu'il ne lui restait qu'à se jeter à l'eau, et voir venir. « À présent, nous pouvons parler », dit-il, prenant la tasse qu'elle lui tendait. Il la prit des deux mains afin d'éviter de l'entrechoquer avec la soucoupe.

« Oui ? Qu'y a-t-il ?
– D'abord le thé. »

Il but d'un seul trait, comme mort de soif. Et aussitôt, il lui tendit de nouveau sa tasse afin qu'elle la remplît. « Je suis inquiet », dit-il pendant qu'elle la remplissait.

« Nigg ?
– Non, vous.
– Moi ? »

Elle posa la théière et le regarda vaguement. « Si c'est pour mon anniversaire ?... » commença-t-elle. Mais il l'interrompit et lui annonça qu'il s'agissait de quelque chose de beaucoup plus grave.

Avec une fine grimace, elle lui demanda ce qu'il pouvait bien y avoir de plus grave.

Il la supplia, presque sévèrement, de ne pas se montrer aussi stupide. Puis, écartant cette idée d'anniversaire, il lui avoua qu'il lui était si attaché qu'il en ressentait une peur bleue.

« Promettez-moi, promettez-moi », l'implora-t-il, « que vous n'allez pas me faire faux bond. Vraiment, je ne pourrais supporter de vous perdre. Mais, lorsque nous nous sommes rencontrés à Paddington, vous avez eu l'air si fâchée lorsque je me suis mis à vous parler de Skeffington, que je crains que vous ne vous fâchiez de nouveau.

– Allez-vous encore me parler de lui ?

– C'est pour cela que je suis venu. » Sur quoi, elle fit remarquer, avec un calme inespéré: « Comment cet homme peut-il surgir de nouveau ? »

George ouvrit de grands yeux. Ses mains étaient occupées par sa tasse. Sa tête était penchée sur la table à thé. « Qu'est-ce que vous entendez par "surgir" ?

– C'est comme ça », fit-elle.

Elle se retourna, regarda par-dessus son épaule. Elle regardait avec soin, comme avec précaution, comme si elle redoutait de voir apparaître ce qu'elle cherchait. Il la surveillait du coin de l'œil, totalement déconcerté.

« Drôle », fit-elle, tendant le cou pour mieux scruter la pièce, la scrutant tellement à fond que son regard se porta même derrière le bureau. « Il n'est pas là!

– Qui ? demanda George.

– Job. »

Alors, George ressentit dans son dos cette impression qu'on appelle la chair de poule. C'était cette façon qu'elle avait eue de regarder derrière le bureau, où il y avait à peine assez de place pour qu'un petit chat pût s'y musser, qui lui avait donné la chair de poule. « L'attendriez-vous ? » demanda-t-il, évitant de frissonner et tâchant de prendre les manières aimables et complaisantes qu'on adopte avec un malade qui vous est cher, mais n'est pas conscient de son état.

« D'habitude, il est là », fit-elle. « Depuis ma maladie, il rôde par ici. Mais, vous savez », ajouta-t-elle, avec un haussement d'épaule, « on s'habitue à tout. »

Un moment, ahuri, il crut que Skeffington l'avait trahi mais cette idée lui sortit vite de l'esprit. Elle était hantée. Elle avait Skeffington sur la conscience. Elle ne parvenait pas à le chasser de son esprit, car elle se reprochait, George en avait à présent la certitude, de s'être autrefois montrée trop dur envers lui.. Si elle l'avait été, ça avait été pour des motifs au demeurant fort peu honorables. Ce n'était pas par la rigueur de ses principes ou par blessure d'amour-propre, George en était sûr, qu'elle avait divorcé, mais tout simplement parce que l'occasion lui avait été donnée de se débarrasser de son petit Juif. Et, à présent, elle en était punie ! À présent, à l'idée du vide de sa vie, elle était rongée de remords. Ce n'est pas seulement la dureté qui vous ronge. Fanny n'en était pas moins sa cousine chérie. Il se leva, contourna la table à thé, se dirigea vers son fauteuil, s'assit sur l'accotoir, passa son bras autour d'elle et dit doucement: « Ma pauvre petite ! »

« Oui », fit Fanny de la tête. C'était bien ce qu'elle s'était dit, de temps à autre, tout récemment. Après chaque nouveau coup reçu, elle avait eu cette pensée, puis s'était reprise et avait relevé la tête.

« Avez-vous vu un médecin ?

— Mais je vous ai dit, le jour où nous nous sommes rencontrés à Paddington, que je sortais de chez Byles. Et tout ce que j'ai obtenu de lui, ça a été des insultes, et que je ferais mieux de l'inviter à dîner.

— Inviter Byles à dîner ?

— Non, Job. »

George se pencha et lui posa un baiser sur les cheveux. Ce n'était pas seulement pour lui prouver combien il l'aimait et combien il compatissait à son chagrin, mais aussi pour se donner le temps de trouver ce qu'il allait bien pouvoir lui dire et comment il allait s'y prendre. Que le seul nom de Byles ait pu l'aider dans la difficile tâche à laquelle son impulsivité venait de l'amener était bien la dernière des choses à laquelle il se fût attendu. Par sa renommée et par le montant de ses honoraires, Byles était certainement quelqu'un de parfaitement déplaisant, mais en suggérant à Fanny d'inviter Job à dîner, il n'en avait pas moins défriché le terrain et tout ce qui lui restait à faire était de poursuivre, avec tact et prudence, dans la même voie. Pourtant, lorsqu'il songeait à ce qu'il avait fait et à l'endroit où Skeffington se trouvait en ce moment même, tact et prudence paraissaient bien dérisoires eu égard au courage nécessaire et à cette damnée sueur qui lui perlait encore au front.

Il se décida à sauter le pas.

« Moi, je l'ai vraiment vu.

– Qui ? Byles ?
– Non. Job.
– C'est vrai ?... »

Elle se tourna vers lui et le dévisagea, ahurie. Personne, à sa connaissance, n'avait revu Job depuis leur divorce. Il avait complètement disparu. Parti au loin. Selon les rumeurs, il était parti pour le Mexique, et s'y était installé.

Elle se demanda si George, qui était de la famille, n'avait pas, lui aussi, des visions.

Il était en sueur.

« Vous ne pouvez pas l'avoir vu. Il est au Mexique.

– Non. Il est... »

George dut s'interrompre pour ravaler sa salive. Sa gorge était sèche. Il s'étranglait. Il tendit le bras vers la table, prit la théière et se versa à nouveau du thé. Ce qu'il venait de dire à Fanny, au bord de l'évanouissement, lui semblait impardonnable. Mais lorsqu'il se mit à penser à Skeffington...

Après avoir bu son thé – elle le surveillait de plus en plus –, il poursuivit rapidement: « Le fait est, chérie, que je suis tombé sur lui, hier, dans Battersea Park. »

Elle ne parvint qu'à répéter, les yeux fixes, mais calmement : « Hier, dans Battersea Park ?

– Je me promenais et je l'ai vu assis sur un banc, se réchauffant au soleil. »

Elle ne put que répéter: « Se réchauffant au soleil...»

Job se réchauffant au soleil ! Job ayant le temps de se réchauffer au soleil ! Job voulant se réchauffer au soleil ! Il était tout de même bien étrange que Job, homme de bureau, de conférences de direction, ayant un millier d'affaires à mener de front, Job, homme de pouvoir, homme aux activités multiples, puisse éprouver le besoin de s'asseoir sur un banc pour se réchauffer au soleil !

Incrédule, elle fit remarquer à George que cela ne lui ressemblait guère.

George acquiesça. « Et pourtant... » dit-il. « Mais il y a autre chose. Écoutez-moi. Tout d'abord, je ne l'avais pas vu, parce que je regardais le chien...

– Quel chien ?

– Le sien.

– Impossible ! Il a toujours détesté les chiens !

– Il paraissait aimer beaucoup celui-ci. »

George hésita un instant, puis ajouta: « Il faut bien posséder quelque chose, vous savez ».

Oui. Il faut bien posséder quelque chose. Personne au monde, en ce moment, ne pouvait en avoir davantage conscience qu'elle-même. Encore qu'un chien soit vraiment la dernière forme de compagnie que Job pût rechercher. Elle se demanda soudain si elle ne finirait pas ses jours avec un chien et cette idée l'amusa un instant. Elle imagina Job et elle-même, chacun de son côté, seul avec un chien. Le bouquet final de leur brillante existence: un chien !

« C'était un chien adorable », poursuivit George,

« un chien qui avait l'air très fier et qui se sentait responsable...

– Responsable ? » Ce terme inhabituel rendit Fanny à la réalité.

– Oh ! vous savez bien de quoi les chiens ont l'air », dit George rapidement.

Comme Fanny avouait tout ignorer, il poursuivit, toujours très vite: « De toute façon, je n'ai pas pu m'empêcher de m'arrêter pour le caresser. Et je vis que l'homme qu'il conduisait, je veux dire », rectifia-t-il précipitamment, « que ce chien était celui de Skeffington. Bien changé, en vérité, recroquevillé, mais il n'y avait aucun doute quant à son visage, même fortement marqué, et je l'aurais reconnu n'importe où. »

Le regard de Fanny allait du visage de George au feu qui brûlait dans la cheminée. Recroquevillé, songeait-elle. Le Job qu'elle avait connu, même après leur divorce, était un petit homme alerte, nerveux, dans la force de l'âge, et un tel changement était difficilement imaginable. Bien sûr, la vie vous changeait, mais que Job eût eu, lui aussi, à en passer par là ! Ce brasseur d'affaires, capable de surmonter tous les obstacles, à présent assis recroquevillé sur un banc de Battersea Park et ne faisant rien ! Un autre de ses admirateurs d'autrefois, qui tombait en morceaux, un de plus transformé en vieillard usé ! Et celui-ci avait été son mari ! On a beau dire, dormir chaque nuit auprès de quelqu'un, ainsi que cela avait été son devoir envers Job, jusqu'à ce que ces sténodactylos viennent semer la discorde, cela crée quand même des... liens.

« Soixante-douze, il m'a dit. » Ce furent les paroles que Fanny entendit sitôt après de la bouche de George.

« Oui », confirma-t-elle. Elle avait paru compter, les yeux toujours fixés sur le feu dans la cheminée. « Soixante-douze.

– J'ai eu beaucoup de mal à le faire parler, mais petit à petit...

– Dois-je en entendre davantage encore ? » demanda-t-elle, en bougeant un peu dans son fauteuil.

– Qui ? sinon vous ?

– Pourquoi moi ? » Oui, pourquoi elle ? Qu'était-il advenu de toutes ses...

Il lut la question dans ses yeux: « Vous n'allez tout de même pas remettre ça avec les sténodactylos ? » fit-il d'un ton de reproche. « Vous savez, il y a toujours, dans la vie d'un homme, un moment où cette sorte de choses arrive, et je viens de vous dire qu'il était à bout.

– Vous ne m'avez pas dit ça », dit-elle. Elle leva vivement les yeux vers lui.

« Peut-être. Mais c'est ainsi. Et je suis vraiment étonné que vous, Fanny, puissiez encore... »

Son bras sur ses épaules desserra son étreinte. Elle le sentit, et leva la main pour le retenir.

« Non. Restez près de moi », supplia-t-elle. « C'est tout simplement que je ne puis m'imaginer Job sans femme dans sa vie et... à bout de forces.

Oh ! comme c'est cruel ! comme c'est monstrueux ! » Elle explosa soudain d'indignation, ce qui emplit George d'espoir. « Comme c'est monstrueux de l'abandonner alors qu'il est à bout !

– Et pauvre », ajouta George, saisissant l'occasion. « Cela les fait se défiler au plus vite, vous savez ?

– Pauvre ? »

Ce fut à son tour de retirer son bras. Elle se raidit et le regarda d'un air incrédule. Certes, il l'avait déjà laissé entendre, mais très vaguement ! À présent, c'était devenu une certitude. Job, pauvre ? Job qui avait jonglé avec les millions ! Vraiment, elle ne pouvait y croire. Il pouvait être moins riche qu'autrefois, mais tout de même pas pauvre comme l'étaient Miles et Muriel, ou ces femmes sur le quai de la gare de Paddington, ou ces gens au coin des rues auxquels elle donnait une pièce, chaque fois qu'ils tendaient la main.

« Très pauvre », ajouta George, comme s'il avait lu dans les pensées de Fanny. « À bout de ressources. Dans la dèche, si jamais homme peut l'être à ce point ! »

Silence. Elle essayait d'y croire. Elle songeait que cela pourrait avoir un effet immédiat sur son propre avenir. George était incapable de mentir. S'il en était ainsi, Job était vraiment sur une mauvaise pente.

Elle se rassit pour tâcher de mieux comprendre. Job dans la dèche ! Elle pouvait venir à son secours. Du secours, elle en avait elle-même besoin. Muriel n'avait plus besoin, à présent, de l'aider à trouver ce que serait la prochaine étape de sa vie... Job s'en chargeait. C'était Job, la prochaine étape ! Job transformé par miracle en instrument de son salut !

« Mais alors », commenca-t-elle.

– Oui, chérie ? » fit-il avec empressement, en se penchant vers elle.

Mais elle se tut. Elle était trop éblouie par une sorte d'illumination qui lui indiquait son devoir. Elle resta assise, muette, et regarda George. C'était pitoyable, bien sûr, pour ce pauvre Job d'être ainsi à bout de forces avant même de pouvoir être l'instrument de son salut. Mais du moins son supplice ne durerait pas. Il aurait tout. Certes, elle ne pouvait lui rendre sa vigueur ni son intégrité physique, mais elle pouvait lui donner les moyens, et elle les lui donnerait, de n'avoir aucun souci et de rentrer dans le bon chemin. Lui donner ? Non, pas lui donner. Mais lui rendre ce qui lui avait toujours appartenu. Tout ce qui lui revenait. Elle ne demanderait que juste le nécessaire pour pouvoir vivre, retirée quelque part à la campagne, où personne ne la verrait plus et où elle pourrait enfin s'adonner à cette sagesse et à cette compréhension des choses que Lanks, au temps de son amour déclinant, lui avait dit hautement souhaitables. La grande maison retentissante d'activité pouvait bien disparaître, avec tout ce qu'elle contenait ! Exceptée Manby, tout le monde pouvait disparaître, même Soames. Les desseins de la

Providence étaient vraiment admirables, songeait Fanny, frappée par sa perfection, par son attention aux détails les plus minimes. Par exemple, Soames disparaîtrait de sa vie à bon droit, en douceur et pour le mieux. On devrait faire davantage confiance à l'existence, se dit-elle. On ne devrait pas, ainsi qu'elle l'avait fait récemment, mettre tant de hâte à désespérer.

Stupéfaite par les desseins de la Providence, elle l'était presque autant par ceux de George. Qui aurait cru, se disait-elle, qu'il aurait pu douter de son honnêteté au point d'en avoir ce qu'il avait appelé une peur bleue ? Il avait positivement transpiré de crainte qu'elle ne lui fasse faux bond. Comment diable avait-il pu tellement être épris d'elle durant toutes ces années, si au fond de son cœur il avait toujours été incertain de sa loyauté face à l'épreuve ?

Doublement stupéfaite, le souffle coupé par la brutalité de ces révélations, toujours assise, elle continuait de le regarder, incapable de prononcer un mot, écoutant dans un silence que George redoutait, ce qu'il allait lui dire à propos de Job.

« J'ai eu la plus grande difficulté à en tirer quoi que ce soit. J'avais beau lui assurer que personne ne pouvait nous entendre... » Et il se mit à lui expliquer comment le pauvre Skeffington – il persistait à l'appeler ainsi – avait commencé par faire de mauvaises affaires au Mexique, où il s'était trouvé impliqué dans des histoires politiques, des histoires de révolution, et Dieu sait quoi, et, lorsque sa situation était devenue dangereuse, il était rentré en Europe, s'était installé à Vienne, prêt à repartir à zéro et, avec son habileté bien connue, il s'était arrangé pour être plus riche que jamais. Mais les nazis étaient entrés dans Vienne. Ce n'était pas exactement l'endroit idéal pour un Juif, et, il avait eu de sérieux ennuis – un instant, George fut tenté de s'interrompre, effrayé, l'horreur dans les yeux, face à une situation à laquelle il pouvait à peine croire – oui, des ennuis si graves, qu'il eut la chance de pouvoir partir, la vie sauve, si avoir la vie sauve – à ce moment, les yeux de George s'emplirent d'une terreur sans nom – peut s'appeler avoir de la chance ! Et il se trouvait à présent à Londres, et dans la dèche.

« Et vous pensez que je dois le tirer de là ! » dit Fanny, du ton glacial de ceux dont l'honnêteté semble être mise en doute.

Cette froideur chagrina George. « Il n'y a aucun devoir dans tout cela, ma chère. » Qu'il pût lui dire: "ma chère" prouvait combien il éprouvait de peine. Elle en éprouvait autant, et avec davantage de raisons, pensa-t-elle. « Vous n'avez aucun devoir », poursuivit-il. « Il n'a aucun droit à formuler. Je pense, néanmoins, qu'il vous faut vous souvenir que chaque partie de... » et il regarda la pièce pleine de fleurs, et cet extravagant gaspillage de nourriture, auquel ni l'un ni l'autre n'avait songé à toucher, sur la table à thé, et Fanny elle-même, sans plus aucune énergie, enveloppée dans des vêtements probablement fort coûteux malgré leur apparente simplicité – son regard devenait cruel au souvenir du personnage misérable et livré à l'adversité sur un banc de Battersea Park – « tout dans cette maison, chaque morceau de vêtement sur votre dos, vous appartient de par sa générosité.

– Oui », avoua Fanny, « il était très généreux. Mais il est facile », fit-elle froidement à George, « d'être généreux quand on a tant d'argent ! »

Soit. George ne tenait pas à rester assis plus longtemps auprès d'une femme capable de tenir de tels propos. Il se leva, se plaça dos à la cheminée et, d'un brusque mouvement de son poignet jeta un coup d'œil à sa montre. Horrible d'en arriver là, alors qu'il n'y avait pas une minute à perdre. À tout instant, un domestique affolé pouvait faire irruption pour demander des instructions...

« Êtes-vous pressé ? » demanda Fanny encore plus froidement. Elle en avait assez de ces hommes qui regardaient leur montre.

Il lui jeta un regard furieux. Il ignora la question. Il se demandait si c'était bien là sa Fanny, cette femme de glace, et si son cœur était devenu aussi sec que le reste de son corps. « Laissez-moi dire », fit-il, furieux, « que vous n'avez de droit légal que sur une partie seulement de ce qu'il a bien voulu vous donner.

– Je sais.

– Et à présent...

– À présent qu'il est dans la misère... et que je

continue de vivre odieusement dans l'opulence, voilà ce que vous alliez dire, George! Vous en mouriez d'envie!

– Parfaitement. C'est odieux. C'est injuste », ajouta-t-il, « alors que tout est devenu pour lui tellement horrible. Mon Dieu, oui ! » Il arpenta la pièce, s'interrompit, s'arrêta soudain, accablé par ce qu'il savait encore.

« Et vous proposez ?

– Je propose... »

Il s'approcha d'elle, se pencha, congestionné par l'agitation qui s'était emparée de lui, sentant l'urgence de la persuader de la seule et unique chose qui lui restait à faire.

« Dites ! » fit-elle pour l'encourager.

– Je suggère que vous discutiez combien vous pouvez lui rendre.

– Mais bien sûr, mon cher... » Elle l'appelait à présent "mon cher", ce qui était toujours chez elle le signe d'un mouvement d'humeur temporaire. « Que croyez-vous ? Dès demain matin, je ferai venir un avocat et en discuterai avec lui. » Frappée par l'expression du visage de George, elle se pencha en avant et précisa: « En discuter avec qui ?

– Avec Skeffington, Fanny ! Aucune raison de consulter des avocats. Faites de tout cela quelque chose de gentil. Quelque chose de chaleureux », dit George en l'implorant presque.

– Vous voulez dire... »

Elle le regarda, incapable d'en croire ses oreilles. « Vous voulez dire que Job vienne me voir ?

— Qu'il vienne, de toute façon », fit George avec quelque hésitation, comme s'il cherchait à s'y retrouver dans le dédale des mots. Puis, le cœur serré, il attendit la réponse.

Elle ne fut pas longue à venir. Brièvement, furieusement, Fanny répondit : « Jamais ! »

Ils se regardèrent, un moment, muets.

C'était bien Fanny, pensa-t-il. C'était bien elle, telle qu'elle avait toujours été, sous le masque de sa beauté. Toute cette compassion rayonnante, tout cet empressement à faire de bonnes actions, n'avait-ce donc rien été d'autre que l'effet d'une parfaite santé et d'un contentement absolu de soi-même ? Était-ce possible ? Comme ce "jamais !" avait été implacable et définitif ! À cinquante ans, Fanny se révélait avoir un cœur de pierre. Si vieille et si insensible, se dit-il, comme s'il la voyait pour la première fois.

Elle se disait: Il est en train de me haïr. Je l'ai irrémédiablement choqué. Il faut faire vite. Je ne puis le laisser partir. Je ne puis perdre George ! Je dois lui dire pour quelles raisons je ne veux pas voir Job. Qu'importe une humiliation de plus ou de moins ! Je préfère qu'il me considère comme cinglée, plutôt qu'emplie de haine et sans cœur.

Elle essaya de s'extraire de son fauteuil. Elle se sentirait mieux debout pour dire ce qu'elle avait à dire. Mais elle était assise trop bas et il dut lui tendre les mains pour l'aider. Très réticent à l'idée de prendre des mains qu'il n'avait plus l'intention de jamais toucher, il ne put pourtant faire autrement. Lorsqu'elle fut debout, tout près de lui, telle une petite fille obligée de réciter une leçon mal apprise devant un professeur sans indulgence, il lui déclara que si elle ne revenait pas sur ce mot de "jamais !", si détestable, si peu charitable, il ferait mieux de partir. « Et de ne pas revenir », ajouta-t-il, braquant sur elle des yeux que ses sourcils rendaient plus noirs.

« Mais ce n'est pas mon dernier mot ! » expliqua-t-elle à la hâte. Non, elle ne pouvait perdre George ! Même s'il l'avait mal jugée, c'était impossible. C'était le seul de ses admirateurs qui lui restait, Job mis à part.

« Que Dieu en soit remercié », répondit-il, les sourcils un peu détendus.

– Il y a autre chose... »

N'entendait-il pas, en bas, dans la maison, comme un sorte d'aboiement ? Inquiet, il regarda vers la porte, puis vers elle. Elle paraissait n'avoir rien remarqué. Ou bien, elle pensait que cela venait du dehors, de la ruelle, où les chiens sont si nombreux ! Il savait, à sa façon de tordre ses mains – un tic qui lui était habituel chaque fois qu'elle se trouvait en difficulté –, qu'elle était tout à ce qu'elle allait tenter de dire.

Elle reprit sa respiration.

« Et si vous me regardiez avec soin, vous devineriez de quoi il retourne. Je veux dire, si vous examiniez soigneusement ce qu'il reste de mon visage. »

Il en fut aussitôt tout ému. Prêt à s'émouvoir devant toute forme de détresse, telle que celle qu'il venait d'éprouver en écoutant les propos de Fanny, il se sentit fondre, plein de compassion pour elle. Nigg lui avait assuré que Fanny n'avait pas pris conscience des changements survenus sur son visage, que les femmes ne s'aperçoivent jamais que leur beauté s'enfuit, que c'en était grand pitié et qu'il fallait que quelqu'un le lui dît. Il l'avait crue et s'était consolé en pensant que sa chère cousine avait du moins été épargnée par ce qui aurait pu être un véritable supplice pour toute femme qui avait été autrefois si belle ! À présent, il était clair que le temps ne l'avait guère épargnée et qu'elle avait parfaitement conscience de son visage.

La pitié eut raison des dernières traces de sa colère. « Je connais tout de votre cher visage, ma Fanny », dit-il gentiment. Il prit son front entre ses deux mains, et l'embrassa.

« Alors, dois-je poursuivre ? Il y a presque vingt-cinq ans que Job ne m'a pas vue, souvenez-vous !

– Aucune importance.

– Aucune importance. Mais, George... »

Elle s'écarta de lui. Était-ce bien là ce cousin si compréhensif ? Avait-il vécu auprès de Nigg sans avoir jamais eu le moindre soupçon de ce que peut être la vanité d'une femme, comme elle peut déteindre sur son caractère et, noyer tous ses bons mouvements ? Elle se voulait aimable et chaleureuse, et intime, avec ce pauvre Job en plein naufrage, et pourtant cela lui était impossible. Il lui était insupportable que Job, qui avait si servilement adoré sa beauté, la vît telle qu'elle était à présent.

« Je vous assure », dit George avec le plus grand sérieux, « que vous paraîtrez toujours la même à ses yeux.

— Me prenez-vous pour une idiote ? »

Il lui sembla, de nouveau, entendre comme un aboiement lointain. Et, de nouveau, il tressaillit nerveusement. Et, de nouveau, elle paraissait n'avoir rien entendu. « Job m'aimait à en perdre la raison, vous savez ?

— Et je suis certain qu'il n'a pas changé. »

Mais George en était-il vraiment si sûr ? Ce personnage, recroquevillé sur un banc de Battersea Park, ne semblait s'éveiller qu'à un bruit ou à un mouvement soudain. Cet auditeur patient et incapable de discuter ses arguments, prêt à le suivre où qu'on le conduisît, fût-ce dans la maison de Fanny, pouvait-on désormais attendre de lui quelque chose qui ressemblât à de l'amour, et un amour hors de raison ! Pauvre Skeffington ! Il avait eu son lot de souffrances.

« Malheureusement, il n'aimait que mon apparence », dit-elle. « Pas vraiment moi. Et je ne veux pas lui donner ce choc.

— Il n'en est pas question. »

Alors Fanny se mit en colère. « Oh ! Cessez de

me traiter comme si j'étais une handicapée mentale », cria-t-elle. « J'en ai revu récemment quelques autres, qui, eux aussi, croyaient m'aimer à la folie. Et tous, sans exception, ont fait machine arrière. Et tous ont éprouvé une sorte de répulsion. J'en ai eu mon compte. Je ne veux pas ajouter ce pauvre Job à la liste. Après tout, il a été le seul à avoir été mon mari, et il mérite un peu plus de considération. »

Indignée, elle lui tourna le dos.

Il s'approcha d'elle, lui prit le poignet et lui fit faire demi-tour, face à lui. « Voulez-vous dire », fit-il, avec des yeux bizarres, étranges, « que la seule raison pour laquelle vous ne voulez pas voir Skeffington...

– Oui. » Elle le regarda d'un air de défi. « Oui, la seule. Tout simplement parce que, si je le voyais, il me verrait aussi . À présent, vous pouvez toujours me mépriser. Vous n'avez pas deviné, n'est-ce pas ? Quelle pauvre et vaine créature vous avez aimée toute votre vie, quelle absurde...

– Mais c'est la seule raison, Fanny ?

– La seule ? Mais c'est indigne. Je ne trouve pas d'autre mot...

– Écoutez-moi. »

Il l'avait encore interrompue, et lui tenait toujours le poignet serré. « Vous n'avez pas besoin de mots. La seule chose que je vous demande, c'est de m'écouter. »

Elle ne l'écouta pas. La porte s'ouvrit. Soames apparut.

George se retourna vers lui, brutalemment : « Ne vous avais-je pas ordonné de ne pas entrer ? »

Fanny en fut stupéfaite. Tant de violence pour si peu de choses ! Pourquoi Soames ne pourrait-il pas entrer ? Le pauvre homme, dont elle attribuait toujours l'état de trouble intérieur au clin d'œil d'Edward, voulait simplement remporter le plateau à thé. Certes, George était son cousin, et tout pour elle, mais donner des ordres aussi impératifs, et se mettre dans un tel état, outrepassait son rôle. Étrange, comme toutes choses et comme tout le monde pouvait apparaître aujourd'hui. Rien, depuis qu'elle avait quitté sa chambre, n'était comme d'habitude. Elle demeura immobile, son poignet toujours dans la main de George, et Soames, face à un tel éclat, hésita sur le seuil. Oui, on lui avait bien dit de ne pas entrer, mais il avait fini par trouver impossible de ne pas le faire. Il était bien trop terrorisé. Le silence, ce silence de mort, en bas, l'avait passablement effrayé. Mais ce n'était rien à côté de l'effroi qu'il avait ressenti lorsque ce chien avait aboyé. Quelle mouche avait donc poussé la secrétaire à entrer dans la bibliothèque et à faire peur au chien ? Tout avait été si tranquille, jusqu'à ce que miss Cartwright y eût fait irruption, et le bruit ainsi provoqué avait fait monter Soames à toute vitesse au petit salon, suivi par deux valets de chambre, pour se réfugier auprès de Mr Pontyffrid et de lady Frances, sous prétexte d'emporter le plateau. Il avait perdu son sang-froid. Il n'avait pu demeurer en bas sans gouverne ni défense, alors que tout pouvait arriver. C'est pourquoi il se trouvait là, les valets de chambre bloquant avec les plateaux la porte grande ouverte derrière lui. À ce moment précis, on entendit un autre aboiement, fort et distinct, cette fois-ci, résonnant dans le hall et dans le grand escalier, et jusque dans le couloir menant au petit salon.

« Y a-t-il un chien dans la maison ? » demanda Fanny, plus surprise encore par la manière qu'ils avaient tous de sursauter que par les aboiements eux-mêmes.

« Un chien ? lady Frances ? » balbutia Soames.

Pourquoi Mr Pontyfriid avait-il agi ainsi ? Pourquoi les avait-il tous mis dans une pareille situation, après des années de bons et loyaux services ? Comme tout un chacun, Soames s'apitoyait volontiers sur le malheur, mais il ne fallait pas que celui-ci franchît le seuil de la maison.

On entendit encore un autre aboiement, puis une véritable salve, qui rendit toute réplique inutile. Fanny, dont le regard allait de l'un à l'autre, de Soames au teint blême aux valets de chambre rubiconds et à George tout en sueur, finit par dire: « J'ignore ce que vous avez tous, mais puisque vous avez l'air aussi mystérieux que grotesques, je vais aller moi-même y voir. » Et elle se dirigea résolument vers la porte.

George la suivit. « Fanny, il faut que vous me pardonniez », fit-il avec passion, posant une main sur son épaule. « C'est moi qui ai amené ce chien, il est dans la bibliothèque.

– Oh ! je ne vois pas pourquoi vous n'auriez pas amené votre chien, si vous en aviez envie. » Elle se demanda si elle allait vraiment descendre uniquement pour trouver le chien de George dans la bibliothèque.

C'est alors que, par la porte ouverte, elle ressentit une fois de plus cette atmosphère si particulière qu'elle avait remarquée en sortant de sa chambre. Cette impression que toute la maison était comme terrorisée, retenant son souffle, attendant quelque événement. Cela avait même pénétré dans la chambre, car elle aperçut Manby, inquiète elle-aussi. Ah ! il lui fallait aller voir ce qui se passait. Tant qu'elle n'avait pas tout rendu à Job, elle était encore, après tout, la maîtresse des lieux, et ne pouvait demeurer ainsi sans rien faire. De surcroît, la main de George sur son épaule semblait l'y inciter. Elle comprit qu'il désirait qu'elle descendît, pour "enquêter". Non pas que cela fût suffisant pour la faire descendre, mais sa dignité exigeait qu'elle ne se fît pas complice de quelque mystification que ce fût.

« Ce n'est pas mon chien », fit George d'une voix bizarre.

– Pas votre chien ? »

Elle se retourna vers lui, et le regarda, plongée dans un état de perplexité absolue. Puis, un sentiment d'horreur irrépressible s'empara d'elle.

« George! » dit-elle à voix basse, incapable de croire qu'il avait osé.

Il lui caressa l'épaule, d'un mouvement rapide,

nerveux, pressant. « Tout se passera très bien », lui dit-il d'une voix tout aussi saccadée que ses caresses. « Vous verrez, vous comprendrez. Il y a des choses qu'on n'a pas le droit de laisser passer sans intervenir. J'allais juste vous dire... je voulais vous expliquer... Ne craignez rien, chérie, n'ayez pas peur, courage !

– Bien sûr, j'aurai du courage. » Et, se dégageant, elle quitta la pièce.

George s'essuya le front. Le dos tourné, Soames en fit autant. Les valets de chambre auraient bien voulu, aussi, mais leurs plateaux les en empêchaient. Et puis, les valets ne s'essuient pas le front !

Oui, tout irait très bien. Il fallait que tout se passe très bien, personne n'y pouvait rien, se dit-il afin de se rassurer. Il observa Fanny, altière et indignée, de toutes les fibres de son être. Elle traversa le couloir et disparut dans l'escalier. Quant à lui, il ne lui restait qu'à prier pour le salut de Skeffington – le salut des deux Skeffington, car sa Fanny avait besoin de salut pour son avenir sans espoir, et le malheureux Job en avait lui aussi besoin en souvenir des effroyables moments qu'il avait vécus.

De tout son cœur, George pria. Soames, qui ne savait pas qu'il priait, mais pensait simplement qu'il était fort soucieux, lui dit: « Si sir George veut bien m'excuser de lui faire remarquer... » Il murmurait timidement, tâchant d'oublier le bruit des mains tremblantes des valets qui remportaient les tasses. « Cette rencontre ne va-t-elle pas donner à lady Frances un coup terrible ? »

« Les monstres ! les monstres ! » Ce fut toute la réponse de George. Il serrait les poings et son visage était devenu aussi rouge que celui des valets de chambre.

Mais, ce n'était pas aux Skeffington qu'il songeait...

ÉPILOGUE

ALORS, descendant l'escalier, Fanny s'avança, seule, à la rencontre de son destin. Elle avait la tête haute et du courage à revendre. Tout ceci lui était comme une sorte d'outrage. Comment George avait-il osé ? Et, ce qui était encore infiniment plus incompréhensible, comment Job avait-il pu ? Et le pire de tout, c'était que Job se soit laissé amener à la maison par George. Certes, elle avait déjà senti la présence de Job, à maintes reprises, tout alentour d'elle, mais ce n'avait été qu'illusion et à présent c'était la réalité ! L'élan magnanime qu'elle avait eu de tout restituer, de tout rendre, lui glaçait à présent le sang. Contrairement au royaume des Cieux, elle n'allait pas se laisser faire violence ! Elle était tellement courroucée, et à juste titre révoltée, en descendant en hâte l'escalier, qu'elle en oubliait sa détermination de ne jamais se montrer à Job dans l'état de délabrement dans lequel elle se trouvait à présent. Ce ne fut qu'au moment d'atteindre la dernière marche que sa décision lui revint à l'esprit. Elle s'arrêta net, fut sur le point de faire demi-tour et de remonter vers George pour lui dire d'aller chercher son ami, de l'emmener et de ne jamais plus lui donner l'occasion de le revoir. Mais à ce moment la porte de la bibliothèque s'était ouverte et miss Cartwright, poursuivie par les aboiements du chien, en était sortie précipitamment.

Comme c'est étrange ! pensa Fanny, immobile. Que faisait-elle donc dans cette pièce ? Et comme ce chien avait bien fait de l'en chasser !

Elle n'eut cependant pas le temps de démêler les motifs, plus ou moins bons qu'avait eus miss Cartwright de se trouver dans la bibliothèque, où elle n'avait rien à faire, et lui dit simplement, toujours sur la dernière marche: « Oui ?

— Oh ! lady Frances, croyez-bien que je suis désolée », balbutia-t-elle dans un état de confusion extraordinaire, « je croyais que vous vous trouviez dans la bibliothèque, et je voulais simplement... »

Sa voix s'éteignit. N'importe qui en eût fait autant, rien qu'à regarder Fanny.

« Ce sera tout pour aujourd'hui », se contenta de déclarer Fanny en descendant la dernière marche.

Plus question désormais de faire demi-tour. Miss Cartwright la poussa dans la bibliothèque. Elle fit simplement remarquer, au cas où sa secrétaire eût encore pu s'imaginer qu'elle ignorait qui elle allait y trouver: « J'ai peur que vous n'ayez effrayé le chien de Mr Skeffington ». Puis, elle ouvrit la porte, entra et referma derrière elle.

Oui. Job était là, à l'autre bout de la pièce, exactement tel que George l'avait décrit, les cheveux blancs, recroquevillé, assis près d'une lampe. Le chien, qui n'aboyait plus, la regardait de ses grands yeux, assis sur son séant, à côté de son maître.

Comme tout était calme ! Un calme étrange semblait planer dans la pièce, à présent qu'elle s'y trouvait seule avec Job. C'était comme une poussière tombant lentement sur le passé et le recouvrant. Elle se tint près de la porte fermée, sans bouger, comme si elle regardait un tableau. Dans son fauteuil, à l'autre bout de la bibliothèque, Job restait lui aussi immobile. Et le chien, dressé droit, la regardait toujours en silence, les yeux grands ouverts.

Un vieil homme, aux mains repliées sur une canne. Un vieil homme, si différent de celui dont elle avait gardé le souvenir et qui était revenu la hanter, que tout son courroux s'évanouit. Comment pouvait-on encore être en colère devant un étranger si pitoyable ? Et ces lunettes noires ! George ne lui en avait pas parlé. Il n'avait pas l'habitude d'en porter. Les yeux de Job, sauf quand il la regardait et qu'ils devenaient alors humides d'adoration, avaient toujours été aussi perçants que ceux d'un faucon. À présent, ils étaient cachés derrière ses lunettes, et elle n'aurait pu dire, bien qu'il se tournât vers elle, s'il la voyait ou non.

Pourtant, à sa façon de tourner la tête, il ne pouvait que la voir ! Était-il possible – la respiration lui manqua ! – qu'il ne la reconnût pas ? Que lui, entre tous, ne comprît pas qu'elle était là ?

Bouleversée par cet horrible soupçon, et au lieu de lui demander des explications sur son inexcusable irruption à Charles Street, elle trouva à peine la force de balbutier: « Job ?... » et, au bout d'un silence qui parut interminable, la voix qu'elle n'avait plus entendue depuis vingt-deux ans, répondit, d'un ton très doux, très amical, comme hésitant à travers la vaste pièce: « C'est Fanny ? »

C'est Fanny ? Elle en demeura muette. Les autres, tous les autres, l'avaient reconnue, même s'ils en avaient été surpris, mais à présent Job semblait ne pas la reconnaître du tout.

« Tu ne me reconnais pas ? » demanda-t-elle en ravalant sa salive.

Après un autre silence, il répondit lentement: « C'est bien la voix de Fanny ».

Prise de panique, elle demeura immobile, toujours appuyée contre la porte, y cherchant un soutien. Sa voix ! Rien d'autre d'elle, désormais, pour Job, que sa voix !

Il essaya de se lever. Le chien se mit aussitôt sur ses pattes. Il était attaché au bras de son maître par une laisse. Craignait-il que lui aussi, comme elle, comme les autres, ne l'abandonne à présent qu'il était pauvre et vieux ?

Il semblait avoir de la difficulté à se lever. Il tâtonnait, trouvant son chemin en s'appuyant, de sa main libre, au bras du fauteuil. Elle le regarda, voulut refuser de répondre à son appel à l'aide et se dit: Ce n'est pas bien. Il est en train de me manœuvrer... Ce n'est pas ainsi que... Je ne me laisserai pas faire...

Mais il trébucha sur le tapis, laissa choir sa canne, et serait tombé si le chien ne l'avait ramené vers le fauteuil. Alors, emportée par sa tendresse, Fanny courut vers lui en lui tendant les mains.

Il n'en vit rien – elle, Fanny, lui tendant les mains ! et il ne s'en apercevait pas ! – et son visage, tourné vers le sien, avait le même aspect étrange, vide, attentif que lorsqu'il avait entendu la porte s'ouvrir.

Quelque chose dans ce visage qu'elle voyait à présent de près, quelque chose derrière ces lunettes noires aux verres épais, quelque chose d'indéfinissable, mais qu'elle ressentait fortement, la glaça. « Job », murmura-t-elle, à peine capable de respirer. « Ils ne t'ont pas... Ils n'ont pas... Tu n'es pas... »

Le mot ne montait pas jusqu'à ses lèvres et il le prononça à sa place: « Si », dit-il. Il pencha la tête, parla très doucement, prenant soin d'éviter toute intonation plaintive, voire de reproche: « Aveugle .

– Pas les... »

L'horreur venait de pénétrer dans la pièce,

cette pièce calme et douillette de Charles Street, à l'approche de ce mot qu'elle aurait prononcé s'il ne l'en avait pas empêchée à temps: « Chut ! chut ! » fit-il en un bref mouvement de panique, montrant ainsi un premier signe de vie depuis qu'ils se trouvaient face à face, et tournant craintivement la tête comme pour s'assurer que personne n'était caché derrière le fauteuil. Tout son corps s'était raidi, comme s'il s'attendait à être frappé.

Elle le fixa, pétrifiée, ébranlée par les terribles sous-entendus que venait de révéler son mouvement. Voilà ce qu'était donc la vie, derrière les sourires. Alors qu'elle avait, dans une lumière artificielle, perdu des mois et des mois à se lamenter honteusement et égoïstement sur la perte de sa beauté, Job, lui, avait été brisé, transformé en une sorte d'animal aux abois. Comment pouvait-on vivre ainsi ? Comment pouvait-on en prendre conscience sans chercher à l'aider, le consoler pour toujours, et peut-être le guérir ?

On entendit un bruit de l'autre côté de la porte, un petit bruit tout banal et familier, un bruit que Fanny n'aurait même pas remarqué, mais qui fut suffisant pour que Job tressaillît et saisît le bras du fauteuil, et ce second geste, toujours terrifiant de sous-entendus, la fit tomber à genoux.

Submergée par un élan de tendresse passionnée, elle se mit à genoux et serra Job contre sa poitrine. « Non, non ! » lui dit-elle, en l'étreignant, en le berçant presque, comme s'il était devenu l'enfant qu'elle n'avait pas eu, « ils ne pourront jamais plus, jamais, jamais plus, tu es à l'abri, tu es revenu à la maison . »

Il se tut. Il écoutait avec une attention soutenue. Mais ce n'étaient pas les paroles de Fanny qu'il écoutait. Il avait tourné la tête vers la porte. Et, submergée par une sorte de pitié douloureuse, elle le tenait serré contre elle, le protégeait, défiant quiconque de lui faire du mal, lui susurrant des mots d'amour incohérents pour lesquels un quart de siècle plus tôt il eût volontiers donné sa vie.

Il se taisait. Il écoutait. Mais pas la voix de Fanny. Le chien, dressé, vigilant, les regardait tous deux de ses grand yeux.

Manby les trouva ainsi. C'était elle qui, à sa grande confusion, incapable de se maîtriser, avait heurté la porte avec le plateau qu'elle tenait entre ses mains.

Depuis longtemps, elle avait appris que la seule manière de contrôler la situation dans laquelle sa maîtresse pouvait se trouver, était de se comporter comme si de rien n'était. Un simple coup d'œil au visage de Fanny, lorsqu'elle l'avait vue descendre l'escalier, avait suffi pour la convaincre qu'une situation nouvelle était encors en train de se créer. Elle était entrée précipitamment dans la chambre pour demander à miss Cartwright si elle était au courant de quelque chose.

La réponse qu'elle obtint la fit se retenir à une table. Ses jambes se dérobaient sous elle. Puis, reprenant souffle et courage, elle parvint à s'élever à la hauteur des circonstances. Sa maîtresse avait, en effet, à présent, besoin d'aide.

Pour Manby, le seul mari que sa maîtresse ait jamais eu, était toujours resté le maître de maison. Elle oubliait volontiers cette erreur de jadis, au palais de Justice, inébranlablement attachée à l'idée que ceux que Dieu avait une fois unis ne peuvent être désunis par toutes ces paroles de messieurs en perruque. Certes, le maître de maison s'était mal conduit, mais les hommes n'étaient pas faits comme les femmes, et il fallait leur pardonner. Aujourd'hui, sa maîtresse devait se montrer capable de pardon. La bouche raidie par la détermination, les battements de son cœur durement réprimés, prête à tenir bon et à venir en aide, elle avait versé quelques gouttes de médicament dans un petit verre.

Le remontant de lady Frances. La mixture du Dr Clark. Recommandée par Manby elle-même, et administrée chaque soir à sept heures. Il venait d'être sept heures. Elle savait d'expérience qu'il n'y avait rien de tel que la ponctualité pour rappeler que la vie n'était pas seulement une suite de coups reçus. Le petit déjeuner, par exemple, ou encore se brosser les dents. Après avoir versé la dose exacte, elle avait posé le verre sur un plateau, était descendue à la bibliothèque, s'était approchée, et, après ce petit moment de maladresse devant la porte, du pas tranquille, et avec la contenance impassible de celui qui accomplit un devoir quotidien à heure fixe, elle avait dit, les yeux respectueusement baissés:

« Vos gouttes, lady Frances.

— Tu vois, ce n'était que Manby », dit Fanny au malheureux Job qui semblait effrayé comme un enfant qui a besoin d'être cajolé pour être certain de ne plus courir aucun danger.

— Oui, sir. Et très heureuse de vous voir, sir ! » fit Manby, d'un regard surpris. « J'espère que vous allez... » Elle était sur le point de dire: « que vous vous portez bien ». Mais comment un pauvre gentleman, si vieux, tel un squelette, et de surcroît aveugle, aurait-il pu se bien porter ?

Fanny s'accroupit sur ses talons et leva les yeux vers elle, les cils mouillés. Son visage était l'image du chagrin même, mais un chagrin où brillaient espoir et résolution. Elle n'a nul besoin d'aide, songea Manby, soudain épanouie de fierté. Sa maîtresse allait agir comme il fallait et, à ses yeux, elle paraissait encore plus belle, en ce moment, qu'elle ne l'avait jamais été au temps de sa splendeur.

« Mr Skeffington est de retour à la maison », dit-elle.

— Oui, lady Frances. Dois-je ?... » Manby luttait et triomphait en même temps. Elle ressentait au fond de sa gorge comme une sensation de gêne indécente, qui eût pu aisément se terminer en sanglots.

« Dois-je dire à la gouvernante de préparer une chambre ?

— *Sa* chambre », dit Fanny.

— Bien, lady Frances. Et lady Frances mettra-t-elle ?... » Il se fit un bref silence durant lequel, grâce à un effort surhumain, elle put reprendre la respectueuse impassibilité qui lui était habituelle. « Dois-je préparer votre robe du soir en velours rose, ou la nouvelle avec des broderies ? »

Un moment, Fanny hésita. Elle laissa tomber sa tête. De plus en plus bas. « Oh ! Manby », murmura-t-elle, « oh ! Manby ! »

Elle n'avait hésité qu'un instant. Presque aussitôt, elle leva les yeux.

« Mais, bien sûr, la nouvelle, avec des broderies ! » Et elle posa sa main sur le genou de Job.

Sur l'auteur

Cousine de Katherine Mansfield, Elizabeth von Arnim est née Mary Beauchamp en 1866, en Australie. Elle reçoit une éducation européenne avant d'entamer un "grand tour" au cours duquel elle rencontre le comte Henning von Arnim-Schlagenthin. Après quelques années passées à Berlin, elle découvre le domaine familial de Nassenheide et décide de s'y installer. Véritable événement littéraire de la fin du siècle, *Elizabeth et son jardin allemand* sera suivi de vingt et un romans. Encore connue sous son seul prénom, Elizabeth von Arnim devient, après la mort de son mari en 1910, le centre d'une vie mondaine au cours de laquelle elle rencontre H. G. Wells avec qui elle aura une liaison tapageuse, avant un remariage malheureux avec le comte Francis Russell, fils d'un Premier ministre de la reine Victoria et frère du philosophe Bertrand Russell. Puis, elle réside successivement en Suisse, à Mougins et aux États-Unis où elle meurt en 1941.

Si vous désirez être régulièrement tenu au courant de nos publications, merci de bien vouloir remplir ce questionnaire et nous le retourner :

Editions 10/18
c/o 01 Consultants
35, rue du Sergent Bauchat
75012 Paris

NOM : _ _ _ _ _ _ _ _ _ _ _ _ _ _ _ _ _

PRENOM : _ _ _ _ _ _ _ _ _ _ _ _ _ _ _

ADRESSE : _ _ _ _ _ _ _ _ _ _ _ _ _ _ _

_ _ _ _ _ _ _ _ _ _ _ _ _ _ _ _ _ _ _ _

CODE POSTAL : _ _ _ _ _ _ _ _ _ _ _ _

VILLE : _ _ _ _ _ _ _ _ _ _ _ _ _ _ _ _

PAYS : _ _ _ _ _ _ _ _ _ _ _ _ _ _ _ _

AGE : _ _ _ _ _ _ _ _ _ _ _ _ _ _ _ _ _

PROFESSION : _ _ _ _ _ _ _ _ _ _ _ _

TITRE de l'ouvrage dans lequel est insérée cette page :

Elizabeth von Arnim - Mr Skeffington, n° 2914

*Achevé d'imprimer par Elsnerdruck
à Berlin*

N° d'édition : 2884
Dépôt légal : mars 1998
Imprimé en Allemagne